Diogenes Taschenbuch 21567

de
te
be

Margery Allingham

Trau keiner Lady

Roman

Aus dem Englischen von Gerd van Bebber

Diogenes

Titel der Originalausgabe:
›The Beckoning Lady‹

Umschlagillustration von
Hans Traxler

80/91/8/3
ISBN 3 257 21567 3

»Aber wer«, sagte Florizel schließlich, »wer ist die Dame, die da immerzu lockend winkt?«

»Das«, erwiderte er, »entzieht sich meiner Kenntnis. Einige behaupten, es sei die Liebe oder die Dame Fortuna; andere meinen, es sei der Ruhm auf dem Feld der Ehre; wieder andere halten sie für die Muse in eigener Person, und alte Menschen fürchten, es sei der Tod. Mit Sicherheit kann ich dir nur das eine sagen: Ihre Augen lachen, und sie kennt keine Gnade.«

D'Aulnoy, Contes de fées

»Es ist überaus riskant, sich in eine alte Ehe einzumischen. Wenn einen der Mann nicht umbringt, bekommt man es bestimmt mit der Frau zu tun.«

Chiefsuperintendent
Stanislaus Oates
in einem Vortrag vor
Polizeianwärtern

Inhalt

Auszug aus der *Times* vom Montag, dem 19. Juni:

Nachruf

Mr. William Makepeace Faraday, der Verfasser zahlreicher amüsanter Libretti, ist am vergangenen Samstag in Pontisbright, Suffolk, im Alter von zweiundachtzig Jahren gestorben.

Er wurde gegen Ende der sechziger Jahre in Cambridge als Sohn von Dr. James Faraday, dem ehemaligen Rektor des Ignatius College, und Mrs. Caroline Faraday geboren, an deren unwiderstehlichen Charme sich alle, die die Universität noch aus der Zeit vor dem Ersten Weltkrieg kennen, erinnern werden. Und nicht ohne Dankbarkeit gedenken die Studenten jenes fernen, goldenen Zeitalters der überwältigenden Gastlichkeit, die sie ihnen zuteil werden ließ.

William Faraday wurde in Charterhouse und am St. John's College, Cambridge, erzogen. Nach dem Abgang von der Universität entschloß er sich zu einem seltsam zurückgezogenen Dasein im Hause seiner Eltern. Erst nach dem Tode seiner Mutter im Jahre 1932, als er bereits ein Alter von neunundfünfzig Jahren erreicht hatte, trat seine außergewöhnliche und bemerkenswerte Begabung zutage.

Seine erste Veröffentlichung, *Memoiren eines alten Trottels*, 1934 erschienen, zählte zu den erfolgreichsten humoristischen Büchern jenes Jahrzehnts. Wenige Monate nach ihrem Erscheinen konnte er feststellen, daß er bereits zu einer literarischen Figur geworden war. Doch erst als der inzwischen verstorbene James Sutane in diesem vorgeblichen Erinnerungsbuch das ideale Libretto für sein späteres Musical *Der Trottel* erkannte, gelangte William Faradays wahre Begabung zu voller Anerkennung.

Der Trottel erlebte fünfhundertundvierundzwanzig Aufführungen im Argosy-Theater. Mr. Faradays fruchtbare Phantasie ließ diesem Stück noch viele andere launige Einfälle folgen, unter anderm: *Onkel Geißbock*, *Bezaubernde Adeline* und das ungewöhnlich erfolgreiche *Harrogate Ho!*, dessen Wiederaufführung in den späten vierziger Jahren zum Schlager der Saison wurde.

Mr. Faradays Einfluß auf Humor und Esprit unserer Tage ist beachtlich gewesen. Sein besonderer Charme bestand in argloser Wortverdrehung, niemals grob oder übertrieben, sondern allen jenen liebenswert, die mild Absurdes, wie wenn die Würde in Person auf allerdünnster Eisdecke mit der gelassenen Kaltblütigkeit des wahrhaft Mutigen Pirouetten drehte, zu würdigen wußten.

Als Mensch erfreute er sich allgemeiner Beliebtheit, und eine Unzahl von Freunden wird sein schüchternes Lächeln vermissen und die verwirrte Freude, die er bezeigte, wenn seine hintersinnigen Lügengeschichten bei ihnen entzückte Aufnahme fanden. Seine letzten Lebensjahre verbrachte er in glücklicher Zurückgezogenheit auf dem Lande. Er war Junggeselle und starb im Hause einer befreundeten Dame.

I

Zwei tote Männer

Es war keine Zeit zum Sterben. Der Sommer hatte glorreich eingesetzt, mit unermeßlich tiefen Himmeln, mit Grün, Gold und einer Fülle bunter Farben. Dennoch hatte der Tod zugeschlagen, gleich zweimal.

Am ersten Tage – oder vielmehr für den Rest des ersten Tages – lag die eine Leiche, verborgen zwischen den jäh abfallenden Böschungen des ausgetrockneten Grabens, einsam auf einem Bett von Blättern. Seit dem Augenblick, wo sie so plötzlich von der Bohlenbrücke, die auf den Zauntritt zuführte, heruntergefallen war, und sich die grünen Wogen von Brandgras und Immergrün vorübergehend geteilt hatten, um alsbald wieder hochzuschnellen, lag sie da, allen Blicken entzogen. Wer sie jetzt finden wollte, mußte auf der anderen Seite der Brücke herunterklettern, wo der Graben ein wenig weiter und weniger überwuchert war, mußte sich unter die Brücke bücken, deren Unterseite von Flechten und schwarzem Schwamm bedeckt war, und mußte durch diesen Tunnel spähen. Am zweiten Tag tat das nur eine einzige Person; sonst kam gar niemand hier vorbei.

Am dritten Tag, in der ersten Morgenfrühe, als der Himmel leuchtend weiß und das Gras grau und mit Tauperlen übersät war, gab es ungewöhnlich viel Fußgängerverkehr auf dem über den Zauntritt vom Haus zum Dorf führenden Pfad. Zu den ersten Passanten zählten zwei höchst befremdliche alte Frauen. Beide trugen unheimlich aussehende Taschen, waren peinlich sauber gekleidet und sprachen mit gedämpfter, aber erregter Stimme. Am Zauntritt legten sie eine Rastpause ein und unterhielten sich über den Tod und den gruseligen Dienst, den sie ihm zu leisten gekommen waren, aber keine von beiden warf einen Blick zurück auf die hängenden Grashalme oder ließ es sich auch nur einen Augenblick lang träumen, daß unter ihnen wartend eine zweite Gestalt lag, deren erstarrte Glieder nunmehr die Aufbietung all ihrer Erfahrung erheischt hätten.

Später am Tage, als die Sonne schon am Himmel stand, herrschte ein reges Hin und Her. Mehrere Leute vom Haus wählten den Abkürzungsweg zum Dorf, und jemand schüttelte über dem Graben eine Einkaufstasche aus, so daß mit dem Staub drei kleine Gegenstände gemächlich durch das Blattwerk hindurchrutschten, und zwar eine Stecknadel, eine Büroklammer und ein Bronzekügelchen.

Sogar der Leichenbestatter selbst schlug diesen Weg ein. Das ging einfach so viel schneller, als wenn er mit dem Wagen vorgefahren wäre. Er stolperte durch die Wiesen und wirkte in dieser Umgebung höchst unpassend mit seinem schwarzen Anzug und mit seiner für die Begegnung mit den trauernden Angehörigen bereits sorgfältig zurechtgelegten Miene.

Nach ihm, am Nachmittag, kamen in Zweier- und Dreier-Gruppen die Damen in Hut und Handschuhen und mit freundlichen kleinen Briefen und Blumensträußen, zum Abgeben an der Tür. Fast alle hielten sie auf dem Zauntritt inne, um einen ersten Blick auf die im gelben Licht blumenbesprenkelt und spitzengesäumt vor ihnen ausgebreitete Wiese zu werfen, aber nicht eine achtete darauf, ob den Bohlen irgendeine frische, außergewöhnliche Abnutzung anzusehen sei, oder bemerkte etwas Dunkles und Auffälliges an der Kante einer verrosteten Pflugschar, die auf einem kahlen Fleck unter der Eiche neben der Brücke lag.

Erst als es schon dunkel war, getraute sich die eine Person, die den Weg jetzt wußte, unter die Bohlendecke zu klettern, und zündete gebückten Kopfes, um nicht an die Flechten zu rühren, ein Streichholz an und hielt es hoch. Die Leiche war noch immer da.

Auch in der nächsten Nacht und in der darauffolgenden lag

sie noch da, doch inzwischen war sie erschlafft, der Erde zugeschrumpft, die sich nicht auftun wollte, um sie zu empfangen.

Am Abend des sechsten Tages gab es einen Streit am Zauntritt. Ein ländliches Liebespaar traf sich dort zu einem Stelldichein, und der Junge wurde zudringlich. Doch das Mädchen, in dem merkwürdigen Alter, in dem alle Sinne geschärft sind, faßte einen jähen und unerklärbaren Widerwillen gegen die Örtlichkeit und wollte nicht auf seine Bitten eingehen. Er redete heftig auf sie ein, sein glattes Gesicht war erhitzt, und seine Haarcreme verströmte einen penetranten Rosenduft, während er den Mund an ihren Nacken preßte. Er flüsterte ihr zu, der Platz sei doch so einsam, so versteckt, da ja der über ihnen sich wölbende Baum für Dunkelheit sorge und der steile, künstliche Abhang eines Dammes sie nach der einen Seite hin abschirme. Doch ihr heftiger Widerwille, der, wie sie meinte, nicht ihm galt, war unüberwindlich, und sie schüttelte den Jungen ab. Er haschte nach ihrem Kleid, als sie fortsteigen wollte, aber sie schlug nach ihm, traf ihn heftiger als beabsichtigt und stürzte über den Fußpfad davon, schluchzend – vor Furcht hauptsächlich. Er blieb, wo er war, enttäuscht und verletzt, und war den Tränen nahe, als er das Päckchen Zigaretten aus der Tasche zog. Er hatte nur noch zwei von der noblen Marke, die er, ebenso wie die Haarcreme, für Liebesnächte aufbewahrte, und als er die zweite ansteckte, warf er die leere Schachtel in die Immergrünbüsche. Sie glitt außer Sichtweite und landete schließlich auf einem zerknitterten Rockaufschlag.

Der Junge war sehr schnell mit seinem zornigen Rauchen fertig und zerstampfte den Stummel auf den Bohlen zu seinen Füßen. Er fand, daß diese Bewegung ihm eine gewisse Genugtuung verschaffe, und fuhr noch eine Weile mit Stampfen fort, wodurch der Holzoberfläche einiger Schaden zugefügt wurde. Dann ging er auf die Wiese hinüber und mied, der Macht der Gewohnheit folgend, den noch nicht gemähten

Graswuchs, schlug vielmehr den anderen Weg unter dem Baum her ein und versetzte jetzt einem dort liegenden Klumpen aus Eisen Fußtritte. Schließlich hob er ihn mit der Spitze eines Schuhs – es waren seine Sonntagsschuhe – an und schickte ihn wohlgezielt mitten auf den Pfad. Es herrschte inzwischen graues Dämmerlicht, und er sah sich das Ding gar nicht näher an, sondern wandte sich, dieser Betätigung wie der Frauen insgesamt plötzlich überdrüssig, abrupt um und ging ins Dorf zurück, in den hinteren Schankraum des Gasthauses ›Zum Fehdehandschuh‹, wo der Fernseher lief.

Volle zwanzig Minuten nachdem er gegangen war, kam jemand, der während des ganzen Vorfalls hinter einem Brombeerbusch auf dem hohen Damm gehockt und alles beobachtet hatte, zum Pfad herabgeschlichen. Abermals fand das nächtliche Manöver mit dem Streichholz statt, doch diesmal fiel der Spähblick im flackernden Licht nur noch flüchtig aus; die an dieser Untersuchung interessierte Person wandte sich hastig wieder ab und ging über den Pfad auf die Pflugschar zu. Diese wurde mit einem Fuß behutsam umgedreht, und nochmals flammte Streichholzlicht auf, doch inzwischen waren die vorher dunklen Flecke so braun geworden wie der Rost auf dem Eisen. Die Füße schlichen sich wieder davon.

Ein Polizist in Uniform, der einen Gang durch die dufterfüllte Nacht unternahm, auf nicht gerade diensteifriger Streife nach – wie er es genannt hätte – »gewissen, nur natürlichen Betätigungen, weswegen aber nun mal Beschwerden eingegangen sind«, fand die Pflugschar, indem er darüber stolperte. Er hob sie auf, sah beim Licht der Sterne, was es war, und trug sie fast bis ins Dorf zurück. Vor dem Dorfrand kam er an einem Müllabladeplatz vorbei, einer Grube am Grund eines ausgetrockneten Teiches, die dezent durch Buschwerk getarnt wurde. Der Polizist war groß und kräftig und hatte es in jungen Jahren im Diskuswerfen mit jedem in

Suffolk aufnehmen können. Er wölbte die Brust heraus, ließ seinen Arm einmal, zweimal schwingen und schickte beim drittenmal die Pflugschar mit dem Fleck und dem noch daran haftenden Stückchen Filzfutter hoch und weit zum Himmelsbogen hinauf. Sekunden später vernahm er mit Befriedigung das Krachen und Klirren, als sie in einem Nest von Eisengerümpel und zerbrochenen Flaschen landete.

Am siebten Tag wurde die Leiche von der einen Person, die darüber gewacht hatte, systematisch geplündert. Es war eine unangenehme Aufgabe, aber sie wurde mit aller Gründlichkeit besorgt – bei Tageslicht, zur Mittagszeit, während der einen dem englischen Landvolk heiligen Stunde, in der jeder Besuch tabu ist und niemand ausgeht. Es waren keine Beobachter da, und es war purer Zufall, daß, als die mitleiderregend kümmerliche Gestalt endlich wieder ihre Ruhe hatte, die Zigarettenschachtel nunmehr unter ihrer verdorrten rechten Hand lag.

Am achten Tag trat das Unvermeidliche ein: ein großer Hund mit scharfer Nase betrat den Schauplatz.

»Guten Morgen. Was für eine schöne Beerdigung ist das gewesen, nicht wahr? Gerade die richtige Jahreszeit für Blumen. Dadurch wird so was erheblich aufgeheitert.«

Die vernünftig aussehende Frauensperson mit dem weißen Kragen auf dem adretten Baumwollkleid fuhr fort, verwelkte Blüten aus den Kränzen auf Onkel Williams Grab herauszuschneiden, und der Wind, der stets die auf einem Hügel gelegene Kirche von Pontisbright umweht, zauste die paar grauen Strähnen in ihrem glänzenden Haar.

Mr. Campion wirkte ein wenig lächerlich, wie er dastand, einen verspäteten Kranz in Händen, den der Dorfbriefträger ihm gegeben hatte, weil »die Post ihn ja wohl kaum an die Adresse liefern konnte«. Er fragte sich, wer in aller Welt diese Frau wohl sein mochte.

»Da haben Sie noch einen, wie?« fragte sie, fast ohne aufzublicken. »Geben Sie her. Ich will sehen, wie ich ihn unterbringen kann. Du liebe Zeit, der ist aber ganz schön herumgestoßen worden!«

Sie richtete sich behende auf, ergriff mit energischen, tüchtigen Händen die Ehrengabe und hielt sie auf Armeslänge von sich ab, um nach der Begleitkarte zu suchen.

»Von sämtlichen Mitgliedern des Trottel-Ensembles, Swansea, für den besten alten Trottel von allen«, las sie laut vor. »Wie sonderbar! Ah, ich verstehe, sie führen eines seiner Musicals auf. Reichlich ungeschickt, diese Theaterleute, nicht wahr? Zwei Tage zu spät, und der Begleittext wirklich nicht sehr passend.«

»Besser als ›mit den besten Wünschen‹«, sagte Mr. Campion, und sein blasses Gesicht rötete sich ein wenig.

Sie starrte ihn an und lachte. »Ach ja, natürlich«, sagte sie. Offensichtlich kramte sie in ihrer Erinnerung herum, wo sie ihn unterbringen sollte. »Sie haben wirklich immer die amüsantesten Einfälle.«

Mr. Campion nahm seine Brille ab und bedachte sie mit einem für seine Begriffe langen und strengen Blick. Jetzt begann er, sich ihrer wieder zu erinnern. Er hatte sie gesehen, aber nicht mit ihr gesprochen. Beim Trauergottesdienst hatte sie ein paar Kirchenbänke vor ihm und Amanda gesessen, in einem schwarzen Kostüm und mit einem netten, vernünftigen Topfhut auf dem Kopf. Sie war die Sekretärin von irgend jemand und führte einen jener Spitznamen, welche auf ein etwas gereiztes Wohlwollen der Arbeitgeber schließen lassen – war es Jonesy? Ach nein, jetzt wußte er es wieder: Pinky, eine Abkürzung für Pinkerton.

Da er den Mund immer noch nicht aufmachte, begann sie hilfreich, ihn über seine eigenen Daten zu informieren, als ob er seinen eigenen Namen vergessen habe oder nicht mehr wüßte, wo er sich befände. Erst meinte er, sie frische lediglich ihr Gedächtnis auf oder vielmehr, sie spiele sich damit auf, um ihm darzutun, wie ungeheuer tüchtig sie sei, doch schon nach ein paar Augenblicken wurde ihm klar, daß er sie falsch eingeschätzt hatte, daß sie bloß die Gelegenheit nutzte, einige ihrer Daten neu zu überholen.

»Sie belieben, sich als Mr. Albert Campion auszugeben«, sagte sie, und obwohl sie einen schalkhaften Ton anschlug, verdarb sie sich selber den Effekt, indem sie den Blick dabei auf eine schmutzige kleine Rosenknospe gerichtet hielt, die sich nicht von ihrem Drahtbett lösen wollte. »Sie machen schon seit beinahe vierzehn Tagen mit Ihrer Frau und Ihrem Söhnchen Ferien in der Mühle, während Miss Huntingforest, die dort eigentlich wohnt, sich in Amerika aufhält. Miss Huntingforest stammt ja aus Neuengland.«

Mr. Campion gab einen zustimmenden Laut von sich; vielmehr er wollte es tun, aber sie kam ihm zuvor.

»Es macht mir nun mal Spaß, alles in Ordnung zu halten«, erklärte sie, indem sie sich über ein großes Kreuz aus roten Nelken hermachte. »Ich weiß, Sie kennen das Dorf beide schon seit langem, von der Zeit her, da Ihre Frau hier bei Miss Huntingforest wohnte. Sie waren damals ja auch in diese romantische Angelegenheit verwickelt, als der Bruder Ihrer Frau seinen Adelstitel wiederbekam. Aber Lady Amanda nennt Harriet Huntingforest Tante, und doch ist Lady Amanda keine Amerikanerin.«

»Hm – nein«, sagte Mr. Campion.

»Aber Sie beide haben Mr. Faraday Onkel William genannt«, fuhr Miss Pinkerton fort. Sie fixierte ihn unvermittelt mit sehr klaren und intelligenten braunen Augen und tappte dabei mit ihrer Schere auf das Grab, als wenn William Faraday leibhaftig dort zu sehen wäre. »Er hat während der letzten zwölf Jahre hier bei den Cassands in der ›Lockenden Lady‹ gewohnt, und Minnie Cassands ist halb amerikanischer Herkunft.«

Der hochgewachsene, hagere Mann mit dem glatten, gelblich-weißen Haar und dem leeren Gesichtsausdruck begegnete ihrem Blick mit trügerischer Sanftmut.

»Ganz und gar«, pflichtete er ihr bei.

Sie ließ sich irreführen und fragte in scharfem Ton: »Ganz und gar?«

»Ganz und gar *halb*amerikanisch. Minnies Vater war Daniel St. George Straw, der zweitberühmteste amerikanische Maler der goldenen Jahre. Seine Ururgroßmutter war, so hat er stets behauptet, Prinzessin Pocahontas, und die war so amerikanisch wie der US-Adler.«

»Tatsächlich?« Entweder interessierte sie das nicht, oder sie glaubte ihm nicht. Ihre Gedanken waren noch immer mit der Familie beschäftigt. »Trotzdem zählte Mr. Faraday nicht zur Verwandtschaft?«

»Nein.«

»Und auch nicht zu Ihrer?«

»Nein.«

»Ich verstehe.« Offenbar ließ sie es für den Augenblick dabei bewenden. Sie fuhr mit ihrer Arbeit an den Blumen fort. »Zweiundachtzig, und getrunken hat er auch, nicht wahr?« bemerkte sie, als Campion sich gerade abwenden wollte. »Eine wahre Erlösung für alle und jeden.«

Angesichts dieses ungeheuerlichen Nachrufs blieb Mr. Campion entsetzt stehen. Er hatte von Natur nicht viel für den Friedhofskult übrig, aber Onkel William war Onkel William gewesen, und es würde ihn kein bißchen überrascht haben, wenn dieser sich plötzlich zwischen den Blumenblättern aufgerichtet hätte, um, wie er sich ausgedrückt hätte, diesem dienstbeflissenen Frauenzimmer mit der zweifellos unter seinem Leichenhemd versteckten Halbliterflasche »seinen Standpunkt klarzumachen«.

Mr. Campion drehte sich wieder zu ihr um. »Verzeihen Sie«, sagte er mit der Sanftmut des wohlüberlegt Angreifenden. »Aber wer sind denn Sie eigentlich?«

Sie geriet keineswegs aus der Fassung, war lediglich baß erstaunt. »Ach du liebe Zeit!« rief sie aus, in einem Tonfall, der ihm sagen sollte, welch einfältiger Tropf er doch sei. »Was müssen Sie nur von mir gedacht haben! Ich bin Pinky.« Und dann, als er noch immer verständnislos dreinschaute: »Von Mr. Genappe, wissen Sie. Ich bin seine Sekretärin, eine seiner Sekretärinnen, schon seit neunzehn Jahren.« Der Anflug leichten Gekränktseins, der jäh hervorbrechende Stolz und das Senken der Stimme sagten ihm alles und erklärten ihr hochtrabendes Gebaren. Hier kam die Loyalität der glühenden Verehrerin zum Durchbruch. Ihm war klar, daß dieses Mysterium nicht dem Manne, sondern seinem Geldbeutel galt. In bezug auf den armen alten Fanny Genappe konnte sie schwerlich dergleichen Empfindungen hegen. Mochte der Himmel wissen, wo er steckte, das arme Schwein. Höchstwahrscheinlich saß er auf seinem kleinen Fels auf den Hebriden und beobachtete einen Vogel, was beide – ihn und den Vogel – zu Tode langweilte.

Francis Genappe war der bedauernswerteste der drei letzten Multimillionäre Europas, denn er hatte nicht nur das Geld seiner Familie, sondern auch ihren philanthropischen Ruf geerbt, zwei Gaben, die vereint, soweit Mr. Campion es beurteilen konnte, dazu führen mußten, daß die eine die andere beeinträchtigte. Campion erinnerte sich Genappes als eines kultivierten Menschen, übersensibel und ein wenig der Typ des geistreichen Ästheten – denkbar ungeeignet also, den herzzerreißenden Geschichten von den traurigen Schicksalen seiner Mitmenschen gegenüber festzubleiben. Die Dame mit der Schere war zweifellos Teil seines Schutzpanzers. Jedenfalls schien sie aus dem richtigen Zeug dazu gemacht zu sein. Er sagte:

»Wie ich hörte, hat er den Gutshof auf dem Hügel gekauft, Potter's Hall, nicht wahr?«

»So heißt er jetzt nicht mehr«, versicherte sie ihm mit einem kurzen freundlichen Lächeln. »Mr. Genappe gehört so viel vom umliegenden Gelände, daß es jetzt Pontisbright-Park-Landhaus genannt wird, um es vom kleinen Besitz des Grafen zu unterscheiden. Der ist ja übrigens Ihr Schwager.«

Das war für Mr. Campion keine Neuigkeit, er verzichtete jedoch darauf, sich dazu zu äußern. Miss Pinkerton schwatzte nach wie vor und schnippelte nach wie vor mit ihrer Schere.

»Lord Pontisbright besitzt lediglich die Mühle und den Wald, und er lebt so gut wie ständig in Südafrika.« Das klang, als wenn damit alles restlos erklärt sei. »Potter's Hall hat sich inzwischen völlig verwandelt, so viel Arbeit ist da hineingesteckt worden. Wenn Sie es während Ihres Aufenthaltes hier mal sehen möchten, wäre Mr. Genappe sicherlich damit einverstanden, glaube ich.«

»Hat er es denn schon gesehen?«

»Seit den Umänderungen noch nicht. Mr. Genappe weilt natürlich im Ausland.«

Mr. Campion zögerte unschlüssig. All das mochte hingehen, als munteres Geplauder, aber was die gute Dame sich eigentlich dabei dachte, daß sie sich hier an Onkel Williams Grabstätte zu schaffen machte, blieb schleierhaft. Er deutete mit einer Geste auf all den Granit und Marmor, die uralten Kreuze und die modernen Vogelbecken.

»Haben Sie das hier ebenfalls übernommen?«

Sie musterte ihn eine volle Sekunde lang und entschied dann, daß es scherzhaft gemeint sein müsse.

»Noch nicht«, lachte sie und ging auf die heitere Wendung ein. »Wir bezahlen bloß dafür, möchte ich annehmen – auf dem Weg über die Gemeindesteuern. Nein, ich mache das nur, um Mrs. Cassands ein bißchen zu helfen. Für sie tue ich immer, was ich kann. Ich bin überzeugt, Mr. Genappe würde es billigen. Sie hat stets so viel zu tun, in ihrem Haushalt und mit ihrer Malerei, also erspare ich ihr den Weg. So bin ich nun mal, jedermanns Mädchen für alles.« Sie schüttelte den Kopf. »Ich kann mir nicht vorstellen, weshalb Mrs. Cassands sich so mit ihren Bildern abrackert, aber da ihr merkwürdiger Gatte ja nie daheim ist, nehme ich an ...«

»Sie ist immerhin Mitglied der *Royal Academy*«, protestierte Mr. Campion milde, der Institution die schuldige Ehre erweisend.

»Oh, ich weiß. Und Mr. Genappe mag nicht nur ihre Arbeiten, er hat sich auch von Experten versichern lassen, daß sie durchaus solide seien und möglicherweise gar im Wert steigen würden. Tatsächlich haben wir auch mehrere Gemälde gekauft, bei Fang in der Bond Street, aber trotzdem finde ich, daß es eine Plackerei für sie ist. Sie macht es sich nie leicht mit ihren Bildern. Geradeheraus gesagt, ich kann es nicht verstehen, daß Mr. Cassands sich nicht häufiger und länger zu Hause aufhält, statt nur dann und wann auf einen Sprung vorbeizukommen und seine Zeit mit idiotischem Zeug zu verplempern. Dieses sogenannte Musikinstrument, das er da erfunden hat – na, wirklich!«

Wie die meisten Leute mußte auch Campion in Erinnerung daran kichern. Tonker Cassands hatte dieses geniale, lärmerzeugende Ding erfunden; es hatte sich einer kurzen Zeit nervenzerfetzender Beliebtheit erfreut und war nun in das Schattenreich der überlebten Scherze entschwunden. Schon der Name war so herrlich gewesen: »*Tumtiti, Tumtitum – auf meinem Glü-bal-ü-bal-um*!«

»Hören Sie auf!« Miss Pinkerton warf ihre Schere hin und hielt sich die Ohren zu. »Bitte hören Sie auf! Sie wissen ja, wie es einem ergeht. Man summt es den ganzen Tag vor sich hin, und dabei ist es so schrecklich albern. Wirklich, in dem Winter, in dem alle Welt es gesungen hat, bin ich fast verrückt geworden. Gräßlich vulgäres Ding! Es sah einfach scheußlich aus.«

»Ich weiß nicht.« Campion stellte sich die müßige Frage, ob sie sonst noch was erwähnen könne, was ihn sofort dazu animieren würde, es zu verteidigen. »Den Arm muß man durch viele Blasinstrumente hindurchstecken. Bei diesem mußte bloß zusätzlich ein Bein durchgesteckt werden, weiter nichts.«

»Es war nicht bloß das.« Sie zitterte geradezu, so aufgebracht war sie. »Außerdem bestand es noch aus all dem durchsichtigen Kunststoff-Zeug, daß man die verschieden großen Blasen im Innern sehen konnte. Grauenhaft! Und der Krach! Wie er für so was Blödsinniges auch noch bezahlt werden konnte, verstehe ich nicht.«

»Dabei hat es ein ganz schönes Sümmchen eingebracht, und augenblicklich ist es in Bongoland sehr in Mode, glaube ich.« Das dünkte ihn ein hinreichend geeignetes Stichwort zum Abtreten, und Campion schlenderte bereits von dannen, als sie ihn abermals zurückrief.

»Wie es heißt, ist Ihr Besuch wieder zurückgekehrt.«

Da er sie lediglich mit großen Augen anstarrte, bequemte sie sich zu einer Erklärung.

»Der Chefinspektor – groß, recht gut aussehend. Er hat sich ein paar Tage in der Mühle aufgehalten, um sich von den Verwundungen zu erholen, die er sich bei der Razzia in der Caroline Street zugezogen hat. Kurz vor der Beerdigung ist er abgereist.«

»Allerdings.«

»Aber jetzt ist er wiedergekommen?«

»Ja.«

Es entstand eine Pause, während der sie ihn streng ansah. »Hoffentlich halten Sie mich nicht für neugierig.«

»Du liebe Zeit, nein. Das wäre das letzte, wofür ich Sie halten würde«, sagte Mr. Campion, verließ schleunigst den Friedhof und schlug den Weg nach der Heide ein.

2
Liebe und Geld

Wenn Mr. Campion auch alles in allem Miss Pinkerton und ihre Tüchtigkeit nicht zu hoch einschätzte, sah er sich doch zu dem Eingeständnis genötigt, daß sie den Finger auf ein recht heikles Problem gelegt hatte. Als er das kleine mit Glockenblumen und weißen Veilchen bedeckte Stückchen Heide hinter sich gelassen hatte und den Weg zur Mühle einschlug, verweilten seine Gedanken seinerseits bei dem Thema.

Chefinspektor Charles Luke, leitender Kriminalbeamter eines Londoner Bezirks, mit dem Mr. Campion bei etlichen abenteuerlichen Fällen zusammengearbeitet hatte, stand am Wendepunkt einer bis dahin vielversprechenden Karriere. Seinen gegenwärtigen Rang hatte er in erstaunlich frühen Jahren erlangt, und nach der großen Umbesetzung in der Kriminalabteilung von Scotland Yard war es jetzt so gut wie sicher, daß er einen der begehrtesten Posten bekommen und Chef des Sondereinsatzkommandos werden würde. Anfangs drohte die Caroline-Street-Razzia vom Februar – an eine verzwicktere Angelegenheit vermochte Campion sich kaum zu erinnern – ein übler Reinfall für Luke zu werden, hatte dann aber eine ruhmreiche Wendung genommen. Durch die Kunst der Chirurgen war sein linker Arm gerettet worden, die Fleischwunden waren schneller verheilt, als irgend jemand erwartet hätte, und mit großzügig bemessenem Genesungsurlaub und einer Empfehlung für die heißbegehrte *Police Medal*, eine Auszeichnung, die nie ohne Grund verliehen wird, war er aus dem Krankenhaus wiederaufgetaucht. Vor weniger als einem Monat sah es noch aus, als sei der Weg in eine glänzende Zukunft geebnet.

Mr. Campion schüttelte den Kopf, während er in den Pfad

einbog, der zu der hölzernen Wassermühle und dem daneben stehenden Haus führte. Noch nie in seinem ganzen Leben war er so bestürzt gewesen wie am Abend zuvor, als er Luke hatte zurückkehren sehen. Dabei hatte sich diese Situation auf völlig harmlose Weise ergeben. Charlie Luke war zufällig gerade zu der Zeit aus dem *Guy's Hospital* entlassen worden, als Tante Hatt nach Connecticut abreiste, und da Amanda sich nicht sogleich mit ihrer Familie nach Pontisbright begeben konnte, war es als eine vernünftige Lösung erschienen, daß Luke und Mr. Lugg, Campions Freund und Helfer, für etwa eine Woche vorausfuhren. Luke sollte sich erholen und Lugg über die ersten Anfälle sentimentaler Wiedersehensfreude hinwegkommen, die man bei der Wiederentdeckung seines Lieblingsortes von ihm gewärtigen mußte. Campion hatte es für ausgeschlossen gehalten, daß den beiden in der Zwischenzeit irgend etwas Nichtwiedergutzumachendes widerfahren könne, doch schon in dem Augenblick, da er aus seinem Wagen stieg und von neuem den ersten Ansturm überraschten Entzückens empfand, der ihn beim Anblick des alten Hauses stets überkam, hatte er gespürt, daß etwas nicht in Ordnung war. Lukes ungewohnte Hinfälligkeit war zwar verschwunden, und es war unverkennbar, daß er sich rapide erholte, aber irgend etwas stimmte mit ihm nicht.

Normalerweise war der Chefinspektor eine eindrucksvolle Persönlichkeit, er sah aus wie ein Gangster und war auch ein knallharter Bursche. Trotz seiner Länge von fast einem Meter neunzig wirkte er durch seinen Brust- und Schulterumfang eher gedrungen. Die schmalen Augen unter den spitzwinklig hochgezogenen Brauen gaben seinem dunklen Gesicht ein lebhaftes und interessantes Aussehen. Er hatte die Gutmütigkeit des echten Londoners, hinter der aber ständig eine gewisse Wildheit lauerte, dazu eine gebändigte Energie, die sich in allen seinen Handlungen widerspiegelte. Campion hatte ihn außerordentlich gern.

An jenem ersten Abend ihres gemeinsamen Urlaubs, zehn

Tage zuvor, hatte Luke sich alle Mühe gegeben, genau wie sonst zu wirken, als er seinen Gastgeber am Ufer des Mühlbachs willkommen hieß, doch Campion hatte sich nicht täuschen lassen. Er wußte, wann er einen von Panik erfaßten Menschen vor sich hatte. Etliche Stunden konnte er keine plausible Erklärung dafür finden. Das Dorf Pontisbright, das sich locker um die kleine Gemeindewiese herumgruppierte, hatte so sanft-vegetabilisch ausgesehen wie eh und je und bedeutend harmloser, als Mr. Campion es aus seiner Jugendzeit her kannte. Doch am folgenden Morgen löste sich das Rätsel für ihn mit einem Schlag. Um elf Uhr vormittags war die Ehrenwerte Victoria Prunella Editha Scroop-Dory vom neuen Pfarrhaus herübergekommen – sie wohnte dort mit ihrer Mutter, der Witwe des letzten Baron Glebe, und dem Vetter ihrer Mutter, Ehrwürden Sam Jones-Jones, von aller Welt nur ›das Beffchen‹ genannt – und hatte sich auf die Veranda gesetzt. Ein paar Minuten später, nach einem nahezu sichtbaren inneren Kampf, hatte der unglückselige Luke sich auf dem Stuhl ihr gegenüber niedergelassen. Eine Unterhaltung hatte sich nicht entsponnen.

Dieses unvorhergesehene Mißgeschick jagte Campion einen solchen Schreck ein, daß er sich nicht einmal dazu hatte bringen können, die Angelegenheit Amanda gegenüber zu erwähnen, die sich ihrerseits den Anschein gab, als ahne sie nichts davon. So war eine ganze, unbehagliche Woche dahingegangen, während der Luke in elender Verfassung herumschlich, Campion zwischen Mitgefühl und tiefster Bestürzung schwankte, und die junge Dame Tag für Tag hereinspaziert kam.

Der jähe Tod Onkel Williams drüben in der ›Lockenden Lady‹, der sie alle betrübte, schien Luke plötzlich seine Entschlußkraft wiedergegeben zu haben. Am Vortage der Beerdigung hatte er kundgetan, daß er ihre Gastfreundschaft nicht länger in Anspruch nehmen wolle, hatte seinen kleinen Sportwagen hervorgeholt und war ohne weitere Erklärungen davongebraust, als gälte es sein Leben. Campion fiel bei diesem Abschied ein Stein vom Herzen.

Doch am Abend des folgenden Tages – er beglückwünschte sich noch immer, diese ernste Gefahr so erfolgreich abgewehrt zu haben – kehrte Luke überraschend zurück. Im sanften, goldenen Licht des Abends, während das Rauschen des Mühlbachs und der Gesang der Vögel den uralten Traum vom Paradies nicht nur wachwerden, sondern auch durchführbar erscheinen ließ, bog der bekannte Wagen schwungvoll auf die Steinplatten vor dem Haus ein, und eine grimmige und zerknirschte Gestalt stieg aus und trat auf ihn zu. Er habe, so sagte Luke unbeholfen, noch ein paar Tage Urlaub bekommen.

Somit war es, alles in allem genommen, durchaus verständlich, daß Mr. Campion heute auf seinem Nachhauseweg beinahe nicht wagte, um die Ecke zu biegen. Einen glückseligen Augenblick lang wiegte er sich in dem Glauben, sie sei nicht gekommen. Über einen der Liegestühle hinweg, die in einer Gruppe auf den uralten Steinplatten umherstanden, konnte er Lukes Hinterkopf mit den kurzgeschorenen Haaren erkennen. Welch häusliches Bild bot sich seinen Augen! Morgenzeitungen lagen auf dem Boden verstreut, und im Dunkel des Hauseingangs leuchteten freundliche Zinngefäße. In der niedrigen, halb mit Fachwerk durchzogenen Fassade befanden sich eine Menge kleiner Fenster; man wurde an das anmutige Bild einer Galeone auf hoher See erinnert. Mr. Campion trat einen weiteren Schritt vor und blieb stehen: Prune war also doch anwesend! Sie saß still im Hausschatten auf einer der auf der Veranda stehenden Hausbänke, und wenn sich die Lindenbäume neben dem Haus im Wind bewegten, huschte ab und zu ein Sonnenstrahl über sie hin.

Einem modernen Menschen mußte sie außerordentlich merkwürdig erscheinen. Sie war sehr groß, feinknochig, mit einer weißen Haut, gelblich-braunem Haar und den ausgeprägten Gesichtszügen ihrer Familie. Durch die Jahrhunderte hindurch hat das Glebe-Gesicht seine Höhen und Tiefen erlebt. Die junge Königin Viktoria soll einmal die ein wenig brutale Bemerkung gemacht haben, daß es sich »auf Bildnissen besonders gut ausnähme«, doch seitdem ist es nie wieder in Mode gekommen. Mr. Campion stimmte es trübe.

Prunes Schönheit, so meinte er, sei herangezüchtet worden, um ein im buchstäblichen Sinne mittelalterliches Ideal zum Ausdruck zu bringen. Frömmigkeit, Fügsamkeit, beseelte Stille hätten gut zu ihr gepaßt, doch jeder Versuch, ihr einen modernen Anhauch, etwas Knabenhaftes zu geben, war zum Scheitern verurteilt. Das Mädchen war nicht gerade überintelligent, aber so viel hatte sie doch begriffen: Mit sechsundzwanzig hatte sie derartige Versuche aufgegeben, um auf die Gaben der Natur zurückzugreifen, die ihr angeboren waren. Sie hielt die Nägel an ihren schmalen Händen kurzgeschnitten, vermied jeden Zierat und benutzte zaghaft die Art von Lippenstift, die so gut wie gar nicht zu sehen ist.

An diesem Morgen betrachtete Mr. Campion sie mit ohnmächtiger Erbitterung. Seiner Ansicht nach mußte jeder, der je Zeit gehabt, sich Gedanken über sie zu machen, an ihr verzweifelt sein. Kriege hatten das Geschlecht der Glebes und die nachfolgenden Umwälzungen und Revolutionen den Rest ihres Vermögens ausgelöscht. Irgendwann zwischendrin waren offenbar auch all die großen Ziele, für die sie sich so sorgfältig gezüchtet hatten, verlorengegangen. Dieses Mädchen, dieses bedauernswerte Geschöpf, war zu spät geboren, und die Party, auf die man sie wohl vorbereitet und ausstaffiert geschickt hatte, war schon lange vorüber. Wie er einer Äußerung ›des Beffchens‹ entnommen, hatte man ihr – eine ziemlich desperate Maßnahme – fünf Jahre im *Women's Royal Naval Service* verordnet, doch sie hatte den Dienst haargenau so verlassen, wie sie ihn begonnen hatte. Wenn Mr. Campion sie sich so ansah, wunderte ihn das wenig. Die Situation, die sich da ergeben hatte, gefiel ihm ganz und gar nicht. Ihre Sinnlosigkeit erboste und bestürzte ihn. In seinen Augen war Luke ein prächtiger, tüchtiger Mann, viel zu wertvoll, als daß sein Vorwärtskommen und sein seelisches Gleichgewicht durch ein derartiges, unweigerlich verhängnisvolles Erlebnis gehindert und gefährdet werden durften. Er gesellte sich zu ihnen und setzte sich ein wenig energischer hin, als es seine Gewohnheit war.

Luke warf ihm einen Blick zu, sagte aber keinen Ton. Er sah ruhig und wachsam und bedeutend jünger aus, als er tatsächlich war, und mit säuerlicher Genugtuung stellte Mr. Campion fest, daß er zumindest seine Fähigkeit beibehalten hatte, alles so gründlich wie möglich zu tun. Es dünkte Campion höchst alarmierend. Er hatte gesehen, wie Luke früher mit jungen Frauen umging, sie neckte, sie begönnerte, sich vor ihnen aufspielte wie ein Pfau. Das hier war etwas völlig Neues. So etwas konnte einem Mann lebenslänglichen Schaden zufügen. Er betrachtete Prune in stummem, aber rasendem Zorn.

Sie erwiderte seinen Blick mit klaren blauen Augen und wandte sich dann wieder Luke zu. Sie saß auf einem kleinen Schemel, die langen Arme um die Knie geschlungen, und wartete. Sie verfügte über keinerlei Koketterie, keine Ausflüchte, keinerlei Geschicklichkeit; sie fand ihn nur einfach wundervoll. Mr. Campion konnte nur dem Himmel für die Gewißheit danken, daß jemand wie sie das wenigstens nicht geradeheraus sagen würde.

Er zweifelte nicht daran, daß es vorübergehen und dieser ausdauernde, klaräugige Blick sich in einer Woche, einem Monat, einem Jahr ebenso hoffnungslos an eine andere Adresse richten würde. Man mußte sich mit der Tatsache abfinden: als zeitgenössisches Erzeugnis war Prune pure Vergeudung, unter den gegenwärtigen Umständen sogar eine bedrohliche Gefahr. Er räusperte sich schließlich.

»Hätten Sie – äh – etwas auszurichten ... oder sonst was?« fragte er.

Sie blinzelte nachdenklich und nahm anscheinend erstmals von ihm Notiz.

»Ach ja, freilich.« Ihre schleppende Stimme – eine Karikatur aller aristokratisch-schleppenden Stimmen und einer Welt von erheblich langsamerem Tempo zugehörig – drang sanft durch die sommerliche Luft. »Minnie und Tonker kommen heute morgen auf dem Weg zum Bahnhof Kepesake bei Ihnen vorbei. Die Woche steht für Tonker im Zeichen eines zweitklassigen weißen Burgunders, und er bringt einen kleinen Vorrat mit. Es könnte sein, daß er sich verspätet; Sie möchten also bitte ein paar Gläser bereithalten.«

»Wird gemacht.« Trotz seiner bangen Ahnungen erhellte sich Mr. Campions Miene. »Tonker ist also noch hier? Ich dachte, er sei wieder in London. Woher haben Sie denn das?«

»Minnie hat heute morgen ›das Beffchen‹ angerufen.« Prune schien bereit, auf jede Frage Rede und Antwort zu stehen, solange sie Charlie Luke dabei ansehen konnte. »Sie wollte sich bei ihm für die reibungslose Abwicklung der Beerdigung bedanken, wissen Sie.« Die Bemerkung versickerte in Schweigen, und Campion brummte.

»Dann hat es also keine Pannen gegeben?« half er nach.

»Manche Pastoren sind allerdings gräßlich inkompetent, aber ›das Beffchen‹ kriegt alles ganz leidlich hin. Er hat keinen Dachschaden, wenn er auch mein Onkel ist.« Der Glebe-Mund, den van Dyck so gut getroffen und Gainsborough so übel verpfuscht hat, verzog sich in matter Selbstironie. »Er war übrigens ungeheuer erleichtert. Er hatte gemeint, sie befänden sich immer noch auf dem Kriegsfuß, weil sie beim Gottesdienst nicht aufgetaucht war. Der Briefträger hat ihm versichert, sie sei nur deshalb nicht gekommen, weil sie ein blaues Auge habe, was er natürlich nicht geglaubt hat. Aber ihr Anruf hat ihn gefreut, denn sie haben schon seit Wochen nicht mehr miteinander gesprochen.«

»Weshalb denn das?« Mr. Campion war entschlossen, ihre Aufmerksamkeit abzulenken, und wenn er sie anbrüllen müßte.

Prune hob die ohnehin schon reichlich hohen Brauen. »Ach je, eine ihrer üblichen Kabbeleien. ›Das Beffchen‹ fürchtet, sie könne einen religiösen Tick bekommen. Ich glaube, wegen all der Bilder, die ihr Vater gemalt hat, Löwen und Lämmer und Heilige und sehr hübsche Interieurs. Das ist der eigentliche Grund, freilich nur in seinem Unterbewußtsein. Er sagt, von ihrer Menagerie abgesehen, sei sie ganz allein da unten, und in ihrem Alter würden Frauen in diesem Punkt oft ein bißchen komisch.«

»Sagt er das etwa zu ihr?« erkundigte sich Mr. Campion interessiert.

»Natürlich tut er das!« Die vornehm gedehnte Stimme schleppte sich träge weiter, aber ihre Augen ließen kaum einen Blick von dem dunklen, gedankenversunkenen Gesicht ihr gegenüber. »Immerzu fleht er die Leute an, nicht zu religiös zu werden. Der Bischof hat ihm schon zur Vorsicht raten müssen, damit er nicht durch pure Unachtsamkeit die Kirche noch völlig leert. ›Das Beffchen‹ sagt, privat könne man getrost so fromm sein, wie man wolle, aber man dürfe sich nicht zu viele Gedanken über die Religion machen, sonst vergesse man sich schließlich noch so weit, davon zu sprechen. Eines Tages im letzten Winter, als Minnie sich ziemlich elend fühlte, und er durch den Schnee gestapft war, um ihr das Kirchenblatt zu bringen, hat er das Minnie mal erklärt. Und sie hat gesagt, er meine vermutlich, daß ein christlicher Gentleman sich nie der Gefahr aussetzen dürfe, zu einem ordinären Christen zu degenerieren. Darauf hat er gesagt, genau das habe er gemeint. Und sie hat gesagt, er sei ein verschrobener alter Brite.«

»Brite?«

»Ja, das hat ihn ja so gekränkt. Er ist nämlich Waliser. Aber sie hatte nun mal einen ihrer amerikanischen Tage. Manchmal ist sie das eine, manchmal das andere; man kann's nie wissen. Und dann hat sie noch gesagt, sie, als mindestens zur Hälfte gute Amerikanerin, sei der Meinung, man brauche sich bloß mal die für den englischen Gentleman aufgestellten Regeln vor Augen zu halten, um klar zu erkennen, was für ein unglaublicher Rohling dieses Wesen von Natur sein müsse, wenn es von der Unterwerfung unter solche Regeln so viel Aufhebens mache, daß man nicht auf alten Frauen herumtrampeln, nicht grausam gegenüber Kindern sein solle und so weiter... Daran hat sich der Streit entzündet.«

Sie hielt inne, wandte sich langsam um und sah ihm endlich voll ins Gesicht.

»Gut, daß die Sache beigelegt ist«, leierte sie, ernst geworden, weiter. »Minnie wird nämlich wirklich immer komischer. Im Dorf heißt es, nicht die Religion, sondern eine Erpressung stecke dahinter. Die Dörfler wissen so ziemlich alles, aber gewöhnlich bekommen sie es nicht ganz richtig mit.«

Mr. Campion grinste sie an. »Vermutlich erfahren Sie so was, indem Sie einfach den Dorftrommeln lauschen?«

»Nein.« Prune ließ sich nicht beirren. »Ich höre den Leuten zu. Ich kann mich mit ihnen nicht anfreunden und verstehe mich auch nicht darauf, sie zu gängeln, aber ich bin beharrlich, und nach einer Weile vergessen sie schlichtweg, daß ich da bin, und reden drauflos. Holen Sie die Gläser für Tonker oder möchten Sie, daß ich es tue?«

Ehe er antworten konnte, hörte er hinter sich ein Geräusch, und eine noch aus den ersten Nachkriegsjahren stammende Bremse, sachkundig gehandhabt, brachte den Wagen lautlos und genau am Rand des Kieswegs zum Stehen. Alsbald war die Landschaft von aufgeregtem Lärm erfüllt.

Eine etwas zerzauste Amanda, die immer noch wie siebzehn aussah, daß Mr. Campion sich bei der zerstreuten Überlegung ertappte, was für ein törichter junger Mensch er doch sei, schlüpfte heraus, bedeutete ihnen mit einem kurzen

Wink, sie möchten bleiben, wo sie seien, und befreite eine prächtige gemischte Ladung aus dem rückwärtigen Teil des Wagens. Ein kleiner Junge schoß als erster hervor, gefolgt von einem fetten Collie, und abschließend erschien, unter einem Niederprasseln von Zitronen, Mr. Magersfontein Lugg persönlich, sehr gewählt und passend gewandet: *pour le sport*.

Sowohl Amanda als auch ihr Sohn steckten beide in verwaschenen Monteuranzügen, deren ursprüngliche Rostfarbe zu einem rötlichen Gelb verblaßt war. Das Pontisbrightsche Haar, das unter dem Himmel von Suffolk wie eine Feuergarbe wirkt, flammte auf beider Köpfe – bei Amanda war es jetzt eine Spur dunkler, doch bei dem Jungen, besonders noch in der Sonne, ein schreiendes, ein echtes Fuchsrot. Auf diese Entfernung sahen die zwei sich lächerlich ähnlich: beides magere Gestalten, die das Aussteigen der anderen beaufsichtigten. Zum Unterschied zu Mr. Lugg stieg der Hund mit dem Kopf voran aus dem Wagen, sonst hatten aber beide Vorgänge etwas merkwürdig Gemeinsames; sie vollzogen sich unter vielfachem Zaudern und allerlei Manövern.

Der Hund gehörte Tante Hatt. Es war ein schwarzweißer, langhaariger schottischer Hütehund. Er war gezeichnet wie ein Pandabär, in seinem jetzigen mittleren Alter von enormer Größe und tatsächlich kaum von einem Panda zu unterscheiden. Der Kleinbauer aus Inverness-shire, der ihn als Welpen an die Dame aus Neuengland verkaufte, hatte ihr gesagt, er heiße »Choc«, aber sie hatte seinen vollen Namen auf sein Halsband gravieren lassen, weil sie ›Choc-ice‹ nicht mochte. Er war erschreckend intelligent und hielt sich für den alleinigen Gastgeber der Party. Mr. Lugg andererseits – nach seiner Kleidung zu urteilen – schien sich als den einzigen Gast betrachten zu wollen. Nach der Reihenfolge ihres Erscheinens trug er folgende Kleidungsstücke: Tennisschuhe, die Hose seines schwarzen Anzugs, die er auftragen wollte, ein weißes Leinenjackett, als Zeichen seines Amtes sozusagen, ein Hemd mit offenem Kragen, um seine Unabhängigkeit darzutun, und eine steife schwarze Melone, um den Einheimischen klarzumachen, daß er aus einer zivilisierten Stadt komme.

Sobald er Boden unter den Füßen hatte, räkelte er sich vorsichtig, zog die Hose hoch und fing an, den Knaben Rupert anzubrüllen. Seine volltönende Stimme, dickflüssig wie das alkoholische Schmiermittel, das er seit einigen Jahren bevorzugte, vermischte sich mit dem Plätschern des Mühlbachs.

»Laß die Zitronen liegen und komm her. Hinten im Wagen ist 'ne Flasche Bier ausgelaufen. Du mußt die Glimmstengel retten, sonst werden sie patschnaß. Na, mach schon. Spare in der Zeit, so hast du in der Not. Denkst du vielleicht, du wärst hier beim Kommiß? Da braucht man bloß 'n Wisch zu unterzeichnen, aber *wir* müssen für das Zeug blechen.«

Amanda ließ sie gewähren, kam herüber und setzte sich in den Liegestuhl, den Campion für sie neben den seinen gezogen hatte. Sie war braungebrannt und staubig, und ihre honigfarbenen Augen sprühten. Sie wies die ölverschmierten Hände vor, und ihr herzförmiges Gesicht vibrierte vor Lachen.

»Zwanzig Jahre Abwesenheit machen anscheinend nicht viel aus«, sagte sie, und ihre hohe, klare Stimme klang entsprechend befriedigt. »Ich bin hier im Dorf mal wieder zum Klempner geworden, zum Fachmann für alles Technische. Heute morgen habe ich Honesty Bulls elektrische Pumpe abmontiert. Er ist nach wie vor Gastwirt im ›Fehdehandschuh‹, und ich soll dir schöne Grüße von ihm ausrichten. Außerdem habe ich auch Scatty Williams gesehen, der früher für uns gearbeitet hat. Er sagte, ich könne sicher auch mal sein Fernsehgerät auseinandernehmen, wo ich doch schon ein Flugzeug entworfen hätte! O ja, mir gefällt's hier.«

»Mir auch«, sagte Mr. Campion. »Ich war auf dem Friedhof. Am Grab habe ich einen Dämon hocken sehen.« Er kam sich brutal vor, als ihr Lächeln verflog, und er tätschelte ihr,

Verzeihung heischend, die Hand. »Gleich kommt Tonker«, sagte er, um sie wieder aufzuheitern.

»O nein, er kommt nicht. Wir sind den beiden im Dorf begegnet. Sie müssen sich beeilen, wenn er den Zug noch bekommen will. Heute morgen können sie nicht mehr vorbeischauen, aber Minnie möchte, daß wir nach dem Lunch rüberkommen, falls du dich vor Schwerarbeit nicht scheust. Sie stecken nämlich mitten in den Vorbereitungen für die Party am Samstag. Hallo, Prune!«

»Hallo!« Prunes Augen hatten die gleiche Farbe wie die einer siamesischen Katze. Widerstrebend nahm sie den Blick von der entmutigend stummen Gestalt des Chefinspektors und beschloß, sich ein bißchen zusammenzunehmen.

»Sie steht nach wie vor auf dem Programm, die Party, nicht wahr?« erkundigte sie sich verträumt. »›Das Beffchen‹ meinte, Minnie habe ihn deswegen aushorchen wollen – mit andern Worten: ob es sich wohl schicke, so kurz nach der Beerdigung ein Fest zu geben. Sie fühlt sich nicht allzu wohl dabei, nicht wahr?«

Amanda erwog die Frage offenbar mit großem Ernst.

»Ich weiß nicht«, sagte sie schließlich. »Sie ist ein bißchen sonderbar, und sie hat sich das Auge verletzt oder so was. Aber Tonker hat nicht die mindesten Bedenken. Er sagt, sie sei schon vor einem halben Jahr festgesetzt worden, und sein alter Freund Onkel William würde sich im Grabe herumdrehen bei dem Gedanken, daß er, wenn auch unverschuldet, den wohlbegründeten Konsum von Alkohol verhindern sollte. Außerdem, so behauptet er, hätte er ohnehin keine Ahnung, wen er eingeladen hat, und also könne nicht die Rede davon sein, daß jemandem abgesagt werde. Er will die Party abhalten.« Sie warf Campion einen Blick zu. »Die ›Wahrnehmung‹ G.m.b.H. gibt diesen Empfang. Tonker und Wally haben ihn geplant, und die Clowns kommen auch.«

Prune regte sich. »Als sie das letztemal zu einer von Tonkers Parties kamen, war das ganze Terrain ein einziges

Schlachtfeld, Clowns gegen Kinder. Und es hat einen schrecklichen Aufruhr gegeben, weil irgendein Kind gekidnappt worden war und nachher, beim großen Finale von *Socks and Shoes* im Hippodrom, im Innern der großen Trommel wiedergefunden wurde.«

Amanda nickte mit bedenklicher Miene. »Ich habe davon gehört. Ich habe überhaupt eine Menge merkwürdiger Dinge gehört. Ist mit Minnie wohl alles in Ordnung, Prune?«

»Ich glaube schon.« Die Bemerkung klang nicht sehr überzeugend. »Ich habe sie wer weiß wie lange nicht mehr gesehen, und außerdem möchte ich annehmen, daß sie Onkel Williams wegen ziemlich erschüttert ist. Sie hat ihn schrecklich gern gehabt, und er ist ja tatsächlich sehr plötzlich gestorben, und das schließlich erst letzten Freitag um Mitternacht.«

»Wie waren sie denn heute?« Mr. Campions Stimme klang versonnen. Amanda verzog den Mund zu einem breiten Lächeln.

»Ehrlich gesagt, sie sahen aus wie ein Pärchen auf einer Ansichtskarte von einem Badeort am Meer«, sagte sie lachend. »Sie saßen zusammengepfercht im Dogcart, und der Esel davor wirkte furchtbar lahm und altersschwach. Minnie trug ihren Parade-Hut auf ihrem grauen Bubikopf, und Tonker hatte sich für London in Schale geworfen, und sie brüllten vor Lachen über ein selbsterfundenes Spiel.«

Mr. Campion seufzte. »Klingt, als wenn mit ihnen alles in bester Ordnung wäre. Warum hält Minnie sich eigentlich immer noch dieses Viech? Zwecks körperlicher Ertüchtigung?«

Prune starrte auf einen Punkt in mittlerer Entfernung. »Sie sagt, ein Auto komme überhaupt nicht in Betracht.« Sie hielt inne und fügte dann zusammenhanglos hinzu: »Auf dem Kornspeicher hinter der Scheune stehen, noch in Kisten verpackt, vierzehn Goldrahmen.«

Diese Nachricht – eine unbestimmt ominöse Nachricht in einer Gegend, die den höchsten Prozentsatz an überspannten

Käuzen auf der ganzen Welt aufzuweisen hat – wurde schweigend aufgenommen, und in der plötzlich entstandenen Stille legte der mit federnden Schritten unbemerkt hinzugekommene Rupert seinem Vater ein Büschel verwelkten Grünzeugs auf die Knie.

»Für dich«, sagte er artig.

»Wie lieb«, mußte Mr. Campion zugeben, »und wie aufmerksam. Eine merkwürdige Kollektion. Wer schickt mir denn das?«

Der Junge war in dem Alter, wo Tanz als gängige Ausdrucksform betrachtet wird. Er hob seine dünnen Ärmchen, tanzte ein wenig und erwog dabei zweifellos weniger ergötzliche Mitteilungsmöglichkeiten.

»Ein Mann«, sagte er schließlich und winkte unbestimmt nach der Heide hin.

»Rupert ist auf eigene Faust losgezogen, während Lugg sich im Postamt mit Scatty unterhielt, und als er wieder auftauchte, hatte er das da bei sich. Jemand hatte ihm den Strauß gegeben mit dem Auftrag, ihn an dich weiterzugeben, sagt er«, erklärte Amanda. Dabei beugte sie sich vor und zog einen Zweig aus dem Büschel. »Wir meinten schon, es handle sich vielleicht um eine Botschaft, aber das hier ist das einzige Zeichen, das ich kenne – Zypresse. Das bedeutet...« Sie stockte. »Ach, irgendwas Albernes und Unwahrscheinliches. Tod, glaube ich.«

»Trauer«, berichtigte eine Stimme neben ihrem Ellbogen. Zur Überraschung aller richtete sich Charlie Luke plötzlich in seinem Liegestuhl auf. Einen Moment lang sah er großartig aus, sogar poetisch, wie der Heros eines alten Gemäldes, der die fesselnden Girlanden der Nymphen zerreißt. Und dann kam seine charakteristische, heiter-lärmende Persönlichkeit zum Durchbruch; sie schwoll auf wie plötzlicher Verkehrslärm in einer Hörspielsendung. »Einen Augenblick, mein Bester, da bin ich auf meinem ureigensten Gebiet.«

Seine langen Hände umschlossen das Blätterbündel, und

seine glänzenden schwarzen Augen blickten sich in der Runde um und bezogen Prune sachte mit ein.

»Als kleiner Junge im Londoner Südosten hatte ich mal eine Biologie-Lehrerin«, verkündete er und entwarf dabei mit der freien Hand eine Umrißskizze von ihr. »In ihr erlebte ich die erste Frau, deren Formen ich bewußt wahrnahm. Wir waren sämtlich in sie verknallt, und ich habe ihr immer die Bücher getragen.« Er gab ihnen eine kleine Pantomime zum besten: er lächelte schwärmerisch-verschnupft, schielte ein wenig und hielt den Atem dabei an. »Und der haben wir immer Blumen gebracht, die wir im Park geklaut hatten, wenn die Wärter gerade nicht hersahen. Sie hat es nie durchschaut, das arme Mädchen. Sie war überaus ehrbar und, wie mir rückblickend scheint, auch ein kleines bißchen einfältig. Na, also die hatte ein Buch über die Blumensprache, und ich, gerissen wie ich war, habe den Titel ausfindig gemacht und mir aus der Volksbücherei ein zweites Exemplar ausgeliehen.« Eine Sekunde lang blitzten die Zähne in seinem dunklen Gesicht auf. »Die Geschichte endete mit Tränen«, sagte er. »Nun also, was haben wir denn da? Rhododendron. Was das bedeutet, weiß ich nicht. Eisenhut. Weiß der Himmel, was das heißt! Augenblick mal. Goldmohn. Da kommen wir der Sache schon näher. Das heißt: ›Geben Sie mir keinen Korb.‹ Von denen hatte ich immer ein paar dabei. Und Nelken. Nelken.« Er blickte auf. »Eine Nelke bedeutet: ›Beeilen Sie sich.‹ – Trauer? Geben Sie mir keinen Korb? Beeilen Sie sich? Sieht so aus, als wär's die alte Geschichte, Chef. Da ist mal wieder jemand pleite und behandelt die Sache ungewöhnlich diskret. So lautet meine Übersetzung.«

Amanda erhob sich und ging ins Haus. Eine Minute später lehnte sie sich aus dem Fenster, unter dem die anderen saßen. In der ausgestreckten Hand hielt sie ein arg mitgenommenes, weißes Buch mit Aufschrift in Goldlettern.

»Ich wußte doch, daß wir früher mal eins hatten«, sagte sie.

»Tante Hatt ist wirklich erstaunlich. Es steht alles noch am alten Platz. Schlag es mal nach, Albert.«

Mr. Campion nahm den Band folgsam entgegen und schob seine Brille hoch.

»*Sprache und Bedeutung der Blumen*«, las er. »Erschienen bei Messrs. Ballantyne and Hanson, London und Edinburgh 1863, Preis: Sixpence. Rhododendron: Vorsicht! Gefahr!« Er blickte auf. »Na? Und wo haben wir die andere Blume?« Er nahm den letzten verwelkten Stengel in die Hand, an dem ein paar Knospen gerade noch zu erkennen waren. »Das ist Eisenhut, nicht wahr, Charles?«

»So hieß es wenigstens, als ich noch die Schulbank drückte. Was steht da? ›Gerichtsvollzieher im Anzug‹?«

Mr. Campion blätterte die Seiten um, zwischen denen vergilbt und traurig die getrockneten Blumen vergangener Herzenskümmernisse lagen.

»Eisenhut«, sagte er schließlich. »O weh, o weh! ›Ein Todfeind liegt auf der Lauer.‹ «

Hinter ihm brach Amanda in Lachen aus. »Schon wieder?« fragte sie.

Charlie Luke runzelte die Stirn. Er wirkte leicht gekränkt.

»Trauer – Gefahr – Geben Sie mir keinen Korb«, repetierte er. »Das ist ja ein reizender Willkommensgruß. Wer hat dir das gegeben, mein Sohn?«

Rupert, der die ganze Zeit über vor ihnen stehengeblieben war, hatte das Interesse an dem, was vorging, verloren. Er zog mit dem Gummiabsatz seiner Sandale eine Linie über die Fliesen. Er mochte den Chefinspektor, aber die Art, wie seine Augenbrauen sich manchmal in der Mitte zu einem spitzen Winkel hochzogen, erinnerte ihn an einen bestimmten Clown, den er Weihnachten im Zirkus gesehen hatte und dessen Gesicht ihm so herrlich komisch vorgekommen war, daß er bei dem bloßen Gedanken daran lachen mußte, bis ihm das Zwerchfell wehtat. Als Luke die Frage stellte, waren seine Brauen in die Höhe gegangen, und damit war es um Rupert geschehen. Er vermochte an nichts andres zu denken. Er lachte und lachte, bis er unter den Stuhl rutschte, auf dem Luke saß. Er wurde wieder hervorgezogen, geschüttelt, setzte sich aufrecht hin – lachte aber nach wie vor, hysterisch mit hochrotem Gesicht.

»Ein Mann«, war alles, was er keuchend hervorbringen konnte. »Ein ganz gewöhnlicher Mann.«

Unterdessen hatte sich Lukes Miene verfinstert, und er wurde sehr still. Er vermutete einen Familienwitz dahinter, konnte sich aber keineswegs klarwerden, wer damit gemeint war. Mr. Campion verharrte bei seiner Nachdenklichkeit. Jetzt zog er einen Bleistift hervor und notierte sich die Blumen und ihre Bedeutung auf der Rückseite eines Briefumschlags. Als er aufblickte, gewahrte er den Gesichtsausdruck des Chefinspektors und begann sogleich, sich zu entschuldigen.

»Mein Lieber«, sagte er, »Sie müssen ja glauben, wir seien übergeschnappt.«

Luke wandte den Kopf. Amanda hatte sich ins Haus zurückgezogen, und Prune, die in diesem Falle unerwartete Geistesgegenwart bezeigte, hatte sich energisch des jungen Rupert angenommen, indem sie ihn unter den Arm klemmte und ins Haus trug. Die beiden Männer waren allein im Garten.

»Sie und wer sonst noch?« erkundigte Luke sich argwöhnisch.

»Ich und mein Freund.« Die Bezeichnung schien Mr. Campion nicht recht zu behagen. »Mein Briefpartner. Der Bursche mit der preziösen Handschrift.«

Luke schob heftig die Hände in die Hosentaschen und klimperte mit den darin befindlichen Münzen. Er stand mit weit auseinandergespreizten Beinen da und hob sich ein wenig auf die Zehenspitzen; dabei zeigte sich das lastende Gewicht seiner Schultern. Das Kinn hatte er aggressiv vorgereckt.

»Dieses Nest kann einem angst machen«, sagte er unvermittelt. »Es ist so wunderschön; man merkt erst nach einer Weile, daß es einem völlig den Kopf verdreht hat. Mir ist, als wenn ich beschwipst wäre. Das Gemüse da ist eine ganz klare Sache für Sie, nicht wahr? Vermutlich ist es ebenso selbstverständlich wie der Sonnenschein, die feine Aussprache, das Faß im Keller? Einfach etwas, was nun mal zu Ihnen gehört.«

Mr. Campion schaute zunehmend unglücklicher drein. Er blickte auf die Steinplatten zu seinen Füßen und zog mit der Fußspitze die Linien nach, die Rupert vorgezogen hatte. Nach einem kurzen Schweigen sah er zu Luke auf.

»Ist Ihnen schon mal der Gedanke gekommen, daß ich eigentlich ziemlich überflüssig bin?« fragte er überraschend. »Ich meine, was meinen Job betrifft. Verstehen Sie mich bitte nicht falsch. Ich meine nicht im soziologischen Sinn. Ich spreche lediglich von der Arbeit. Ist Ihnen schon mal der Gedanke durch den Kopf gegangen, daß ich nichts tue, was die Polizei nicht eigentlich besser machen kann?«

Luke lief rot an. Er lachte, und seine Augen und Zähne blitzten hell auf.

»Nein«, protestierte er, »nein, bestimmt nicht. Sie sind kein Privatdetektiv, und Sie sind kein Amateur. Wir betrachten Sie als einen Experten, möchte ich sagen, einen Mann, den wir hinzuziehen wie einen Pathologen.«

»Hm, ja.« Die blassen Augen hinter Mr. Campions Brillengläsern waren hart und erstaunlich wissend. »Das ist furchtbar nett von Ihnen, aber es ist leider nicht die volle Wahrheit. Ich habe eine ausgedehnte Privatpraxis.«

»Und dahin gehört auch das Grünzeugs?«

»Es könnte sein.« Campion zögerte nach wie vor. Er schob seinen Arm in Lukes, und zusammen schlenderten sie den Pfad entlang, der zwischen der Mühle auf der einen Seite und Tante Hatts Blumengarten auf der anderen verlief. »Alle Polizisten streben Diskretion an«, fuhr er schließlich fort, »aber Diskretion ist keine Tugend, sondern ein Talent. Ich glaube,

Sie besitzen es. Trotzdem habe ich nicht vor, überraschende Enthüllungen zu machen. Aber da ich nicht möchte, daß Sie denken, a) wir lachten Sie aus oder b) wir tollten in einem phantastischen Märchenland herum, will ich Ihnen erklären, wie mein Hirn arbeitet. Zunächst einmal: ich weiß genausowenig wie Sie, was diese Botschaft besagt, oder von wem sie kommt.«

»Aber Sie halten sie für eine Botschaft?«

»Es scheint mir doch entschieden mehr als ein purer Zufall zu sein.«

»O ja, mir auch. Es ist ein Jux.«

»Aha.« Mr. Campion blieb stehen und ließ seinen Blick über den im funkelnden Sonnenlicht in allen Farben prangenden Garten schweifen. »Das wäre das Wahrscheinlichste – nur kann der einzige Mensch, der mir als Täter einfallen will, unmöglich der Urheber sein.«

»Oh! Und wer ist das?«

»Sie.«

»Ich?« Luke war empört. »Seien Sie bloß nicht albern. Außerdem bin ich den ganzen Morgen hier gewesen.«

»Ich weiß.« Campion packte seinen Arm fester. »Wenn Sie es wären, müßte es einen Verbündeten geben. Ich glaube nicht, daß Sie einen haben. Also bleibt nur eine Möglichkeit: es ist eine direkte Botschaft von jemandem, der mich gut genug kennt, um anzunehmen, daß ich ihren Sinn schon verstehen würde.«

Luke kraulte sich verzweifelt das kurzgeschorene Kraushaar. »So ein überspannter Kram«, sagte er. »Geradezu weltfremd. Wer in aller Welt...?«

Campion seufzte. »Ganz recht.« Es klang befriedigt. »Genau das habe ich auch gedacht. Der einzige Mensch, von dem ich mir vorstellen könnte, daß er darauf verfiele, mir auf solche Weise einen kleinen Rippenstoß zu versetzen, steht tatsächlich nicht völlig mit beiden Füßen auf der Erde. Ganz im Gegenteil.«

Luke musterte ihn verständnislos. Beim Umherstreifen hatte er einen Strohhalm aufgegriffen und schon eine ganze Zeitlang an ihm herumgefingert. Jetzt steckte er sich den Halm lässig ins Haar – das war sein ganzer Kommentar.

Campion blickte ihn finster an. »Na los«, sagte er. »Strengen Sie Ihren Grips an, Inspektor. Schalten Sie den Motor ein. So schlimm ist es doch gar nicht. Haben Sie noch nie einen Geschäftsbrief von einem Mann bekommen, der fast zu vorsichtig war, ihn zu verschicken? Ein Schreiben, das mit ›Privat und Vertraulich, Geheim und ohne Präjudiz‹ beginnt und dann fortfährt: ›Vor dem Lesen zu verbrennen‹ oder ähnlichen Bemerkungen am Rande jedes Absatzes? Natürlich haben Sie so was schon mal bekommen. Meiner Erfahrung nach besagen solche Briefe immer dasselbe. Jemand, der aus der Angelegenheit unbedingt herausgehalten werden möchte, hat etwas festgestellt und glaubt, es liege in seinem Interesse, wenn Sie davon erfahren. Etwas Derartiges scheint mir diese Nachricht zu sein, in potenzierter Form sogar. Es ist ein so diskreter Geschäftsbrief, daß er gar nicht existiert.«

Luke fing an zu brummeln. »Verdammt spitzfindiges Zeug.«

»Selbstverständlich. Das ist meine Spezialität«, sagte Albert Campion. Nach einer Pause wandte er sich wieder dem Hause zu. »Trauer«, sagte er. »Heute nachmittag gehe ich in das einzige Haus am Ort, das im speziellen Wortsinn ›in Trauer‹ ist. Kommen Sie mit?«

Luke zögerte. Er starrte über die Einfassung hinweg auf einen Busch Russell-Lupinen – hohe, schmale Blüten; Cremefarbe, die zu Gelb, dann zu Braun verwelkt; seltsame, formstrenge Blumen, aber schön und sehr ungewöhnlich. Hinter ihnen wand sich der Fluß durch die Uferwiesen auf eine graue Ferne zu, die, wo der Wald anfing, von Goldstreifen durchquert wurde. Bedauern klang in seiner Stimme auf, als er zögernd, aber doch unmißverständlich ablehnte.

»Ich bin für heute nachmittag schon vergeben; wir wollen

in die Richtung gehen«, sagte er und deutete mit dem Kopf stromaufwärts. »Dort soll es Fischotter geben, die habe ich noch nie gesehen.«

Mr. Campion öffnete schon den Mund zu der Entgegnung, daß der Otter ein Geschöpf des Zwielichtes und der Abenddämmerung sei, überlegte es sich jedoch anders und sagte nichts. Er dachte noch rechtzeitig an ein Motto seines Großvaters: »Katzen auf Bäumen, verliebten Mannsbildern und den Franzosen – wer denen helfen will, der ist ein Narr.«

Schweigend schritten sie zum Haus zurück, doch bevor sie hineingingen, ergriff der Chefinspektor noch einmal das Wort. Sein Blick fiel auf den auf den Fliesen liegenden verwelkten Strauß. Er bückte sich und schob ihn unter die Büsche neben der Tür.

»Ich will keineswegs vorgeben, daß ich mich auf dem Gebiet auskenne, aber dennoch möchte ich sagen: wenn Sie recht haben, gibt's auf der Welt nur eine Kategorie von Menschen, die so lichtscheu ist, wie das Zeug hier vermuten läßt«, bemerkte er ernsthaft, »und das sind Geldmenschen.«

»Ja«, sagte Mr. Campion beiläufig. »Das habe ich mir auch gesagt.«

»Als sentimentaler alter Narr, der ich nun mal bin«, verkündete Mr. Lugg, außer Atem vom Erklimmen des Dammes, »finde ich: es gibt doch wahrhaftig nichts Schöneres als ein schönes Stückchen Natur.«

»Das ist nur natürlich, möchte ich meinen«, sagte Campion, der mit Amanda kurz vor ihm hinaufgelangt war.

Mit einem Grunzen ließ Lugg sich ins Gras fallen. »Sarkasmus hilft Ihnen gar nichts«, sagte er in düster-drohendem Ton. »Da können Sie Ihr Leben lang meckern und nörgeln und klatschen und tratschen. Was Sie auch sagen, was Besseres als das bringen Sie nie zustande – immer vorausgesetzt, daß die Dame, die wir da besuchen, keine Abstinenzlerin oder sonstwie bösartig ist. Nun setzen Sie sich doch. Den zweien kann nichts passieren.« Sein fettes Doppelkinn geriet ins Schaukeln, als er auf die restlichen Mitglieder der Gruppe wies. Choc und Rupert krabbelten den Damm hinab und liefen auf den weiter unten verlaufenden Pfad zu, wo die Eiche tiefe Schatten auf einen Zauntritt und eine Bohlenbrücke warf. Der Junge ging voran, und der dicke Hund folgte vorsichtig nach.

Amanda setzte sich ins Gras, und Campion ließ sich neben ihr nieder. »Von hier aus hat man die allerbeste Aussicht auf das Haus, finde ich«, sagte sie. »Schon als Kind hat mir der Anblick beinahe immer den Atem genommen. Hier sieht man wirklich, wie das Haus zu seinem Namen gekommen ist.«

Sie schauten auf ein verstecktes, teils natürliches, teils durch den Damm, auf dem sie saßen, gebildetes Tal hinab. In eine Mulde am Fluß, der an dieser Stelle seicht und breit war, schmiegte sich ein kleines Anwesen. Es lag völlig einsam da; weit und breit war kein anderes Gebäude zu sehen. Der Blick des Beschauers fiel auf das Marschland ringsum, mit seinen merkwürdig geformten Weidenbäumen, die wie Reiherfedern aussahen und aus deren Holz die Kricketschläger gefertigt werden. Grüne, saftige Wiesen umschlossen das Haus wie ein Pfühl von schwellenden Kissen. Aus der Entfernung und in dem hellen Licht mutete es unwirklich und winzig wie ein Kinderspielzeug an. Der ganze Komplex bestand aus dem Haus selber, das aus dem fünfzehnten Jahrhundert stammte und einen Giebel ähnlich dem der Mühle trug, einer strohgedeckten und riesengroßen Scheune – eine jener berühmten Zehntscheuern Ostenglands –, dem »Cottage«, einer kleinen Wohnkate, einem Bootshaus und sogar einer weißgestrichenen Hundehütte. All das konnte man in dem flimmernden, tanzenden Licht deutlich erkennen. Alle Zäune waren weiß angemalt und hatten kleine weiße Gattertore. Und ringsum blühte ein Meer von Blumen, so üppig und bunt, daß sie sogar die von Tante Hatt in den Schatten stellten.

»›Zur lockenden Lady‹«, sagte Mr. Campion. »Wie ist da

nur ein Gasthaus hineingeraten, ans hinterste Ende eines solchen Heckenweges? Es ist nicht mal ein Durchgangsweg.«

»Es ist nie ein Gasthaus gewesen.« Amanda sprach, ohne den Blick von dem Bild vor ihr abzuwenden. »Das ist einfach der Name, der dem Haus im Ort gegeben wurde und der dann irgendwann einmal in die Urkunde hineingeraten ist. Niemand weiß, warum es so genannt wird. Freilich könnte man die Tatsache anführen, daß, soweit es sich zurückverfolgen läßt, das Haus stets einer Frau gehört hat, und es hat stets Schwierigkeiten deswegen gegeben, denn es heißt, sobald ein Mann es erblicke, versuche er, es an sich zu bringen, um es zu verderben. Es hat eine ganz ungewöhnliche Geschichte. Dutzende von Prozessen sind um seinetwillen geführt worden. Der Damm, auf dem wir hier sitzen, war der Anfang einer geplanten Bahnlinie. Deswegen hat es im letzten Jahrhundert einen schlimmen Streit gegeben, aber schließlich ist das Projekt unter enormen Kosten doch noch gestoppt worden. Dann hat Minnies Mutter das Haus bekommen, und ihr Vater, der Kunstmaler, hat sich darin verliebt, und als sie es ihm nicht verkaufen wollte, ist er einfach dageblieben und hat sie geheiratet.«

»Hartnäckiger Bursche«, meinte ihr Gatte.

»Oh, in die Dame hat er sich, glaube ich, auch verliebt, aber das Haus hat es in Gang gesetzt. Er war Witwer, und sie kein junges Mädchen mehr. Trotzdem, es ist ein sonderbares Haus. Es verdreht den Leuten den Kopf.«

»Ich weiß, warum«, sagte Lugg mit leiser Stimme. »Es hat so was an sich, so ein ›Komm rüber!‹ Sehn Sie sich die alte Dame doch an! ›Komm her und sei glücklich, mein Lieber‹ – genau das sagt sie. Ganz sicher! ›Komm her und ruh dich aus, mein Schatz. Wen stört unter Freunden schon der Klopfkäfer, die alte Totenuhr? Und wenn wir auch ein bißchen tief liegen: Feuchtigkeit macht doch einem großen starken Kerl wie dir nichts aus.‹ Das liest man da aus jeder Linie heraus. – Du liebe Zeit!« fügte er hinzu und richtete sich so plötzlich auf, wie es sein Leibesumfang gestattete. »Was ist denn das? Gibt's da Indianer?«

Er wies über die gleißende Landschaft hinweg auf eins der wilderen Gehege, wo unverkennbar zwischen Gestein und großen Brombeerbüschen ein paar Wigwams standen.

»Nein, Kinder«, sagte Amanda. »Minnies Vater hat das Camp errichtet. Damals brauchten wir noch einen Vorwand, um halbnackt herumlaufen zu können. Sooft genügend Kinder beisammen sind, lebt es wieder auf. Minnie sammelt Kinder, zumal wenn Tonker eine Party gibt. Die Kinder finden es großartig, und darum macht es ihr Spaß. Ihre Nichte und ihr Neffe sind jetzt natürlich da – die aus Amerika. Außerdem die Kinder der Bernadines und ein paar Schulfreunde, glaube ich. Eigentlich geben sie die Party.«

Mr. Luggs Interesse war geweckt. »Schenken die etwa den Schnaps aus?«

»Ich glaube schon. Wer wäre auch besser geeignet? Sie mögen keinen.«

Ein unsäglich gefühlvolles Lächeln schlich sich in Luggs wässerige Augen.

»Gott segne ihre unschuldigen Herzchen«, sagte er fromm. »Holla, was ist denn nun los?«

Das Gebell des Hundes – meistens halb so gefährlich, wie es sich anhört – zerriß den sonnenbeschienenen Frieden. Sie konnten ihn deutlich neben der nicht überwucherten Seite der Brücke im Graben stehen sehen. Sein großer zottiger Körper füllte fast die dunkle Öffnung unterhalb des Brückenbodens aus, während sein Schweif wie eine Fahne hin und her flatterte. Sein Bellen war typisch für alle Collies; er gab scheinbar zornige, scheußlich rauhe Töne von sich, und zwar so viele, daß man sie einem einzigen Tier kaum zugetraut hätte. Rupert versuchte erfolglos, ihn aus dem Graben herauszuzerren. Mit seinem zotteligen Hinterteil schubste er den Knaben jedesmal zurück, wenn er herantrat, und das Gelärm ging pausenlos weiter.

»Schon gut, schon gut, ich gehe hin.« Lugg erhob sich schwerfällig und stolperte brummend den Abhang hinab. »Keinen Augenblick kann man sich mal hinsetzen, ohne daß du zu kläffen anfängst. Halt die Schnauze, ich komm ja schon! Zum Donnerwetter: halt die Klappe! Laß die arme Katze in Ruhe.«

Die andern beiden ließen ihn gewähren. Amanda blickte wieder zum Haus hinüber und sprach weiter, ohne Albert anzusehen.

»Im Dorf wird erzählt, daß hier alles aus dem Weg geräumt werden soll, um einer Hunderennbahn Platz zu machen, und nach all den Jahren soll nun auch die Bahnlinie gebaut werden. Fanny Genappes neues Haus wird angeblich ein Hotel. Es ist eine verrückte Idee, nicht wahr? Ich meine, hier eine Hunderennbahn anzulegen – meilenweit entfernt von allem und jedem.«

Mr. Campions Gesicht war völlig ausdruckslos. »Klingt irgendwie verkehrt.«

»Irgendwie?«

Er nickte ihr zu. »Irgendwie. Hast du noch mehr Falschmeldungen dieser Art auf Lager?«

Sie dachte nach. Lugg hatte das Ende des Abhangs erreicht und schickte sich an, in den Graben hinabzusteigen.

»Es heißt, Minnie wolle sich nicht von ihrem Besitz trennen, aber sie werde von einem Erpresser schwer bedrängt.«

»Ach nein?« Campion war geneigt, sich unterhalten zu lassen. »In diesem Nest hier war schon immer allerhand los. Was ist denn der dunkle Punkt in ihrem Leben? Etwa Tonker? Das ist gelogen! Ich habe auf ihrer Hochzeit nicht nur getanzt, ich habe mich sogar an einem Kronleuchter hin und her geschwungen.«

»Nein, im Ernst, die Leute wissen zwar nicht, was sie zu verbergen hat, aber sie behaupten mit allem Nachdruck, daß es sich um eine Erpressung handle und die sei schon seit mindestens sechs Jahren im Gange.«

»Seit sechs –? Ach, Unsinn!«

»Sie behaupten es. Man kann ihnen auch glauben, daß sie es wissen. Für ihre Begriffe ist das noch keine lange Zeit.«

Mr. Campion schüttelte den Kopf. »Da kommt der große Mann nicht mit«, sagte er ernsthaft. »Nein. Der Groschen will einfach nicht fallen. Da haben wir's: wieder mal was, wovon ich nichts weiß. Sag mir mal ganz unverbindlich, Amanda, würdest du mich um eines Otters willen verlassen?«

Sie lachte, und ihr Haar flammte in der Sonne wie Feuer.

»*Das* kannst du nicht verhindern«, sagte sie. »Ich verstehe nicht, wie du dir da Hoffnungen machen kannst. Das muß seinen natürlichen Verlauf nehmen. In Pontisbright wissen die Leute so was schon von Kindesbeinen an. O je, da kommt Rupert. Sicher sitzt Lugg im Graben fest. Ich wünschte wirklich, er würde sich nicht immer in so unmögliche Löcher hineinzwängen.«

»Der geborene Klettermaxe«, sagte Campion geistesabwesend, während der kleine Junge, wichtigtuerisch und mit strahlendem Blick, zu ihnen heraufkraxelte. »Was ist passiert, Käpt'n?«

»Lugg sagt, du möchtest bitte ohne mich und Mutter herunterkommen, weil er dir persönlich was zeigen möchte.«

»Mir persönlich was zeigen? Was du nicht sagst! Na schön, ihr zwei bleibt hier sitzen.«

Während er den steilen Abhang hinabging, bewegten sich seine langen Beine so locker und behend wie eh und je. Zärtlich sah Amanda ihm nach und rückte ein wenig zur Seite, um ihrem Sohn neben sich Platz zu machen. Rupert legte sich rücklings ins Gras und schaute zum Himmel auf. Dann sagte er: »Da unten schläft ein Mann.« Gerissen beobachtete er sie aus dem Augenwinkel heraus und stellte befriedigt fest, daß sie gehörig erschrocken war.

»Tatsächlich?« brachte sie schließlich hervor. »Wie kannst du denn das wissen?«

»Weil ich ihn gesehen habe, als ich unter die Brücke guckte. Ich konnte nicht nah heran, weil Choc mich fortwährend weggeschubst hat.«

»So, so«, machte sie zerstreut. Ihre lichtbraunen Augen schauten besorgt zu den zwei Männern hinunter, die jetzt beide neben der Brücke im Graben standen und dort etwas betrachteten.

Rupert stierte weiter in die Unendlichkeit des Himmels. Das Blau hatte sich, wie er feststellte, in eine Million verschiedener Farben verwandelt, in Hunderte und Tausende.

»Onkel William hat sich auch schlafen gelegt«, sagte er mit klarer Stimme.

Ihr Sohn war das erste Kind, das Amanda richtig kennengelernt hatte, und ihr stockte der Atem. Sie drehte sich voll zu ihm um, und genau diese Reaktion hatte er beabsichtigt.

»Wer hat dir denn das erzählt?«

»Lugg. Er sagte: ›Er hat sich schlafen gelegt, der arme Teufel.‹« Rupert seufzte. »Und also haben sie ihn begraben«, sagte er in überaus sachlichem Ton.

Amanda verspürte die Verpflichtung, energisch zu werden. »Nun hör mal zu«, sagte sie. »Du glaubst, du wüßtest eine ganze Menge, aber mir gegenüber brauchst du damit nicht hinterm Berg zu halten. Wer hat dir heute morgen die blöden Blumen gegeben?«

Rupert legte sein Gesicht in Falten und versuchte angestrengt, sich zu konzentrieren.

»Er«, sagte er schließlich.

»Wer?«

»Der Mann, der da unten schläft.«

Ein Wölkchen, so klein und weiß, daß es aus nichts zu bestehen schien, zog über die Sonne hinweg, und sein Schatten lief über die Grasfläche auf sie zu, gab ihnen einen frostigen Kuß und war verschwunden.

»Bist du sicher?«

Rupert beschloß, reinen Tisch zu machen. »Nein, Mammi«, sagt er, »richtig sicher bin ich mir nicht. Aber weißt du, ich glaube es trotzdem. Es war so ziemlich derselbe.«

3
In der ›Lockenden Lady‹

Mr. Campion telefonierte von der ›Lockenden Lady‹ aus. Er saß im Zimmer über der Küche auf dem Bett und fand, er habe noch nie so viel Mühe gehabt, die Behörde zur Kenntnisnahme einer Leiche zu überreden.

Sein alter Freund Sir Leo Pursuivant, der Chief Constable von Kepesake, schien von allem und jedem mit ihm reden zu wollen, nur davon nicht. Knackend drang die Stimme, an die er sich noch gut erinnern konnte, durch die Leitung.

»Campion! Mein Lieber! Das ist aber mal nett! Ich hörte, daß Sie drüben seien. Zu Tonkers Party vermutlich? Ich habe schon zu Poppy gesagt, hoffentlich bekommen wir Sie mal wieder zu sehen. Wir werden am Samstag vollzählig da sein. Poppy soll die Bar übernehmen. Minnie hat sie netterweise darum gebeten. Seit einer Woche ist sie schon dabei, sich entsprechend herauszustaffieren. Es gibt heutzutage zu wenig Lustbarkeiten dieser Art hier unten. Das Geld ist knapp und das Leben stumpfsinnig. Ich habe eine Sehnenzerrung am Fuß, bin also an den Schreibtisch gefesselt. Aber so Gott will, bin ich am Tag der Party dabei. Amanda geht es gut? Und der Junge? Der arme William, was? Ich bin nicht hingegangen. Es wäre bestimmt nicht in seinem Sinne gewesen. Der hätte sich am liebsten still davongemacht, ohne Trübsinn zu verbreiten. Was war's denn eigentlich? Altersschwäche? Ach ja, einmal erwischt es uns alle. Aber es ist ein Jammer. Was wollten Sie mir denn mitteilen, mein Junge? Sind Sie nach wie vor damit beschäftigt, interessante Dinge aufzudecken?«

»Ich weiß nicht recht.« Endlich kam auch der Anrufer zu Wort und begann, die Angelegenheit näher zu erläutern.

»Eine Leiche? Ein toter Mann?«

Mr. Campion konnte sich vorstellen, wie die sommersprossige Hand erst nach der Feder tastete, dann nach dem Kneifer an der dicken schwarzen Kordel. »Sie selbst haben sie also gefunden? Du lieber Himmel, Campion, was für ein erstaunlicher Mensch Sie doch sind! Sie sind in Harriets Mühle, nicht wahr?«

»Nein, Sir. In der ›Lockenden Lady‹. Wir haben die Leiche eben erst gefunden, auf dem Hinweg. Lugg ist zurückgekehrt, um dem Dorfpolizisten Meldung zu machen, und ich bin weitergegangen, um von hier aus zu telefonieren.«

»Oh! Eine dumme Geschichte, gerade jetzt! Sie liegt doch hoffentlich nicht auf dem zur ›Lockenden Lady‹ gehörenden Grund und Boden, oder?«

»Ich weiß nicht. Ich habe noch niemand gesehen, den ich hätte fragen können. Ich bin gleich zum Telefon hinaufgegangen. Sie liegt im Graben neben dem Fußpfad. Kennen Sie sich im Gelände aus?«

»Ich bin mein Leben lang darin auf Jagd gegangen. Da ist doch ein alter Damm, auf dem im Winter die Vögel in Scharen sitzen. Nehmen Sie den als Ausgangspunkt.«

»Das ist die Stelle. Genau da. Dort ist ein Zauntritt...«

»... und daneben ist eine Brücke. Bin im Bilde. Genau da im Graben, ja? Na, Gott sei Dank! Das ist nicht von Minnie. Also schön, mein Junge, wir bringen das schon für Sie in Ordnung. Sorgen Sie dafür, daß die Kinder fortbleiben, und geben Sie uns ein paar Stunden Zeit. Es besteht kein Grund, die Frauen zu beunruhigen.«

Unwillkürlich verzog sich Mr. Campions breiter Mund zu einem Lächeln. »Ganz so einfach ist die Sache möglicherweise nicht«, sagte er vorsichtig. »Ich habe nichts verändern wollen, also kann ich Ihnen nicht viel sagen, aber der Mann ist tatsächlich sehr tot, sieht nicht nach einem einheimischen Produkt aus und hat ein riesiges Loch im Kopf. Der Tod muß auf der Stelle eingetreten sein.«

Es entstand ein kurzes Schweigen.

»Also keine natürliche Ursache?«

»Nein. Ein stumpfes Instrument. Vielleicht nicht mal gar so stumpf.«

»Na schön.« Etwas wie Resignation schwang in der angenehmen Stimme mit. »Der Superintendent kommt sofort rüber. Pussy ist nicht mehr da, wissen Sie, aber wir haben einen Neuen namens Fred South. Er ist jahrelang in Stadtbezirken eingesetzt gewesen und verbringt jetzt bei uns seine letzten Dienstjahre. Hochintelligent und ungemein flink für unsere Verhältnisse. Wo findet er Sie vor? Werden Sie noch bei Minnie sein?«

Mr. Campion zögerte. »Das wollte ich Sie noch fragen«, sagte er. »Eigentlich hat Lugg die Leiche gefunden. Ich bin hier auf Urlaub – hm – zumindest offiziell, und da frage ich mich, ob es unbedingt notwendig ist, daß ich als Zeuge fungiere?«

Der Chief Constable grunzte. »Was Verdächtigeres hab ich Sie noch nie sagen hören! Trotzdem, Lugg tut's auch. Instruieren Sie ihn, daß er an seiner Version festhält.«

»Chefinspektor Charles Luke ist mit uns zusammen hier«, meinte Mr. Campion schüchtern. »Ich nehme natürlich nicht an, daß Sie vorhaben, Scotland Yard hinzuzuziehen, aber ich dachte, falls Sie es doch tun, ist es für Sie vielleicht wissenswert, daß ein guter Mann bereits am Ort ist.«

Leo bekundete unerwartetes Interesse. »Luke? Den möchte ich gern mal kennenlernen; das ist ein tüchtiger Kerl, Campion. Ich habe von ihm gelesen. Ein schneidiger Polizist! Obendrein ein netter Mensch, wie? Gut! Na, ich warte Souths Bericht ab, und wenn der es rechtfertigt, rufe ich London an. Ich habe mir schon meine Gedanken gemacht. Wissen Sie, wer höchstwahrscheinlich der Täter ist? Irgendein Verkehrsrowdy.«

Mr. Campions erste Verwirrung legte sich bald wieder. »Im Gegensatz zu einheimischen Autofahrern?« interpretierte er.

»Wie? Ja, wie ich schon sagte, Verkehrsrowdy. Gräßliche Kerle von wer weiß woher. Verlassen Sie sich drauf, einer von denen hat den armen Schelm überfahren, ihn zwanzig Meilen oder so wegbefördert und ihn sich dann vom Hals geschafft. Ungefähr so wird's sein. Was sagten Sie?«

»Ich sagte, da hätten sie ihn aber ziemlich weit schleppen müssen. Er liegt ja eine halbe Meile von der Landstraße entfernt.«

»Tatsächlich?« Nach dem Stimmklang zu urteilen, machte das auf Leo keinen Eindruck. »Wie dem auch sei, Scotland Yard ist die richtige Stelle. Die sollen sich mit einem Killer dieser Art befassen. Sie haben den entsprechenden Apparat; sie kennen den Typ. Wiederhören, mein Junge. Ich hoffe, wir sehen uns am Samstag. Weiß Gott, Poppy würde es mir nie verzeihen, wenn die Party wegen irgendwas ins Wasser fiele.«

Mr. Campion ließ die rundliche, immerzu lächelnde Dame, die früher einmal der erklärte Liebling des Operettenpublikums gewesen war und die Leo als angejahrten Witwer geheiratet hatte, herzlich grüßen. Er nahm auch die Gelegenheit wahr, sich nach Janet, Leos Tochter aus erster Ehe, zu erkundigen. Sie hatte so eine Art Freund von Campion geheiratet, einen gewissen Gilbert Whippet, nunmehr Generaldirektor einer Lebensversicherungsgesellschaft auf Gegenseitigkeit, der *Mutual Ordered Life Endowment Insurance Company* – im Volksmund nach den Anfangsbuchstaben ›the Mole‹, ›der Maulwurf‹, genannt –, und er vernahm mit Befriedigung, daß man auch mit dem Erscheinen der beiden auf der Party rechnen könne. Sie versprach, ein großes Treffen zu werden.

Während er den Hörer auflegte, hielt er neugierig Umschau. Der Raum als Ganzes mutete ihn insofern überraschend an, als er allem Anschein nach das Zimmer seiner Gastgeberin war. Zumindest stammte das bemalte Himmelbett aus dem großen, sonnigen Schlafzimmer, das sie und Tonker in der ersten Zeit ihrer Rückkehr aufs Land bezogen hatten. An den Wänden ringsum hingen Kostbarkeiten, die als Minnies ganz persönlicher Besitz angesehen werden mußten: der Cherubskopf, ein Werk ihres Vaters, das köstliche Rushbury-Aquarell und Edmund Blampieds prächtige, einen Ackergaul darstellende Zeichnung mit der Zueignung »Für Minnie, zu ihrem Geburtstag« unter der Signatur. Campion schaute nach der berühmten Karikatur aus, die Tom Chambers ihnen geschenkt hatte, und fand sie auf der anderen Seite des Bettes. Er ging um das Bett herum, um sie sich wieder einmal anzusehen: »Der immerwährende Charleston, Minnie und Tonker, 1928.«

Die Zeichnung brachte ihn zum Lachen – jetzt wie damals. Minnie, die mit ihrer langen Nase und dem trotzigen Blick auf dem Bild starke Ähnlichkeit mit einem störrischen Maulesel bekommen hatte, trug ein der damaligen Mode entsprechendes Kleid, dessen kurzer Rock aus dem Union Jack, dessen langes Oberteil mit Schoßtaille aus dem Sternenbanner bestanden. Den Kopf zierte der Kopfputz eines Indianerkriegers, nur daß tröpfelnde Malerpinsel die Stelle der Federn einnahmen. Es war Minnie, wie sie leibte und lebte – auf boshafte Weise gut getroffen; dennoch war Tonker das Meisterstück. Tom hatte die Figur des ›Tiger Tim‹ gezeichnet, wie sie damals in der humoristischen Wochenzeitung gleichen Namens erschienen war, und hatte das Tier offensichtlich auf eine völlig andere Ebene gehoben. Zwar besaß es den gleichen geschmeidigen Rücken, die überdimensionierten Pranken und den schwungvoll wedelnden Schweif, aber jede Linie seiner Gestalt war gleichzeitig unwiderlegbar Tonker: wild, flachsblond und auf gefährliche Unternehmungen sinnend. Sie tanzten oder kämpften miteinander, und unter ihren Füßen wirbelte der Staub in Wolken auf.

Mr. Campion war noch in die Betrachtung des Bildes versunken, als plötzlich mit einem Tritt die Tür aufgestoßen wurde, und eine kleine Frauensperson geräuschvoll hereinkam. Sie bemerkte ihn nicht sogleich, da sie ein frischgebügeltes Kleid auf einem hochgehaltenen Kleiderbügel vor sich hertrug, um nach Möglichkeit den am Boden schleifenden Saum zu schonen, doch als er sich mit einem Ruck umdrehte, hörte sie ihn und spähte über das Bett hinweg nach ihm aus. Er erkannte Emma Bernadine.

Emma war eine getreue Magd der schönen Künste. Als er ihr zum erstenmal begegnete, bemalte sie Kindertruhen aus Naturholz, daß sie aussahen wie Piratenkisten. Damals war sie ein schelmisch dreinschauendes kleines Geschöpf gewesen, bedeutend jünger als Minnie und ihre Clique, aber sie hatte sich ihnen angepaßt, und als Jake Bernadines erste Frau ihn als hoffnungslos aufgegeben hatte, hatte sie ihn geheiratet und bemuttert, sich an seinen seltsamen Gemälden ergötzt und Kinder von ihm zur Welt gebracht. Kurz vor dem Eintreffen der Zwillinge hatten sie sich das Cottage von der ›Lokkenden Lady‹ für einen Sommerurlaub ausgebeten, und da der Vermieter ihres Ateliers in Putney die Gelegenheit wahrnahm, um sich an ihren Habseligkeiten schadlos zu halten, waren sie seitdem nicht wieder fortgezogen.

Campion hatte sie seit etlichen Jahren nicht mehr zu Gesicht bekommen, und er bemerkte mit Interesse, daß sie sich in der Zwischenzeit zu einer Charaktertype entwickelt hatte, untersetzt und munter und durchaus glücklich auf zeitgemäß gehetzte Art.

Sie trug ein hellblaues Kleid aus gefärbtem Bettleinen, mit riesengroßen handgestickten Blumen auf den Schultern, eine Trachtenschürze aus schwarzem Satin und Schuhe mit geflochtenen Sohlen.

»Hallo«, sagte sie. »Warum arbeiten Sie nicht?«

»Ich glaube, es gibt tatsächlich Leute, die es fertigbringen, so was zu sagen.« Mr. Campion setzte sich aufs Bett, da kein Stuhl vorhanden war.

»Stehen Sie auf! Bringen Sie nicht alles in Unordnung! Seien Sie vorsichtig! Passen Sie auf!« Sie verscheuchte ihn und breitete das Kleid auf der Steppdecke aus. Er sah es sich mit bedenklicher Miene an. Es wies ein winzig kleines Druckmuster auf, Grau auf Weiß, und kam ihm überaus schlicht vor.

»Minnies Kleid für die Party. Das hab ich geschneidert. Wir haben überall nach einem geeigneten Stoff gesucht und ihn dann schließlich hier im Dorfladen gefunden. Er muß da mindestens siebzig Jahre lang in einer Schublade gelagert haben. Neun Pence das Yard, und wir haben ihn selbst gestärkt. Ist er nicht hübsch?«

»Sehr«, bejahte er und suchte nach einem passenden Wort. »So dezent!«

Sie kniff die Augen zusammen und betrachtete ihr Werk. »Gar nicht übel. Es wird apart wirken, wissen Sie, und irgendwie gut.« Sie zog behutsam einen Reihfaden heraus und trat zurück. »Meins wird von Jake bemalt«, bemerkte sie dann. »Ich hab ein Stück Kattun gesteift und aufgespannt, und er gibt sich die größte Mühe damit. Ich muß schnell wieder zurück, sonst findet er plötzlich, es sei zum Tragen zu gut, und zerschneidet womöglich den Rock, um ihn einzurahmen. Ach, macht all das Spaß! Aber anstrengend ist es auch! Meine Füße ...«

Mr. Campion zeigte sich bestürzt. »Sie bringen es fertig, daß ich mich Ihnen gegenüber geradezu alt fühle«, sagte er. »Lohnt es sich denn noch immer?«

»O ja«, versicherte sie ihm, und ihr rundes Gesicht war tiefernst. »Die Party ist unsere einzige Chance, überhaupt mal jemanden zu sehen. Sie bringt einen schier um, solange sie im Gang ist, und hinterher haben wir monatelang Arbeit mit dem Aufräumen, aber zumindest ist man mal wieder für ein paar Stunden lebendig. Sie wissen ja gar nicht, wie das hier im Winter ist, mein Teuerster. Kein Geräusch. Keine Stimme. Nur man selbst und das Radio. Ich existiere nur von einer von Tonkers Partys bis zur nächsten.«

Die Unterhaltung drohte gefühlvoll zu werden.

»Ich habe Minnie noch gar nicht gesehen«, sagte er schnell. »Ich wollte telefonieren, und da hat jemand in der Küche mich hier herauf geschickt. Ich bin hier anscheinend in ihrem Schlafzimmer?«

»Allerdings. Das Telefon steht nun mal hier, wissen Sie. Das ist nämlich der einzige Apparat. Das Läutwerk ist im Hausflur angebracht, und wenn es klingelt, muß man rennen wie besessen, damit der Anrufer nicht vorher aufgibt. Absolut idiotisch, aber was will man machen! Haben Sie die Zimmer gesehen, die ich für Minnie neu hergerichtet habe?«

Sie faßte ihn am Ärmel, um ihn zur Eile anzutreiben, und so wurde er erst in Minnies altes Schlafzimmer, dann in das kleinere daneben gezerrt, wo eine völlige Umwandlung stattgefunden hatte. Sein erster Eindruck beim Wiedersehen mit dem alten Haus war gewesen, daß es schäbig geworden sei, auf die freundliche Art, wie alte Häuser langsam verfallen; doch in den zwei jetzt so stolz vorgewiesenen Schlafzimmern war ein neuer Anfang gemacht. Sie muteten ein bißchen ›kunstgewerblich‹ an mit ihren musterverzierten Chintz-Bezügen, sogar ein bißchen altmodisch, aber sie machten einen behaglichen Eindruck, und die Betten waren breit und neu, und es war fließendes Wasser vorhanden.

Emma hielt Umschau und seufzte. »Ganz reizend sind sie«, sagte sie in ernsthaftem Ton.

»Anheimelnd«, pflichtete er ihr bei. »Wer schläft denn hier?«

»Schlicht und einfach: wer schon!« sagte Emma. »Überhaupt niemand, natürlich. Was für ein Leben, wie? Sie können sich gar nicht vorstellen, wie übergeschnappt wir hier sind. Jetzt gehn Sie nur schnell wieder runter. Wir sehen uns ja noch. Ich würde liebend gern weiterschwatzen, aber ich habe keine Zeit. Schauen Sie mal bei meinem guten alten Jake herein. Er macht augenblicklich ganz supermoderne Dinge. Stellen Sie ihm Fragen darüber. Nicht bloß anschauen!«

»Wird gemacht.« Er versuchte, Begeisterung in seine Stimme zu legen, und machte sich über die Treppe davon. Auf dem ersten Absatz befand sich ein prächtiges, bleigefaßtes

Fenster mit Aussicht auf einen Blumengarten, und er blieb stehen, um auf die lodernde Farbenfülle hinauszublicken. Die Auffahrt, so hatte er beim Herkommen festgestellt, war ein bißchen holperig und der Küchengarten eine einzige Wildnis. Aber hier bot sich dem Auge eine Farbenpracht, die dem Katalog eines holländischen Züchters alle Ehre gemacht hätte. Man wurde buchstäblich geblendet: Laubenbögen und Spaliere, rankende Reben und Kletterrosen, eins das andere überlagernd in wohlgeordneter Herrlichkeit. Die Aussicht auf den breiten Fluß, an dieser Stelle seicht wie eine Furt, wurde von dem üppigen Gewucher fast verdeckt. Ein einziger kleiner, von Clematis und wildem Wein gerahmter Durchblick war jedoch verblieben, und als Campions Auge sich dorthin richtete, sah er auf der anderen Seite Rupert vorbeigehen. Campion blinzelte. Wenn ihn nicht alles täuschte, war das, was Rupert gegen den Brustschurz seiner Spielhose gepreßt hielt, eine große Flasche Champagner gewesen. Er hatte deutlich das Aufblitzen des goldenen Stanniolpapiers gesehen. Ehe er noch genügend Zeit hatte, sich völlig darüber klarzuwerden, passierte ein zweites Kind den bogenförmigen Auslug. Es war ein dickes kleines Mädchen, lediglich mit einem gelben Höschen und der einzelnen Feder der Squaw bekleidet. Auch sie trug eine blitzende Flasche. Hinter ihr her kam ein zwei oder drei Jahre älterer Junge und nach ihm ein Mädchen zwischen zwölf und vierzehn. Bei allen gemahnte irgend etwas an ihrem Aufzug vage an Indianisches, und alle waren mit der gleichen sensationellen Fracht bepackt, die sie mit konzentriertem Ernst vor sich hertrugen. Die Operation war offenbar geheim und militärischen Charakters.

Als Campion sich zum Gehen wandte, sah er noch zwei weitere bepackte Kinder vorbeiziehen. Ein wenig verdattert stieg er die Treppe hinunter. Die Tür des Salons von Minnies Mutter befand sich unmittelbar vor ihm, und er konnte der Versuchung nicht widerstehen, einen Blick hineinzuwerfen, um den Cotman wiederzusehen. Das weißgetäfelte Zimmer war geblieben, wie er es in der Erinnerung hatte, aber das Bild war nicht mehr da. An seiner Stelle hing zwar ein Blumenstück von Minnie, aber das zauberhafte Aquarell, so leidenschaftlich glühend unter seiner gelassenen Oberfläche, war für immer entschwunden. Betrübt stieß er die Tür der alten Kochküche auf, die jetzt, wie es schien, der Eßraum der Familie war. Dort stand an Stelle des großen alten Küchenherds ein schwedischer Kochherd und auf dem Fliesenboden ein weißgescheuerter Bauerntisch aus Rüsterholz, umgeben von zahllosen Schemeln. Alles war überaus sauber, spartanisch und freundlich. Er ging zur Spülküche weiter, wo sich, soviel er sehen konnte, seit der Erbauung des Hauses nichts verändert hatte. Es war ein düsterer, weißgetünchter kahler Raum, sehr groß, mit abgenutztem Steinboden und einem flachen Spülstein mit einer Handpumpe darüber. Die zwei Türen, eine in den Garten, eine auf den Hof führend, standen weit offen und ließen die durchsonnte Luft herein.

Am Spülstein arbeitete die Frau, die er schon vorher, auf der Suche nach dem Telefon, flüchtig gesehen hatte. Als er jetzt hereinschaute, drehte sie sich um und bedachte ihn mit einem breiten, zähneblitzenden Lächeln.

»Haben Sie's gefunden, mein Bester?« Sie sprach mit einem ebenso unverkennbaren herzhaften Londoner Akzent wie Lugg, und als Campion sie sich näher ansah, fand er, daß sie auch aus keiner andern Stadt hätte stammen können. Sie war eine hünenhafte Frau, so groß wie er selbst, mit den aggressiven Baulinien eines Schlachtschiffes und einem kantigen, gedrungenen Schädel. Er schätzte ihr Alter auf über sechzig, aber sie war kräftig und rüstig, mit fröhlichem Blick und reiner, frischer, leuchtender Haut. Das Zierschürzchen, das sie unter der irgendwann einmal unbekümmert aus einer alten Hose zurechtgeschnittenen Schürze trug, war geradezu albern kokett, und Ohrringe von Gardinenringgröße, in denen obendrein noch ein Zinnvogel hockte, strichen ihr über die runden Schultern, auf die ein paar Haarsträhnen frei herabhingen.

Sie mußte wohl ein Selbstgespräch geführt haben, denn als er erschien, sprach sie ohne Unterbrechung weiter, nur mit erhobener Stimme, um ihn in die Unterhaltung einzubeziehen. »Es gehört sich doch nicht, oder?« sagte sie gerade. »Wo er doch kaum erst im Grab liegt, der arme alte Schatz. Wir wissen schon, daß er alt war, aber das werden wir schließlich alle mal. Die Landpartie Ihrer Londoner Freunde können Sie doch gewiß noch um eine Woche oder zehn Tage verschieben, meine Liebe, oder etwa nicht? hab ich gesagt. Nein, das kann ich nicht, hat sie gesagt, und damit basta. Sie verstehen das nicht richtig. Wir können jetzt keinen Rückzieher mehr machen. Nicht können? hab ich gesagt. Von ›Nicht können‹ kann da nicht die Rede sein. Ach, hör auf damit, Dinah! hat sie gesagt. Sie nennen mich hier Dinah, obwohl ich eigentlich Diane heiße. Miss Diane Varley. Verheiratet bin ich nämlich nie gewesen. Aber es hat Mrs. Cassands trotzdem sehr mitgenommen. Ich konnte es ihr ansehen, wenn andere es auch nicht gemerkt haben. Na, das war ja nicht anders zu erwarten. Wie ein Vater ist er zu ihr und mir gewesen. Für ihn waren wir einfach seine Mädchen. Ich meine ihren Onkel, das heißt, Mr. William – ein wahrer Heiliger ist das gewesen, wenn man von der Schnapsflasche absieht.«

Mr. Campion, dessen Gesicht einen immer verblüffteren Ausdruck angenommen hatte, riß sich wieder zusammen. Eine Einzelheit dieses Sermons war geradezu eine Beleidigung seiner Intelligenz. Für ihn stand es fest, daß dieses Musterexemplar eines Typs, den er so genau kannte wie die Stadt selbst, auf keinen Fall dem Ehestand entgangen sein konnte. Er spähte nach ihrer linken Hand aus und sah sofort die knöcheltiefe Kerbe, die der Ehering hinterlassen hatte. Zum Glück wischte sie sich gerade die Augen mit einem Zipfel der Schürze und bemerkte also seinen Spähblick nicht.

»Oh, er fehlt mir«, sagte sie mit gebrochener Stimme.

»Nacht für Nacht hab ich mir die Augen ausgeweint. Ein dußliger alter Quälgeist war er, und das hab ich ihm so oft gesagt, bis es mir zum Hals heraushing. Ich weiß, im Grunde hat er Glück gehabt, daß es so schnell mit ihm gegangen ist. Manchmal müssen sie noch jahrelang liegen. Aber trotzdem war es zu plötzlich. Old Harry war an dem Abend hier, und wir sind aufgeblieben. Wir waren nicht nach Hause gegangen, weil Mr. Will uns komisch vorkam, und ich wollte ihn nicht Mrs. Cassands allein überlassen, solange Mr. Tonker hier war. Sie hat ihn sowieso nicht allzu oft da. Kurz vor zwölf hab ich zu Harry gesagt – Harry, das ist mein Freund –, ich habe also gesagt: ›Ich bring ihm ein bißchen von dem Tee da, weil er vielleicht mal wach wird, und dann wird er welchen haben wollen.‹ Das hab ich dann auch getan, und beim Reingehen hab ich mit ihm gesprochen, wie ich es immer tue. ›So, Sie altes Goldstück‹, hab ich gesagt, ›schön frisch und heiß ist er, Ihr Tee‹, und hab das Licht angedreht, und dann hab ich natürlich vor Schreck die Tasse hinfallen lassen.«

Der hagerer Besucher bekundete erfreuliches Interesse.

»Mr. Faraday ist nur einen Tag lang krank gewesen, nicht wahr?«

»Er ist überhaupt nicht krank gewesen«, versicherte sie. »Das hätte man schnell gemerkt, wenn er krank gewesen wäre. Wenn er sich nicht wohlfühlte, hat sein Glöckchen Tag und Nacht geklingelt. Er hat nur geschlafen. Das tun sie nun mal, alte Leute können in einem fort schlafen, bis man sich schließlich fragt, warum sie sich überhaupt noch die Mühe machen, wieder aufzuwachen.«

»Was hat denn der Arzt gesagt?«

»Was konnte der schon sagen? Daß er tot ist. Das hätte ich ihm auch sagen können. Als der Doktor ihn zu sehen bekam, hatten wir sein armes altes Kinn bereits hochgebunden.«

Sie machte sich wieder über ihren Eimer mit Seifenlauge her.

»Auch er hat gemeint, daß es sehr plötzlich gekommen sei.

Hat gesagt, was für ein Glück das für uns wäre. Sein Herz sei ihm gar nicht so schwach vorgekommen, aber bei seinem Alter und seinem Vorleben brauchten wir uns über nichts zu wundern, und dann hat er den Papierkram unterschrieben. Aber wir haben uns gewundert. Der alte Schwerenöter würde es selbst nicht geglaubt haben, wenn er nicht dran hätte glauben müssen.«

»Er hat noch leben wollen, nicht wahr?« Mr. Campion hatte seinen alten Freund in der Woche vor seinem Tod für ein paar Minuten gesehen und bei dieser Gelegenheit bemerkt, daß er sehr müde war. Er wirkte zwar durchaus wohlgelaunt und zufrieden, aber erschöpft, und er wollte nichts weiter, als wie ein Baby den Kopf zum Schlafen hinlegen.

»Bis Gumper«, antwortete Miss Diane unerwartet. »Er hatte beschlossen, bis zum Gumper-Abend zu leben. Das hat er mir gesagt.«

Mr. Campion blinzelte sie verständnislos an, und sie lachte.

»So nennen sie es hier«, erklärte sie. »*Gumper*, das *Gunpowder Plot*, der Gedenktag der Pulververschwörung. Was für uns Londoner Guy-Fawkes-Nacht ist, die Nacht der Freudenfeuer. Bis dahin wollte er leben, hat mein guter Alter gesagt. ›So ist's recht‹, hab ich ihm geantwortet. ›Auf einer Feuerwerksrakete sollen Sie in den Himmel fahren.‹ Aber es ist nichts draus geworden, Mittsommernacht käme der Sache schon näher. Die ist nämlich am Samstag, am Tag von Mr. Tonkers Party. Mittsommernacht – und William liegt da draußen und bekommt von all dem Schampus nichts mit.«

Sie rieb sich Seifenwasser in die Augen und wurde dadurch abgelenkt. Im gleichen Augenblick erscholl ein schriller Ruf Emmas von irgendwoher im Hause.

»Vier Uhr, Dinah!«

»Vier Uhr!« echote Miss Diane und rannte zur Gartentür, steckte den Kopf hinaus und rief: »Vier Uhr, Spurgeon!«

»Vier Uhr!« ertönte ein Antwortgebrüll von den Rabatten

her, und der überrumpelte Mr. Campion kam gerade noch rechtzeitig hinzu, um zu sehen, wie ein Mann mit Strohhut seine Hacke zwischen die Lilien warf und auf das Haus zusprintete. Erst dachte er, im Haushalt sei irgendein Malheur passiert. Doch es schien sich lediglich darum zu handeln, Koks aus dem Schuppen in die Küche zu transportieren. Die Operation wurde im Laufschritt durchgeführt. Dann brachte der Mann noch in Windeseile zwei Abfalleimer zum Verbrennungsofen und trollte sich dann flußabwärts davon, auf eine Stelle zu, von der schon seit geraumer Zeit ein Hämmern herübergetönt hatte.

Der ganze Zwischenfall kam Campion einigermaßen verrückt vor, und er hatte sich von seinem Staunen kaum erholt, als eine ihm bekannte Stimme vom Hof herüberschallte und Minnie mit einem etwa sechzehnjährigen Jungen hereinkam. Gemeinsam trugen sie einen Stapel ineinandergestellter Zinkwannen.

Besucher aus dem zwanglosen New York, die im Parademarsch vorbeiziehende Iren und dudelsackpfeifende Schotten ohne ein Wimpernzucken zu ertragen wissen, gerieten manchmal aus der Fassung, wenn sie Minnie zum erstenmal in ihrer heimischen Umwelt erblickten. Moderne Nachfahren Rip van Winkles haben sich, wie es heißt, schon mit zitternder Hand Drinks eingeschüttet, unter dem Eindruck, daß ihnen eine Umkehrung des klassischen Abenteuers widerfahre. Minnies Amerika war ihr von ihrem Vater überliefert worden, der das Land im Jahre 1902 verlassen und schon damals nicht gerade als ein fortschrittlicher Repräsentant seiner Generation gegolten hatte. Wie die meisten Maler war er ein schlichter, offener Charakter mit ausgeprägten Neigungen gewesen. Die Lieblingsautoren seiner Kindheit hatte er beibehalten: Mark Twain, Fenimore Cooper und Louisa Alcott. Zwar hatte Minnie ihrerseits Amerika besucht und sich mit ihren dort lebenden Verwandten ins Benehmen gesetzt, doch weder das eine noch das andere hatte ihre Ansichten zu modernisieren vermocht. Auch sie war ein schlichter, eigensinniger Mensch mit dem zähen Gedächtnis eines Elefanten, und sie bevorzugte ausgefallene Kleidung. In ihrer Jugend hatte sie ein für allemal das lange, sackartige Kleid der amerikanischen Farmersfrau als zu ihrer eckigen Figur und zur Adlernase der Straws vorzüglich passendes Kleidungsstück übernommen. Beim Malen trug sie stets einen gestärkten, plumpen Schurz, und seit nunmehr fünfundzwanzig Jahren waren diese Requisiten ein ebenso normaler Bestandteil ihrer Erscheinung wie ihr Bubikopf und ihre durchdringenden grauen Augen. Da die ›Lockende Lady‹ ein Ort war, an dem es einen nicht verwundert hätte, wenn man gleich um die nächste Ecke einen Planwagen hätte stehen sehen, konnte der Gesamteindruck gelegentlich recht verwirrend sein. Im Augenblick sah sie müde und ein wenig gequält aus; doch es war klar ersichtlich, daß die Vorbereitungen für die Party ihr Spaß machten und sie die komplizierte Situation vollkommen beherrschte.

Der Junge sah ihr sehr ähnlich und war fast ebenso groß wie sie. Sein Haar war strohblond und struppig, und die Lachfalten quer über die Stirn und rund um die Augen hatten sich bereits tief eingeprägt. Sie stellten die Wannen scheppernd auf dem Steinboden ab, und Minnie streckte die Hand aus.

»Albert, wie nett von Ihnen. Amanda hat uns schon gesagt, daß Sie hier seien. Es gibt noch furchtbar viel zu tun. Westy kennen Sie noch nicht, wie? Es ist geradezu eine Fügung des Himmels, er hat schulfrei bekommen, weil im Internat Ziegenpeter ausgebrochen ist. Gestern abend sind sie heimgeschickt worden. Unsere Schutzengel lassen uns eben doch nicht im Stich. Dieser junge Mann ist also Westinghouse Straw, mein Großneffe. Sie wissen ja, mein Vater war zweimal verheiratet.« Sie hatte eine langsame, tiefe, im Tonfall sehr englische Stimme.

Der Junge schüttelte ihm die Hand. »Mit andern Worten, Sie können sich selbst austüfteln, wie es zusammenhängt«, sagte er. »Meine Schwester und ich sind die Kinder vom ältesten Sohn des Malers. Unsere Eltern wollten, daß wir hier in England erzogen würden, und da haben wir uns einfach bei Minnie eingenistet. Annabelle ist drüben beim Bootshaus und beaufsichtigt die kleinen Sklaven, zumindest hoffen wir, daß sie es tut. Tante Hatts Hund hat den Keller übernommen – bei dem wissen wir wenigstens, daß er einen Höllenlärm macht, falls irgendwas passieren sollte.«

Minnie setzte sich an den Tisch und sackte ein wenig in sich zusammen.

»Wäre es nicht gräßlich, wenn sie auf den Gedanken kämen, die Flaschen zu öffnen?« meinte sie. »Tonker würde fürchterlich traurig sein.«

Westy warf ihr einen entsetzten Blick zu. »Das wäre möglich«, sagte er. »Du weißt anscheinend gar nicht, wie jung sie noch sind.«

»Sie sind schon in Ordnung.« Minnie schien restlos überzeugt. »Sie haben da unten eine Bar mit Orangensaft aufgemacht, und gleich gehen sie sowieso alle zum Tee ins Cottage.«

»Daß sie ihn trinken würden, hab ich ja gar nicht angenommen«, sagte Westy würdevoll. »Aber es wäre möglich, daß sie das Drähtchen abmachen, nur um den Knall zu hören.«

»Unsinn, solche Dummköpfe sind sie nicht.« Sie besaß die über alles erhabene Zuversicht einer Matriarchin. »Beschränkte Kinder habe ich nie hier. Also!« Sie kramte in ihrer Rocktasche und zog ein Bündel zerknitterter, durch eine Sicherheitsnadel zusammengehaltener Listen hervor. »Damit wären die Wannen erledigt. Würden Sie sie wohl saubermachen, Dinah? Sie sind nur ein bißchen verstaubt. Wenn Sie damit fertig sind, dann schreiben Sie mit dem Stückchen Kreide da ›Eis‹ auf die beiden besten und lassen sie alle hier stehen. Albert, hätten Sie wohl Lust, den Esel einzufangen?«

»Ehrlich gesagt, nein«, erwiderte Mr. Campion, der mit dem Vieh seine Erfahrungen gemacht hatte.

»Ganz recht«, mischte sich Westy hastig ein. »Das ist ein Job für Jake, Minnie. Der macht es liebend gern.«

»Na schön. Sorgst du dafür, daß er es tut? Dann kannst du ihn vor den Dogcart spannen, und die Wannen und die sechs Kisten mit Gläsern können alle gleichzeitig hingebracht werden. Vergiß aber nicht deinen Tee darüber. Das geht hier noch tagelang so weiter, und du bist total erledigt und hast keine Lust mehr, wenn du nicht ordentlich ißt. Nimm dir doch jetzt schon mal ein Stück Kuchen.«

»Okay, Gnädigste, ich nehm's mir im Vorbeigehen mit. Irgendwas zu bestellen im Cottage?«

Sie ging ihre Liste sorgfältig durch. »Nein – oder vielmehr... ›Mit Jake wegen Bauch sprechen‹... Westy, ich überlege, ob du das nicht besser anbringen könntest.«

»Was denn?«

»Hm...« Sie zögerte, und ihre feurigen Augen blickten tiefernst drein. »Heutzutage kümmert sich ja kein Mensch mehr darum, wie man sich anzieht. Mit dem ganzen Blödsinn ist es endgültig vorbei. Aber manchmal, wenn die Leute einen noch nicht kennen und zum erstenmal da sind, geniert es sie doch irgendwie ein bißchen. Weißt du, worauf ich hinauswill?«

Westy fing an zu lachen. Er hatte gerade das Alter erreicht, in dem man in der unumschränkten, köstlichen Absurdität der Erwachsenen eine Fundgrube des Humors entdeckt.

»Mit andern Worten, wenn Jake sich schon nicht rasieren und nicht zum Friseur gehen will, soll er sich wenigstens das Hemd zuknöpfen?« schlug er vor.

Prustend lachte Minnie durch ihre große Nase.

»Na, zumindest die unteren Knöpfe«, sagte sie, »wenn er es schon am Hals zuknöpft! Es ist nur die Kombination große Frackschleife – behaarter Bauch, die die Fremden erschreckt. Glaubst du, du könntest es ihm wirklich taktvoll beibringen? Geh behutsam vor. Er ist ein komischer Kauz. Und, Westy, die Stühle aus dem Gemeindehaus!«

Er nickte. »Ich spreche mit Scat. Er ist augenblicklich hier, bei der Arbeit an der Fähre. Das wird 'ne Wucht. Bis später!« Er zog los, nicht ohne unterwegs in der Speisekammer Station zu machen.

»Den hat mir der Himmel geschickt«, sagte Minnie beiläufig. »Was würden wir ohne all die Hilfe überhaupt zustande bringen? Ich kann nicht mehr umherrennen wie eine Zweijährige. Das Haus zu malen – das hat mich schier umgebracht.«

»Landschaftsmalerei? Das ist ja mal ganz was anderes.« Campion war interessiert, und sie grinste ihn an.

»Seien Sie doch kein Simpel! Ich meine *an*malen. Wir haben es im April neu angestrichen, Dinah und ich. Ist es Ihnen denn nicht aufgefallen?«

Mr. Campion blickte sie erstaunt an. »Doch, ich fand, daß es sehr schön aussieht«, sagte er.

»Muß es ja wohl, zum Kuckuck«, bemerkte Diane vom Spülstein her. »Sie hat die obere und ich hab die untere Hälfte angestrichen. Du lieber Gott, haben wir ausgesehen! Und steif sind wir davon geworden – du meine Güte!«

»Aber warum denn das?«

»Weil es zum Erbarmen aussah«, sagte Minnie unumwunden. »Außerdem haben wir noch Wills kleine Terrasse betoniert, und jetzt wird er nie mehr Gebrauch davon machen. Ach je, Albert, ich vermisse ihn sehr, den alten Schatz. Immer meine ich, ich hörte sein Glöckchen. Er hat nämlich immer geläutet, wenn er was wollte.«

»Und wenn man dann seine Hände aus dem Wasser genommen und abgetrocknet hatte und zu ihm gekommen war, dann hatte er vergessen, was er wollte«, fügte Diane lachend hinzu.

»Haben Sie das Zimmer schon gesehen, das wir aus der alten Milchkammer für ihn hergerichtet haben?« Minnie gab sich einen Ruck und stand auf. »Kommen Sie, sehen Sie es sich an. Nur dadurch war es uns überhaupt möglich. Wenn er nämlich bettlägerig war, haben wir das Treppensteigen nicht mehr schaffen können. Es ist recht nett geworden. Scat – das ist der Sohn von Scatty Williams, an den Sie sich gewiß erinnern können – hat mir in die Südwand ein Fenster gebrochen, damit er einen Ausblick auf den Fluß hatte.«

Im Sprechen führte sie ihn in den Garten hinaus und über einen mit Ziegelsteinen gepflasterten Pfad zu der ehemaligen Milchkammer. Die Tür war abgeschlossen, aber sie hatte den Schlüssel in der Tasche, und sie gingen hinein. Es war ein reizendes Zimmer daraus geworden. Seitdem der Inhaber es verlassen hatte, war nichts daran geändert worden; die anheimelnde Atmosphäre und die kraß realistischen Zeugen des Alters waren erhalten geblieben. Der Raum wirkte keineswegs anspruchsvoll, er war vielmehr überaus behaglich und, was in solchen Wohnungen eine Seltenheit ist, sehr luftig. Das neue Fenster reichte vom Boden bis zur Decke, und davor befand sich eine kleine betonierte Terrasse, gerade groß genug, um das hohe Krankenhausbett bequem darauf hinausrollen zu können.

Minnie setzte sich in den Schaukelstuhl vor dem Fenster. »Hier hab ich immer gesessen und gestopft und den alten Kerl ausgescholten«, sagte sie. »Wissen Sie, Albert, im Grunde ist er hier ganz glücklich und zufrieden gewesen. Den ganzen Tag und fast die ganze Nacht hat er geschlafen, aber er hat sich nicht gelangweilt, und er war nicht verblödet.«

Mr. Campion wanderte im Zimmer umher. Die erbärmlichen Arzneien standen noch immer auf dem Kaminsims: Talkum-Puder und altmodische Pillen und eine kleine weiße Schachtel mit der Aufschrift ›Die Tabletten‹.

»Wie ist er überhaupt hierher verschlagen worden?« fragte Campion plötzlich, indem er die Schachtel in die Hand nahm und ihren Inhalt nur durch eine Linse seiner Brille beäugte. »Ist er nach einer Party hängengeblieben oder hat Tonker ihn als Geburtstagsgeschenk für Sie mitgebracht oder so was?«

»Nein.« Sie schien sich selbst erst besinnen zu müssen.

»Ah, jetzt fällt es mir wieder ein. Natürlich! Er war evakuiert worden. London wurde doch bombardiert.«

»Allerdings«, sagte er. »Und dann ist er hier hereingeschneit und hat sich einfach häuslich eingerichtet – war es so?«

»So wird's wohl gewesen sein«, gab sie zu. »Wir kannten ihn ja schon seit Jahrzehnten. Er war ein guter alter Knabe, Albert.«

»Ich hab ihn gern gehabt«, sagte Campion. »Er war von einer erstaunlichen, kindlichen Arglosigkeit. Was ist das hier für ein Zeug?«

»Das da?« Sie rückte herum, um sich die Schachtel anzusehen, die er ihr hinhielt. »Pluminol, glaube ich. Er hat jeden Abend eine genommen, später dann auch manchmal zwei. Der Arzt hat sie uns gegeben. Er hat die Tablette immer mit seinem letzten Drink eingenommen.«

Mr. Campion stellte die Schachtel zurück und ging weiter zu der Kommode, wo in einsamer Pracht Onkel Williams Flaschenhalter stand. In der mittleren Flasche war noch ein kleiner Rest Whisky, und aus der kleinen Schublade darunter schaute ungeniert ein orangefarbener Umschlag hervor, wie er heutzutage in England allgemein bekannt ist.

»Fußball-Toto?« fragte er. »Hat er das immer noch gemacht?«

»Und ob! Und außerdem hat er immer noch ein bißchen Geld auf ein Pferd gesetzt. Das war eine seiner letzten Taten, daß er seine Schulden beim Buchmacher bezahlt hat. Beim alten Solly L., wissen Sie. Der kommt auch zur Party. Es war 'ne enorm hohe Rechnung, fürchte ich, aber Will hat sie bezahlt, und danach war er so ziemlich pleite. Solly war ganz überwältigt. Er ist hergekommen und hat ihn besucht. Sie haben eine glorreiche Sitzung abgehalten. Es war, fand ich, als hätte er Will neue Lebenskraft eingeflößt. Natürlich hab ich immer die Wettzettel ausgefüllt. Man muß ja im Toto spielen, nicht wahr?«

Mr. Campion schickte sich an, diese bemerkenswerte Feststellung in Zweifel zu ziehen, überlegte es sich aber anders. Im Augenblick galt sein Hauptinteresse Onkel Williams Tod. Also fragte er statt dessen: »Das Fenster blieb den ganzen Tag weit offen, nehme ich an?«

»In der letzten Zeit nicht mehr«, sagte sie traurig. »Da wurde es ihm leicht zu kalt.«

Mr. Campion ging quer durchs Zimmer, stellte sich neben sie und schaute über die Blumen hinweg, auf den Fluß hinab.

»Ist er versichert gewesen?« fragte er mit uncharakteristischer Direktheit.

Minnie warf ihm einen sonderbaren Blick zu. »Nein, Albert, das war er nicht. Als er daran dachte, war er schon zu alt, und außerdem...« sie zögerte und lachte schließlich. »Den größten Teil seines Geldes hatte er bereits mir gegeben, wissen Sie – vor viereinhalb Jahren hat er es auf mich übertragen lassen. Deshalb hat er noch bis zum November leben wollen. Dann wäre nämlich die fünfjährige Schenkungsfrist zu Ende gewesen, und es hätte keine Erbschaftssteuer bezahlt zu werden brauchen. Ich glaube nicht, daß es unrecht von mir war, es überhaupt anzunehmen – was meinen Sie? Ich saß in der Klemme, und er hatte niemand sonst auf der Welt.«

»Ich weiß, daß er ganz alleinstand; und wenn schon, liebe Minnie, für kein Geld der Welt hätte er sich solche Pflege kaufen können.«

»Das habe ich mir auch gesagt.« Sie seufzte. »Ich kann das Zimmer nicht länger ertragen, mein Lieber. Lassen Sie uns gehen; schauen wir uns ein paar Bilder an.«

Mr. Campion klebte gerade einen Umschlag zu, den er aus der Tasche gezogen hatte, und er setzte sich erst in Bewegung, nachdem er ihn sorgfältig wieder eingesteckt hatte. »Hatte er einen vernünftigen Arzt?« fragte er in beiläufigem Ton.

Minnie erhob sich. »Noch sehr jung«, sagte sie, »aber ganz tüchtig. Ich glaube, er hatte das Gefühl, daß wir von etwas Unvermeidlichem allzuviel Aufhebens machten.«

Mr. Campion lächelte sie an. »Dann war er ja wohl kaum überrascht, als es passierte.«

»Doch! Merkwürdigerweise war er sogar ziemlich überrascht.« Minnie war mit dem Schließen des Fensters beschäftigt. »Und Gordon Greene und Sir Frederick Hughes ebenso. Sie waren im letzten Frühjahr hergekommen, um den guten alten Will mal gründlich zu untersuchen, und sagten damals, ein paar Jährchen würde er es schon noch machen. Aber dann hat er dennoch dran glauben müssen, der Ärmste – nichts zu machen. So, jetzt ist es zu. Kommen Sie.«

Sie führte ihn hinaus und schloß die Tür wieder hinter sich ab. »Vorläufig möchte ich alles noch so lassen, wie es gewesen ist«, sagte sie.

Mr. Campion folgte einem Impuls. Er hatte sich zwar schon seit längerem mit dem Gedanken getragen, doch seine Neugier gab nun den Ausschlag.

»Ich hatte vor, in einer geschäftlichen Angelegenheit mit Ihnen zu sprechen, Miranda Straw«, begann er. »Ich frage mich nämlich schon seit geraumer Zeit, ob wir uns nicht ein Porträt von Amanda zulegen sollten, solange ihr Haar noch rot ist.«

Minnie schien interessiert, aber auch ein wenig in Verlegenheit.

»Ein regelrecht ausgemaltes Porträt?« fragte sie. »Ich fürchte, ein solcher Auftrag müßte über Fang abgewickelt werden.«

»Na, hoffentlich! Ohne das wär's ja nicht echt«, stimmte er leichtherzig zu, als sie stehenblieb und ihn mit seitlich geneigtem Kopf ansah.

»Es würde mir großen Spaß machen. Da wäre etwas herauszuholen. Ich könnte es auch, glaube ich, zeitlich machen, aber es wird Sie ein rundes Sümmchen kosten, mein Junge.«

Er blieb unbeeindruckt. »Damit hatte ich schon gerechnet. Aber Rupert würde uns später dafür danken. Ich werde bei Fang mal mit Copley sprechen.«

»Wenn Sie das machen, setze ich alles daran, daß ich es noch dieses Jahr einschieben kann. Im nächsten Monat muß ich mit dem Konterfei einer australischen Schönheit anfangen, aber die übrigen können um eins zurückrücken.«

»Gut. Ich nehme Sie beim Wort. Es läuft alles glänzend bei Ihnen, nicht wahr? Stimmt es, was ich da von der Bostoner Kunstgalerie gelesen habe?«

Ihr seltsames, lebhaftes Gesicht glühte. »Es stimmt, Gott sei Dank«, sagte sie. »Es ist herrlich! Vier Bilder: zwei Blumenstücke, Mrs. Emmerson und Westy. Eine merkwürdige Mischung, nicht wahr, Blumen, Frauen und Kinder? Und doch meine ich, daß man keins von den dreien wirklich fotografieren kann – das fällt entweder sentimental oder brutal aus. Und meine Art, sie wiederzugeben, ist im Grunde realistisch, auch wenn sie ein bißchen eigenwillig ist. Erinnern Sie mich doch daran, Ihnen etwas zu zeigen.«

Sie standen wieder in der Küche, als er seine letzte Frage anbrachte.

»Haben Sie in der letzten Zeit hier in der Umgebung einen Fremden bemerkt, Minnie?« erkundigte er sich. »Vor acht oder neun Tagen etwa. Einen Mann in einem Regenmantel?«

Weiter kam er nicht. Hinter ihm erscholl ein Weltuntergangsgetöse: Miss Diane hatte eine Zinkwanne auf den Fliesenboden fallen lassen. In dem Moment, ehe er sich umdrehte, nahm er noch wahr, daß Minnies mäßig neugieriger Gesichtsausdruck unverändert geblieben war. Es sollte jedoch noch eine größere Sensation geben. Als wenn das Gedröhn nur ein einleitender Trommelwirbel gewesen wäre, fiel jetzt ein Schatten über die helle Schwelle der zum Hof führenden Tür, und Mr. Lugg, prustend wie ein Tümmler und diesem Tier in der Tat auch sonst nicht unähnlich, trat mit vor Anstrengung dunkelrotem Gesicht schweren Schrittes in die Küche – in den Armen einen leblosen Körper.

»Schon wieder 'ne Leiche«, keuchte er, indem er seine Last auf den Tisch ablud, wo sie sich zu regen und zu stöhnen anfing. »Schneiden Sie ihr die Korsettschnüre auf. Die hat's vielleicht umgehauen!« Instinktiv richtete er sich an Miss Diane.

»Und jetzt geben Sie uns mal was zu trinken, mein Täubchen. Egal was, nur kein Wasser. Das ganze letzte Stück hab ich sie tragen müssen.«

Mr. Campions entsetzter Blick wanderte von Lugg zu der Leidenden auf dem Tisch, und er sah zu seinem Erstaunen, daß es seine grabpflegende Freundin vom Vormittag war, die Sekretärin des Vogelliebhabers Fanny Genappe, Miss Pinkerton vom Pontisbright-Park-Landhaus.

4
Da liegt was im Klee

Als Miss Pinkerton wieder zu sich kam, ärgerte sie sich fürchterlich. Das ergeht manchen Leuten so; sie mögen einfach nicht, daß man sie in einem schwachen Moment ertappt. Ihr Gesicht, das sonst vor Vernünftigkeit strahlte, wies rote und weiße Flecken auf, und Mund und Nase sahen spitz aus.

»Vielen Dank, Mrs. Cassands. Vielen Dank, Mr. Campion. Ich bin wieder vollkommen auf dem Damm, vollkommen.« Es klang tief empört. »Lassen Sie mich jetzt nur allein, weiter nichts. Ich lege mich einen Moment hin. Ich möchte auf keinen Fall Ungelegenheiten machen. Schieben Sie mich einfach in Mr. Williams ehemaliges Zimmer ab. Dann bin ich in kürzester Frist wieder ganz dabei. Es lag einzig und allein daran, daß ich so plötzlich darauf gestoßen bin. Wirklich, die Polizisten hätten mich warnen sollen. Es war so gräßlich, so scheußlich abstoßend und widerlich.«

»Aber was denn? Was ist passiert? Pinky, Sie sehen ja aus wie der Tod.« Minnie packte mit festem Griff ihren Arm und führte sie ins Wohnhaus. »Kommen Sie mit nach oben. Sie werden sich gleich wieder wohlfühlen. Was in aller Welt ist denn bloß gewesen?«

Mr. Campion folgte ihnen nicht, sondern wandte sich Lugg zu. Der saß auf dem Rand des Spülbeckens und nahm einen langen Schluck aus einer braunen Glasflasche, die Miss Diane von irgendwo unter dem Becken hervorgezaubert hatte.

»Na, was ist denn nun eigentlich passiert?« fragte Mr. Campion.

Mr. Lugg reichte die leere Flasche seiner Wohltäterin zurück, die ihn zwar intensiv, aber nicht neugierig anstarrte, und wischte sich den Mund ab.

»Danke, mein Schatz«, sagte er. »Sie komm ich mal wieder besuchen.« Dann hievte er sich hoch, zwinkerte seinem Arbeitgeber zu und wies mit dem Kinn zur Tür, ehe er polternd hinausging. »Das blöde Frauenzimmer ist mit der Nase auf die Leiche gestoßen«, sagte er, als sie bei der Pumpe, außer Hörweite der Küche, stehengeblieben waren. Mr. Campion mußte die Augen zusammenkneifen, um nach der drinnen herrschenden Düsternis überhaupt etwas sehen zu können. Hier draußen war es blendend hell, und Luggs großes und ein wenig verschmitztes Gesicht ragte undeutlich vor einem grün-weiß gleißenden Hintergrund auf. »Niemand konnte was dafür.« Die Knurrstimme des Dicken hatte sich zu einem vertraulichen Flüstern gesenkt. »Sie kam den Pfad heruntergehoppelt wie ein Hasenweibchen, mal hierhin, mal dahin schnuppernd. Wir waren alle beisammen: ich, der Superintendent, der Sergeant, der Dorfpolizist und der Doktor, der gerade eingetroffen war. Und wir haben sie alle erst gesehen, als sie schon vor uns stand. Ich hab die Hand hochgehoben, aber ich hätte sie nicht mehr bremsen können. Sie ist an mir vorbeigeschossen und hat affektiert gekichert. ›Oooh, was geht denn hier vor?‹« Er schnaubte verächtlich. »Dann hat sie es selber festgestellt. Gerade in dem Augenblick kam nämlich sein Kopf frei – da hätten Sie was erleben können!«

»Hat sie ihn erkannt?« fragte Mr. Campion interessiert.

»Kann ich nicht sagen.« Lugg wirkte nachdenklich. »Schon möglich. Vielleicht aber auch nicht. So wie der aussah, möchte ich bezweifeln, daß seine eigene Frau ihn wiedererkannt hätte.«

»Hat sie geschrien?«

»Es war eher ein Pfeifen, wie eine Lokomotive. Dann fing sie an zu würgen. Der olle Super – das ist kein Amateur, der! – gab mir ein Zeichen, sie auf der Stelle wegzuschaffen. Ich hab ihr dann hierhergeholfen.«

Er war über irgend etwas sehr befriedigt. Neues Mannestum schien in dieser wohlgepolsterten Brust wiedererwacht zu sein; seine kleinen, schwarzen Augen richteten sich auf die Tür. »Arme alte Jungfer«, sagte er.

»Haben Sie was Neues über die Leiche in Erfahrung gebracht?«

»Hinterkopffraktur. Das hab ich noch mitbekommen, als ich sie fortbegleitete. Der Doktor sagte nicht mehr, als sowieso zu sehen war – das konnte man heraushören. Er hatte sich noch nicht richtig an die Arbeit gemacht.«

Ein närrisches kleines Lied aus seiner Studentenzeit kam Mr. Campion in den Sinn und vermischte sich mit dem Summen der Bienen und dem Vogelgesang.

Er füllte Sand in seine Söckchen
Und schlug sie ihr aufs Hinterköpfchen.

»Schon irgendeine Spur von einer Waffe?« erkundigte er sich.

»Nein.«

»Sie gehen am besten gleich wieder hin.«

»Geh ja auch gleich.« Die Schweinsäuglein blickten entrüstet. »Wissen Sie, wie Sie mir vorkommen? Wie eine Hebamme, die weiß, daß nebenan eine Entbindung im Gang ist, und nicht hin kann. Zum Kuckuck! Ich dachte, Sie brauchten sich hier nur um Privatangelegenheiten zu kümmern.«

Er brach ab. Ein kleines Mädchen überquerte langsam das hintere Ende des Hofes, die unvermeidliche Flasche an die Brust gedrückt, und verschwand im Blumengarten. Ein seliges Lächeln breitete sich auf dem großen, weißen Gesicht aus.

»Holla!« sagte er. »Vielleicht wissen Sie doch, was Sie tun.« Er hielt inne und fügte als nachträglichen Einfall »Sir« hinzu. »Ja, ich kapiere«, fuhr er mit neuer Begeisterung fort. »Das Haus hier muß geschützt werden. Ich geh nur eben in die Küche und werf noch mal einen Blick auf etwas, was mir da aufgefallen ist; dann gehe ich wieder zurück.«

Mr. Campion gab keinen Kommentar dazu, sondern folgte

ihm abermals in die kühle Düsternis des Hauses zurück. Von Minnie und Miss Pinkerton war nichts zu sehen, doch Miss Diane war da und scheuerte gerade den Tisch. Ihre gewaltigen roten Arme glühten, und ihre Ohrringe schaukelten so heftig, daß man meinte, die Vögel darauf müßten jeden Augenblick auf und davon flattern. Mr. Lugg blieb am sauberen Ende der Tischplatte stehen und stützte sich darauf, die Hände breit auf die feuchte Oberfläche gelegt. Miss Diane hörte prompt auf, sich abzumühen, um ein Gleiches zu tun, so daß sie einander gegenüberstanden wie abwartende Büffel mit zum Angriff gesenkten Köpfen.

»Sie hab ich doch schon mal gesehen«, sagte Lugg ohne jede Einleitung.

»Dasselbe hatte ich mir auch schon gedacht«, sagte sie steif. Ihre klare Haut leuchtete hell in dem schattigen Raum.

Die Augen des Dicken verschwanden fast, so sehr kniff er sie im Bemühen, sich zu erinnern, zusammen.

»Sie haben oben auf einem der verdammten großen Pferdefuhrwerke der Bahnspedition gestanden«, sagte er schließlich. »Sie hatten enge Hosen an und eine rosa Schleife im Haar, und Sie aßen gerade eine Wurststulle.«

»Käsestulle«, verbesserte sie ihn lachend.

»Kann auch sein«, stimmte er zu. »Anderthalb Stunden wurden wir aufgehalten durch eine blöde Verkehrsstockung vor dem *Mansion House* ...«

»Sie saßen in Ihrem Bus ...«

»Sagen Sie lieber Wagen, Missis.« Er war beleidigt. »Das war nämlich die frisch überholte Errungenschaft aus zweiter Hand, die Seiner Lordschaft hier gehört. Ich hatte meine Chauffeursuniform an ...«

»Ich weiß«, sagte sie. »Es muß jahrzehntelang her sein. Daß Sie sich daran noch erinnern können! Ich hab Ihnen 'ne Apfelsine zugeworfen.«

Mr. Lugg hob eine pfannkuchengroße Hand. »'nen Apfel haben Sie mir zugeworfen, mein Kind«, sagte er. »Merken Sie sich das. Na, ich muß jetzt abzwitschern. Hab noch 'ne kniffIige Sache zu erledigen. Aber...« seine Augen wanderten zum Blumengarten hinüber, aus dem das Kind inzwischen wieder verschwunden war, »... es würde mich nicht wundern, wenn ich wiederkäme.«

»Recht so«, sagte sie. »Ich bin immer hier, außer wenn ich zu Hause bin. Cheerio! Ich hatte mir doch gleich gedacht, daß ich Sie schon mal gesehen hätte.«

»Cheerio, mein Schatz!« sagte Mr. Lugg und lächelte im Hinausgehen Mr. Campion an. »Sie und ich – wir sind alte Freunde.«

»Wie ich sehe.« Mr. Campion war verblüfft über diesen Glücksfall. »Ich bin sehr froh darüber; sie weiß nämlich was über die Leiche.«

»Ach, gehn Sie!«

»Ich glaube es ganz bestimmt. Kennen Sie sie gut genug, um herauszubekommen, was sie weiß?«

Mr. Lugg fing an zu lachen, mit einer Ausgelassenheit, wie sie Mr. Campion seines Wissens noch nie an ihm erlebt hatte.

»Die ist mir heute nachmittag zum erstenmal im Leben zu Gesicht gekommen, Chef«, sagte er, »aber wenn Sie mich schon danach fragen, ich glaube nicht, daß sie mir gegenüber viel für sich behalten wird.«

Mr. Campion starrte den Dicken an, bis dieser nervös zu werden begann.

»Schon gut, schon gut«, sagte er schließlich. »Ich bekomme schon keine Frühlingsgefühle. Aber die ist so ziemlich mein Typ. So quicklebendig. Ist doch ein merkwürdiges Nest hier, am Ende der Welt, aber es hat Atmosphäre. Lassen Sie mich mit der mal in der Kneipe einkehren, dann werd ich Ihnen alles sagen können, was Sie wissen wollen. Nur dürfen Sie nicht hingehen und sie mißtrauisch machen. Das Haus hier soll doch von der Polente verschont bleiben – oder nicht? Na, jetzt will ich aber endlich zurückkehren. Bis später. Tschüß.«

Er winkte lässig nach dem Blumengarten hin.

»Die Natur im Frühlingsgewand«, sagte er und walzte auf das zur Wiese führende, kleine weiße Heckentor zu.

Als er hinter der Scheune verschwand, drangen dem sprachlosen Mr. Campion seltsame Töne ins Ohr, Mr. Lugg sang:

Wälz dich mit mir
Im grünen Kleeheehee!

Der alte Straw, Minnies Vater, hatte das Innere der Zehntscheuer im Jahre 1905, auf der Höhe seines Ruhms, in ein Atelier verwandelt und all sein Sinnen und Trachten und fast die Hälfte seines Geldes an dieses Unterfangen gewandt. Als Mr. Campion sie an diesem strahlend schönen Nachmittag betrat, an dem die weit offenen Flügel des Osttores, durch das ein beladener Heuwagen bequem einfahren konnte, den Himmel hereinließen, konnte er nicht umhin, dieses Bauwerk wieder einmal zu bestaunen. Es bestand aus solidem Eichenholz und hatte die gleiche Größe und Form wie die Dorfkirche; daher hatte es sich stets als zu kostspielig erwiesen, es in seiner ursprünglichen Gestalt zu beheizen, und nach diversen Experimenten hatte der Maler den Kampf aufgegeben und im nördlichen Querschiff ein Atelier im Atelier geschaffen.

Dieser Raum war zweieinhalb Meter über dem Boden der Haupthalle errichtet worden, so daß er einer Bühne, mit dem Nordfenstervorhang als Hintergrund, nicht unähnlich sah. Ein holzgeschnitzter Balkon mit Balustrade bewahrte einen davor, von dem kleineren in den größeren Raum hinabzufallen – am einen Ende ging er in eine elegant gewundene Treppe über. Im Winter konnte hinter dem Geländer eine Trennwand aufgerichtet werden, die aber immer noch ein großes, helles Gemach übrigließ. In diesem pflegte Minnie zu arbeiten, und auf dem roten Fliesenboden des Hauptraumes stehend, konnte Mr. Campion Amanda oben mit Teetassen hantieren hören. Er hüstelte diskret.

»Der Narben lacht«, zitierte er im Plauderton, »wer Wunden nie gefühlt. Ist's ein Otter, den ich vor mir sehe?«

Einen Augenblick lang herrschte Schweigen, dann erhob sich zu seiner Genugtuung ein Scharren, jemand schlitterte ans Balkongeländer heran.

»Verleugne deinen Vater, deinen Namen!« rief eine fröhliche Stimme mit schwach amerikanischem Anklang ohne Zögern. »Willst du das nicht, schwör dich zu meinem Liebsten, und ich bin länger keine olle Capulet. Der Otter ist fehl am Platz.«

Ein dreizehnjähriges Gesicht, leuchtend wie ein Blumenkelch, ein Liebesbecher, mit gelben Zöpfen als Henkeln, strahlte ihn über das Geländer an.

»Hallo. Ich bin Annabelle. Ihre Frau ist hier oben. Die Szene kann ich fast ganz auswendig.«

»Gut für dich«, sagte Mr. Campion.

»Ja«, sagte sie leichthin, »gar nicht übel. Kommen Sie rauf zum Tee. Ich geh jetzt die Kinder holen. Wir wollen nämlich den Tisch da blankreiben.« Sie zeigte nach unten, und er bemerkte das Möbelstück erst jetzt – es war so groß, daß sein Auge es gar nicht aufgenommen hatte: eine auf zwölf Füßen ruhende Bankettafel aus der Zeit der Stuarts, von sieben bis acht Metern Länge, unten herum mit reichem Schnitzwerk versehen und oben von leuchtender Glätte. Sie nahm die halbe Mitte der Haupthalle in Anspruch.

»Nettes Ding«, sagte er einigermaßen unzulänglich. »Wollt ihr darauf rumrutschen?«

»Nein, wir stecken die Zwillinge in alte Hosen und ziehen sie drüber hin«, sagte sie ernst. »Sie sind sowieso zu dick; das kommt uns sehr zustatten. Ich geh jetzt und hol sie.«

»Noch nicht«, erklang Amandas Stimme energisch aus dem Hintergrund. »Sie sind drüben im Cottage beim Essen. Sie müssen doch dafür sorgen, daß der Ballast richtig bleibt.«

»Okay, aber gemacht werden muß es.«

»Ja, später. Trink erst mal ein bißchen Milch.«

»Ich möchte keine mehr, danke. Ich glaube, ich geh jetzt lieber mal zur Fähre rüber. Da sind nur Scat und der alte Harry Buller, und die muß doch ordentlich gebaut werden. Vielleicht könnten Sie mal Ihre Pläne mit Ihrem Mann besprechen? Der hat bis jetzt noch nichts getan, nicht das mindeste.« Nach diesem Seitenhieb schlüpfte sie die Treppe hinunter, bedachte Mr. Campion mit einem herausfordernden Blick und schoß an ihm vorbei in den grüngoldenen Nachmittag hinaus. Sie war eine echte Straw, stellte er fest, nur die Nase war ihr gnädigerweise erspart geblieben.

Er stieg die Treppe hinauf, und ein Geruch nach Terpentin und Tee schlug ihm entgegen wie eine Woge wehmütiger Erinnerungen. Dieser Raum rief ihm sämtliche Ateliers ins Gedächtnis zurück, die Minnie und Tonker je gehabt hatten; er war schäbig, unordentlich, mit Krimskrams übersät und vollgepfropft mit Gemälden in allen Stadien der Ausarbeitung. Amanda kniete auf der Fußmatte neben einem elektrischen Kocher, vor sich ein Tablett mit verschiedenfarbenen Tassen.

»Ich hab gleich gemerkt, daß du es nicht warst«, sagte er freundlich. »Am Haar nämlich.«

»Ah, aber ich hab gleich gemerkt, daß du es warst«, sagte Amanda und klopfte auf das arg mitgenommene Ledersofa, an das sie sich lehnte. »An der Leidenschaftlichkeit nämlich. Übrigens was auch immer am Samstag los sein mag – die eigentliche Party muß doch wohl das hier sein. Den Kindern macht es einen Heidenspaß und Minnie dito. Sie muß Kräfte haben wie ein Pferd.«

»Unser Sohn findet Geschmack daran, hoffe ich?«

»Und ob! Als ich ihn zuletzt gesprochen habe, saß er mit einem sogar noch kleineren Kind auf dem Rasen, und die beiden waren damit beschäftigt, einen Stapel höchst kostbar aussehender Teller blankzureiben. Er sagte: ›Entschuldige, meine Liebe, aber ich muß weitermachen.‹«

Mr. Campion setzte sich. »Interessant«, sagte er ernsthaft.

»Minnie hat anscheinend auch die letzte brachliegende Energie der Welt für sich eingespannt.«

Sein Blick fiel auf den Kocher. »Echte Elektrizität, wie? Das ist eine Neuerung. Muß ziemlich schwierig gewesen sein, sie vom Dorf hierhergeleitet zu bekommen.«

Amanda schaute ihn nachdenklich an; ihre honigfarbenen Augen hatten sich getrübt.

»Hier, in zwei Gästeschlafzimmern und in dem Eßzimmer, das sie nie benutzen, haben sie Strom«, bemerkte sie. »Nirgends sonst. Was ist nur mit Minnie los?«

»Nichts, was mir aufgefallen wäre. Sie kommt mir erstaunlich munter vor. Im Augenblick tröstet sie meine grauenhafte Freundin, Miss Pinkerton von Fannys Stab. Die Ärmste ist zufällig auf die Polizisten gestoßen, als sie gerade dabei waren, die Leiche herauszuholen.«

»O je!« Amanda bekundete Mitgefühl. »Die Leute gucken aber auch nie weg. Doch im Ernst: glaubst du wirklich, daß mit Minnie alles in Ordnung ist? Der ganze Haushalt scheint mir wie eine *Alice-in-Wonderland*-Fabrik betrieben zu werden – nichts als verrückte Gewerkschaftsregeln.«

Mr. Campion setzte seine Brille wieder auf. »Es muß irgendwas mit der Bürokratie zu tun haben«, sagte er. »Das ist in der freien Welt heutzutage überall so. Es wird schon wieder vorübergehen, aber im Augenblick stecken wir mittendrin. Ich weiß es. Ich habe das Zeitalter des Jazz, der Beschwichtigungspolitik, des Krieges durchlebt. Und jetzt stehen wir im Zeitalter des Bürokraten. Nach der Wahrscheinlichkeitsrechnung müßten wir das nächste Mal zu etwas Heiterem übergehen. Aber ich fürchte, mein Schatz, im Augenblick sehen wir uns einem viel dringlicheren Problem gegenüber.« Er zögerte, und seine Augen verfinsterten sich hinter den Brillengläsern. »Es handelt sich um Onkel William. Ich kann zwar noch nichts beweisen, aber ich fürchte sehr, daß jemand ihn genau zum Zeitpunkt seines Todes hat sterben lassen wollen.«

»O Albert, nein!« Amanda lehnte sich auf ihre Absätze zurück. Ihr kluges Gesicht wurde bleich unter der Sonnenbräune. »Das ist ja fürchterlich«, sagte sie schließlich. »Bist du dir dessen sicher?«

»So gut wie. Ich möchte ziemlich stark annehmen, daß jemand mit Onkel William etwas angestellt hat – etwas sehr Simples, eine eklige, raffinierte Augenblickseingebung, und ich bin zutiefst empört darüber.«

»Ahnt Minnie etwas davon?«

»Nein. Ich glaube, es würde ihr das Herz brechen.«

»Dann ...?«

»Ich weiß es nicht.« Er hob den Kopf. »Horch mal! Da kommen Schritte. Ich muß schon sagen, hier zieht es ja ganz fürchterlich.«

Amanda schaute nach wie vor verstört drein, aber sie wies mit einer Kopfbewegung zum Fenster, und erst jetzt sah er, daß eine der großen oberen Scheiben zersplittert war. Er betrachtete sie neugierig.

»Jemand hat von drinnen was hinausgeworfen«, sagte er. »Sicher eine von Minnies zweifelhaften Arbeitskräften. Wundert mich, daß die kleine Annabelle mich nicht angewiesen hat, es zu reparieren – und zwar recht geschickt, bitte.«

»Wer ist hier recht geschickt?« fragte Minnie, die mit großen Schritten die Scheune betrat. »Du lieber Himmel, Albert, können Sie denn nicht zum Tee kommen, ohne unterwegs was Scheußliches auf der Wiese zu finden? Das arme, unglückselige Frauenzimmer!« fuhr sie fort, indem sie die Treppe hinaufstampfte und sich, ehe er aufstehen konnte, ihm gegenüber in den abgewetzten Sessel warf. »Sie hat vor Schreck fast den Verstand verloren. Ein toter Landstreicher war's, sagt sie.«

»Ein Landstreicher?«

»Sagt Pinky, ja. Ein Straßengrabenpenner. Armer Kerl, hoffentlich war er wenigstens nicht hungrig. Wir hätten ihm was geben können. Was kommt wohl jetzt noch? Anscheinend muß alles immer dann passieren, wenn wir Partys geben. Tee, Darling? Gott segne dich dafür, du rettest mir das Leben.«

»Wo ist die arme Pinky denn jetzt?« erkundigte sich Mr. Campion fürsorglich.

»Im Salon. Dinah ist bei ihr. Ich habe Potter's Farm angerufen – das Pontisbright-Park-Landhaus nennen sie es jetzt – und hab ihnen gesagt, sie sollten ihr einen Wagen herschikken. All diese tüchtigen, praktischen Leute klappen auf der Stelle zusammen, wenn sie einen Schock bekommen. Sie hat nie zuvor so was gesehen, und da ist ihr übel geworden. Vermutlich hat der alte Lugg obendrein eine Schwäche für Greuelgeschichten, nicht wahr? Er hat ihr gesagt, die Leiche hätte schon wochenlang da gelegen und sie müsse jedesmal, wenn sie über die Brücke ging, daran vorbeigekommen sein.«

»Was hat die Dame denn hier überhaupt zu suchen gehabt?« fragte Mr. Campion.

»Sie kam helfen.« Minnies vorstehende Backenknochen wiesen rote Flecken auf. »Offenbar brauche ich eine Menge Hilfe auf diese und jene Art. Westys Mutter hat mir den größten Teil meines Lebensmittelbedarfs geschickt, zumindest hatte es bis vor kurzem den Anschein. Pinky hat die Schreibarbeit übernommen. Sie ist bei Fanny Genappe angestellt, aber er hat sie an den Mann ausgeliehen, der die Umgestaltung des Gutes leitet. Ich glaube, sie hat viel freie Zeit, mit der sie nichts anzufangen weiß, und da hat sie sich angeboten, mir bei allem anfallenden Papierkram behilflich zu sein. Sie hat sich mir gegenüber sehr aufmerksam gezeigt.« Sie zuckte mit den Achseln und ließ das Thema fallen. »Armer alter Fanny«, bemerkte sie nach einer Pause, »es ist eine Schande.«

Amanda saß mit untergeschlagenen Beinen auf der Matte; der Monteuranzug brachte ihre Schlankheit vorteilhaft zur Geltung. Sie war noch immer bleich, aber das neue Thema interessierte sie.

»Ich glaube, Tante Hatt und ich werden ihn nicht gerade

vergöttern, wenn er das Dorf für seine Zwecke ausschlachtet«, murmelte sie.

»Fanny?« Minnie war entrüstet. »Oh, Fanny kann man die Schuld nicht zuschieben. Das wäre wirklich sehr ungerecht. Er hat sich nur ein ruhiges, kleines Landhaus gekauft, mit ein paar dürftigen Hochlandgrundstücken drumherum, auf denen Lerchen nisten. Weiter nichts. Er wollte sich da nur zurückziehen und die Vögel beobachten, aber dann haben ihn natürlich all seine stumpfsinnigen Geldscheffler beim Wickel gekriegt und wieder daraus vertrieben. Sie haben ihn alles umliegende Land aufkaufen lassen, haben den ganzen Besitz umgekrempelt und verdorben und alle Lerchen verscheucht. Das passiert Fanny fortwährend. Sobald er etwas bekommt, was er sich wünscht, müssen sie es ihm wieder entreißen, weil es nicht wirtschaftlich ist.«

»Aber es ist doch schließlich sein Geld«, widersprach Amanda. »Er bekommt doch das Geld, nicht wahr?«

»Ach, das lumpige alte Geld!« sagte Minnie. Einen Augenblick lang saß sie still da und biß sich auf die dünnen Lippen, während ihr scharfer Blick nach innen gekehrt war. »Fanny kann nichts dafür.«

»Wer denn sonst?«

Minnie blickte auf, nach wie vor mit gerunzelter Stirn. »Ich möchte annehmen, daß der eigentlich Schuldige ein Mann namens Sidney Simon Smith ist. Kennen Sie ihn?«

»Oho!« Mr. Campion reckte sich auf. »Der S.S.S.-Mann. Macht der hier die Gegend unsicher?«

»Und wie! Er ist vorübergehend Pinkys Chef. Er baut das Gut für die Genappe-Interessen um. Ich hab ihn mal kennengelernt, er lag mir aber nicht sehr. Was für ein furchtbar moderner Typ! Tonker nennt ihn den F.W.M.«

»Wieso F.W.M.?« fragte Amanda.

Minnie lachte. »›Furchtbar wichtiger Mann‹, oder auch: ›Fachmann für waghalsige Manipulationen‹ – er ist nämlich ein Schieber, ein regelrechtes Schlitzohr, sagt Tonker.«

Mr. Campions breiter Mund zuckte. »Kommt der auch zur Party?«

»Ich nehme an.« Es schien ihr gleichgültig zu sein. »Können Sie sich noch an die alten Zeiten erinnern, Albert, als es noch wirkliche Partys gab?«

»Weiß Gott!« sagte er inbrünstig. »Zwanzig Personen, und sämtlich beschwipst von der eigenen Ausgelassenheit! Ich kann mich noch genau an die Party erinnern, die Sie und Tonker vor Ihrer Heirat mal hier in der ›Lockenden Lady‹ gegeben haben, als Ihr Vater in Spanien war. Wir hatten ein paar Puppen ausgestopft, die sollten Verwandte darstellen, um der Sache einen respektablen Anstrich zu geben. Und wie respektabel wir gewesen sind! Da gab es eine gräßliche alte Dame im Bett, jemanden, der auf der Treppe saß, und einen sehr massiv aussehenden Herrn, der im Speisezimmer die ›Times‹ las. Aber sein Kopf war ein bemalter Luftballon, und als ein Gast die Tür abrupt aufmachte, hat der Luftzug den Kopf gepackt, und er ist schlicht und einfach davongesegelt. Wer war es doch noch, dem das passierte?«

»Jemand, der uns nicht allzu gut kannte. Ich werde nie vergessen, wie der sich verfärbt hat. Seitdem weiß ich, wie *Eau-de-Nile* aussieht.« Minnie lachte. »Wie er hieß, weiß ich nicht mehr. Trotzdem, diese neuzeitlichen Angelegenheiten sind auch recht lustig. Man weiß nie, wer eintrudeln wird, und ich richte es trotzdem so ein, daß auch unsere alten Freunde kommen können. Und plötzlich gefallen uns dann die neuen Leute, und beim nächstenmal zählen sie auch zu den Freunden. Das treibt die Gästezahl ein bißchen in die Höhe.«

»Kann ich mir vorstellen. In wessen Namen findet der Empfang denn eigentlich diesmal statt. Cassands und Co.?«

»Nein, es ist eine Tonkersche Spezial-Party.« Vor Begeisterung wurde sie wieder zum Backfisch. »Oder vielmehr eine Kombination: die ›Wahrnehmung‹ G.m.b.H. und Miranda Straw laden zu ihrem alle x Jahre stattfindenden Publicity-Galaempfang in Form einer Fête Champetre. Alles ist amtlich untersucht, sondiert, geprüft und genehmigt, von vorn bis hinten durchleuchtet und für gut befunden worden – also ist unser Gewissen rein.«

»Hieb- und stichfeste Sache«, stimmte Amanda zu. »Aber wieso alle x Jahre?«

»X ist die große Unbekannte – wir wissen nie, wann wir es uns wieder leisten können.«

»Höchst vernünftig«, sagte Mr. Campion beifällig, »aber es hört sich an, als ob es mit einer Unmenge Arbeit verbunden wäre. Die ›Wahrnehmung‹ G.m.b.H. – das sind Tonker und Wally, nicht wahr? Was machen sie denn nun eigentlich?«

»Ich glaube, das kann ich dir sagen. Im Augenblick haben sie einen Auftrag für Alandel«, wagte sich Amanda vor; sie bezog sich auf den Flugzeugkonzern, an dem sie beteiligt war. »Sie begutachten ein Problem, stimmt's? Sie untersuchen für uns die soziologischen Aspekte des Überschallknalls. Die beiden sind Super-Public-Relations-Boys mit hellsichtigem Einfühlungsvermögen, so ist es doch, Minnie, nicht wahr?«

Die Malerin lehnte sich in ihren Sessel zurück und reckte die langen Arme über ihrem Kopf.

»Sie sind Männer mit Ideen«, sagte sie. »Eine winzig kleine, hochleistungsfähige Firma ohne nennenswertes Betriebskapital, die es irgendwie verstanden hat, sich ihre Unabhängigkeit zu bewahren. Sie kommen mir ein bißchen wie kleine Jungens vor, die mit einem ganz besonders verlockenden Dauerlutscher auf dem Spielplatz umherspazieren, aber bis jetzt sind sie immer noch mit heiler Haut davongekommen. Natürlich können sie keine direkte Selbstreklame machen, also fädeln sie ihre Geschäfte am besten ein, indem sie ihre Kunden miteinander bekannt machen, und um sie zum Mitspielen zu bewegen, müssen sie schon mit einer erstklassigen Party aufwarten.«

»Ist mir klar«, sagte Mr. Campion. »Und Sie? Was kommt für Sie dabei raus?«

»Für mich? Oh, Sie erinnern sich gewiß noch der alten

Sonntagsempfänge von dazumal? Tee, Sherry, Gemälde und kleine rosa Kuchen am Sonntagnachmittag vor einer *Vernissage*? Nun also: diese Party ist eine moderne Version der gleichen Sache. Ich lade jeden ein, der irgendwie etwas mit dem Verkauf meiner Bilder zu tun hat, ein paar alte Kunden und ein paar mögliche neue. Bedger von der Galerie Lyle wird kommen und Van der Hum und – oh, Dutzende von Leuten! Wir werden zahlreich vertreten sein. Die ›Wahrnehmung‹ hat ihren ganzen Kostenanteil für Schampus ausgegeben, und ich übernehme das übrige.«

Mr. Campion hob die Brauen. »Gibt's tatsächlich richtigen Champagner?« fragte er.

Sie nickte. »Ich weiß, es gibt Leute, die ihn nicht mögen, aber er macht alles so leicht. Und außerdem ...«

»Außerdem?«

»Na ja, selbst der dämlichste Beamte würde einem niemals zutrauen, daß man eine Flasche Champagner zum Privatverbrauch mit ins Bett nimmt«, sagte sie. »Schon weil es so umständlich wäre. Aber bei Gin könnten sie große Bedenken haben.«

»Beamte?« wollte er ansetzen, doch als sie wegblickte, wechselte er das Thema. »Wartet Tonker auf der Party mit Überraschungen auf?«

»Mit Dutzenden.« Ihr Gesicht leuchtete auf, wie stets, wenn sie von ihrem Gatten sprach. »Die Glanznummer ist absolut abscheulich. Haben Sie schon von Tonkers Masken gehört? Es ist streng geheim, aber das hat nicht viel zu sagen.«

»Von seinen Masken?«

»Ja. Jemand hat irgendein Latex-Gummizeug erfunden, das wirklich porös ist. Es behindert die Hautatmung nicht, also wird einem nicht heiß darunter. Für die meisten Verwendungszwecke war es zu weich; darum ist er zu Tonker gegangen und hat ihn beauftragt, sich etwas auszudenken, was er damit anfangen könne. Tonker hat unverzüglich eine Maske erfunden – buchstäblich eine Schönheitsmaske. Man kann sich damit, falls man nicht gerade so einen Zinken wie ich oder etliche Doppelkinne hat, ein vollkommen neues Gesicht aufsetzen – ausgepolstert, wo man es nötig hat, und glatt, wo das eigene Runzeln aufweist. Unschöne Nasen werden vertuscht und Tränensäcke kaschiert. Die Maske ist nicht dicker – außer, wo es nötig ist – als eine Schicht Creme, wie man sie als Pudergrundlage aufträgt, und sieht sogar weniger künstlich aus. Aber es ist natürlich nichts Lebendiges. Ein scheußlicher Einfall, was? Jeder, der sich einen Kuß raubt, fällt prompt in Ohnmacht. Tonker meint, fürs Theater müßten sie sehr geeignet sein.«

Ihre Gäste schauten sie mit unverhohlener Bestürzung an.

»Wie grauenhaft!« sagte Campion schließlich. »Haben Sie diese Dinger wirklich schon gesehen, Minnie?«

»Selbstverständlich. An den beiden ersten habe ich mitgeholfen. Für mehr hatte ich leider keine Zeit. Es machte Spaß, damit zu spielen.« Sie lehnte sich lachend in den Sessel zurück, Tränen in den Augen vor Vergnügen. »Tonker und ich, wir haben zusammen ausgeheckt, wie man es machen könnte, und danach hat er dann Liz Dean, die Schönheitsexpertin, rangekriegt, um die eigentliche Arbeit zu besorgen. Sehn Sie, man nimmt einen Abguß vom echten Gesicht, und den bearbeitet Liz dann mit Wachs, nach einer Skizze von mir. Davon nimmt man dann einen weiteren Abguß in Gips. Dann wird eine Hohlform angefertigt und mit dem Latex-Zeug gefüllt – das macht der Erfinder. Und dann wird die Maske angemalt.«

Mr. Campion fuhr mit einem Finger die Innenseite seines Kragens entlang. »Es klingt gräßlich überzeugend«, sagte er. »Aber wenn sie für jeden einzelnen individuell angefertigt werden müssen, werden sie teuer oder – glücklicherweise – wohl gar unerschwinglich sein. Wir werden also nicht viele zu sehen bekommen.«

Minnie protestierte lebhaft. »Verlassen Sie sich bloß nicht darauf, mein Junge. Das Material gehört Tonkers Kunden, dem Erfinder, und an der Idee hat Tonker kein Copyright. Ich sehe keinen Hinderungsgrund für eine Serienproduktion – etwa: Masken berühmter Filmstars, ein bißchen dehnbar, damit sie jedem passen, dessen Gesichtszüge sich ungefähr eignen. Können Sie sich nicht lebhaft vorstellen, wie sie in den Läden in drei verschiedenen Größen zum Verkauf angeboten werden und all die kleinen Mädchen sich damit aufspielen? Allerdings würden sie höchstwahrscheinlich nicht allzu gut sitzen – genau wie diese gräßlichen Gummibusen.«

»Aber Minnie!«

»Ich weiß.« Sie lachte noch immer. »Es ist mal wieder einer von Tonkers grausamen Einfällen, siehe Glübalübalum. Hin und wieder verfällt er auf so was, und jedesmal wird es ein Bombenerfolg. Horchen Sie mal! Ob das der Wagen von Potter's Farm ist? Albert, wenn Sie aus dem kleinen Seitenfenster da hinauslinsen, können Sie gerade noch auf die Haustür sehen.«

Mr. Campion stand gehorsam auf und reckte sich fast den Hals aus. »Ja«, berichtete er. »Ein *Humber Snipe*. Von einem Chauffeur gefahren. Und – o ja, tatsächlich, Minnie: Ihr Freund, der F.W.M.«

»Mr. Smith?« Minnie richtete sich besorgt auf. »O je, da ist es wohl besser, wenn ich runtergehe. Tonker sagt, das Gefährliche an dem Mann sei, daß er es fertigbrächte, die Firma, für die man arbeitet, aufzukaufen, sie lang genug zu behalten, um einen an die Luft zu setzen, und sie dann gerade rechtzeitig weiterzuverkaufen, um im Büro der nächsten zu sitzen, die einen zum Vorsprechen aufgefordert hat. Ich glaube, es wäre das beste, wenn Sie beide mitkämen.«

»Den Eindruck habe ich auch«, murmelte Mr. Campion, der am Fenster stehengeblieben war. »Da kommt Lugg mit etwas, das bedrohlich nach einem Superintendent aussieht.«

5
Zwei beunruhigende Typen

Sobald Mr. Campion dem Superintendent Fred South Auge in Auge gegenüberstand, erkannte er, daß Lugg ihn sehr treffend eingeschätzt hatte. Den er da vor sich hatte, das war in der Tat kein Amateur. Er entpuppte sich als ein rundlicher älterer Herr mit einem Komikergesicht, in einem grellfarbenen Tweedanzug, der entwaffnend schäbig und erheblich zu eng war. Seine Augen mit den buschigen Brauen hätten von Disney entworfen sein können. Sein Gang war übertrieben elastisch, und beim Händeschütteln lächelte er über das ganze Gesicht.

Im Vergleich zu ihm wirkte Lugg recht gedämpft; er blickte drein wie ein Jagdhund, der wider besseres Wissen etwas höchst Unangebrachtes apportiert hat – etwa einen preisgekrönten Hahn.

Mr. Campion traf draußen vor der Scheune, in einiger Entfernung von der Haustür, mit ihnen zusammen und blieb stehen, um ein paar Worte mit ihnen zu wechseln, während Minnie und Amanda ihren Weg fortsetzten.

»Freut mich, Sie kennenzulernen.« Der Superintendent schien belustigt. »Der Chief Constable hat mir gesagt, ich soll nach Ihnen ausschauen, und da hab ich mir gedacht, jetzt geh ich das Stückchen über die Wiese und leg sozusagen mal eben die Hand an die Mütze. Sozusagen«, wiederholte er geistesabwesend. Beim Sprechen ließ er seine glänzenden Augen munter in alle Richtungen schweifen. Dieser Blick glich dem Strahl einer kleinen Taschenlampe, der über einen verdächtigen Winkel hinweghuscht. »Na jedenfalls, Sir, haben wir das ekelhafte Ding für Sie aus dem Weg geschafft. Es werden zwar für ein Weilchen noch ein paar Jungs da unten Aufnahmen machen und allerhand blöden Firlefanz zusammenlesen, aber in kürzester Frist wird alles wieder sauber und ordentlich sein. Nicht mal ein Fetzchen Papier bleibt im Gras zurück.«

Im Grunde gab er sich keine Mühe, etwas vorzutäuschen. Nicht einmal der Allerdümmste hätte seine Worte ernstnehmen können. Aber er war kein bißchen gereizt. Seine Ironie klang herzhaft und sogar freundlich, und Mr. Campion, der in bezug auf Kriminalbeamte beträchtliche Erfahrungen hatte sammeln können, wurde überaus vorsichtig.

»Was liegt vor, Superintendent?« fragte er ernst. »Mord?«

»Sie sind davon überzeugt, nicht wahr, Mr. Campion?« Fred South kicherte, anscheinend vor Freude. »Ich bin es auch. Aber wir müssen es uns erst vom Doktor bestätigen lassen. Der arme Kerl hat ein riesiges Loch im Kopf, und wir haben keine Ahnung, wie das passiert sein könnte.« Er trat einen Schritt zurück, und sein Blick hastete auf und ab, kreuz und quer und rundum – vom Horizont, wo das Licht sich langsam in Gold verwandelte, zu dem Kopfsteinpflaster vor der Tür und zurück ins Scheuneninnere hinter ihnen. Auf jedem losen und schweren Gegenstand – einem Stiefelkratzer, einem ans Gartentor gelehnten Spaten, einer im Gras liegenden Hacke – blieb er haften und verweilte ein wenig. »Wir kommen und kommen einfach nicht darauf«, sagte er.

»Keinerlei Hoffnung auf Identifizierung der Leiche?«

Sofort richteten sich die lächelnden Augen auf Mr. Campion. »Hoffnung?« fragte South leise. »Hoffnung besteht immer, Mr. Campion, selbst angesichts der Tatsache, daß dem Burschen von irgendeinem diebischen Bösewicht jeder, aber auch jeder Fetzen Papier weggenommen worden ist. Sein Geld ist nicht angerührt worden. Er hatte zwei Pfund, drei Shilling und fünf Pence bei sich, aber keine Uhr und keinen Tabaksbeutel, und in den Nähten seiner Taschen war kein Tabakskrümel zu entdecken. Darf ich mir wohl die Freiheit nehmen, Sie um eine Zigarette zu bitten, Mr. Campion?«

Mit ernster Miene zog Campion sein Etui hervor und bot es ihm an. »›Sailors‹«, sagte er. »Aber ich hab auch noch ein paar ›Laymans‹.«

South grinste nach wie vor, doch er war enttäuscht. »Besten Dank«, sagte er und nahm sich eine. »Für gewöhnlich rauche ich allerdings ›Blue Zephyrs‹«, fügte er unverfroren hinzu.

»Alle Achtung«, murmelte Mr. Campion, noch immer ernst. »Die Telefonnummer, die Sie brauchen, Superintendent, ist Whitehall A-B-A-B, Nebenanschluß zweihundert. Die Leute werden Ihnen alles sagen, was Sie über mich wissen wollen. Verlangen Sie Jean.«

Das Bauerngrinsen wurde breiter und breiter, und die lebhaften Augen blickten auf fröhliche Weise beschämt drein.

»Eine kleine Sache wäre damit schon mal erledigt«, sagte er in bedeutungsvollem Ton. »Wie hätte ich es sonst auch wissen sollen? Na schön, Mr. Campion, wer und was ist denn also Ihrer Ansicht nach dieser tote Kerl da?«

»Ich hab keinen Schimmer und kann es mir auch nicht denken. Nach bestem Wissen und Gewissen: ich hab ihn nie zuvor gesehen.«

»Ha«, sagte Fred South, »ich wohl.« Er nahm den grünen Hut mit hochgestellter Krempe ab, um sich seinen gelichteten Schädel zu kratzen. »Verdammt noch mal, wenn ich nur wüßte, wo!«

»Ob es wohl noch möglich ist, ihm Fingerabdrücke abzunehmen?«

Er nickte lachend und zwinkerte Campion vertraulich zu. »Bestimmt. Er ist noch lange nicht so weit hinüber, wie wir gemeint hatten. Der Doktor sagt, er sei etwa seit einer Woche tot, und der tippt nie weit daneben. Hat 'ne wunderbare Nase für Leichen, der Doktor. Aber ich glaube nicht, daß wir das Bild von diesem Burschen in unserer Bibliothek finden werden. Wenn ich einen Übeltäter sehe, gleich ob lebendig oder tot, den ich eigentlich kennen müßte, dann bekomm ich hier so eine Art Prickeln.« Er hob seinen breiten roten Daumen hoch. »Ich weiß nicht, wieso. Meine alte Großmutter konnte so was auch. Unglaubliche alte Frau, meine Großmutter. Der Bursche wird mir schon früher oder später wieder einfallen.«

»Sind Sie sicher, ihn schon mal gesehen zu haben?«

Abermals nickte Fred South und wiegte sich dabei ein wenig auf den Fußballen. Versteckte Anspielungen und hintersinnige Bemerkungen, unter Lächeln und Glucksen vorgebracht, schienen wie Funken von ihm auszusprühen. Campion fand ihn im höchsten Grade beängstigend.

»Ich hab den Burschen schon mal gesehen«, sagte South, als er mit seinem Gekicher fertig war. »Ich hab ihn schon mal gesehen, und ich hab was gegen ihn. Trotzdem glaube ich nicht, daß er zu unserm Kundenkreis gehört. Ich mag mich irren, aber ich glaube es nicht. Ich werd ihn gründlich säubern lassen und ihn mir dann mal eingehend ansehen.«

»Viel Glück«, sagte Mr. Campion. »Möchten Sie hier sonst noch jemanden sprechen?«

»Nein.« Der Superintendent schüttelte den Kopf in hilfloser Heiterkeit über irgend etwas Spaßhaftes. »Nein, ich wollte lediglich feststellen, ob alle, die vor etwa einer Woche hier waren, noch immer hier sind und hierzubleiben gedenken, und das kann ich, glaube ich, am besten in der Küche klären.« Sein Blick glitt auf Lugg über, und er knarrte ein bißchen, als wenn er schallendes Gelächter mühsam unterdrükken müsse. »Absolut unnötig, die berühmte Malerin zu belästigen oder die Kinder, die zu Besuch da sind, oder den leicht erzürnbaren Künstler im Cottage oder auch seine emsige Ehefrau. Wie ich höre, sind sie samt und sonders mit den Vorbereitungen für eine Party beschäftigt. Der Chief Constable hat 'ne Einladung bekommen.« Er brach ab, um sich auf den Schenkel zu schlagen. »Vielleicht kommt's noch so weit, daß wir alle eine bekommen.« Jetzt lächelte er nicht mehr und winkte heftig mit dem Kopf. »Wer ist der Herr, der da gerade herankommt, Sir?«

Eine Zeitlang hatte vor der Haustür eine gewisse Aktivität

geherrscht. Miss Pinkerton, die offenbar des langen und breiten erklärte, daß sie niemandem Ungelegenheiten bereiten wolle, war in den Fond des Wagens befördert worden. Und jetzt kam ein stämmiger Mann mittlerer Größe im dunklen Stadtanzug über das Kopfsteinpflaster auf sie zugeeilt.

»Er heißt Smith«, sagte Mr. Campion mit gesenkter Stimme. »Er inspiziert das neue Gut auf dem Hügel, ist mit den Cassands nicht allzugut bekannt, scheint die Sekretärin abzuholen, der beim Anblick der Leiche übel geworden ist. Ja«, sprach er laut und in munterem Ton weiter, »versuchen Sie es unbedingt mal mit der Küche.«

»Campion?« rief da schon lauthals Sidney Smith, obwohl er nur noch ein paar Meter von ihnen entfernt war. Er schien es ungeheuer eilig zu haben und vergeudete offensichtlich keine Minute mit den üblichen Artigkeiten. Sie bekamen einen flüchtigen Eindruck von seinem Gesicht – einer breitgedrückten Abwandlung des Gigolo-Typs in mittleren Jahren, mit den dazugehörigen leicht vorstehenden blauen Augen und dem ondulierten braunen Haar. Seine aufdringliche Stimme klang bemerkenswert angenehm und freundlich. »Campion, haben Sie einen Wagen hier?« Er kam nicht näher, sondern blieb unschlüssig stehen und spähte dabei nach dem *Snipe* zurück, als fürchte er, das Auto könne ohne ihn abfahren.

»Nicht bei mir.« Mr. Campion, der altmodisch und dem Mann bisher erst einmal und nur ganz kurz begegnet war, sprach mit ungewohnter Entschiedenheit.

»Schande! Hat er einen?« Der S.S.S.-Mann wies auf den Superintendent und gab damit bekannt, daß er seine Existenz zur Kenntnis genommen hatte.

»Nein. Er ist querfeldein hergekommen.«

»Wie steht's mit Ihnen?« Lugg bekam ein blendendes Lächeln – liebenswürdig, von gleich zu gleich.

»Das ist mein Gehilfe.«

»Ach so.« Das Lächeln wurde Lugg wieder entzogen, was

diesen höchst amüsierte. Jetzt gab Smith dem Chauffeur durch Zeichen zu verstehen, daß er bleiben solle, wo er war. »Hören Sie mal, Campion, dieses rothaarige Mädchen, ist das die Amanda Fitton von Alandel?«

»Ja.«

»Sie sagt, sie sei Ihre Frau.«

»Ist sie auch.«

Das Gigolo-Gesicht verzog sich ärgerlich. Näher herangekommen war er noch immer nicht.

»Das hat mir kein Mensch gesagt. Ich hab es nicht gewußt!«

»Deswegen brauchst du doch nicht gleich zu weinen, Kumpel«, wollte Lugg ansetzen, wurde aber durch einen Blick seines Arbeitgebers noch rechtzeitig zum Verstummen gebracht.

»Es sind also keine Wagen da?«

»Nein.«

»Verstehe. Und Miranda Straw hat auch keinen? Na, dann warten Sie mal einen Moment; ich will nur eben dem Genappe-Chauffeur sagen, daß er für mich noch mal zurückkommen soll. Wäre sinnlos gewesen, ihn zweimal fahren zu lassen, falls jemand anders einen Wagen gehabt hätte.«

Er rannte wieder davon, und alle schauten ihm nach.

»Spare in der Zeit, so hast du in der Not«, sagte Superintendent South.

Die drei Männer nahmen ihre Besprechung wieder auf.

»Das ist im Augenblick das einzige, was ich Ihnen vorweisen kann. Mr. Campion. Sehen Sie her, ein Bronzekügelchen«, sagte South und öffnete eine Streichholzschachtel, um es zu zeigen. »Es hat auf dem Hemd des Toten gelegen, gleich neben dem Kragen, ganz lose. Mein Sergeant hat es zufällig gesehen. Ich kann mir nicht vorstellen, wo es herstammen könnte.«

Mr. Campion starrte es an. Es hatte einen Durchmesser von bestenfalls einem halben Zentimeter und war abgeplattet. Es erinnerte ihn an einen mit Stickerei aus Metallperlen bezogenen Fußschemel, der, als er selbst noch ein blutjunger Mensch gewesen war, im Haus von Onkel Williams Mutter in Cambridge im Gästezimmer gestanden hatte. Er reichte das Kügelchen wieder zurück.

»Sonderbar«, murmelte er.

Der Superintendent steckte die Schachtel wieder in die Tasche. »Wahrscheinlich hat es gar nichts zu bedeuten«, bemerkte er mit erneut durchbrechendem Grinsen. »Auf freiem Feld kann man die seltsamsten Dinge finden. Ich hab mal ein Spiegelei gefunden, ein ganz gewöhnliches, frisch gebratenes Spiegelei, das noch heiß war – und zwar meilenweit entfernt von allem und jedem. Es war kein Zigeunerwagen da, kein Feuer, keine Menschenseele über unzählige Morgen Land hin, und doch lag es nun mal da – wie eine Margerite im Gras. Mußte wohl aus einem Flugzeug gefallen sein.«

Die beiden andern blickten ihn starr an, und abermals lachte er über das ganze Gesicht.

»Jedenfalls werde ich das in meinen Bericht setzen«, sagte er. »Was anderes ist mir beim besten Willen nicht eingefallen. Ich erwähne es nur, um zu erklären, weshalb ich behaupte, freies Gelände könne eine heimtückische Angelegenheit sein. Aber jetzt möchte ich Sie noch ein letztes Mal bemühen, wenn ich darf, Mr. Lugg. Sie und ich, wir gehen jetzt miteinander ums Haus herum zum Hintereingang, und da können Sie mich dann der Hausgehilfin vorstellen. Da kommt gerade der Herr, der den Wert der Zeit so gut kennt. Den wollen wir Ihnen überlassen, Mr. Campion. Auf Wiedersehen.«

Sie zogen zusammen los, mußten dabei noch einen kleinen Umweg machen, um Smith aus dem Weg zu gehen, der gerade im Moment, als der *Snipe* abfuhr, Hände in den Hosentaschen, zurückeilte.

»Wir wollen jetzt mal die Vorkehrungen für die Party besichtigen«, verkündete er, sobald er in Hörweite war. »Ich bringe nämlich die Clowns mit, wissen Sie.«

Die ›Imperial Augusts‹ waren ein gefeiertes Clowns-Quintett, das sich die Pariser Fratellini der Vorkriegszeit zum Vorbild genommen hatte und das in London schon seit so langer Zeit mit ununterbrochenem Dauererfolg auftrat, daß Mr. Campion sich über Smiths Besitzgebaren wunderte.

»Ich habe gar nicht gewußt, daß die Truppe auch eines Ihrer Unternehmen ist.«

»Ist sie auch nicht. Ich habe nur die Bestellung weitergeleitet. Tonker Cassands hatte mich beauftragt, ihnen auszurichten, daß eine Party veranstaltet würde, und das hab ich getan.« Er lächelte flüchtig, und sein nichtssagendes Gesicht wirkte gelinde amüsiert. »Übrigens finde ich Ihre Frau hinreißend gescheit«, fügte er hinzu, und zu Amanda gewandt, bei der sie inzwischen angelangt waren, sagte er: »Ich habe gerade Ihrem werten Gatten gesagt, daß ich Sie hinreißend gescheit fände.«

»Erfreulich für uns beide«, sagte Amanda förmlich und hakte sich bei Minnie ein.

Die Aufmerksamkeit des S.S.S.-Mannes richtete sich wieder auf sein unmittelbares Anliegen.

»Wir sollen doch zum Lunch hier sein, nicht wahr? Oder erst um vier?«

»Um vier«, sagte Minnie mit einer Endgültigkeit, die ihre älteren Freunde bestürzte. »Wenn Sie früher kommen, erleben Sie nur eine langweilige Durststrecke – da gibt's nichts als Tee und wahrscheinlich Kinder, die auf dem Rasen herumhüpfen. Die Clowns treffen erst um fünf ein, und zwar als Gruppe von Handwerksburschen aus dem Jahre 1890, die mit ihren Mädchen auf einem Fährboot die Themse hinabgefahren kommen, um hier ein ländliches Fest zu feiern. Zumindest stand es so im Programm, als ich zuletzt davon reden hörte.«

Während sie sprach, hatten sie den Rasen überquert und waren am Flußufer angelangt. Smith blickte in das seichte Wasser, das über Kieselsteine, so blank wie glasierte Bonbons, hinwegrieselte.

»Ein Fährboot bekommen Sie bestimmt nie bis hierhin«, versicherte er, auf der Stelle argwöhnisch geworden.

»Kein richtiges Fährboot«, setzte sie ihm ernst auseinander, »vielmehr ein als solches verkleidetes Floß. Mehr Wasser werden wir auch haben. Drunten in den Moorwiesen ist ein Schleusentor. Für gewöhnlich lassen wir nur soviel Wasser heraus, daß niemand hineinfallen und man über die Steine ans andere Ufer hinübergehen kann. Am Samstag soll das Bootshaus die Schenke sein, zu der die lustige Gesellschaft fahren will – frei nach einem Gemälde von Dunstable oder so. Es wird, glaube ich, eine ganze Menge aufregender Leute kommen, sicherlich aber alle, die mir lieb und teuer sind. Also wird es schon nett werden.«

»Augenblick mal«, sagte er neugierig. »Der Fluß, den Sie da herauslassen, ist das der gleiche wie unserer oben auf dem Gut?«

»Ihnen gehört das eine Ufer und der Fluß bis zur Mitte«, erwiderte Minnie mit ebensoviel überraschender Entschiedenheit wie zuvor. »Wenn Sie ihn da oben tief behalten wollen, können Sie sich ja Ihre eigene Schleuse bauen.«

»Dann werden Sie hier kein Wasser mehr haben.« Seine Stimme klang ziemlich erfreut über diese Möglichkeit.

»Wenn ich gar nichts mehr hätte, würden Sie zuviel haben«, entgegnete sie prompt. »Es ist genug für alle da. Und wenn Sie es verschmutzen, bekommen Sie eine Geldstrafe aufgebrummt. Also! Gegessen wird drüben in der Scheune.«

Er nickte bedächtig, als präge er sich alles Wort für Wort ein, aber das Wort Scheune stimmte ihn bedenklich.

»Von innen ist sie ein regelrechtes Atelier«, beeilte sie sich zu erläutern. »Mein Vater, ein bekannter Maler, hat sie gründlich umbauen lassen.«

»Sie ist also ganz leidlich hergerichtet?«

»Ich glaube schon.«

»Aha. Dagegen wäre also nichts einzuwenden.« Er richtete seine Aufmerksamkeit auf das Bootshaus auf dem entgegengesetzten Ufer. »Das möchte ich mir mal ansehen«, verkündete er. »Davon hab ich schon reden hören.«

Der ziegelgedeckte Holzbau war schon bei so vielen festlichen Anlässen als Theaterraum benutzt worden, daß er nach und nach einen von seiner ursprünglichen Bestimmung völlig abweichenden Charakter bekommen hatte. So verlief zum Beispiel ein kleiner Balkon in halber Höhe der Wand, zu dem von außen eine Treppe hinaufführte, was den Eindruck hervorrief, das Gebäude sei zweistöckig. Darunter befand sich ein breites Eingangstor mit Fenstern auf beiden Seiten. Die gesamte Fassade glich stark einem jener vielfach verwendbaren Bühnenbilder, wie sie bei kleinen Theaterunternehmen gerne benutzt werden.

Heute waren zwischen den beiden Blindfenstern des oberen Stockwerks ein frischgemaltes Wirtshausschild mit der Aufschrift ›Zum halben Nelson‹ angebracht und am Geländer kleine Flaggen ausgehängt worden.

Bei der Flußüberquerung ging Minnie voran, und Smith folgte ihr dicht auf den Fersen – seine blankgeputzten Schuhe nahmen sich auf dem glitschigen Granit sonderbar aus. Mit viel Aufhebens half er Amanda auf der anderen Seite der Uferböschung hinauf, ließ sie aber sogleich wieder stehen, um durchs Fenster zu spähen, während Minnie die Tür aufschloß. Dann trat er unmittelbar hinter ihr in den hellen Raum. Hier waren die Wände mit poliertem Holz getäfelt, was an Gasthäuser am Meer gemahnte, und behängt mit Tonkers Sammlung alter Spielrechnungen und Bartrophäen, die er zeit seines Lebens zusammengetragen hatte. Von einer um alle vier Wände herumlaufenden Bank abgesehen, war keinerlei Mobiliar vorhanden und der die Bodenbretter bedeckende Sisalteppich war stark abgenutzt. Dennoch machte das Ganze einen freundlichen, ja sogar aufregenden Eindruck, denn die gesamte Hinterwand, mit Ausnahme des Fensters, das den Blick auf die Wiesen freigab, wurde von einem Regal eingenommen und durch eine Ladentheke abgeschirmt, und die

Kinder, unbeschwert von falschen Vorstellungen hinsichtlich der Vulgarität allen Zurschaustellens, hatten den Festbeitrag der ›Wahrnehmung‹ G.m.b.H., sämtliche vierzehn Dutzend, ohne Strohpuppen und unverhüllt auf dem Regal aufgestellt, die Flaschen oben, die Gläser unten. Es war ein überwältigender Anblick, der nur durch eine einzige Kleinigkeit abgeschwächt wurde. In der Mitte der drei Meter langen Thekenplatte lagen, von dem fürsorglichen Westy zusammengesucht und säuberlich aufgereiht, die vier verschiedenen Korkenzieher, über die das Haus verfügte.

Minnie lachte und nahm sie an sich. »Kinder sind solche Realisten«, sagte sie. »O je, o je, es wirkt ein bißchen dick aufgetragen, aber einladend – finden Sie nicht? Das da ist ja köstlich!« Sie wies nach dem dunkleren Ende der Theke, wo zwei klebrige Flaschen Orangensirup und ein Glas standen – für den Notfall gehortet. Die einzigen andern Gegenstände auf der Theke waren ein Siphon, ein benutztes Glas und ein von einer Flasche abgedrehter Blechverschluß. Minnies Adlerblick verweilte darauf, erst beiläufig, dann mit starrem Staunen. Sie nahm das Glas, roch daran und reichte es an Campion weiter.

»Was ist das?«

»Whisky.«

»Das hab ich mir gleich gedacht.« Sie blickte verwirrt um sich. »Wie merkwürdig! Wir haben gar keinen im Haus. Und überhaupt, wo ist denn die Flasche?«

Sie sahen unter der Theke nach und in dem leeren Raum umher, aber, von der blendenden Pracht auf den Regalen abgesehen, war keine Spur von Alkohol gleich welcher Art zu entdecken. Das Ganze war ein lächerlicher Zwischenfall, der Mr. Campion unweigerlich an das Spiegelei des Superintendents denken ließ. Minnie schaute ratlos drein, und schließlich blieb ihr suchender Blick entschlossen und argwöhnisch an der – ihrem Empfinden zufolge – einzigen zweifelhaften Person hängen, die in der Nähe war. Der S.S.S.-Mann jedoch wurde sich ihres prüfenden Blicks gar nicht bewußt. Der Anblick der Korkenzieher hatte sein eigenes finsteres Mißtrauen wiedererweckt. Als Minnie sie an sich genommen hatte, hatte er seine Augen umherwandern lassen, und jetzt ging er hinter die Theke und fing an, die Etikette zu lesen.

»Siebenundvierziger ›Hibou‹«, sagte er schließlich, indem er eine Flasche herausnahm und sich Minnie überrascht zuwandte. »Aber der muß ja vorzüglich sein. Fast zu gut für eine Party. Das ist ›Veuve Genet‹ Spätlese, importiert von ›White and Brook‹.«

»Ich glaube schon, daß er ordentlich ist«, stimmte sie ihm erstaunt zu. »Auf dem Gebiet kennen Wally und Tonker sich recht gut aus. Die Kinder haben die Korkenzieher nur irrtümlich dort hingelegt.«

Es war klar, daß er ihr nicht glaubte. Er glaubte ihr einfach nicht. Er sprach es zwar nicht aus, aber sein Gesicht behielt den argwöhnischen Ausdruck bei. Der stumme Fragenaustausch war einigermaßen peinlich, so daß keiner ihn anblickte; darum war sein nächster Schritt für alle überraschend. Seine Finger, die an der Flasche herumgefummelt hatten, bewegten sich auf einmal schnell und geschickt. Durch den Transport der Flasche war der Champagner noch aufgerührt, doch Smith brachte den Pfropfen behutsam heraus und schnappte sich mit einer schnellen und sogar graziösen Bewegung gerade noch rechtzeitig ein Glas vom Regal hinter ihm.

»Wir sind zu viert«, sagte er, die Augen wachsam auf den schäumenden Flaschenhals gerichtet. »Das ist gerade richtig.«

Mit der Gewandtheit eines Oberkellners schenkte er das schäumende Naß aus, schob ihnen die Gläser hinüber und blickte auf. Mr. Campions Miene blieb unbewegt. Amanda war weniger diskret. Und Minnie griff prompt nach der Flasche. Über die Aufnahme, die seine Initiative fand, konnte nicht der mindeste Zweifel herrschen, und der Mann sah sich zu einer Erklärung genötigt. Ein einfältiger Ausdruck überzog sein breitgewalztes Gesicht, und er setzte ein entwaffnendes Lächeln auf.

»Vielleicht hätte ich warten sollen, bis ich dazu aufgefordert wurde«, sagte er, und seine angenehme Stimme besänftigte sie durch ihren puren Klang. »Ja, ich glaube, das hätte ich tun müssen. Ich weiß, daß ich es hätte tun müssen. Aber ich bin so verdammt scharf darauf, daß sich meine Hand ganz instinktiv bewegt hat. Wir trinken auf die Herren vom Finanzamt, nicht wahr, Mrs. Cassands? Sie sind unsere Gastgeber, unsere Herren und Meister.«

»O nein, auf keinen Fall«, sagte Minnie ohne Groll. »Die richtige Party hat noch nicht begonnen. Der Toast steht mir zu. Wir trinken auf unsere alten Freunde. Ich stoße stets auf unsere alten Freunde an. Tonker findet zwar, als Toast sei das ein bißchen kitschig, aber meiner Meinung nach schrecken wir heutzutage vor einem bißchen Kitsch schon so zurück, daß die Kinder nur noch mit flauer Kost aufgezogen werden. Auf Ihr Wohl, meine Lieben!«

Mr. Campion prostete ihr mit seinem Glas zu, und so nahm die kleine Party ihren Fortgang.

»Ein wunderbarer Wein«, verkündete Sidney Simon Smith beruhigt und erfreut. »Wenn er entsprechend gekühlt wird, ist er hervorragend. Sie werden doch Eis beschaffen können, nicht wahr?« Er beäugte augenblicklich die Zinkwannen. »Wie steht es mit dem Räucherlachs? Holen Sie sich den bei Bernard?«

»Ja.«

»Tadellos. Sie haben ein altes Haus, das zu unterhalten recht kostspielig sein muß, wie ich fürchte; aber es ist ganz entzückend. Ich gratuliere Ihnen aufrichtig dazu. Wenn Sie nur in diesem Bootshaus noch elektrische Beleuchtung installieren könnten, besonders von außen! Das hab ich schon mal sagen hören und sehe jetzt, wie richtig es ist. Das ließe sich doch sicher machen, nicht wahr?«

Es klang eher wie eine Forderung denn wie eine Frage, und

Minnie, die nach einem halben Glas lauwarmen Champagners besonders hellhörig geworden war, legte den Kopf auf die Seite.

»Hören Sie mal, Sie gehaben sich, als hätten Sie die Absicht, mich zu fragen, ob Sie jemanden zur Party mitbringen dürften«, bemerkte sie vernichtend. »Wer ist es denn?«

Er schaute so gekränkt drein, als wenn sie ihm unvermittelt eine Ohrfeige verabreicht hätte.

»Nicht doch!« Dieser unausgesprochene, schrille und schockierte Protest war beinahe hörbar. Minnie schien ihn deutlich zu vernehmen.

»Unsinn!« sagte sie. »Heraus damit!«

»Na gut.« Er schmollte ein wenig, aber in Gedanken hatte er seine kleine Rede schon fertig gehabt, und nun hielt er sie auch vollständig. »Zufällig habe ich an diesem Tag ein paar alte Freunde zum Lunch da. Reizende Leute – sie werden Ihnen gefallen. Und Lady Amanda wird sich besonders für einen von ihnen interessieren, für Barry Pettington.«

Amanda spielte nicht mit. Sie wahrte noch immer die Höflichkeit, nahm aber nicht teil, und ihre Augen brachten das klar zum Ausdruck.

»Das ist einer der Direktoren der Firma Gloagge«, beharrte der S.S.S.-Mann. Er spielte sich auf wie ein Weihnachtsmann, der ein Geschenk aus seinem Sack hervorholt. »Ihre Firma wird ihn kennen. Sie stellen Kugellager her. Und er hat«, fügte er – als kleines Unterpfand für Campion – hinzu, »eine hinreißend schöne Frau.«

»Wer sonst noch?« fragte Minnie unerbittlich.

Ein wenig gereizt erwiderte er ihren Blick. »Vielleicht stoßen auch Tony Burt und Jack Hare noch zu uns«, räumte er widerwillig ein. »Ich weiß es noch nicht genau.«

»Burke und Hare!« Minnie schaute erstaunt aus, und Mr. Campion beschloß, einzugreifen.

»Burt, nicht Burke. Du denkst an die ältere Version«, murmelte er und fügte, dem Besucher zugewandt, beiläufig hinzu,

»es ist bezeichnend für unsere Zivilisation, daß aller neue Reichtum auf Schrott basiert, finden Sie nicht auch?«

Der S.S.S.-Mann lachte. »Das ist amüsant«, sagte er, und nach einer Pause, »und auch wahr. Nun, Mrs. Cassands – gefällt Ihnen das besser als Miranda Straw? –, falls sie sich bei mir einfinden sollten, wäre es Ihnen dann recht, wenn ich sie auf einen Drink mitbrächte? Natürlich werden sie auch ihre Frauen bei sich haben – bloß um meine Freunde, die Clowns mitzuerleben. Ich hab Ihnen doch gesagt, daß ich sie herschicken will, nicht wahr? Sie sind verflixt gut, wissen Sie, und im allgemeinen für Partys überhaupt nicht zu bekommen.«

»Die Clowns kommen als Freunde von Tonker«, sagte Minnie. »Ich kenne sie, und es ist das erste Mal, daß ich ihnen wiederzukommen erlaube nach der schrecklichen Geschichte mit dem kleinen Bill Pitt. Das arme Kerlchen! Sie hätten ihn ja umbringen können in dieser Trommel! Dabei hat es ihm noch Spaß gemacht, dem kleinen Biest, und seitdem glänzt er damit in der Schule. Aber sie hätten das wirklich nicht tun dürfen. Ja, natürlich, bringen Sie, wen Sie wollen; aber wenn Sie beim Dinner keinen Sitzplatz mehr finden, müssen Sie vor den anderen zurückstehen, weil die nämlich eine regelrechte Einladung bekommen haben. Darin bin ich ganz und gar unbarmherzig.«

»Furchtbar nett von Ihnen.« Das klang völlig aufrichtig und war es auch ganz offensichtlich. »Vielen Dank. Ob mein Wagen wohl schon da ist? Ich darf ihn nicht warten lassen.« Er trank sein Glas aus und ging zur Tür hinüber.

Minnie folgte ihm. »Da ist er ja«, sagte sie. »Sie müssen gehen, nicht wahr?«

»Ich glaube schon.« Er wirkte ein wenig normaler und natürlicher durch die Begegnung, und seine schreckliche Betriebsamkeit war zu einem guten Teil von ihm gewichen. »Dann also auf Wiedersehen! Bis zur Party! Sie sind wirklich sehr nett. Versuchen Sie doch unbedingt, die elektrische

Beleuchtung zu beschaffen. Es wäre eine große Verbesserung.« Er hob zu den andern hin grüßend die Hand und schlüpfte hinaus. »Da komme ich schon allein rüber«, sagte er noch, auf den Fluß deutend.

»Gut«, sagte Minnie. »Recht so.«

Als sie in den Raum zurückkehrte, sah sie müde aus. »Tut mir leid, daß ich Ihnen das nicht erspart habe«, bemerkte sie und blinzelte die beiden schuldbewußt an. »Oder hat es Sie amüsiert? Mich hat es tatsächlich amüsiert. Ich war ihm noch nie richtig begegnet, aber ich hatte schon so viel von ihm gehört. Vermutlich ist er wirklich ein Schlitzohr, aber ich würde ihn eher einen Clown nennen.«

»Ich fand, daß er ein unmöglicher Flegel ist«, sagte Amanda. »Auf den paßt so ziemlich jede abschätzige Bezeichnung, könnte ich mir vorstellen.«

»Wieso Clown?« erkundigte sich Mr. Campion.

»Weil Clowns Kinder ohne Unschuld sind.« Minnie sprach mit lässiger Autorität. »Deshalb sind sie ja so enorm oder vielmehr abnorm, und deshalb finden nur Kinder und Leute in kindischer Stimmung sie komisch. Ich fand Smith eigentlich erfrischend. Bei dem braucht man gar nicht erst die Politur abzukratzen, um ihn kennenzulernen. Man sieht auf der Stelle das Schlimmste. Er ist hergekommen, um festzustellen, ob die Party wohl so gut würde, daß er jemanden mitbringen könnte, der für ihn möglicherweise von Nutzen ist. Wenn der kleine Rupert so gräßlich affektiert wäre, etwas Derartiges im Sinn zu haben, hätte er nicht simpler vorgehen können.«

»Hinterher verbucht er es dann zweifellos noch auf seinem eigenen Spesenkonto«, sagte Amanda.

»O nein, bestimmt nicht!« Minnie war entsetzt. »Das wäre ja unredlich.«

»Meine liebe Minnie, was berechtigt dich zur Annahme, daß er das nicht ist?« lachte Amanda.

»Ich glaube, Minnie hat recht.« Mr. Campion sprach langsam und bedächtig. »Von Ethik ist selbstverständlich nicht die Rede, aber ich möchte wirklich bezweifeln, daß der Mann im streng juristischen Sinn je etwas Unredliches tut.«

»Aber weshalb«, verlangte Amanda zu wissen, »will er dann unbedingt diese höchst merkwürdigen Leute auf Minnies Party mitbringen? Über Burt und Hare weiß ich nur, was alle Welt über sie sagt. Alan nennt sie Lumpenhändler im denkbar größten Maßstab. Er sagt, sie böten den Hausmädchen an der Hintertür ein Trinkgeld, damit sie die abgelegten Kleider der Familie hergeben.«

»Der gute alte Alan!« lachte Campion. »Ich glaube, das würden sie sogar noch als Kompliment auffassen. Es ist sehr milde ausgedrückt.«

»Weshalb mag Smith sie herbringen wollen?«

Mr. Campion legte seine Hand auf ihre schmale Schulter. »Ich weiß es noch nicht«, sagte er. »Aber glaub mir, ich finde die Frage direkt faszinierend. Wenn ich das herausgefunden habe, werde ich sogar noch glücklicher sein als jetzt.«

Minnie dachte noch immer über den S.S.S.-Mann nach. »Was für ein sonderbares Gesicht!« bemerkte sie, indem sie die benutzten Gläser zusammenstellte. »Fast ein Kindergesicht, aber ein zerquetschtes. Ich frage mich ... Meinen Sie, daß er vielleicht im Mutterleib eine falsche Lage gehabt hat? Ich meine, das würde erklären, warum er so geworden ist, in geistiger und in jeder anderen Hinsicht.«

Mr. Campion schoß der Gedanke durch den Kopf, daß sie wahrscheinlich der erste und letzte Mensch auf der Welt sei, der darüber nachgrübelte, weshalb Sidney Simon Smith das Leben einzig und allein aus dem Gesichtswinkel seiner eigenen Wünsche und Begierden sah. Die meisten Leute widmeten sich eher dem Problem, wieso er damit durchkam.

»Ja, das muß wohl die Ursache sein.« Sie schien befriedigt. »Dadurch könnte sein Gesicht so verbogen worden sein, und das könnte zur Folge gehabt haben, daß er es sich in den Kopf setzte, er müsse unausgesetzt für sich selbst sorgen.« Wieder lachte sie prustend. »Ich glaube gar nicht, daß er so furchtbar raffiniert ist. Er hat mir etwas verraten – und das hat bestimmt nicht in seiner Absicht gelegen: daß er nämlich der Kunde ist, von dem mir ›Ein-Heim-für-Sie‹ fortwährend schreibt. Ich hatte es mir schon gedacht.«

Sie wandten sich mit fragenden Blicken ihr zu. »Das ist eine Firma von Immobilienmaklern«, erklärte sie. »Er hat mir vorhin gesagt, dieses Haus sei ›alt und seine Unterhaltung kostspielig‹, und das sind genau die Worte, die sie auch immer gebrauchen.«

»Aber Minnie!« rief Amanda erschrocken. »Du willst doch nicht etwa verkaufen?«

»Nein, die Makler wollen kaufen. Deshalb ist es mir aufgefallen.«

Mr. Campion nahm seine Brille ab. »Schreiben die Ihnen etwa einfach: ›Ihr Haus ist alt und seine Unterhaltung kostspielig, also verkaufen Sie es uns?‹« erkundigte er sich.

»Darauf läuft es ungefähr hinaus.« Minnie runzelte die Stirn. »Das hat in mir den Verdacht erweckt, daß sie es tatsächlich haben möchten. Wenn wildfremde Leute auftauchen und einem sagen, was für eine alte Bruchbude das Haus sei, liegt der Gedanke nahe.«

Mr. Campion schwieg. Er war damit beschäftigt, diese neue Information dem Puzzlespiel in seinem Hirn einzufügen. Minnie zögerte.

»In Wirklichkeit bin ich gar nicht so furchtbar helle«, sagte sie dann, als müsse sie ein Geständnis ablegen. »Ich hatte noch einen andern Fingerzeig. Kurz vor seiner Abreise ins Ausland kam Fanny Genappe rüber, um sich zu verabschieden, und nachdem er mir erzählt hatte, wie sehr ihm die Sache mit seiner kleinen Farm und den Lerchen zum Hals heraushing, blickte er sich nach meinem Haus um und sagte: ›Legen Sie sie rein, Minnie. Verraten Sie nicht, daß ich das gesagt habe, aber legen Sie sie rein, wenn es so weit ist.‹ Damals hatte ich von ›Ein-Heim-für-Sie‹ noch nichts gehört, aber als das erste Schreiben kam, war die Sache ja wohl sonnenklar. Nur wußte ich noch nicht, wer eigentlich dahintersteckte. Jetzt sehe ich, daß es dieses Schlitzohr ist.«

»Aber handelt er denn nicht lediglich als Bevollmächtigter von Genappe?« fragte Amanda. »Ist nicht Genappe der Geldgeber?«

»Mehr oder weniger stimmt das.« Minnie stellte die leere Flasche unter die Theke. »Deshalb schaute der arme Fanny ja auch so schuldbewußt drein. Er hatte das Gefühl, daß er etwas Häßliches tat. Auf seine Weise ist Fanny loyal, er erlaubt sich selten einen Verstoß gegen die Spielregeln des Geldes.«

»Es hat keinen Zweck«, sagte Amanda. »Ich sehe all das nicht ein, und es gefällt mir ganz und gar nicht.«

»Du bist eben verärgert.« Minnie schüttelte tadelnd den Kopf. »Du meinst, Fanny sei im Begriff, alles zu verderben, was das Dorf anziehend macht, und da wirst du auf einmal hellhörig. In Wirklichkeit verhält es sich so: Der alte Fanny hat einfach so viel Geld, daß es eine Ware geworden ist; das heißt, es muß umgesetzt werden, sonst führt es zu bedrohlichen Verlusten. Seine Experten haben festgestellt, daß sein Spielzeug zu kostspielig ist und einträglich gemacht werden muß. Also haben sie diesen Smith hergeholt, um das zu bewerkstelligen – genauso wie der Latex-Gummi-Mensch Tonker hinzugezogen hat, um die Masken zu erfinden. Das einzige, was ich mir nicht vorstellen kann, ist, was der S.S.S.-Mann sich eigentlich ausgedacht hat. Ich komme einfach nicht darauf, was er mit Potter's Farm anfangen könnte. Allenfalls irgendwas Grausiges, etwa eine Aussätzigen-Kolonie! Im Dorf spricht man von einer Hunderennbahn, aber da ist natürlich der Wunsch der Vater des Gedankens. Was hat er sich nur ausgedacht, Albert? Wissen Sie es?«

Mr. Campion begegnete ihrem Blick und schaute weg. »Ich bin mir nicht sicher, ob ich es weiß«, sagte er. »Ganz und gar nicht. Tragen Sie sich mit dem Gedanken, zu verkaufen?«

»Mein lieber Albert!« Minnies Lachen war ansteckend.

»Ich konzentriere sogar alle meine Kräfte darauf, nicht zu verkaufen. Wo sollte ich denn hin? Wie albern das Leben doch ist, nicht wahr? Der Haken ist, ich brauche eben ein ruhiges Leben, um ein paar Bilder malen zu können!«

Nachdem sie die Bar aufgeräumt hatte, zog sie ihr Bündel Merkblätter aus der Tasche und notierte etwas auf einem Blatt. Campion sah ihr dabei über die Schulter. »1 Fl. Champ. – Nicht!« hatte sie geschrieben. Er tippte ihr auf den Arm.

»Ich habe heute ein Porträt bestellt«, sagte er. »Ich spendiere dem Rohling die Flasche.«

»Natürlich! Ich kann ja ein Fragezeichen dahintersetzen.« Sie strich das Ausrufungszeichen aus und fügte ein Fragezeichen dahinter. »Albert, wie raffiniert von Ihnen!«

»Durchaus nicht«, lachte er. »Ich bestehe lediglich auf meinen Rechten nach dem neuen System. Und da wir nun schon mal bei dem Thema sind – verzeihen Sie die Einmischung! –, ich hoffe, Sie haben einen wirklich guten, berufsmäßigen Steuerberater? Es gibt gute und schlechte, und ein wirklich guter kann in diesem unaufgeklärten Zeitalter ein verhältnismäßig friedliches Dasein bedeuten, während man sonst die pure Hölle auf Erden hat. Ich will Ihnen meinen verraten. Aubrey ist ...«

»Ach nein, mein Lieber.« Sie winkte ab, als sei all das viel zu schwierig. »Ich habe nicht das Temperament dazu. Ich tue einfach, was mir gesagt wird, und dann weiß ich, daß alles seine Richtigkeit hat. Diese Seite der Sache macht mir keine Sorgen.«

Er stand vor ihr und sah sie mit geneigtem Kopf und Neugier in den blassen Augen an. »Gibt es denn noch eine andere Seite?« fragte er schließlich.

Minnie grinste. »Gab es mal«, sagte sie. »Und höchst beunruhigend obendrein. Doch das ist jetzt wieder in Ordnung. Dafür haben wir gesorgt. Aber wo war ich eigentlich stehengeblieben? Ach ja, beim F.W.M. Ich wünschte wirklich, daß er nicht hergekommen wäre. Er ist schuld, daß ich mir wieder Gedanken wegen dieser dummen Beleuchtung mache.«

»Für hier?« fragte Amanda interessiert.

»Ja. Wir sollten da tatsächlich irgendwas haben. Die Frage taucht jedesmal wieder auf, wenn Tonker eine Party gibt. Innen können wir Lampions aufhängen, aber die Außenseite ist ein Problem. Diesmal wird's noch schlimmer sein, weil der Fluß einen hohen Wasserstand haben wird. Wir haben vor, das Floß als Brücke zu benutzen, aber so besonders sicher ist die Geschichte nicht, zumal sich an dem Abend die Clowns hier herumtummeln.«

»Klingt beängstigend«, sagte Campion ehrlich besorgt. »Wie tief wird der Fluß denn sein?«

Minnie überlegte. »An dieser Stelle etwa einen halben Meter«, sagte sie. »Nicht gefährlich, aber – na ja ...«

»Naß«, schlug Mr. Campion vor.

»Und wie!« pflichtete sie ihm bei. »Früher haben wir es schon mal gemacht, und damals haben wir einen Wagen auf den Rasen gefahren und die Scheinwerfer eingeschaltet, und dann war plötzlich die Batterie leer, und die Leute haben die ganze Nacht hierbleiben müssen.«

Amanda wandte sich zur Tür. »Ich bringe dir schon ein paar Lampen an«, sagte sie. »Ich hab Scattys Sohn an der Fähre arbeiten sehen. Er und ich – wir brächten bestimmt eine regelrechte Festbeleuchtung zustande.«

»Wahrhaftig?« Minnie hatte der Elektrizität gegenüber die Einstellung des Laien, für den sie pure mit Zauberei ist.

»Na selbstverständlich!« Die Aussicht auf eine herrliche Bastelei war für Amanda unwiderstehlich. »Ich geh mal eben zu ihm. Mal hören, was er davon hält und was er an Verlängerungsschnüren da hat. Hättest du gern deinen Namen oder ›Zur lockenden Lady‹ in Leuchtschrift? Paß ein bißchen auf Rupert auf, Albert. Er gehört übrigens bald ins Bett. Ich muß mich beeilen, Minnie. Wahrscheinlich werden wir das ganze Dorf nach Zubehör durchkämmen müssen.«

Sie ging, und die ältere Frau schaute ihr nach. »Dieses Haar zu diesem Monteuranzug!« sagte sie. »Sie ist einfach fabelhaft! Und diese schlitzohrigen Managertypen, Albert – sind sie nicht ebenfalls ganz unglaublich? So wütend man auch auf sie ist, man stellt doch immer wieder fest, daß man sich die größte Mühe macht, ihnen zu beschaffen, was sie sich wünschen.«

Mr. Campion lachte, und sein Blick fiel auf das noch immer auf der Theke stehende Trinkglas.

»Was ist mit dem da?«

Sie nahm es in die Hand und schnupperte abermals daran. »Die Sache ist merkwürdiger, als Sie vielleicht meinen«, sagte sie. »Wirklich: Jake trinkt keine harten Sachen und Emma auch nicht. Die Kinder kämen wohl kaum an eine Flasche Whisky, und ich habe keinen. Der Siphon gehört zu dem Orangensirup, und das Glas vermutlich auch. Sieht so aus, als wenn jemand reingekommen wäre, eine mitgebrachte Flasche aufgemacht und sich einen eingeschüttet hätte.«

»Könnte denn jemand einfach herein- und wieder hinausspazieren, ohne gesehen zu werden?«

»O ja.« Sie sagte es mit rückhaltloser Bestimmtheit. »Wir sind hier auf dem Lande, wissen Sie. Es kommt oft vor, daß ich Leute umherwandern sehe, die nach mir suchen. Wenn der Polizist kommt, um nachzuprüfen, ob ich meine Hundesteuer bezahlt habe, ist es das Wahrscheinlichste, daß ich ihn auf der Treppe antreffe ... Aber das erinnert mich wieder an diesen armen Landstreicher, Albert. Ich hab Sie bei dem Kriminalbeamten stehen sehen. Wie ist er? Für den alten Superintendent hatte ich eine große Schwäche, aber dies ist ein neuer. Was halten Sie von ihm?«

Mr. Campion erwog seine Ansichten über Fred South. »Ziemlich imposante Nummer«, sagte er schließlich.

»Na Gott sei Dank!« Minnie ließ sich ihre Müdigkeit anmerken. »Kommen Sie«, sagte sie. »Erst zu den Kindern, und dann – endlich! – zu den Bildern. Man kann sich also getrost darauf verlassen, daß er sich schon um all das kümmert, nicht wahr?«

»Wer?«

»Dieser South.«

»O ja«, sagte Campion langsam, und ein beträchtlicher Schatten überflog dabei sein freundliches Gesicht. »O ja, der wird sich um alles kümmern. Er ist genau der Typ.«

6
Der Herr des Hauses

Der Mond war bereits aufgegangen; Mr. Campion hatte den Arm um Amanda gelegt, sie saßen auf dem Hof und genossen das traumhaft schöne Bild vor ihren Augen. Es war einer jener Abende, wie sie nur ein unberechenbares Klima, und selbst das nur gelegentlich, hervorbringt. Der leichte, süß duftende Wind bewegte lautlos die frischen Blätter, und die silbernen Glanzlichter auf Scheune und Baum schimmerten weich und bewahrten noch einen warmen Anhauch vom Sonnengold des Tages. Die durch Öllampen erhellte Küche dahinter mutete an wie das Gemälde eines alten holländischen Meisters. Minnie saß am Tisch und hielt eine letzte Besprechung mit ihren Getreuen ab, mit Westy und dem Schulfreund, den er mitgebracht hatte. Die beiden Jungen deckten sich mit Vorräten ein – anscheinend wollten sie die Nacht im Zelt verbringen.

Das Abendessen war vorüber, das Geschirr gespült und abgetrocknet; die kleineren Kinder waren aussortiert und teils ihren Eltern, die sie abholen kamen, teils ans Cottage zurückerstattet worden. Mr. Campion hatte ein wenig mit den Zwillingen – seines Wissens hießen sie Gelbhöschen und Blauhöschen – geschäkert und mit Genugtuung festgestellt, daß sie zu Emmas Kontingent gehörten. Die schöne Annabelle lag bereits in ihrem Bett, und Rupert war – Choc neben sich auf dem Fußboden – in Minnies Bett schlafen gelegt worden. Und nun wartete Amanda auf ihren neuen Verbündeten Scat, den Sohn ihres alten Knappen Scatty Williams. Er hatte sich auf leisen Sohlen ins Dorf geschlichen, um einen Brief für Mr. Campion auf die Post zu geben, eine Steckdose zu besorgen und in der Mühle den Wagen zu holen.

»Du hast x-mal in der Mühle angerufen, und es hat sich niemand gemeldet, sagst du?« murmelte Mr. Campion endlich. »Dann ist Luke also noch nicht zurück, dieser alte – Otterjäger.«

Amanda ließ das Klappmesser, das sie in der Hand hielt, zuschnappen und steckte es in die Tasche.

»Das ist doch schon stundenlang her«, hielt sie ihm billigerweise vor. »Als wir Rupert in Minnies Schlafzimmer zu Bett brachten, hat die Sonne noch geschienen. Seitdem habe ich nicht mehr telefoniert, sonst wäre Rupert womöglich aufgewacht. Er ist anscheinend ganz friedlich eingeschlummert. Ich hab keinen Ton mehr von ihm gehört. Jedenfalls aber habe ich Scat gesagt, wenn er in der Mühle Licht sähe, solle er vorher anklopfen. Charlie Luke wird sich schon selbst verköstigen, denke ich. Sei doch nicht so eifersüchtig.«

Mr. Campion richtete sich starr auf. »Dafür sollte man dir die Hosen strammziehen. Wie kann man nur so was Ungeheuerliches sagen!«

»Schon gut«, sagte Amanda würdevoll. »Dabei ist es eine völlig angebrachte Reaktion. Ich finde es immer äußerst beängstigend, wenn Freunde von einem sich derartig verlieben.«

»Wieso?«

»Nun ja, sie werden eben nie wieder so sein wie vorher, nicht wahr? Es findet eine Verschmelzung statt und so weiter und so weiter. Ich meine, Liebe ist weniger ein Zementier- als ein Lösemittel. Sieh dir doch Minnie und Tonker an.«

Wie stets tröstete und überraschte ihn ihre besondere, inspirierte Art von gesundem Menschenverstand.

»Der Haken ist nur«, fuhr sie fort, »daß daran, wie an jedem direkten Eingreifen Gottes, nun mal nichts zu ändern ist.«

Mr. Campion blickte nach der im vollen Mondlicht liegenden Scheune. »Es ist eine Affenschande. Er ist so ein guter Kerl, so vernünftig und gediegen. Mit fast jedem andern Mädchen auf der Welt hätte er sein Glück gemacht. Ausgerechnet jetzt, wo alles drauf ankommt, muß diese Geschichte passieren. Es ist gut möglich, daß die ihm ein ganzes Leben lang nachhängen wird.«

Ein Weilchen verharrte Amanda in Schweigen, und das Zirpen und Summen von allem, was sich im Garten regte, wurde im Nachtdunkel vernehmbar.

»Prune ist ein seltsames Mädchen«, sagte sie schließlich. »Das einzige, was ich so schade finde, sind diese Anfänge eines Minderwertigkeitskomplexes – Äußerungen wie: ›Meine Meinung ist ja uninteressant, aber andere finden auch ...‹«

»Prune«, sagte Mr. Campion mit uncharakteristischer Grobheit, »ist ungefähr so nutzlos wie ein Gasofen.«

»Wie was?«

»Na schön, dann also wie irgendein kompliziertes Gerät, das zu einem bestimmten, nicht mehr bestehenden Zweck entwickelt wurde. Wie eine Sänfte, meinetwegen. Prune ist nicht lediglich erzogen, sie ist herangezüchtet worden zur passenden Ehefrau für einen Typ Mann, wie er längst nicht mehr produziert wird. Sie kann weder geändert noch getarnt werden. Außerdem ...« gereizt scharrte er mit dem Absatz über die Fliesen »... ist ihre Mutter eine Gallantry, und natürlich vollkommen verrückt, wie alle Gallantrys. Sie sucht Zuflucht in fremdartigen Religionen, das arme alte Geschöpf. Zum Leben stehen Prune schätzungsweise hundertachtzig Pfund im Jahr, minus Steuern, zur Verfügung, und es gibt keinen Job, für den sie sich auch nur im mindesten eignen würde. Mir wird elend zumute, sooft ich an sie denke.«

»Charlie Luke hat auch noch eine Mutter, nicht wahr?«

»Allerdings.« Mr. Campion schmunzelte im Dunkeln. »Unbedingt ein wichtiger Faktor in seinem Leben. Ihm zufolge ist sie die Tochter eines Sergeants im Kriminaldienst, die Witwe eines Superintendents, ein winziges Persönchen, und kann eine Fahne durchs Telefon riechen. Ich kann mir nicht vorstellen, daß sie es gut aufnimmt. O nein, Amanda, von der Seite her sehe ich Schwierigkeiten, Ärger, zusammengekniffene Lippen, gebrochene Herzen und weiß der Himmel, was sonst noch. Bei einem Burschen wie ihm muß man auf gewaltige, stürmische Leidenschaften gefaßt sein. Dieses unglückselige Mädchen ist ganz und gar nicht das Richtige für ihn.«

Amanda seufzte, und Juni-Nachtfalter schwirrten vorüber. »Arme Prune«, murmelte sie. »Ich hoffe, sie bekommen den Otter zu sehen. Aber sag mal, Albert, was ist denn nun eigentlich mit Lugg los?«

»Lugg fungiert als Zeuge bei dieser verdammt beunruhigenden Morduntersuchung, die alle Welt viel zu sehr auf die leichte Schulter nimmt. Ich nehme an, daß er noch immer mit den Polizeileuten zusammen ist.«

»Freut mich, das zu hören«, sagte Amanda, »weil ich nämlich gehört habe, er sitze mit der alten Freundin eines andern im ›Fehdehandschuh‹. Sein Geschäker soll ein Anblick sein, der es wert ist, Honesty Bulls fades Bier trinken zu müssen.«

Hinter seinen Brillengläsern riß Mr. Campion die Augen auf, und es fiel ihm plötzlich ein, daß er Miss Diane den ganzen Abend nicht gesehen hatte. Er blickte den Wuschelkopf an seiner Schulter an.

»Sonst noch was rausbekommen, Leutnant?«

»Nicht viel. Ich bin noch beim Sammeln von Indizien. Der alte Mann, dessen alte Freundin Lugg sich einfach angeeignet hat, wird ziemlich ominöserweise Old Harry genannt. Er hat hier oben an der Fähre mitgearbeitet, aber um sechs Uhr ist er verduftet, und Scat hat mir erzählt, warum. Er ist mit ihnen zusammen fortgegangen.«

»So ist es immer noch das beste.«

Mr. Campions Stimme klang ganz erheblich erleichtert. »Was ist denn das für einer? Ich hab gemeint, er heiße Buller.«

»Heißt er auch. Old Harry Buller. Er ist einer von den zähen kleinen Kerlen, wie man sie auf dem Lande trifft – mit rosigen Bäckchen und einer gewissen Art, die Augen bescheiden niederzuschlagen, die besagt, daß sie einem keineswegs mitzuteilen gedenken, was sie für sich behalten möchten. Er ist ›im Ruhestand‹, und das wiederum besagt, daß er alles tut, wozu er gerade Lust hat. Er behandelt Kaninchenfelle, stutzt dann und wann mal eine Hecke für Vorzugskunden oder hilft Minnie, Sachen hin und her zu transportieren. Es gibt eine Menge hin und her zu transportieren auf diesem Gut; das ist von jeher so gewesen. Und er ist der einzige in der ganzen Grafschaft, den Bezirksfeldmesser nicht ausgenommen, der weiß, wie der Abzugskanal in Pontisbright verläuft. Außerdem ist er auch noch Vogelfänger. Scat sagt, er sei praktisch ein Hund.«

»Hm???« machte Mr. Campion verblüfft.

Amanda kicherte. Sie war bei bester Laune.

»Er läßt sich von seinem Instinkt leiten«, erklärte sie. »Seiner Spürnase entgeht nichts. Er brauchte bloß einen Zipfel von Luggs Kopf über einer Hecke auftauchen zu sehen, um zu wissen, daß der Gute es auf seine Freundin abgesehen hatte. All das ist ein bißchen unappetitlich. Sie sind bestimmt allesamt über sechzig, wenn nicht gar über siebzig.«

»Ich weiß nicht, was aus den alten Leuten noch werden soll!« scherzte Mr. Campion. »Vermutlich kommt es davon, daß man ihnen immer vorredet, sie müßten arbeiten, bis sie umfallen. Da setzen sie sich dann solche Flausen in den Kopf. Gibt's weitere Neuigkeiten über die voraussichtliche Zukunft vom Pontisbright-Park-Landhaus?«

»Nein. Ich wollte das Thema gerade anschneiden, da kamst du, machtest dir wegen Luke Gedanken und wolltest deinen Brief besorgt haben. Du hast was an Pritchard geschickt, wie ich gesehen habe. Was soll denn analysiert werden?«

Mr. Campion warf ihr im Mondlicht einen Blick zu. »Eine kleine weiße Tablette, die ich aus Onkel Williams Zimmer entwendet habe.«

»Aha«, sagte sie leise. »Und den Tod dieses Landstreichers,

oder was er sonst gewesen sein mag, hast du eben beunruhigend genannt. Soll das heißen, daß er deiner Ansicht nach irgendwas mit dem Haus hier zu tun haben müsse?«

Mr. Campion senkte den Kopf auf seine locker ineinanderverschränkten Hände.

»Vorerst weiß ich noch gar nichts«, sagte er. »Aber daß zwei rätselhafte Morde, die sich annähernd gleichzeitig und nur eine halbe Meile voneinander entfernt ereignen, ganz und gar nichts miteinander zu tun haben sollen, das vermag ich einfach nicht zu glauben. Du etwa?«

Amandas Blick glitt über die anmutige Silhouette der ›Lokkenden Lady‹ vor einem zweidimensionalen Himmel.

»An Morde vermag ich hier überhaupt nicht zu glauben«, sagte sie. »Alle sind so gutgelaunt und glücklich. Als wenn die Party das einzig Wichtige auf der Welt wäre. Es widerstrebt mir in der tiefsten Seele, Albert. Das paßt hier überhaupt nicht ins Bild.«

»Das hatte ich auch erst gedacht«, sagte Mr. Campion. »Aber der Mann, den Choc da aufgefunden hat, war auf keinen Fall ein Landstreicher. Im Gegenteil, er muß recht gepflegt gewesen sein. Ermordet worden ist er mit Gewißheit, mit irgendeinem außerordentlich schweren Gegenstand erschlagen. Für mich ist die ganze Sache so besonders aufreizend, weil ich übervorsichtig gewesen bin und mich dadurch aus der Morduntersuchung sauber herausmanövriert habe. Es würde die Leute unliebsam aufmerken lassen, wenn ich mich jetzt hineindrängelte.«

»Natürlich. Und damit bist du also auf Gunst und Gnade des einheimischen Polizeichefs angewiesen.« Amanda sprach in nachdenklichem Ton. »Wie ist er denn?«

»Nemesis in Person«, sagte Mr. Campion bündig. »Ist das der Wagen?«

Amanda erhob sich und ging auf den Wagen zu. Nach einer hastigen Beratung im Dunkeln kam sie eilig zurück.

»Wir haben die Steckdose. Ich gehe eben mit, bring sie an

und überwache die letzten Kleinigkeiten, die noch zu erledigen sind. Dann probieren wir die Anlage aus, und danach gehen wir heim. Recht so?«

»In Ordnung. Was ist mit Luke?«

»Das Haus ist dunkel, aber sein Wagen ist verschwunden. Vielleicht hat er wieder Reißaus genommen.«

Mr. Campions Miene erhellte sich. »Die Möglichkeit besteht wenigstens immer noch«, sagte er und schlenderte über den Hof zur Küche hinüber. Er hatte erwartet, Minnie und die Jungen tief in ihren Planungen für die Party vorzufinden, die allmählich selbst ihn, in seiner Unerfahrenheit, ein enormes Unterfangen dünkte. Aber damit hatten sie für heute Schluß gemacht und waren – vom Thema Mord sternenweit entfernt – zu Problemen der Kunst übergewechselt.

»Ich bringe der Idee die denkbar größte Sympathie entgegen«, sagte Westy gerade, indem er sich über den prall gefüllten Rucksack auf dem Tisch lehnte, »und George Meredith hier wird zugeben, daß Sparsamkeit der Mittel stets etwas Positives ist. Aber ich sage dir geradeheraus, Minnie, ich glaube nicht, daß der Mensch überhaupt malen kann.« Er schüttelte seinen gelben Wuschelkopf, und seine Augen blickten bekümmert drein. »Für mich ist das sehr bedrükkend, weil ich ihn nämlich gern habe.«

George Meredith, Westys Schulfreund, der in Übersee zu Hause war und den er deshalb mit der größten Selbstverständlichkeit mitgebracht hatte, war ein verschlossener Junge, düster und stumm. Er hockte breitbeinig auf einem Schemel und starrte mit einer unbewegten Miene, die entweder Langeweile oder Verwirrung verbergen sollte, vor sich hin. Mr. Campion ging es dabei durch den Sinn, daß die einzigen jungen Leute, die den Erwachsenen stets unbegreiflich vorkommen, diejenigen sind, die von ihren eigenen Sprößlingen nach Hause mitgebracht werden. Jetzt sprach Minnie.

»Nichts auf der Leinwand, sagst du?« fragte sie. »Ah, kommen Sie doch rein, Albert. Wir reden gerade über Jake. Er will am Samstag mit mir zusammen ein paar Sachen in der Scheune ausstellen, aber seit kurzem hat er angefangen, so schrecklich winzige Bilder zu malen. Ich wollte, daß er wenigstens eins von einigermaßen passablem Format zeigen würde, und er hatte mir das auch versprochen. Ich habe ihm einen Platz frei gelassen, und er hat es aufgehängt. Und jetzt sagt Westy, es sei überhaupt nichts drauf.«

Der Junge schien genauso besorgt wie sie. »Es ist bloß ein schlichter grauer Grund, und zwar so glatt wie eben möglich.«

»Und sonst nichts?« erkundigte sich Mr. Campion interessiert.

»Nur das Schneckenhäuschen, das er in der linken Ecke etwa fünf Zentimeter über dem unteren Bildrand draufgesetzt hat. Er sagt, es sei sehr wichtig, wo es hinkomme.«

»Na ja, schon richtig«, sagte Minnie. »Ich meine, der springende Punkt ist doch... Ach je!« Sie tupfte sich die Augen, aber die Tränen, die darin standen, rührten nicht vom Lachen her. »Der Bursche kann einen auf die Palme bringen«, sagte sie mit plötzlich aufwallendem Zorn. »Er hat nämlich was zu sagen. Du hast ganz recht, Westy, malen kann er nicht. Er kann nicht mal zeichnen. Ein so linkischer Depp wie Jake ist mir mein Lebtag nicht begegnet. Aber das macht nichts. Die Welt ist voll von Leuten, die einfach himmlisch malen und zeichnen können und doch nichts zu sagen wissen als stinklangweilige Gemeinplätze. Jake hat tatsächlich eine solide gefühlsmäßige Vorstellung von dem, was er will, und wenn er sie nur endlich mal, von mir aus mit dem Schwanz seines vielgeliebten Esels, auf die Leinwand brächte, könnten andere sich darum bemühen und daran teilhaben. Es ist nichts als Stolz. Nicht mal Scheu oder Verlegenheit seiner mangelnden Geschicklichkeit wegen. Es ist purer, sündhafter Stolz, weshalb er niemanden teilhaben lassen will.«

Nach ihren Worten entstand ein Schweigen, das nur durch einen unartikulierten Quietschlaut von George Meredith unterbrochen wurde, der ihn jedoch hastig wieder abwürgte, bis an die Haarwurzeln errötete und dann seine endlose Kontemplation wiederaufnahm.

»Wie es scheint, ist George ganz deiner Ansicht, Minnie«, sagte Westy, ausgesprochen hellsichtig. »Und ich bin es bestimmt. Aber was sollen wir jetzt anfangen? Denn so, wie es ist, könnte das Bild gewissermaßen als Unhöflichkeit empfunden werden, finde ich.«

»Natürlich.« Minnie war wütend, und ihre Nase wirkte auf einmal noch schärfer. »Was für ein Jammer das ist!« fuhr sie in fast dem gleichen Tonfall fort, den Campion bei seinen Betrachtungen über Luke angeschlagen hatte. »Schon vor etwa einer Woche, als er mit dem Bild anfing, hab ich diese Schnecke gesehen. Da war noch eine Art Dessin drum herum, und die Idee war erkennbar. Aber danach hat er sie dann vereinfacht und immer weiter vereinfacht, etwa nach dem Motto: ›Dies werd ich ihnen nicht verraten, und das werd ich ihnen auch nicht verraten‹, bis er schließlich das Ganze wieder übermalt hatte. Oh, er ist schon ein schwieriger Kunde! Außerdem«, fügte sie ernsthaft hinzu, »kann man doch nie wissen, vielleicht hätte es jemand gekauft, und sie könnten das Geld brauchen. Emma hat das ganze Jahr hindurch für mich geschuftet wie ein Pferd, aber nicht viel dabei verdient. Das wollten sie nicht zulassen.«

»Wer ist ›sie‹?« murmelte Mr. Campion unwillkürlich.

Minnie sah ihn an. »Ach, die Leute«, sagte sie unbestimmt. »Na, Jungs, morgen wird's wieder einen langen Tag geben. Ihr müßt euch hinhauen. Sie schlafen im Indianerlager«, erklärte sie Campion. »Es ist ganz behaglich da oben und nicht so stickig wie im Haus. Außerdem fehlt es uns an Schlafzimmern. Seid ihr fertig?«

»Fix und fertig.«

Westy gab ihr einen Gutenachtkuß und ebenso, zu ihrer großen Überraschung, George Meredith – er machte seine Sache so gründlich, daß sich nach der Liebkosung auf ihrer

Backe ein weißer Kreis abzeichnete. Bei alledem sagte er jedoch kein Wort, sondern schritt gleich hinter seinem Freund in die schimmernde Nacht hinaus.

»Sie sind hundemüde«, sagte Minnie lachend. »Ich hab mich schon gefragt, ob der Junge denn wohl gar keine Beziehung hat?«

»Beziehung zur Wirklichkeit?« fragte Mr. Campion interessiert. »Dieses Geschöpf kann doch sprechen – oder nicht?«

»Oh, ich glaube schon, sonst würde Westy mir was davon gesagt haben. Westy ist nämlich sehr taktvoll und aufmerksam. Der Junge gewöhnt sich allmählich an uns. Er ist wirklich nett und sehr gescheit. Nicht jeder in seinem Alter hätte das mit Jake so begriffen. Nur zu oft verziehen die Leute bloß spöttisch das Gesicht, wie wenn der Mann verrückt wäre.« Sie stand auf. »Wir wollen uns jetzt mal nach oben schleichen und einen Blick auf Rupert werfen. Ich möchte so gern ins Atelier rüber, und dann ist er, von Annabelle und Choc abgesehen, allein im Haus.«

Im Sprechen führte sie ihn durch die dunklen Räume und senkte ihre Stimme zu einem Flüstern, als sie bei der Treppe anlangten; doch als sie den Treppenabsatz erreicht hatten, hielt sie abrupt inne. Durch den Türrahmen ihres Schlafzimmers sickerte Licht.

»Du lieber Himmel! Das Kind hat eine Kerze angesteckt!« rief sie und stürmte hinein und Campion ihr nach.

Der milde Kerzenschein verteilte sich nur spärlich auf das kleine Zimmer, so daß das Bett in einem farbigen Lichtkreis von dem Dunkel ringsum abstach. Und quer über das Bett hingestreckt, sichtlich behaglich und zufrieden, lag ein schlafender, blonder Kerl. Er hatte einen gedrungenen, kräftigen Körper. Er war völlig bekleidet, hatte nur das Jackett abgelegt und schmiegte seine Wange im Schlaf gegen seinen Arm. Die Schuhe hatte er ausgezogen, und nun ruhten seine in diskret gemusterten Socken steckenden Füße auf Minnies Partykleid mit dem kleinen Druckmuster.

»Tonker!« Minnie stand da und starrte ihn an wie eine Geistererscheinung. »Wann bist du denn zurückgekommen? Tonker, wach auf!«

Er öffnete ein himmelblaues Auge und lächelte ganz besonders nett.

»Hallo, Minnie, mein Schatz! Ich halte ein Nickerchen.«

»Tonker! Was hast du mit dem Kind angefangen. Wo ist der Junge? Tonker, wach auf!«

Ein verzücktes Kichern hinter ihnen löste das Hauptproblem. Rupert kam, Choc hinterdrein, aus dem größeren der beiden neu hergerichteten Zimmer herüber, die Emma am Mittag so stolz vorgezeigt hatte. Sobald er sah, daß Tonker noch immer schlief, legte er seinerseits den Kopf auf den Bettrand und schloß die Augen. Choc setzte sich schwerfällig hin und fing an zu hecheln. Minnie zog ihr Kleid fort, schüttelte es aus und hängte es über den Bettpfosten.

»Wie dumm von Emma, es auf dem Bett liegen zu lassen«, sagte sie ungerechterweise. »Wach auf, Tonker; Albert ist hier.«

»Wo?«

Mitten aus dem Schlaf heraus richtete er sich auf und hielt Umschau. »Hallo, Campion! Wie geht's? Hat mir leid getan, daß ich heute morgen nicht vorbeikommen konnte, aber dieses Biest von Esel, das Minnie da hat, ist schlimmer als unnütz. Noch nie was von Antreiben gehört. Na, das ist gut, was?« Er glitt aus dem Bett, fand seine Schuhe und sein Jakkett wieder und hielt einen Moment lang inne, um auf Rupert hinabzublicken, der inzwischen ebenfalls damit beschäftigt war, seine Schuhe zuzuschnüren.

»Guten Morgen!« sagte er.

»Fröhliche Umorientierung!« sagte Rupert überraschend, und beide brachen in schallendes Gelächter aus.

»Unser Motto für den heutigen Tag«, sagte Tonker. »Na schön, wie steht's mit dem Abendessen, Minnie?«

Sie sah ihn an und lachte; ihre Augen sprühten vor Vergnügen. »Wir haben unser Abendessen schon hinter uns, du alter Schuft. Was möchtest du denn haben?«

Tonker wandte sich an Rupert. »Darüber solltest du eigentlich entscheiden, mein Junge«, sagte er. »Was hättest du gern? Es ist schon spät, also nehmen wir lieber was Leichtes. Auf Omeletten verstehen sie sich hier ganz gut. Wir fangen mit einer Melone an, Minnie, danach ein Omelett, und wenn ich dann noch ein Häppchen Käse bekommen kann, bin ich vollauf zufrieden.«

»Ein Häppchen Käse – mehr verdienst du nicht«, sagte sie energisch. »Wo ist der Whisky?«

»Richtig!« Tonker war dankbar für den Wink. »In weiser Voraussicht und im Bewußtsein, daß wir vielleicht Besuch da haben würden, habe ich eine Flasche besorgt. Wo ist sie? Es ist nur ein Gläschen raus. Junge!«

»Fröhliche Umorientierung!« sagte Rupert.

»Spar dir das auf«, brüllte Tonker. »Warte, bis uns ein neuer Witz einfällt. Sag jetzt erst mal, du alberner kleiner Stöpsel, ob du zufällig gesehen hast, was ich mit dem Whisky gemacht habe?«

»Du hast ihn unters Bett gestellt«, sagte Rupert.

»Stimmt auch.« Tonker holte die Flasche hervor und drückte sie ihm in die Hand. »Das trägst du, und denk dran: der Erfolg des ganzen Abends hängt davon ab, daß du vorsichtig damit umgehst.« Er wandte sich an Campion. »Man muß die Kinder früh an den Umgang mit der Flasche gewöhnen«, sagte er, »damit sie später nicht wild werden, wenn sie nur eine anfühlen.«

»Rupert ist Alberts Sohn«, flüsterte Minnie.

»Na selbstverständlich ist er das«, sagte Tonker, ohne mit der Wimper zu zucken. »Er hat mir seinen Namen genannt, und ich hab gleich gewußt, daß er nicht sein Bruder sein könne. Bißchen zu jung. Jetzt auf zum Abendessen, was?«

»Tonker«, fragte Mr. Campion, »warum hast du denn den Whisky unters Bett gestellt?«

»Weil...« Er brach in sein berühmtes Asthmatikerlachen aus, das unweigerlich mit einem gefährlich klingenden Keuchen in den höchsten Tönen endete. »Ich bin mir wirklich wie ein Idiot vorgekommen! Als ich heimkam und Umschau hielt, sah ich, wie ihr, du, Minnie und Amanda, euch mit dem fadesten Gesellen unterhieltet, der mir je über den Weg gelaufen ist. Deshalb bin ich hierhin gegangen, um eine Siesta, ein ruhiges Schläfchen, ein kleines Nickerchen zu halten, bis er wieder weg war. Und dann bin ich durch Gequietsch und Gekicher auf dem Treppenabsatz geweckt worden, und da ich mich nicht auf lange und umständliche Erklärungen einlassen wollte, bin ich leise unters Bett gekrochen und hab wohlweislich die Flasche mitgenommen, die ich so überaus freundlicherweise für euch alle mitgebracht hatte. Als nächstes mußte ich dann feststellen, daß deine und meine Frau dieses nette, aber überflüssige Kind auf meinen Platz im Bett gepflanzt hatten und daß ein verdammt großer Köter unter den Volants her an mir herumschnüffelte.«

»Also hast du Rupert einfach rausgeschmissen und dich selber wieder aufs Bett gelegt.« Minnies Stimme klang nicht so entsetzt, wie sie offenbar klingen sollte. »Du hattest mir doch gesagt, daß du vor der Party nicht mehr kommen würdest. Du bist ekelhaft. Du bist so egoistisch, Tonker. Ich schäme mich für dich.«

»Ich bin ganz und gar nicht so egoistisch.« Er war empört. »Ich hätte das Kind nicht behaglicher unterbringen können, mit einem Haufen weicher Kissen und Daunendecken hab ich es in das eine und den Hund ebenso bequem in das andere Bett gesteckt. Ich habe ihnen mein Tagesmotto mitgeteilt und ihnen gezeigt, wo der Lichtschalter ist – eine Errungenschaft, wie ich hinzufügen möchte, die mir selber nicht vergönnt wird. Dann hab ich sie alleingelassen, und wir haben alle drei, so scheint mir, ein sehr angenehmes und erfrischendes Nikkerchen gehalten. Nur kommen wir jetzt fast um vor Hunger.«

»Na gut, geh schon runter«, lenkte Minnie ein, »aber was du dir dabei gedacht hast, so unerwartet heimzukehren und unters Bett zu kriechen, weiß ich wirklich nicht. Und was mag Albert nur von dir denken.«

»Herrgott«, sagte Tonker, »wenn der Mann nicht mal unter das Bett seiner Frau kriechen darf, wo darf er dann hinkriechen? Und was Albert von mir denken mag, ist mir schnuppe.«

Inzwischen war er in der Küche angelangt und setzte sich nunmehr ans Kopfende des blankgescheuerten Tisches; mit einer Handbewegung lud er Vater und Sohn ein, auf den Hockern rechts und links von ihm Platz zu nehmen. Er sah der Karikatur im Schlafzimmer noch immer bemerkenswert ähnlich, stellte Mr. Campion fest: er war nach wie vor kräftig, flachsblond, gedrungen und wild. Ein wedelnder, gestreifter Schweif hätte an ihm zwar überraschend, aber keineswegs ausgefallen gewirkt.

Minnie hatte zuvor erschöpft ausgesehen; doch sein Auftauchen schien ihr neues Leben geschenkt zu haben.

»Stell die Flasche auf den Tisch, Schatz, aber vorsichtig«, sagte sie zu Rupert. »Hier sind die Gläser und da die Teller, und ich hole jetzt Wasser und die Bratpfanne. Nein, Albert, bleiben Sie ruhig sitzen und unterhalten Sie sich. Ich bin im Nu fertig.«

Beträchtliches Getöse belebte die Küche. Die zwei Schläfer ließen keinen Zweifel daran, daß zumindest für sie der Abend jetzt erst anfing.

»Hast du die Bilder schon gesehen?« fragte Tonker.

»Noch nicht.« Überrascht stellte Mr. Campion fest, daß sein Tonfall einer halben Bitte um Entschuldigung gleichkam.

»Großartig! Ich zeige sie dir. Du mußt auch die Geheimsachen sehen. Die Frau hat was los, finde ich.« Er schenkte behutsam die Gläser voll. »Für kleine Jungs gibt's Wasser«, sagte er zu Rupert. »Komm in zehn Jahren wieder, dann weihe ich dich in ein sehr wichtiges Mysterium ein. Bis dahin halte dich an Wasser – oder Milch, wenn's sein muß –, damit dein Gaumen jungfräulich bleibt für die Zeremonie. Vor allen Dingen, rühr keine Limonade an! Limonade ist Gift für die Geschmacksnerven.«

»Nun halt mal ein bißchen den Mund, Tonker«, sagte Minnie, »und iß das hier.« Sie hielt ihm eine Omelette hin, die sie offenbar herbeigezaubert hatte, und gab jetzt auch Rupert eine kleine auf den Teller. »Wie steht's mit Ihnen, Albert?«

»Meine Liebe, ich hab doch gerade erst gegessen.«

»Ich würde mir die Mühe machen, Campion«, riet Cassands ihm ernsthaft. »Es wird ein langer Abend werden. Minnie, was mir zur Party am Samstag noch einfällt, hast du irgendwelche Glübalübala da?«

»O Tonker, schon wieder diese gräßlichen Dinger... Hast du etwa vor, sie wiederaufleben zu lassen?« Sie stand am Herd, die Hände auf den Hüften; der grobleinene Schurz hing in steifen Falten über ihr bedrucktes Kleid herab.

»Die Clowns möchten sie haben. Behalte eins zurück, denn wir werden sie natürlich nie wiedersehen. Haben wir überhaupt irgendwo noch welche?«

»Ich glaube, auf dem Kornspeicher stehen sechs goldbemalte. Inzwischen werden sie wohl ein bißchen schwärzlich geworden sein.«

»Macht nichts.« Er wandte sich Rupert zu. »Du holst sie morgen runter, mein Junge, und staubst sie ein bißchen ab.«

»Wie soll er das können?« mischte sich Minnie energisch und aufgebracht ein. »Sie sind ja größer als er.«

Unverwandt blickte Tonker das Kind an. »Dein Vater wird dir ganz sicher dabei helfen«, fuhr er fort, indem er für ihn eine Schnitte mit Butter bestrich. »Er ist zwar schon immer ein fauler Bursche gewesen, sogar in der Schule, aber wenn man ihm tüchtig zusetzt, macht er seine Sache ganz ordentlich.«

»Du bösartiger Kerl, du!« Minnie ließ die Platte über der

Herdfeuerung knallend zufallen. »Mit List und Gewalt spannst du alle Welt für deine Zwecke ein.«

»So was höre ich aber gar nicht gern.« Tonker sagte es ganz sachlich. »Wie ist es denn, wenn weniger intelligente Leute eine Gesellschaft veranstalten, wie wir sie am Samstagabend geben werden? Da gibt es nichts wie Aufregung, überreizte Nerven, Hysterie, Erschöpfung und eine Überfülle von nutzlosem Hilfspersonal, das bei Privatgesprächen mithorcht, den unachtsamen Gästen mit seiner Bettelei um Trinkgelder lästig fällt und halbleere Flaschen an den unmöglichsten Orten versteckt und beiseite schafft. Auf die Art, wie ich so was aufziehe, langweilt sich niemand, wird niemand müde, ist genug von allem da, und jeder genießt die große Genugtuung, für sich selbst zu sorgen. Albert und Rupert haben mir die Ehre erwiesen, meine Einladung zur Party anzunehmen, also sollen sie auch die Ehre haben, die Glübalübala ausbuddeln zu dürfen. Das ist doch nicht viel verlangt.«

»Sogar erstaunlich wenig«, pflichtete Mr. Campion bei, der sich, wie alle Freunde Tonkers, keine Illusionen über ihn machte. »Ich werde mich also für den Jungen opfern, damit er die Dinger in einem Alter zu sehen bekommt, in dem er sie noch zu würdigen weiß. Was für einen Aufruhr hat diese Idee verursacht, und was für eine Schnapsidee ist es gewesen! Wie bist du überhaupt darauf gekommen, Tonker?«

Der Flachskopf legte seine Gabel hin und warf seiner Frau eine Kußhand zu. Er strahlte.

»Oh, ganz zufällig, weißt du«, sagte er obenhin. »Ich lungerte damals herum und wartete auf meine Entlassung vom Militär. Wally war noch in Deutschland, und wir hatten noch nicht entschieden, ob wir uns wieder zusammentun wollten. Minnie war pleite – kein Mensch kaufte Bilder während des Krieges, und als das *Polchester* in Trümmer gegangen war, hatte sie eine komplette Ausstellung verloren. Deshalb fand ich, es sei höchste Zeit, was auf die Beine zu stellen. Alan Dell schickte mir einen Kerl zu, der für ihn Windschutzscheiben aus Kunststoff fabriziert hatte. Nach Kriegsende waren die Verträge mit ihm annulliert worden, und so hatte er Tonnen von diesem Zeug in breiten Bahnen herumliegen.«

»Dann hast du ihn einfach angeblickt und gesagt: ›Ich weiß schon, was wir tun: wir machen Glübalübala daraus.‹«

Tonker lachte. »So ähnlich ist es tatsächlich gewesen«, gab er zu. »Wir waren im ›Howdah‹ und genehmigten uns einen. In dem Restaurant wurde eine Kabarettvorstellung gegeben, die man von der Bar aus gerade noch mitansehen konnte. Ich versuchte nun, aus dem Simpel herauszubekommen, was man mit seinem Zeug überhaupt anfangen könne. Er sagte, so ziemlich alles – ausstanzen und umbiegen; je größer das Format, desto besser. In diesem Augenblick trat im Kabarett ein Mann auf, der ein Sousaphon spielte. Ich sah mir das Ding an, fand es nett und dachte, daß ich nur zu gern selbst eins gehabt hätte und wie schade es sei, daß es nicht noch größer war. Und ich fragte meinen Begleiter, ob wir so was auch damit machen könnten. Er verdrehte die Augen, überlegte sich die Sache und sagte: ›Wir könnten etwas machen, das genauso aussieht. Aber man könnte es natürlich nicht spielen.‹ Daraufhin bat ich ihn um einen Bleistift, und das war die Geburtsstunde des Glübalübalum.«

»Aber meines Wissens war doch eine Spielvorrichtung aus diversen Blasen drin, nicht wahr?« fragte Mr. Campion.

»Die kam zuletzt auch noch hinein.« Abermals lachte Tonker laut auf, und trotz ihrer Mißbilligung konnte Minnie ein Lächeln nicht unterdrücken. »Auf den Gedanken bin ich gemeinsam mit Bokko gekommen. Irgendein einigermaßen befriedigendes Geräusch mußte es ja schließlich machen, verstehst du, und nach einigem Herumbasteln bekamen wir eine Tonleiter zusammen. Von außen spritzten wir das Ding in verschiedenen Farben an, aber die Innereien ließen wir sichtbar. Das sah ein bißchen roh aus, aber nicht allzu roh. Und dann engagierten wir Teddy Silkworm und seine Band, um es beim Publikum durchzusetzen. Ich weiß nicht, warum es ein solcher Knüller geworden ist; vielleicht lag es daran, daß es sehr groß und sehr billig war, und was Großes und Billiges hatte es jahrelang nicht mehr gegeben. Es kam der damals herrschenden Stimmung entgegen, und natürlich hat Bokkos geniale Melodie viel dazu beigetragen ...«

»Allerdings«, beeilte sich Mr. Campion zu sagen. »Jemand hat sie heute morgen mir gegenüber erwähnt, und seitdem hab ich sie den ganzen Tag lang summen müssen. ›Tumtiti, Tumtitum – auf meinem Glübalübalum.‹ Mein Gott, Tonker, sagtest du nicht, ihr hättet noch sechs von den Dingern?«

»Fünf. Eins bleibt fürs Archiv.«

»Ich habe irgendwo gelesen, daß sie jetzt auf den Salomoninseln in rauhen Mengen gekauft werden. Stimmt das?«

Tonker zuckte die Achseln. »Durchaus möglich. Das Glübalübalum bringt eben eine in allen Menschen schlummernde Saite zum Schwingen, mein Bester. Ich bin nicht darüber im Bilde, was augenblicklich mit ihm geschieht. Auf dem Höhepunkt der Konjunktur haben wir nämlich verkauft und uns den Gewinn geteilt.« Sein Gesicht verfinsterte sich in jähem Grimm, doch bald darauf fing er wieder auf die für ihn typische halb verschämte, halb schurkische Art zu lachen an. »Ich bekam siebzehntausend Pfund, behielt zwei für mich und gab, in einem noblen Ausbruch sorgloser Großzügigkeit, den Rest Minnie, die ja pleite war, wie ich dir schon sagte. Dämlich wie sie ist, hat das arme, von allen guten Geistern verlassene Mädchen unsere Schulden, einschließlich aller Steuerrückstände, damit bezahlt, und auf diese Weise habe ich sie mit einem Schlag zu lebenslänglicher Sklaverei verdammt. Stimmt's, Minnie?«

Seine Frau schloß die Herdklappe mit einem Knall. »Laß nur«, sagte sie. »Ich habe dir verziehen ... Beinahe wenigstens.«

»Ich mir selber nicht.« Tonkers Selbstkritik war ungewohnt aufrichtig. »Siehst du, teurer alter Freund«, fuhr er, erneut an Campion gewandt, fort, »ich hatte nämlich unglücklicherweise übersehen, daß – infolge der gesteigerten Aktivität unserer fleißigen lieben Landsleute vom Finanzamt während meiner Abwesenheit – die zu versteuernde Gesamtsumme, meine und Minnies hart erkämpfte Einnahmen in einem ausnehmend guten Jahr zusammengenommen, die erkleckliche Höhe von sechshundertunddreiundfünfzig Pfund erreichte, von denen ich zweitausend bereits auf meine Wiederetablierung im Zivilleben ausgegeben hatte. Da wir das Unheil erst nach gut und gern zwei Jahren entdeckten, wird dir ohne weiteres einleuchten, daß das Geschenk als solches ein Fehlschlag war. Es war in der Tat eine Schenkung, die den besonderen Reiz einer Bombe mit Zeitzünder hatte. Purer Schwefelwasserstoff. Minnie hat den vollen Witz der Sache nie zu sehen vermocht.«

»Eine Stinkbombe war's auf jeden Fall«, sagte Minnie; sie blieb hartnäckig humorlos. »Und jetzt, Tonker, mußt du das Geschirr spülen.«

»Nie und nimmer.« Sein Ton besagte, selbst wenn er, schreiend und um sich schlagend, zum Spülbecken gezerrt würde, wolle er nichts davon wissen. »Horch mal! Da ist jemand draußen!«

»Unsinn! Das ist ein uralter Trick. Komm schon, Tonker, du spielst dich nur auf. Rupert, zeig ihm mal, wie es gemacht wird. Komm, Tonker – sonst erzähl ich die Geschichte, die du mit dem armen, unseligen Ratsherrn angestellt hast.«

Da es sich lediglich um vier Teller, drei Gläser und eine Teigschüssel handelte, wurde die Angelegenheit mühelos bewältigt. Minnie spülte, Mr. Campion trocknete ab und Rupert räumte ein. Tonker wischte überaus sorgfältig eine Gabel ab und zeigte dann Rupert, wie man eine Maultrommel daraus machen könne.

Nachdem sie zu lärmen aufgehört und Minnie sich die Hände gewaschen hatte, zog sie die Tischschublade auf und holte das wöchentlich erscheinende Lokalblatt heraus.

»Bitte sehr!« sagte sie. »Heute abend eingetroffen. Lies und mach dich auf das Schlimmste gefaßt!«

Ihr Mann suchte nach seiner Brille und zog gleichzeitig sein Zigarettenetui hervor. Er bot es Campion an, der sich eine Zigarette nahm und sie vor dem Anzünden neugierig betrachtete.

»›Blue Zephyrs‹«, bemerkte er. »Über die hat heute jemand mit mir gesprochen. Seit wann rauchst du die schon?«

»Seit dem Tag, an dem verkündet wurde, Zigarettenrauchen bedeute den sicheren Tod.« Tonker sah nicht von seiner Zeitung auf. »Da hab ich gedacht, wenn es schon so ist, will ich wenigstens mit einem juwelenbesetzten Dolch Selbstmord begehen. Man führt sie hier im Dorfladen für mich, und in der Stadt bekomme ich sie bei Herberts. Wieso fragst du?«

»Ach, nichts. Es ist nur sonderbar.«

»Nicht so sonderbar wie das hier.« Finster blickte Tonker auf die aufgeschlagene Seite. »Die Ergebnisse der Bezirksratswahlen. Mein armer Zechkumpan – jetzt ist er durchgerasselt und liegt auf seiner dicken roten Nase.« Er blickte zu Campion auf und lächelte ihn geradezu engelhaft an. »Dann und wann, mein teurer alter Freund, frage ich mich, ob ich wirklich voll zurechnungsfähig bin«, sagte er ernsthaft. »So ein lieber, netter Kerl und heller Kopf ich auch bin: manchmal versuche ich meinen Bekannten auf die denkbar idiotischste Weise zu helfen.«

»Das Schlimme an diesem Einfall«, verkündete Minnie, die noch schnell die Küche aufräumte, bevor man ins Atelier hinüberging, »war dein besessener Eifer, die Geschichte in allen Einzelheiten auszuarbeiten. Darüber hast du vollkommen vergessen, was eigentlich damit geplant war.«

»Was sollte denn damit bezweckt werden?« drängte Mr. Campion. »Ich werde langsam ungeduldig.«

Tonkers keuchendes Lachen, sehr beschämt, aber dennoch voll heimlicher Selbstzufriedenheit, hallte dumpf von der weißgetünchten Balkendecke wider.

»Die... Nun ja – eine Art... Es ging um die Euthanasie, Campion. Vom Bezirksrat praktizierte Euthanasie an den nutzlos Gewordenen. Das war es, was sich an der Sache nicht verschweigen ließ, mochte man sie auch drehen und wenden, wie man wollte. Das hätte der Ratsherr einsehen müssen, der alberne Schwachkopf. Er würde es auch eingesehen haben, wenn er nicht gleich von unserem Lunch zur Bezirksratssitzung gegangen wäre.«

Mr. Campion starrte seinen alten Freund entsetzt an.

»Das hast du doch nicht etwa im Ernst vertreten, wenn ich recht verstehe?«

»Nein, nein, natürlich nicht.« Tonker wirkte nicht völlig überzeugend. »Der gute alte Ted Fenner, unser Rechtsanwalt, hat uns darauf gebracht«, erklärte er heiter. »Er kam eines Tages zum Lunch und deprimierte uns beide mit seiner Feststellung, unsere Generation werde die Generation sein, die an Mangel und Vernachlässigung sterben müsse, weil die jungen Leute mit Arbeit viel zu überlastet sein würden, um sich um uns zu kümmern, und ohnehin kein Mensch mehr Geld haben würde. Da fing ich an, die Sache von allen Seiten zu überdenken, wie ich es immer tue, wenn ich vor ein Problem gestellt werde, und habe mich gefragt, was, zum Donnerwetter, sie nun wohl tatsächlich mit uns anfangen würden, wenn wir nörgelnd und jammernd umherlungern. Ich dachte: Herrgott! Sie werden uns eben umbringen müssen. Und zum Zeitvertreib fing ich an, mir zu überlegen, wie sie uns für die Idee gewinnen könnten; denn wir würden ja vermutlich nach wie vor stimmberechtigt sein.« Er hielt inne und grinste. »Man muß schon ein ganz kleines bißchen beschwipst sein, um die Idee überzeugend zu entwickeln.«

»Das möchte ich auch hoffen.« Mr. Campion war schokkiert, aber wider Willen amüsiert. »Und wie sah dein Plan im einzelnen aus, du Knilch?«

»Ich dachte an eine wunderschöne weiße Karosse«, sagte Tonker prompt. »Sehr elegant und reizvoll, mit dem Grafschaftswappen drauf, das natürlich modern stilisiert werden müßte, ganz in Schwarz, etwas wirklich Erlesenes, etwa nach einem Entwurf von Ashley; und mit einem netten, lustigen Wärter, der nach einer Weile aussteigt und sich zum Kutscher setzt, während das Kohlenmonoxyd langsam eindringt.« Er kratzte sich am Kopf, in dem Haarschopf von der Farbe einer nicht benutzten Fußmatte aus Jute. »Darin bestand das Malheur«, fuhr er fort. »Ich sah diese verdammte Karosse lebhaft vor mir und saß beim Lunch im ›Bullen‹ gleich neben diesem armen Schwein, von dem ich eben sprach. Ich vergaß völlig, daß er einen der letzten Wagenbaubetriebe in Ostengland besaß. Wir hatten etliche Gläschen miteinander geleert, und ich konnte gar nicht begreifen, weshalb er davon so gefesselt war. Schließlich hatte ich ihm die Idee so plausibel gemacht, daß er sich dieses Vehikel regelrecht in den Kopf setzte. Er muß geradewegs zu der Sitzung gegangen sein, sich hingestellt und mit einer gräßlichen, besoffenen Ernsthaftigkeit darüber zu reden angefangen haben.«

Minnie stand an den Türrahmen gelehnt, den Arm hochgereckt, die Hand auf dem Türsturz.

»Ich sehe die Versammlung vor mir – von Daumier gezeichnet«, sagte sie. »Biedere, gewaltige Männer. Sie sitzen sehr still da, wie Bullen, die sich in der Sonne braten lassen, und nur ihre Augen, kleine, glänzend schwarze Flecke, bewegen sich langsam, bis sie alle auf ihm ruhen, prüfend, nachdenklich, erbarmungslos. Die Leute müssen ja allesamt selbst schon in vorgeschrittenem Alter sein, verstehen Sie.«

»Ahem, Ratsherr! Dieser Wagen, von dem Sie da reden, soll der etwa *benutzt* werden?« bölkte plötzlich Tonker im breitesten Suffolk-Dialekt. Seine dunkelblauen Augen öffneten sich weit, als ihm die Situation voll zum Bewußtsein kam. »O Gott! Was für ein Kuckucksei! Was für ein Gipfel der Geschmacklosigkeit! Ich blöder Simpel! Ich blöder, beschwipster Simpel! Da hat sich Tonker mit Schmach und Schande bedeckt. Nehmen wir die Flasche und gehn wir ins Atelier.«

»Ich weiß nicht...« Minnie schlug einen praktisch-nüchternen Ton an. »Ich finde die Idee als solche ziemlich tröstlich.«

Mr. Campion grinste sie an. »Zweifellos unter der Voraussetzung, daß es stets einen Bezirksrat geben wird, nicht wahr?« meinte er.

Sie schenkte ihm ein Lächeln. »Nein, ich hatte einfach das Gefühl, daß Tonker unter allen Umständen irgend etwas einfallen würde. Trotzdem ist es höchst peinlich, weil die Nachbarn fortwährend fragen, was Tonker denn nun eigentlich genau mache, und dies ist die erste seiner Ideen, die sie nun in allen Einzelheiten durchhecheln können. Es werden wohl ein paar Erklärungen notwendig werden.«

An diesem Punkt ließ Rupert, der der Unterhaltung zugehört hatte, als wenn sie auf Französisch gehalten worden wäre, einen Versuchsballon los.

»Fröhliche Umorientierung!« posaunte er plötzlich und erzielte einen uneingeschränkten Heiterkeitserfolg.

7
Der Löwe und das Einhorn

»Die Illumination«, sagte Tonker zu Amanda, als sie schließlich alle miteinander das Atelier betraten, »ist fabelhaft. Wir haben da schon immer Licht haben wollen und es irgendwie nie zustande gebracht. Wie haben Sie es gemacht? Mit meilenlangen Kabelleitungen?«

»Nein.« Ein Unterton des Triumphs in der Stimme der Bastlerin ließ ihren Mann aufhorchen; er blickte sie scharf an. »Nein, nur eine Trockenbatterie... Aus einem großen Wagen; sie wird lange vorhalten.«

»Amanda!« Mr. Campion war sich schlagartig bewußt geworden, daß seine Frau sich hier in ihrer Heimat befand, wo man die gleiche Art von Humor kultivierte wie sie. »Wo hast du die her?«

Honigfarbene Augen, offen und aufrichtig wie Ruperts, blickten ihn an. »Scat hat sie da gehabt; er sollte sie für jemanden aufladen. Wir borgen sie ja nur für die paar Tage aus.«

Sein Blick wich nicht von ihr. »Vermutlich gehört die Batterie dem S.S.S.-Mann?«

»Na ja, er hat ja auch die Beleuchtung haben wollen«, sagte Amanda. »Man muß immer dafür sorgen, daß der richtige Gast zahlt. Darauf verstehen wir uns bestens hier in Pontisbright. Wie Scat sagt, es wird ihm nichts ausmachen, wenn er nie was davon erfährt.«

»Ist das nicht goldig?« Minnie schien sehr befriedigt. »Typisch Land!«

»Wo jedermann sein eigenes Heinzelmännchen ist«, murmelte Mr. Campion erheitert. »Was für ein unmöglicher Mensch ist doch dieser Smith, Tonker.«

»Oh, ein Brechmittel!« sagte der Flachsblonde mit Nachdruck. »Weshalb ist er hier gewesen, Minnie? Um uns ein Angebot für die leeren Flaschen zu machen?«

»Er wollte sechs Personen zur Party mitbringen.«

»Was du nicht sagst? Und du hast es ihm erlaubt?«

»War das nicht richtig?«

Tonker zuckte die Achseln. Er war purpurrot im Gesicht, und sein berühmter Jähzorn flackerte für einen Augenblick auf.

»Mir soll's gleich sein«, sagte er in bitterem Ton. »Füll du nur das Haus mit krummnasigen Schakalen, wenn es dir Spaß macht. Es ist ja *dein* Haus. Nur ist es zufällig *meine* Party. Vor vierzehn Tagen ist er mir mit derselben Bitte gekommen, und da habe ich ihm gesagt, es tue mir leid, aber wir seien voll belegt. Doch du kannst das getrost wieder rückgängig machen, wenn du willst. Nur stehe ich dann wie ein Hanswurst da.«

Diese Attacke war so unfair, daß alle ein wenig erschrocken waren – alle, außer Minnie, die sich mit fliegenden Fahnen in die Schlacht stürzte.

»Du erbärmlicher Nichtsnutz! Wie kannst du es wagen!« donnerte sie. »Er ist doch schließlich dein Freund!«

»Das«, knirschte Tonker durch die Zähne, »ist eine Beleidigung, die ich nie verzeihen werde. Hat er sich die Mühe gemacht, dir zu sagen, wen er zu deiner Hälfte von meiner Party mitbringen will?«

»Zwei Leute, die Kugellager herstellen, Mann und Frau.«

»Das waren die zwei, für die ich ihm die Einladung abgeschlagen habe.« Die Worte kamen so ingrimmig und abgehackt wie bei seinem Vater, dem Direktor von Totham School, in Mr. Campions Kinderzeit. Er mußte unwillkürlich wieder an seinen Spitznamen denken: »der Kampfhahn«.

»Und zwei Totengräber, oder vielmehr Grabräuber«, fuhr Minnie herausfordernd und mit blitzenden Augen fort.

»Wer?«

»Burke und Hare.«

»*Burt* und Hare? Die Leichenfledderer? Tatsächlich? Alle beide?« Tonker fing an zu lachen; sein Zorn war verflogen. »Was für ein Jux! Na, um so besser. Ja, wirklich, das hat er mir nicht gesagt. Du liebe Zeit, Minnie, du weißt ja gar nicht, was für ein kluges Kind du bist.« Er zerrte ihr die Schürzenbänder auf, und sie legte ihm in einem Ringergriff den langen Arm um den Nacken.

»Du bist ein alberner Kerl«, sagte sie.

»Hm!« sagte Tonker und machte sich frei. »Wenn wir Glück haben, wird das eine sehr, sehr befriedigende Angelegenheit. Ich mag Smith nicht. Campion mag Smith nicht. Wir werden uns also mal mit Smith befassen. Smith ist so gut wie erledigt.«

»Ich finde, Minnie sollte vor Smith bewahrt werden«, warf Amanda ein. »Er hat sie behandelt wie eine Zimmervermieterin.«

Minnie lachte. »Ich habe meinen Spaß an ihm gehabt«, sagte sie aufrichtig. »Er ist der neueste Typ von Partyschreck – einer, der nicht mit dem fürliebnimmt, was er vorfindet. Beachten Sie freundlichst die elektrische Beleuchtung über meinen Bildern!«

Es ist nicht immer die angenehmste Art, Bilder zu genießen, wenn einem die Ausstellung vom Maler persönlich gezeigt wird, doch Mr. Campion kam es zustatten, daß er die Karriere von Miranda Straw schon seit der Zeit, da sie beide noch junge Leute waren, aufmerksam verfolgt hatte, so daß er sozusagen den Zusammenhang zu erfassen und zu sehen vermochte, worauf sie hinauswollte. In dieser Kollektion war dem Porträt von Westy der Ehrenplatz eingeräumt worden. Sie hatte ihn in Vollfigur gemalt – vor dem Bogen der Kaminnische im Salon stehend. Er lächelte und wirkte ein kleines bißchen schüchtern, und seine jugendliche Schlankheit war trotz der steifen Förmlichkeit seines ersten Maßanzugs meisterhaft herausgeholt.

»Herrgott im Himmel!« sagte Minnie, ohne daß es wie eine

Lästerung klang. »Dieser gräßliche Anzug! Den hat er sich so sehr gewünscht! Maßschneiderei für Jungen ist bei uns drüben nicht üblich, wissen Sie, aber er hatte sein Herz daran gehängt, und also hab ich mir besondere Mühe damit gegeben. Er ist mir gelungen, nicht wahr?«

»Und ob!« Mr. Campion betrachtete das Gemälde mit zusammengekniffenen Augen. »Ist das für Boston?«

»Ja. Eigentlich hatte ich es Belinda schicken wollen. Aber da ist nun mal nichts zu machen – ich male ihn eben später noch mal. Aber, mein Gott, ist sie nicht häßlich, die moderne Kleidung?«

»Warte nur, bis du mein Party-Gewand zu sehen bekommst!« murmelte Tonker. »Schau sie dir an, Campion, das ist das Mädchen meiner Wahl! Minnie hat was aus sich gemacht, nicht wahr?«

Sie gingen die Reihe der Gemälde entlang, und dabei erstand vor ihnen die Geschichte der langen, fleißerfüllten und manchmal freudig erregten Tage. Tonker war sehr stolz auf Minnie. Gelegentlich war sein Entzücken geradezu rührend, und sie sonnte sich darin. Sie waren überaus glücklich miteinander. Doch kurz bevor sie an das Ende des Raumes gelangten, drehte Minnie sich zu ihm um.

»Wenn du jetzt mal eins von deinen Glübs vom Kornspeicher holen würdest, Tonker, könntest du Rupert zeigen, was du genau von ihm willst. Hier ist sowieso nicht mehr viel zu sehen.«

»Na schön«, sagte er willfährig. »Aber Jakes Sachen möchte ich mir nachher noch ansehen. Und die beiden müssen – ich wiederhole: müssen! – das Geheimbild sehen.«

Er trollte sich, zusammen mit Rupert, und die anderen gingen weiter.

»Was ist denn das?« fragte Amanda plötzlich. »Ist das ein Gemälde deines Vaters, Minnie?« Ein kleines Porträt hatte sie stocken lassen, das sich in allem, bis hin zum kompromißlos barocken Rahmen – Barock der Jahrhundertwende! –, von den übrigen Bildern der Sammlung unterschied. Es war ein Männerkopf vor einem Hintergrund von zerknülltem Papier. Das Gesicht zeichnete sich durch keinerlei Besonderheit aus, denn es war ein typisches Gesicht des zwanzigsten Jahrhunderts, mit kurzem Haarschnitt und glattrasiert. Das Kinn wirkte eigensinnig, und der kleine, spitze Mund lächelte auf eine leicht mitleidige Weise, was einigermaßen verwirrte. Doch die Vorzüglichkeit und hervorstechende Eigenart des Werkes bestand in der unerbittlichen, männlich-vehementen Tücke, mit der es ausgeführt worden war. Mr. Campion starrte es an. Er hatte das Gefühl, den Mann zu kennen, und ihm ging der Gedanke durch den Kopf, es müsse sich wohl um eins der berühmteren Bilder des alten Straw handeln. Minnie stand dabei und betrachtete es nachdenklich.

»Scheußlich, nicht wahr?« sagte sie schließlich. »Ich habe das gemalt.«

»Aber wer ist es denn?« Amanda war ebenso verwirrt wie Albert, und auf genau die gleiche Art.

»Ein Modell.« Minnie ließ keinen Zweifel daran, daß sie nicht mit näheren Einzelheiten herauszurücken gedenke. »Es gehört ihm, und er ist entzückt davon. Er hat es mir für die Ausstellung überlassen. Es ist schon ein paar Jahre alt.« Wieder einmal wurde sie von ihrem prustenden Lachen überrumpelt. »Es geht wirklich nichts über schöpferische Arbeit, um so etwas abzureagieren«, bemerkte sie unvermittelt und ging abrupt zur gegenüberliegenden Wand hinüber, wo eine zweite Reihe von abgeschirmten Leuchten Jake Bernadines Bilder zur Schau stellte. Es waren sechs außerordentlich kleine und ein mittelgroßes.

Campion blieb noch einen Moment vor den Bildern stehen. Als er sich kurz darauf wieder zu den anderen gesellte, lag seine Stirn immer noch in nachdenklichen Falten, so angestrengt hatte er in seiner Erinnerung gegraben. Minnie und Amanda betrachteten gerade die kleinen Gemälde, als er zu ihnen trat. Sie waren tatsächlich überaus klein, einige von Postkartengröße, und mit myopischer Gründlichkeit bis in die Ecken hinein zugemalt und, wie einem ein unbehagliches Gefühl einredete, womöglich auch noch auf der Rückseite. Das größere Bild war genau so, wie Westy berichtet hatte, nur daß der graue Grund überhaupt nicht gemalt war.

»Das ist Linoleum.« Prüfend rührte Minnie es mit einem behutsamen Zeigefinger an. »Das ist ja ein Segen! Ich fürchtete schon, daß er es ganz übermalt hätte. Wenn das ursprüngliche Bild noch existiert, kann ich es auch noch herbeischaffen, oder zumindest kann Emma es. Du liebe Zeit, hoffentlich war die arme Schnecke wenigstens tot... Aber Tonker!« Ihr letzter Ausruf galt einem barbarischen, ohrenzerreißenden Geräusch, das unmittelbar hinter ihr ertönt war und von entzückten Quietschlauten Ruperts begleitet wurde. Ruckartig drehten alle drei sich um und sahen sich dem Schöpfer des Glübalübalum und seinem Instrument gegenüber.

Es ist häufig versucht worden, das Glübalübalum zu beschreiben, aber selbst die beim Patentamt eingereichte Beschreibung konnte nicht als völlig geglückt gelten. Das Instrument war, Tonkers Darlegung zufolge, sehr groß. Es war überdies sehr simpel, da es praktisch nur aus einer sehr langen Röhre mit einem riesengroßen Schalltrichter am einen und einem Pfropfen am anderen Ende bestand. Dazwischen befanden sich sozusagen Umschweife. Die von ihren Verleumdern ›Der tägliche Ärger‹ genannte Zeitung hatte damals einen Psychiater beauftragt, ihren Lesern das Zustandekommen ihrer Reaktionen auf dieses Instrument zu erklären, aber die Artikel waren nicht sehr überzeugend. Nur in Oxford gelangte man immerhin zu der Erkenntnis, daß die Haltung einer das Glübalübalum spielenden Person derjenigen der Zentralfigur der Laokoongruppe sehr nahekam. Andrerseits hatten Kinder auf der Stelle gemerkt, worin sein wahrer Reiz bestand: daß der Erfinder nämlich ganz offensichtlich die

Kontrolle darüber verloren hatte, daß es gewissermaßen außer Rand und Band geraten war.

Alle drei Erwachsenen mußten lachen, und Rupert gebärdete sich geradezu hysterisch. Tonker blickte sie aus der monströsen Umarmung heraus an.

»Zwei Blasen sind hinüber«, sagte er. »Es und a. Wir müssen sie durch intakte aus den andern ersetzen.«

Mr. Campion fühlte sich verlockt, näher heranzutreten. »Wie bläst man es eigentlich?« fragte er.

»Man bläst gar nicht.« Tonker war ein bißchen außer Atem. »Man muß es vorher aufpumpen, siehst du?« Er wandte sich zur Seite und ließ dabei ein kleines Fenster in der Röhre sichtbar werden und daneben einen Schlitz, in dem eine ganz gewöhnliche Fahrradpumpe aufgehängt war. Durch das Fensterchen war eine Reihe von nunmehr etwas schlaffen Blasen deutlich zu sehen. »Hör!« Tonker zog den Mundstückgriff. »Tumti, Tumtizisch – auf meinem Glü-bal-ü-bal-zisch. Haut nicht ganz hin, was? Sei nicht albern, du Affe, du hast es doch früher auch schon gehört.«

Mr. Campion riß sich zusammen. »Es ist gräßlich«, sagte er. »Geradezu pornographisch, Tonker.«

»Durchaus nicht«, sagte Amanda eifrig. »Es ist höchst bemerkenswert, und soweit ich sehen kann, basiert es auf einem völlig neuartigen mechanischen Prinzip. Könnten wir es mal auseinandernehmen?«

»Das werden wir ohnehin müssen«, versicherte er ihr mit ernster Miene, »um die Reparatur vorzunehmen. Morgen wird's gemacht.« Er hielt inne und sah Rupert an. »Junge«, fragte er unvermittelt, »ist dir klar, daß, wenn ich dein Vater wäre, du das hier sein würdest?«

Rupert lächelte höflich, wechselte aber zu Mr. Campion hinüber, und Tonker wandte sich ab, als er plötzlich das Schneckenbild erblickte und sich näher heranschob, um es zu betrachten.

»Herrgott, Minnie!« Der Ausruf klang ehrlich erbost. Die

verschlungenen Windungen der eigenen Erfindung waren vollkommen vergessen. Tonkers Gesicht lief purpurrot an, und seine Augen loderten. »Ja, wahrhaftig, so was ist schlicht und einfach eine Beleidigung!« Er sprach mit einer mühsam unterdrückten Gehässigkeit. »Ich hoffe, das ist dir klar, Minnie? Ich hoffe, daß du nicht etwa vorhast, unseren hilflosen Gästen etwas zuzumuten, das ...?«

»Wenn du dich aus dem Ding da herauswinden würdest«, erwiderte Minnie im gleichen giftigen Tonfall, »könntest du mir eine runterhauen. Hoffentlich platzt dir dabei noch eine weitere Blase.«

»Ach, schon gut.« Tonker befreite sich mit einem Ruck aus der Umschlingung des Ungetüms und gewahrte Mr. Campions Gesichtsausdruck. »Na ja«, sagte er einfältig, »sie sind alle beide verdammt blöde Dinger. Nimm das Bild ab, liebe Minnie. Bitte, bitte, liebe Minnie!«

»Natürlich muß ich es wegnehmen«, sagte sie und tätschelte ihn und sein Glübalübalum. »Jake will im Grunde gar nichts zeigen – das ist sein Problem.«

»Aber ich möchte was zeigen.« Tonker sprach mit plötzlicher Begeisterung; sein Zorn war restlos verflogen. »Hol das Geheimbild, Minnie. Mal sehen, was sie davon halten.«

»Wird gemacht.« Sie zog auf der Stelle los, und die andern gingen zum entfernteren Ende des Riesentisches hinüber, dessen Platte glänzte wie eine Rutschbahn, wozu die Kinder sie ja auch gemacht hatten. Im zweiten, inneren Atelier ging das Licht an, und nun erschien Minnie wieder, eine Leinwand unter dem Arm. »So«, sagte sie, indem sie die Treppe hinabstieg, wobei das lange Kleid ihre eckigen Bewegungen noch betonte. »Jetzt brauche ich die Staffelei da, Tonker.«

Er holte sie ihr, und gemeinsam paßten sie den Standort den Lichtverhältnissen an. Mr. Campion erkannte plötzlich schlagartig, wie typisch die Pose für die beiden war: Immer hatten sie die Köpfe zusammengesteckt und etwas ausgeheckt. Schließlich trat Minnie zurück.

»Wohlgemerkt«, sagte sie, »das ist lediglich ein Experiment.«

Lange sahen die Gäste sich das Bild an. Nach dem ersten Überraschungsschock blieb das Auge darauf haften. Es war eine Art mit peinlicher Sorgfalt ausgeführten, von einer strengen Vasenform umschlossenen Gekritzels. Vermutlich handelte es sich um ein Porträt Annabelles, denn das Kind tauchte immer wieder darin auf. Insgesamt wirkte es seltsam anregend und auf undefinierbare Weise fröhlich. Nach einer Weile brach Minnie in Lachen aus und nahm es wieder weg.

»Nicht gerade besonders gut verkäuflich, was?« sagte sie. »Es ist eben etwas, von dem ich spürte, daß ich es über sie aussagen wollte, und dem ich auf keine andere Art Ausdruck geben konnte. Es ist ein ganz persönliches Bild meiner inneren Vorstellung von ihr. Können Sie in etwa sehen, was ich sagen wollte?«

»Ich sehe es.« Mr. Campion fühlte sich in einer sonderbaren Hochstimmung. »Ich weiß gar nicht, wieso. Lassen Sie es doch noch ein bißchen hier.«

»Nein, mein Lieber, das darf ich nicht.« Minnie war bereits auf halber Treppenhöhe. »Dann bekomme ich nur wieder Lust darauf, und das wäre geradezu verhängnisvoll. Im Augenblick ist mir das nicht gestattet. Ein Jammer – aber so ist es nun mal.«

»Wer gestattet es denn nicht?« fragte Mr. Campion.

»Die Umstände.« Minnie lief die Treppe hinauf und verschwand im kleineren Atelier hinter dem Balkongeländer.

»Die Umstände! So ein Blödsinn!« sagte Tonker. »Es ist wieder mal meine Schuld.« Er saß in dem schäbigen Sessel, den er von der Wand herangezogen hatte, um das Bild besser bewundern zu können. Das Glübalübalum stand umgekehrt, auf dem Rand des Schalltrichters, neben ihm und mutete an wie eine befremdliche optische Täuschung. Rupert hatte sich dahinter auf den Boden hingelümmelt und versuchte, ein Klapptürchen, das er daran entdeckt hatte, aufzubekommen.

»So ein Blödsinn!« wiederholte Tonker, mit einem Auge nach dem Balkon hinaufspähend.

Es erfolgte keine Reaktion von seiten Minnies, die ihr Geheimnis in irgendein entlegenes Versteck trug, und nach einer Schweigepause warf er einen nachdenklichen Blick auf seine alten Freunde. »Es hängt alles mit der gleichen blöden Geschichte zusammen«, sagte er mit für ihn ganz untypischer Bitterkeit. »Mit diesem nun schon sieben Jahre lang andauernden Streit. Ich halte Minnie für total verrückt, und sie hält mich für unredlich, und wir haben beide ein jähzorniges Temperament. Sie werden es noch fertigbringen, was sie sich vorgenommen haben, glaub mir. Sie werden uns auseinanderbringen.«

»Wer sind ›sie‹?«

Tonker überlegte ein Weilchen, dann beschloß er, es sich von der Seele zu reden. »Minnies gräßlicher Anhang, die Steuereinnehmer. Wie es anfing, habe ich dir ja schon drüben in der Küche erzählt. Mit meinem Glüb-Geld habe ich ein furchtbares Unheil angerichtet, und damals hat Minnie das Vertrauen zu mir sozusagen ein für allemal verloren.« Er seufzte. »Wir sind alle beide keine Finanzgenies – da wollen wir uns nichts vormachen. Als die schlimme Nachricht eintraf, haben wir den ersten wirklichen Krach unseres Lebens gehabt. Es war natürlich abscheulich, so ein Geschenk zu erhalten; aber es war auch überaus peinlich, so ein Geschenk gemacht zu haben. Diese Seite der Sache hat Minnie überhaupt nicht berücksichtigt.«

»Was ist denn daraus entstanden?« Mr. Campions Stimme klang besorgt. »Vermutlich hast du von der Zeit an fortwährend nachzahlen müssen?«

»Minnie hat zahlen müssen«, sagte Tonker. »Ich trete überhaupt nicht in Erscheinung. Ich gelte als Gehaltsempfänger und bleibe gerade unter der Steuergrenze für überhöhte Einkommen; also zapfen sie mir meinen Anteil schon an der Quelle ab, ehe ich ihn auch nur mal streicheln könnte. Den

Rest besorgt Minnie. Seit dem Glüb-Fiasko verbittet sie sich jede Einmischung von meiner Seite. Es ist ein bißchen kompliziert, siehst du, weil wir nicht zusammenleben. Das haben wir nie getan.«

Mr. Campion lachte. »Aber im juristischen Sinn doch, du Idiot.«

»Im Wortsinn jedenfalls nicht.« Tonkers Logik war unwiderlegbar. »Darin besteht die ganze Tragödie. Vor unserer Heirat, vor mehr als fünfundzwanzig Jahren also, als wir noch übergescheite junge Leute waren – wir waren beide neunzehn –, erkannten Minnie und ich, daß alle Schwierigkeiten, Zerwürfnisse und Kümmernisse des Ehelebens unmittelbar – unmittelbar, wohlgemerkt! – von nichts anderem als vom Geld und dem gemeinsamen Haushalt herrührten. Wie recht hatten wir doch! Wir kamen zu dem sehr vernünftigen Entschluß, daß wir keinen gründen würden. Wir waren damals beide durchaus imstande, unseren Lebensunterhalt zu verdienen, und daran hat sich bis heute nichts geändert. Als wir noch jung waren, lebten wir nah beieinander, und als wir älter wurden, haben wir uns auf häufige gegenseitige Besuche beschränkt. Jeder hat seine eigene Arbeit, und von der Ehe erwarten wir nicht mehr als die Bindung an sich. Wir haben so manchen Strauß miteinander ausgefochten, aber wirkliche Bitterkeit haben wir bis jetzt nie gekannt. Und warum ist es überhaupt passiert? Weil irgendein blöder Beamter erst entscheidet, daß wir hinsichtlich der Einkommensteuer ein und dieselbe Person sind, und dann anfängt, uns auseinanderzubringen, weil selbst er einzusehen vermag, daß wir das nicht sind. Wir passen nicht ins Schema, also müssen wir geändert werden. Und das tun sie nun auch tatsächlich. Minnie hat den Kopf verloren; sie ist wirklich übergeschnappt, weißt du.«

Mr. Campion spähte zu Amanda hinüber und sah, daß sie fortgeschlendert war und sich die Bilder noch einmal ansah. Er wandte sich wieder Tonker zu.

»In welcher Weise?«

Der Flachskopf musterte angelegentlich die Spitzen seiner bequemen Schuhe. »Ist es dir nicht aufgefallen?« fragte er schließlich. »Sie hat sich ihnen ausgeliefert. Sie hat sie so in ihr Leben eindringen lassen, daß ihr Dasein nur noch eine irrsinnige Farce ist. In diesem Haus gibt es nur zwei gute Schlafzimmer, aber es ist ihr nicht erlaubt, darin zu schlafen. Sie beschäftigt einen Gärtner, aber er darf kein Gemüse ziehen, weil sie nur Blumen malt. Sie verabscheut Champagner, aber sie darf nichts anderes trinken und auch den nur, wenn sie irgendeinen langweiligen Kunden da hat. Sie muß über ihre gesamte Garderobe Rechenschaft ablegen. Weiß Gott, es läßt mich manchmal aus der Haut fahren!« Er stöhnte. »Und dann halte ich natürlich mit meiner Meinung nicht hinterm Berg und sie ebensowenig.« Er runzelte die Stirn und warf einen vorwurfsvollen Seitenblick auf seine schauderhafte Erfindung. »Für gewöhnlich reiße ich mich ja zusammen«, fuhr er fort, »aber manchmal ist es denn doch zu aufreizend, und bei der letzten Geschichte habe ich wirklich geglaubt, jetzt sei Schluß. Vielleicht bin ich zu weit gegangen. Sie haben alles bekommen, was die Frau herbeischaffen konnte, Campion, das Geld, das ihr William geschenkt hat, das Silberzeug, den Cotman und wer weiß, was sonst. Und jetzt – stell dir das vor! – verlangen sie auch noch mich. Sie sagt, sie wünschten, daß wir uns scheiden ließen. Dagegen hab ich mich aufgelehnt. Das ist zu barbarisch.«

Campion starrte ihn verwundert an. »Aber das ist doch absurd«, sagte er. »Das gibt es ja gar nicht. Minnie muß sich geirrt haben.«

»Nein, hat sie nicht.« Tonker warf ihm einen trüben Blick zu. »Da liegt nämlich der Hund begraben. Minnies Irrtum besteht offenbar darin, daß sie versucht hat, meinen Glüb-Fehler wiedergutzumachen, indem sie ihre Produktion erhöhte. Das scheint verhängnisvoll zu sein. Sobald man das macht, ergibt sich so etwas wie die Lohn-Preis-Spirale, die immer höher klettert, bis das Klingelzeichen ertönt und wir allesamt auf die Nase fallen. Das ist das eigentliche Übel. Nachdem Minnie es mit der Angst bekommen und übermenschliche Anstrengungen gemacht hat, ist sie jetzt so weit gelangt, daß sie nach menschlichem Ermessen nicht hoffen kann, mehr im Jahr zu verdienen als augenblicklich. Und mit fortschreitendem Alter wird sie mit ziemlicher Sicherheit sogar weniger verdienen. Das haben die Leute vermutlich erkannt, und da es ihnen nur darum geht, ihre Bücher in Ordnung zu bekommen – ich meine: sie wollen das Geld ja nicht für sich, um es irgendwo auf eine Art zu verprassen, die man beinah verzeihlich finden könnte –, haben sie Minnie klargemacht, wenn sie unverheiratet sein würde, könne sie dem ständigen Aderlaß Einhalt gebieten. Das ist das Schreckliche daran, alter Junge, sie irrt sich nicht. Sie ist nach London gefahren und hat sich von einem Anwalt beraten lassen.«

»Das hat Minnie fertiggebracht?« Mr. Campion war verblüfft.

»Tatsache.« Tonkers Augen weiteten sich vor Empörung. »Ohne mir etwas davon zu sagen! Das hat mir einen Stoß versetzt. So was hat sie ihr Leben lang noch nicht gemacht. Natürlich ist sie Halbamerikanerin. Diese Mädchen unternehmen etwas. Die setzen sich nicht hin und warten, bis das Schlimmste eintritt. Ich habe nicht eher was davon gehört, als bis sie alles restlos geklärt hatte. Eines Abends hat sie es mir plötzlich unterbreitet. Ich wurde überrumpelt – deshalb werde ich wohl so heftig reagiert haben. Ich werde mich irgendwie entschuldigen müssen.«

»Daß ein Anwalt ihr zur Scheidung geraten hat, ist ausgeschlossen«, erklärte Mr. Campion mit Nachdruck.

»Dazu geraten hat der Bursche ihr ja auch nicht.« Tonkers Stimme war unnatürlich sanft. »Er hat ihr lediglich die Sachlage erklärt. Wenn Minnie mir den Laufpaß geben würde, könne sie sich aus der Spirale herausziehen, in die ich und mein Glüb uns hineingebracht hatten. Und«, fügte er mit steigender Wut hinzu, »es müßte eine wirkliche Trennung sein.

Keine Mogelei, indem man sich etwa scheiden läßt und nachher in wilder Ehe zusammenlebt. Die Kerle vom Finanzamt sind befugt, so hat mir jemand gesagt, in wilder Ehe lebende Männer und Frauen so zu veranlagen, als wenn sie wirklich verheiratet wären. Also glaube ich nicht, daß ich das alte Mädchen dann überhaupt noch sehen dürfte. Allenfalls dürfte ich sie wohl mal zum Tee ausführen, wenn wir einen Beamten bei uns sitzen ließen.« Sein Zorn kochte über, und er fuhr heftig in seinem Sessel hin und her. »Beamte hab ich noch nie leiden können«, verkündete er, »und, bei Gott, jetzt weiß ich, warum!«

»Aber Tonker, wie konntest du nur!« Dame Sybil Thorndike, die große Tragödin, hätte den Satz nicht mit effektvollerem Nachdruck auszusprechen vermocht. Minnie war auf dem Balkon erschienen wie eine Minerva im Prolog. »Du hattest mir versprochen, die Angelegenheit nie wieder zu erwähnen. Du hattest mir dein Wort gegeben, du Scheusal. Amerikanische Ehemänner hätten niemals ...«

»Ich bin kein Scheusal«, zischte Tonker mit wuterstickter Stimme, »und sprich mir gegenüber bitte nicht von Amerika. Da ist eine Ehefrau noch ein Aktivposten für die Steuererklärung. Da kann der Mann die Hälfte seines Einkommens als ihres ansetzen, nicht ihr gesamtes als seines. Das ist wieder mal ein Punkt, in dem sie drüben vernünftiger sind als wir. Ich möchte nichts mehr von Amerika hören. Ich hasse Amerika und sämtliche Amerikaner!«

»Tonker!« rief Minnie vorwurfsvoll und ließ sich ablenken. »Und was ist mit Paul? Was mit Ken und Milton und Isabelle? Und mit Laura und Macki und Ruth und Ned und Lavinia? Und Robbie und Howard und Mollie? Und ...«

»Die sind in Ordnung.« Tonker schien sich zu schämen.

»Na also!« Man hatte den Eindruck, Minnie könne jeden Augenblick über das Geländer herabpurzeln. »Und wie steht's mit Tillie und Mary und John? Und ...«

»Und Wendell«, mischte sich Tonker ein, der an der Aufzählung Geschmack gewonnen hatte. »Und Ollie und Irving.«

»Irving?« Minnie schien Zweifel zu haben. »Irving?«

»Ich mag Irving«, sagte Tonker mit Würde. »Irving ist ein Phänomen. Irving hat nicht nur krumme Beine – der Boden unter Irvings...« Er brach abrupt ab und sah sich nach Rupert um. »Oh, du hast es fertiggebracht, die Blasen rauszuklauben, was? Gut! Leg sie der Reihe nach hin. Bohr mir aber nicht die Finger hinein, du kleiner Dummkopf. So ist's richtig. Gar kein so übles Spielzeug, wie?«

Rupert schaute ihn voller Verehrung an. »Es ist ein Knüller«, murmelte er, das neue Wort vorsichtig ausprobierend. »Ich mag es.«

Die Überraschung ließ Tonker vor Freude erröten. »Siehst du wohl, Minnie«, sagte er. »Er mag es.«

Ihr Lächeln brach hervor wie Sonnenschein. »Ich auch, Tonker«, sagte sie. »Ehrlich!«

Für den Rest des Abends sprachen sie mit den Besuchern von nichts anderm mehr als von der Party, und als Tonker seinen Gästen in den Wagen half, kam er noch einmal auf die ›Leichenfledderer‹ zurück. »Burt ist einer von Scheich Ben-Sabahs einflußreichen jungen Freunden gewesen«, sagte er. »War dir das bekannt, Campion?«

Ein Blitzlicht des Verstehens, grell wie eine Leuchtkugel, blendete Campion und ließ ihn beim Einsteigen auf halbem Wege jäh innehalten. Er sah die mögliche Antwort auf die Frage vor Augen, die ihn unter dem Vorwand einer Urlaubsreise nach Pontisbright geführt und die ihn so geflissentlich jede unnötige Verwicklung in eine andere Untersuchung hatte vermeiden lassen. Er getraute sich kaum, etwas zu erwidern, aus Angst, seinem Stimmklang könne etwas anzumerken sein.

»Der war auch an dem Schwindel beteiligt?«

»Aber natürlich. Damals hat er den Grundstein zu seinem Vermögen gelegt.« Tonkers Stimme klang verächtlich durch das Dunkel. »Ich war einer von den wenigen, die ihn durchschaut haben. Na jedenfalls, er kommt zu unserer Party. Das kann lustig werden. Bis morgen also. Ist der Hund drin? In Ordnung! Kommt gut heim!«

Amanda lachte leise vor sich hin, während der Wagen im Schneckentempo den Heckenweg hinaufkroch, wo das Mondlicht von den geneigten Gräsern tropfte und die Luft schwer war von Blütenduft. »Sie beten sich an, die beiden, nicht wahr?« sagte sie. »Für sie ist das Leben eine einzige freundschaftliche Kabbelei. Ein immerwährender Schaukampf. Sie kommen mir ein bißchen wie der Löwe und das Einhorn vor. Aber hör mal, Minnie muß entweder einen höchst merkwürdigen Steuereinnehmer haben, oder aber sie hat alles völlig durcheinandergebracht. Vermutlich hat sie es einfach falsch verstanden?«

»Das will ich aufrichtig hoffen – sonst stünde es wahrhaftig schlecht um unser Vaterland«, sagte Mr. Campion mit inbrünstigem Ernst.

»Tonker ist ein bißchen sonderbar, findest du nicht?«

»Du hast es also auch gemerkt? Ich hatte mich schon gefragt, ob es dir wohl aufgefallen sei. Er wirkt unnatürlich gedämpft. Er ist durchgedreht, nehme ich an. Kein Wunder! Das ist ja eine beunruhigende Geschichte. Der arme alte Tonker mit seinem verheerenden Geschenk!«

Amanda gab sich nicht damit zufrieden. »Ich glaube, es steckt was anderes dahinter«, meinte sie. »Etwas, dessen er sich schämt. Etwas, das ganz kürzlich erst passiert sein muß.«

»Schon möglich«, sagte Campion beiläufig. »Tonker stellt nun mal so allerlei an. Er ist ein unberechenbares Geschöpf. Ich verstehe nicht ganz, weshalb er so Hals über Kopf heimgekommen ist. Du? Warum ist er zum Bootshaus gegangen und hat sich nicht zur Familie gesellt?«

»Onkel Tonker ist heimgekommen, um mit ein paar Clowns zu telefonieren«, sagte Rupert überraschend. »Das hat er mir erzählt, als er mich fragte, ob er das Zimmer für sich haben könnte – als er da unter dem Bett vorgekrochen kam.«

»Du liebe Zeit!« Amanda drückte ihn an sich. »Ich hab gemeint, du schläfst.«

»Ich schlaf ja auch.« Rupert war selig. »Wäre es nicht wunderbar, wenn Onkel Tonker wirklich ein Clown wäre? Er ist ein Knüller. Ich mag ihn.«

»Ich auch«, sagte Mr. Campion. »Er ist ein Fürst unter den Dummköpfen. Und wenn er auch das Glübalübalum verbrochen hat, so scheint er doch schwer dafür bestraft worden zu sein.«

Er setzte sie vor der Tür des dunklen Hauses ab, schubste Choc ihnen nach und fuhr weiter zur Garage. Als er zum Haus zurückging, löste sich eine hünenhafte schwarze Gestalt aus dem Schatten einer Laube, und der unverwechselbare Geruch von Malzbier mischte sich mit dem betäubenden Duft von Levkojen und Tabakblüten.

»Hallo!« Mr. Luggs Stimme war wenig mehr denn ein dumpfes Knurren. »Ich hab mich Ihretwegen ganz kaputtgemacht. Der arme Charles ist gerade reingegangen. Ich hab ihn nicht angesprochen. Er ist vollauf mit sich selbst beschäftigt. Den können wir getrost außer acht lassen. Aber ich hab was aufgeschnappt. Meine Freunde rücken zwar nicht mit allem heraus, was sie wissen, aber sie haben sich doch etwas verraten. Sie wissen, wer die Leiche ist.«

»Tatsächlich?«

»Jawoll! Bis jetzt hat man es jedoch noch nicht bestätigt; aber morgen früh wird es sicher soweit sein. Die Leiche, Chef, ist ein Finanzbeamter. Mit anderen Worten, Chef, es ist der Mann, der die Einkommensteuer einzieht.«

Mr. Campion stand wie angenagelt da; es prickelte ihn an den Haarwurzeln. Jetzt wußte er, was ihn an dem Porträt in Minnies Atelier beunruhigt hatte und weshalb ihm der Dargestellte bekannt vorgekommen war. Das Gesicht war das des Toten im Graben gewesen, und das zerknüllte Papier hinter seinem Kopf waren Formulare, Hunderte und Aberhunderte von zusammengeknüllten, vergilbten Formularen.

»Verdammter Mist!« sagte der sanftmütigste der Menschen.

8

Liebe und die Polizei

An einem Junimorgen um fünf hatte die Landschaft um die Mühle von Pontisbright herum einen ganz besonderen Zauber. Alle Konturen verschwammen im Nebeldunst, das Gras war besät mit Tauperlen, das Wasser floß durchsichtig und hell dahin, die Vögel trillerten mit fanatischer Hingabe und der Duft von Tausenden von Blumen erfüllte die Luft.

Für Charlie Luke aber, den Londoner, der mit einer ganzen Meute entfesselter Dämonen in seiner eigenen Brust zu kämpfen hatte, wirkte sie wie eine grausame Märchenwelt.

Um fünf Uhr hatte er schon etliches hinter sich: er hatte im Teich geschwommen, einen Spaziergang gemacht, sein Auto überprüft, das Telefon angeschaut, seine Uhr nach der altmodischen Standuhr falsch gestellt und sich eine Kette aus Gänseblümchen verfertigt. Um sechs hatte er das Ganze noch einmal wiederholt, von der Gänseblümchenkette abgesehen, die er vergraben mußte, damit niemand sie fand, und um sieben war er hungrig, erschöpft und entschlossen.

Er war im Begriff, sich das Frühstück selbst zu bereiten, falls Lugg nicht auftauchen sollte, als er auf ein kleines Vogelnest aus grünem Moos und grauen Flechten stieß. Seine zerbrechliche Robustheit verblüffte ihn, und sogleich überflutete ihn eine Woge erschreckender Weichheit und ließ ihn vor Angst den Kopf verlieren. Fünf Sekunden später stand er wieder vor dem Telefon und schaute es an. Während er hinsah, begann es zu läuten.

Und im gleichen Augenblick, da die Gesellschaft von lebendigen Wesen, nach der er sich gesehnt und vor der er sich gleichzeitig gefürchtet hatte, gelinde ausgedrückt, entbehrlich wurde, erschienen Lugg und Rupert auf der Treppe.

Choc, offenbar in der Annahme, das Geräusch bedeute ein gewaltsames Eindringen, stürzte wie ein Kettenhund bellend auf den Apparat zu. Als Luke endlich imstande war, überhaupt etwas von dem zu vernehmen, was durch die Leitung drang, befand er sich in einem so jämmerlichen Zustand nervöser Gereiztheit, daß er etliche Sekunden benötigte, um zu begreifen, daß der Anruf aus London kam und ihm selber galt und daß der Direktor der Kriminalabteilung mit ihm sprach, vermutlich von seiner Privatwohnung aus. Seine Stimme klang heiter, väterlich und klar.

»... und da Sie ja an Ort und Stelle sind, können Sie die Sache sofort in die Hand nehmen«, sagte er gerade. »Ich gebe Ihnen jetzt die näheren Einzelheiten.«

Lukes hervorragende Ausbildung ließ ihn nicht im Stich, doch obwohl die wesentlichen Notizen unter seiner Hand auf dem Telefon-Merkblock erschienen, starrte ein völlig neuer Mensch in ihm sie mit bestürztem Staunen an.

»... Fotografien. Leichenschau heute vormittag. Identifizierung erfolgreich. Freund des Toten anschließend verhört.«

»Charles ...?«

»Ja, Sir.«

»Sie sehen wohl, was da passiert ist, das Opfer war nämlich ein Subalternbeamter der örtlichen Steuerbehörde. Dieser Umstand muß den Umkreis der Verdächtigen bedeutend einengen. Es ist unwahrscheinlich, daß Sie auf große Rätsel stoßen werden. Aber da diese kleinen Nester auf dem Lande alle gleich sind, hat der Chief Constable sich wohl vor allem an uns gewandt, um sich und seinen Leuten Peinlichkeiten zu ersparen. Wissen Sie, worauf ich hinauswill?«

»Nicht ganz, Sir.« Lukes Stimme klang steif und ausdruckslos, aber um die Augenhöhlen herum war er weiß geworden.

»Sie werden es schon noch merken, Chefinspektor, ganz bestimmt.« In der Stimme des Vorgesetzten schwang Belustigung mit. »Sie wohnen doch bei Campion, nicht wahr?«

»Ja, Sir.«

»Das erklärt alles. Anscheinend hat er Pursuivant mitgeteilt, daß Sie auch da sind, und der alte Herr hat sich den Wink mit Freuden zunutze gemacht. Das besagt unbedingt, daß sie jemanden haben wollen, den keinerlei persönliche Interessen mit dem Nest verbinden, jemanden ohne Freunde am Ort, einen Prügelknaben mit andern Worten, der getrost jedes möglicherweise entstehende Odium auf sich nehmen kann. Verstehen Sie jetzt?«

»Ja, Sir.«

»Sie kommen mir sehr still vor. Sie sind doch gut im Schuß, nicht wahr? Na schön; ich glaube, Sie werden feststellen, daß die ganze Angelegenheit ein einfacher Routinefall ist; sollte ich aber bis vier Uhr nachmittags nichts von Ihnen gehört haben, schicke ich Ihnen einen Assistenten.«

Lukes Hirn kam mit einem Ruck auf Touren – wie ein angelassener Lastwagenmotor.

»Darf ich inzwischen schon Mr. Campion als Mitarbeiter einspannen, Sir?«

»Campion? Ich sehe nicht ein, womit ich das rechtfertigen könnte.«

»Er spricht die Landessprache, Sir.«

Fern in London wurde gelacht. »Ach, so sieht es da aus? Ja, ich hörte schon, es sei dort alles recht primitiv und bodenständig.«

»Dieses Nest hat was Verwirrendes, Sir.« Luke sprach mit trockenem Mund. »Möchten Sie vielleicht gleich jetzt ein Wort mit Mr. Campion reden, Sir? Es würde mir sehr lieb sein.« Er legte die Hand über die Sprechmuschel und drehte sich blitzschnell nach Rupert um. »Los, sag deinem Vater, das Haus stehe in Flammen«, befahl er durch die Zähne hindurch.

»Ist das wahr?« erkundigte sich Rupert interessiert und entzückt.

»Es steht in Flammen«, murmelte Luke mit unterdrücktem Grimm, »wenn er nicht innerhalb von zehn Sekunden hier unten ist.«

Zwanzig Minuten später lauschte Charlie Luke der Stimme von Superintendent Fred South, an den er nach einem vorherigen Anruf bei Sir Leo verwiesen worden war; alle übrigen saßen währenddessen beim gemeinsamen Frühstück.

»Wenn du bei Charles bleibst, nehmen Rupert und ich Lugg mit, sofern du ihn entbehren kannst; wir gehen dann sofort zur ›Lockenden Lady‹. Hältst du das nicht auch für das beste?« fragte Amanda. Ihr braungebranntes Gesicht verriet Besorgnis, und ihre Augen blickten aufgeschreckt und wachsam drein. »Es gibt noch eine Unmenge zu tun, und die Leute neigen dazu, fortzubleiben, wenn es irgendwo Unannehmlichkeiten dieser Art gibt. Sie können die Party unmöglich verschieben, weißt du; und die ist selbst unter den glücklichsten Umständen schon eine geradezu phantastische Unternehmung. Minnie scheint sie einzig mit Hilfe einer alten Frau und einer Kinderschar bewältigen zu wollen.«

Mr. Campion zögerte. »Du meinst, jetzt sei der richtige Zeitpunkt, ihr beizustehen, nicht wahr?« murmelte er. »Vielleicht hast du recht. Was ist mit Ihren Kumpels, Lugg? Wissen die wirklich was?« Mr. Lugg, der am Fenster stehend eine Tasse Kaffee trank und solchermaßen seine selbstgewählte Stellung als Diener und Freund dartat, kratzte sich nachdenklich seinen kahlen Schädel.

»Old Harry hat mehr gewußt, als er zugab«, sagte er. »Das ist ein ganz komischer Kerl. Geheimniskrämerei macht ihm Spaß – da liegt wohl der Hase im Pfeffer. Ich glaube, der hat schon seit ein paar Tagen gewußt, daß die Leiche da lag, und es ist durchaus möglich, daß er sie sich mal genauer angesehen und dabei alle Indizien vermurkst hat. Aber er weiß nicht, wie sie dahingekommen ist – darauf schwöre ich jeden Eid.«

»Weshalb wollte er es denn wohl nicht melden?« fragte Mr. Campion.

»Wer weiß?« Mit der Überlegenheit des Städters hob Lugg fragend seine riesigen Schultern. »Vielleicht wollte er nicht in so was Unfeines verwickelt werden.«

»Wenn das stimmt, dann hat er entweder den Mann gekannt, oder er kennt jemanden, der ihn gekannt hat.« Amanda sprach mit der Autorität einer, die das Terrain kennt. »Wenn er nicht gleich nach der Entdeckung der Leiche Meldung gemacht hat, dann hat er gemeint, dem Mann könne eine Verbindung mit ihm selbst oder mit einer ihm nahestehenden Person nachgewiesen werden. Deshalb braucht die Beziehung durchaus nicht wichtig gewesen zu sein.«

Mr. Lugg seufzte. »Das müßte auf Miss Diane hinführen; Verwandte hat der alte Harry nämlich nicht. Hat er mir selbst gesagt. So ist es auch wohl: Miss D. hat den Burschen eben gekannt und Angst vor ihm gehabt, als sie ihn in der Nähe herumstrolchen sah, und hat Harry nicht gesagt, warum. Als dann Harry den Mann tot daliegen sah, hat er seine Papiere geklaut, um festzustellen, wer er war.«

Mr. Campion zog die Augenbrauen hoch angesichts solcher Argumentationen.

»Warum nahm er sie denn mit fort? Warum hat er sie nicht einfach durchgelesen und wieder zurückgesteckt?«

Mr. Lugg musterte ihn kalt. »Es gibt eben Leute, die das Lesen gerne gründlich besorgen«, bemerkte er. »Die sind nicht für so ein schnelles Überfliegen wie gewisse verdammte Angeber, die mal eben die ›Times‹ durchblättern.« Ein genüßliches Lächeln breitete sich über sein weißes Mondgesicht aus. »Sie ist eine fabelhafte Frau«, stellte er fest. »Ihr Herz ist so groß wie die Tonne, in der sie es aufbewahrt. Ich glaube, es ist das beste, wenn ich mit den Kindern zum Gutshof gehe und mich da nützlich mache.«

Während die Mahlzeit ihren Fortgang nahm, blieb Charlie Luke im Flur an der Strippe. Nachdem der Superintendent aufgelegt hatte, war es ihm endlich möglich gewesen, das

Gespräch herzustellen, das ihm schon so lange im Kopf herumgespukt hatte. Sein mächtiger Körper mit den schweren Schultern und schmalen Hüften bog sich katzenhaft über den Apparat; sein dunkles Gesicht wirkte ungeduldig und gespannt, und die Augen in den sonderbar geformten Höhlen blickten tragisch düster drein. Seine Stimme, unverhüllt enttäuscht, gab die unumgänglichen Erklärungen und Entschuldigungen ab.

»Und deshalb, siehst du«, schloß er hilflos, »kann ich dich nicht hinfahren.«

»Macht nichts.« Prunes lächerlich schleppende Sprechweise klang so kühl und fern, daß sich in ihm ein Eiszapfen bildete und niederfiel. »Denk um drei Uhr an mich.«

Diese abschließende Bitte gab ihm einen Stich ins Herz und ließ ihm das Blut ins Gesicht strömen bis hinauf zum kurzgeschorenen Haar.

»Dann willst du also ohne mich hin?«

»Aber natürlich«, sagte Prune.

»Ich sehe dich noch«, wollte er sagen, aber sie war schon fort. Er hörte nur noch ein fernes Klicken vom Auflegen des Hörers.

Er wischte sich den Schweiß aus der Stirn, als er zu den andern hinüberging, aber er war in Hochstimmung. Sein Gang hatte wieder den gewohnten Schwung bekommen, und die Ähnlichkeit mit einem schwarzen Kater, die stets zum Durchbruch kam, wenn er sich glücklich fühlte, zeigte sich wieder in Nackenlinie und Kopfhaltung. Seine schneeweißen Zähne blitzten, als er sich an den Tisch setzte.

»Wenn was faul ist, wenn es so stinkt, daß niemand es mehr anfassen will, dann muß die Polizei herhalten«, verkündete er und lächelte Campion grimmig an. »Und das trifft auch für Sie zu.«

Campion nickte. Sein blasses Gesicht war sehr ernst. »Vielen Dank«, sagte er bedächtig. »Vielen Dank, daß Sie das arrangiert haben. Ich hatte keine Ahnung, wie ich wieder einsteigen könnte. Was haben Sie denn bis jetzt herausbekommen?«

Luke warf ihm einen langen, forschenden Blick zu. »Sind Ihre Freunde darin verwickelt?«

»Hoffentlich nicht.«

»Hoffe ich ebenfalls, Chef. Wir sollen hier nämlich den schwarzen Mann spielen und mit den Handschellen rasseln.«

»Du großer Gott! Haben sie bereits so viel Beweismaterial?«

»Nein.« Ohne mit den Gedanken dabei zu sein, aß Luke, als wenn er noch nie zuvor gegessen hätte. »Nein, mir klang es nicht so, als hätten sie genug, um die Katze in den Sack zu stecken. Aber sie schienen recht zuversichtlich zu sein. Sie haben die Identifizierung durchführen können und besitzen eine schriftliche Aussage von einem Freund des Toten, der das Maul anscheinend noch weiter aufgemacht hat, als es Freunde schon für gewöhnlich tun – und das will was heißen. Der Superintendent – sein Name ist South – trifft sich in zwanzig Minuten mit uns in der hiesigen Polizeistation. Er sagt, Sie könnten mir über alles Vorhergegangene berichten. Können Sie mir zunächst mal was über ihn berichten?«

Mr. Campion stand vom Tisch auf und stöberte im Zimmer umher, auf der Suche nach Zigaretten.

»Er bringt seine Dienstzeit auf einem ruhigen Provinzposten zu Ende, was darauf schließen läßt, daß jemand ihn nicht hat ausstehen können«, sagte er langsam, »und er ist einer von der Sorte, die sich immer und überall anbiedern.«

Luke zog eine Grimasse. »Also einer von den Liebenswürdigen«, sagte er und illustrierte die Worte mit einer anschaulichen Bewegung seiner langen Hände. »Die lächeln in einem fort, bis sie einen beim Wickel haben. Ich hasse diese Burschen. Die bringen die Jungs mit den sauberen Methoden in Verruf. Also wollen wir hoffen, daß all unsere

Freunde und Bekannten nette, unschuldige Leute sind. Und obendrein taubstumm«, fügte er als Nachtrag hinzu. »Machen wir uns auf den Weg. In meinem Wagen, ja?«

Einen Augenblick danach kam er noch mal zurück und wandte sich an Lugg.

»Würden Sie wohl so nett sein und dieses Telegramm an meine Mutter für mich absenden?« bat er, indem er ein Blatt vom Telefonblock und drei Shilling auf den Tisch legte. »Sie hat heute Geburtstag, und sie hat es gern, wenn sie eine Postkarte bekommt. Bis später!«

Lugg nahm den Zettel in die Hand und steckte die Münzen ein. »Sentimentale Bande, diese Polypen«, sagte er leutselig zu Amanda, als sich die Tür hinter dem Chefinspektor geschlossen hatte. »›Luke, Linden Lea Nummer Vierundzwanzig, London S. W. Dreiunddreißig.‹ Hören Sie sich das an: ›Bin in Gedanken bei dir, meine Kleine.‹ Dabei kriegt die alte Dame bestimmt Tränen in die Augen. Ich gebe das telefonisch durch, und dann brechen wir sofort auf, nicht wahr?«

Amanda erwiderte nichts. Sie blickte auf ein Stück Papier, das sie in einer leeren Milchflasche neben der Stufe zum Kücheneingang gefunden hatte. Die Handschrift war rund und schuljungenhaft, den neueren Lehrmethoden entsprechend, und der Inhalt in Form einer Frage abgefaßt.

»Weshalb hat sich wohl der Schupo ohne Uniform die ganze Nacht auf dem Müllabladeplatz herumgetrieben?«

Der Zettel wies keine Unterschrift auf, aber der ölige Schmierfleck auf dem Papier war Hinweis genug, daß Scat, der Sohn von Scatty, der alten Familientradition folgte. Amanda schaute nach ihrem eigenen Sohn aus, der unaufgefordert Teller aufeinanderstellte.

»Wann ist ein Polizist kein Polizist?« fragte sie.

»Wenn er seine Kleider auszieht«, sagte Rupert, indem er den Marmeladenlöffel ableckte. »Dann ist er nichts weiter als ein ganz gewöhnlicher dummer Kerl.«

9
Der hilfsbereite Beamte

Kurz nach halb elf stieg eine schweigende Gruppe von Männern aus den zwei Wagen, die auf der Auffahrt zur ›Lockenden Lady‹ gehalten hatten. Mr. Campion und Luke, die hinter dem Polizeiauto hergefahren waren, machten sich ziemliche Gedanken, und besonders Luke war besorgt. Einzig Superintendent Fred South lächelte heiter und zufrieden. Sein gräßlicher Hut saß gebührend weit auf dem Hinterkopf, sein zu enges Sportjackett stand offen, und er sah aus wie der freundlichste und fröhlichste Landmann, den man sich denken kann.

»Ich lasse meine Jungs hier, Chef«, schlug er vor, mit Blikken voll unausgesprochener lustiger Anspielungen. »Unnötig, die arme Dame mit einer ganzen Fußballmannschaft zu erschrecken. Lassen Sie uns auch zum Hintereingang reingehen. Ich benutze immer die Hintereingänge.« Er kicherte fröhlich und unmotiviert und führte sie, ohne daß sie protestiert hätten, zur Küchentür.

Minnie empfing sie auf der Terrasse vor dem Fenster von Onkel Williams nunmehr leerstehendem Zimmer. Sie saß auf einem niedrigen Schemel und enthülste Erbsen, mit Westy und George Meredith als Gehilfen. Ein prallvoller Halbzentnersack stand neben ihr auf dem Boden, und sie und die Jungen hatten kleine Schüsseln auf dem Schoß, die sie in eine in der Mitte zwischen ihnen stehende riesengroße Bowlenschüssel aus blauem Porzellan ausleerten. Es war warm in der Sonne, und gleich vor ihnen, am Fuß der blumenübersäten Uferböschung, führte der Fluß golden aufleuchtendes Wasser. Sie blickte Campion scharf an, und er bemerkte erschrokken, daß sie ein starres und verkniffenes Gesicht machte.

»Entschuldigen Sie, daß ich nicht aufstehen kann«, sagte sie und lächelte Luke höflich an. »Ich würde sonst die Erbsen verschütten. Jungs, seid jetzt mal so nett und holt im Dorf das Tafelsilber. Ihr wißt ja, wo es ist? Mrs. Claude hat es für uns geputzt, die Gute. Ach ja, natürlich, ihr habt es ja hingebracht. Na, dann holt es also und bringt es anschließend ins Atelier.«

Fred South strahlte. »Sie geben alles in Stückarbeit aus, gnädige Frau?« bemerkte er und setzte sich auf Westys Platz. »Kluger Einfall!«

»Ich habe alle meine Freunde und Freundinnen zur Mithilfe verdonnert«, lachte sie. »Ich bin Amanda so dankbar, Albert. Sie rackert sich geradezu ab an diesem unseligen Fährboot. Rupert ist bei den Zwillingen in der Eßküche. Da versieht nämlich Emma die Kuchen mit Zuckerguß. Ich finde immer, eine Party ist keine richtige Party, wenn es nicht die kleinen rosa Teekuchen gibt. Lugg buddelt mit Dinah Kartoffeln aus, und der alte Harry kocht Schinken in der Spülküche. Er hat irgendein Geheimrezept dafür, und das ist wirklich großartig. Pinky wird auch bald hier sein. Sie will sich um die Blumendekoration kümmern. Die Vorbereitungen machen irrsinnig viel Arbeit, aber alle Welt ist so lieb und hilfsbereit.«

Mr. Campion schob Luke auf George Merediths Platz und setzte sich selbst auf die Terrassenkante.

»Tonker liegt vermutlich noch im Bett und löst sein Kreuzworträtsel?« fragte er.

Minnie ließ ihr charakteristisches Prusten hören. »Ich fürchte, ja. Der alte Schuft!« sagte sie. »Möchten Sie ihn sprechen?«

»Das hat noch ein Weilchen Zeit, gnädige Frau. Vorher möchten wir uns erst ein bißchen mit Ihnen unterhalten.« Der Superintendent zwinkerte ihr zu, und Luke räusperte sich warnend.

»Wir möchten mit Ihnen über Leonard Terence Dennis

Ohman sprechen, Mrs. Cassands«, begann er mit gewichtigem Ernst. »Ich muß Ihnen leider mitteilen, daß er nicht weit von hier als Leiche aufgefunden worden ist. Haben Sie ihn gekannt?«

Minnie nickte. »Armes ›kleines Unheil‹«, sagte sie überraschend. »Eine ganze Woche hat er da draußen gelegen, und wir haben nichts davon geahnt. Ich weiß nicht, was ich ohne ihn anfangen werde.«

Diese Reaktion brachte Luke aus dem Konzept, und es entstand eine kurze Pause, während der Minnie ihre lange Nase schneuzte, danach Westys leere Schüssel gewahrte und sie South zusammen mit einer Handvoll Erbsenschoten hinüberreichte.

»Aber woher wußten Sie denn, daß er tot ist?!« fragte Luke.

»Meine Putzfrau hat es mir heute morgen erzählt. Es ist schon im ganzen Dorf herum. Oh, Sie sollten niemandem deswegen Vorwürfe machen«, sagte sie, den tadelnden Blick auffangend, den Luke dem ortszuständigen Polizeibeamten zuwarf, und ihm gleichzeitig George Merediths Schüssel aushändigend – zweifellos um ihn zu beschwichtigen. »Neuigkeiten verbreiten sich nun mal mit Windeseile. Wie es heißt, ist er umgebracht, ermordet worden; aber das kann ich beim besten Willen nicht glauben.«

»Weshalb denn nicht?« Zerstreut begann nun auch Luke, Erbsen auszuhülsen.

»Weil ich nicht wüßte, weshalb jemand das getan haben sollte. Er war zwar vielleicht ein bißchen lästig und langweilig, aber niemand hätte ihm übelwollen können.«

Fred South pickte eine Made aus einer Erbsenhülse heraus und schnippte sie mit dem Finger in die Blumen hinein.

»Sie haben doch gewußt, was er von Beruf war, gnädige Frau?«

»Allerdings. Er war Steuereinnehmer.«

»Weshalb haben Sie ihn eben ›das kleine Unheil‹ genannt?«

»So habe ich ihn schon immer genannt. Schon vor fünfundzwanzig Jahren hat er bei uns so geheißen. Es hing natürlich mit seinem Namen zusammen: Ohman – Omen – böses Omen, verstehen Sie?«

»Vor fünfundzwanzig Jahren...?« Alle drei Männer sahen sie erstaunt an.

Minnie setzte ihre Arbeit unbeirrt fort. »Ungefähr so lange muß es her sein«, sagte sie nachdenklich. »Als ich ihn kennenlernte, hat er die Mietgelder für die Atelierwohnungen in Clerkenwell kassiert. Das tat er für den ganzen Block.«

Luke setzte sich abrupt wieder gerade und suchte in seiner Brusttasche nach einem Schriftstück.

»Stimmt«, pflichtete er ihr schließlich bei. »In diese Gegend ist er erst 1942 verschlagen worden, als London zusammengebombt wurde.« Er blickte auf und lächelte ihr zu. »Das hier ist das Protokoll der Aussage eines gewissen Mr. Henry Angel, eines im Ruhestand lebenden Versicherungsagenten. Er wohnt in der gleichen Straße, in der sich auch Ohman einquartiert hatte, und scheint der einzige Mensch zu sein, der gut mit ihm bekannt war. Sie spielten Schach miteinander in einem Club. Angel sagt hier: ›Ohman ist während des Krieges in diese Stadt gezogen und hat sich eine Aushilfsstelle beim Finanzamt sichern können, das damals unter Personalmangel litt. Er hatte dort einen sehr bescheidenen Posten bis zum Januar dieses Jahres inne; dann wurde er überflüssig und schied aus...«

»Na so was!« Minnie war verdutzt. »Ich wußte gar nicht, daß er seine Stelle verloren hatte. Er hat mir nichts davon gesagt. Aber vielleicht hätte er mir so was auch nicht gesagt.«

Luke zögerte. »Er scheint sich Angel ziemlich weitgehend anvertraut zu haben, Mrs. Cassands«, sagte er schließlich. »Es heißt hier, Ohman habe die Gewohnheit gehabt, Korrespondenz für Sie zu erledigen. Stimmt das?«

Sie erwiderte seinen scharfen Blick mit der gleichen Intensität. »Wie wär's, wenn ich Ihnen alles erzählte?« schlug sie vor. »Dann könnten Sie sehen, ob unsere Darstellungen übereinstimmen. Darauf wollen Sie doch hinaus, oder?« Er seufzte und lächelte. »Es würde uns weiterhelfen«, sagte er.

»Na schön ...«

Minnies Finger fuhren immer schneller zwischen die Erbsenhülsen. »Ich hatte gut und gern zwanzig Jahre lang nichts mehr vom ›kleinen Unheil‹ gesehen oder gehört, als er eines schönen Morgens hier auftauchte, sagte, er komme vom Finanzamt, und eine Steuerforderung von etwas über fünftausend Pfund schwenkte. Das war ein schwerer Schlag für mich, da ich nicht sehr viel Geld hatte und da mir bis dahin nicht klar geworden war, daß die fünfzehntausend Pfund, die mein Mann mir achtzehn Monate vorher gegeben hatte, um unsere Steuerrückstände zu bezahlen, kein richtiges Geld waren. Ich meine, mir war nicht klar gewesen, daß man damit nichts bezahlen konnte.«

»Sie wußten nicht, daß es ebenfalls versteuert werden mußte?«

»Richtig. Also dann haben wir uns wiedererkannt, das ›kleine Unheil‹ und ich, und kamen ins Plaudern. Natürlich kamen wir ins Plaudern. Das wäre ja jedem so ergangen.«

»Es gab ja auch schließlich einiges zu beplaudern«, murmelte South.

»Ja, nicht wahr?« Minnie sah ihn mit ernster Miene an. »Er erklärte mir, in einem halben Jahr würde ich noch mal den gleichen Betrag zahlen müssen und seiner Meinung nach rund siebentausend an Steuerzuschlägen für überhöhte Einkommen nach Ablauf von weiteren sechs Monaten. Sehn Sie, sowohl mein Mann als auch ich hatten im gleichen Jahr ja außerdem noch was verdient. Ich habe lange gebraucht, um all das zu begreifen, und als ich es begriffen hatte, bin ich, fürchte ich, sehr böse auf meinen Mann geworden.« Plötzlich fing sie an zu lachen. »Das arme ›kleine Unheil‹ war beinahe ebenso erschrocken darüber wie ich.«

Sowohl Luke als South verrieten nunmehr Anzeichen

erheblicher Beunruhigung, wie Mr. Campion feststellte. Sie saßen da und starrten Minnie mit einer Art faszinierten Entsetzens an. Luke nahm sich als erster wieder zusammen. Er kehrte zu dem getippten Protokoll zurück und las weiter vor: »Ohman hat mir anvertraut, er habe sofort gemerkt, daß die Dame keine Ahnung von den geltenden Bestimmungen und Einziehungsverfahren für die Einkommensteuer habe, und da hat er also aus purer Freundlichkeit und um der alten Bekanntschaft willen ein paar Briefe über Unkosten und Freibeträge für sie entworfen, die sie an die Veranlagungsbehörde schicken sollte, mit der er auf seinem Posten natürlich nicht unmittelbar zu tun hatte. Er wußte, daß er damit ein großes Risiko auf sich nahm, aber die Angelegenheit fesselte ihn, und später hat er alle möglichen Bücher darüber gelesen und sich regelrecht damit abgeplagt.«

»Ach je«, sagte Minnie reuevoll. »Klingt es nicht furchtbar? Und das war es auch! Er war überaus gewissenhaft, sehn Sie, und überprüfte gern an Ort und Stelle, ob wir uns auch wirklich an das hielten, was er angeordnet hatte. So hat er etwa die Arbeitszeit des Gärtners mit der Stoppuhr kontrolliert und dergleichen mehr, aber er hat eine Menge Geld eingespart, und indem er den ganzen Schriftverkehr übernahm, hat er mich von all der Plackerei entlastet, die man damit hat.«

»Haben Sie ihm für die Arbeit was bezahlt, gnädige Frau?« fragte South neugierig.

»Nur sehr wenig. Er war peinlich genau und geradezu fanatisch ehrlich. Um es ihm zu vergüten, habe ich ihn porträtiert, aber unglücklicherweise habe ich beim Malen fortwährend an Tonkers schreckliches Geschenk denken müssen, und so ist etwas ziemlich Grimmiges dabei herausgekommen. Es gefiel ihm aber trotzdem, und er hat sich einen scheußlich teuren Rahmen dazu angeschafft. Es hängt augenblicklich im Atelier. Er hat es mir für die Ausstellung am Samstag ausgeliehen.«

Luke rutschte unbehaglich auf seinem Stuhl hin und her.

Voll schlimmer Befürchtungen blickte er auf das Dokument in seiner Hand.

»Es heißt hier«, begann er mit langsamer Stimme, »Ohman ist schließlich zu der Überzeugung gelangt, daß Ihr Mann und Sie sich aus finanziellen Gründen – äh – trennen sollten.«

Minnie lief dunkelrot an. »Es heißt...? Ach herrje – bei irgend jemandem hat er sich wohl darüber aussprechen müssen. Dieser Angel scheint mir fast der Engel der Apokalypse zu sein, wie? Was ›heißt es‹ denn da sonst noch?«

»Viel mehr steht nicht drin.« Luke war bemüht, seine Stimme beschwichtigend klingen zu lassen. »Aber stimmt es denn nun?«

»Ja, es stimmt. Sehn Sie, das ›kleine Unheil‹ fand plötzlich heraus, daß alles nur noch schlimmer würde, je mehr ich arbeitete; also meinte er, wir müßten uns was anderes ausdenken. Er vertiefte sich in das Problem und entschied plötzlich, das einzige Heilmittel sei die Ehescheidung. Er hat alles sehr sorgfältig ausgerechnet. Er sagte, wenn mein Mann und ich uns für immer trennen würden und peinlich darauf achteten, uns nie wieder in ein und demselben Haus aufzuhalten, dann würde die Steuerbehörde uns als Einzelpersonen betrachten, und wenn ich dann im gleichen Maße weiterverdiente wie letzthin, würde ich jährlich siebenhundert an Steuern sparen. Damit könne ich dann das Finanzamt zufriedenstellen und nach und nach aus dem Teufelskreis herauskommen, in den wir uns dadurch hineinmanövriert hatten, daß wir Steuerrückstände mit der Summe bezahlten, die Tonker mit seinem Glübalübalum verdient hatte. Es ist ganz einfach, wenn man erst mal dahintergestiegen ist, aber schrecklich langweilig. Wie beim Häkeln, eine Masche wie die andere.« Sie hielt inne, und ihre Miene hellte sich auf. »Das ›kleine Unheil‹ hat es gut gemeint. Die Sache hatte ihn eben gepackt.«

»Als er Ihnen die Idee vortrug, sind Sie da nicht wütend

auf ihn geworden?« South schickte sich an, über sie herzufallen. Mr. Campion blickte nervös auf Minnie. Sie schien die Frage abzuwägen.

»Nein«, sagte sie schließlich. »Ich glaube nicht. Ich glaube, ich verstand, daß er nur mit größtem Eifer bei der Sache war. Ich war freilich ein bißchen bestürzt über unsere Gesetzgebung. Ich will sagen, die Einkommensteuer ist eine Sache für sich, und wenn man sie schuldig ist, muß man sie eben zahlen; aber ich finde, sie dürften einen nicht dazu treiben, daß man seine Ehe auflöst. Das ist doch anmaßende bürokratische Unzulänglichkeit, nicht wahr? Das können sie doch im Grunde nicht wollen.«

South retirierte, um noch ein wenig abzuwarten, und Luke tastete sich vorsichtig weiter.

»Dieser Aussage zufolge hat Ohman Angel erzählt, er ›habe sich mit Ihnen auseinandergesetzt und Ihnen angekündigt, er beabsichtige, am Samstag auf der Party Ihres Mannes zu erscheinen, um ihn mit Sicherheit abzufangen. Sein Plan sei gewesen, ihm diesen Vorschlag in einer Situation zu unterbreiten, in der er sich zum Zuhören gezwungen sehen würde.‹ Verhält sich das so?«

Minnie lachte. »Der arme kleine Kerl! Manchmal hatte er wirklich schaurige Einfälle!« sagte sie. »Ich habe ihm gesagt, ich würde ihn umbringen, wenn er ... Hallo, Darling?«

Dieser Ausruf galt Annabelle. Das Mädchen war tanzenden Schritts von der Küche her über den gepflasterten Pfad hergekommen. Sie warf einen Seitenblick auf die Besucher und ging weiter auf Minnie zu.

»Onkel Tonker schickt dir das hier«, verkündete sie und reichte ihr einen Zettel. »Er sagt, du brauchst dich nicht Gott weiß wie zu bemühen, aber wenn du zufällig die richtigen Lösungen fändest, möchtest du es ihn bitte wissen lassen, weil das Problem ihn aufhalte.«

Minnie nahm den Zettel entgegen, und die Kriminalbeamten rechts und links von ihr reckten die Hälse. Zuvorkommend lehnte sie sich so weit zurück, daß beide mitlesen konnten.

Damit auch Mr. Campion im Bilde sei, las sie laut vor: »Erstens: Nichtssagende Redensart, auch Romantitel. Drei – fünf – sieben Buchstaben. Zweitens: Übungssatz für Maschinenschreiber, die letzten fünf Wörter. Zwei – drei – fünf – zwei – sechs Buchstaben. Hol ihn der Kuckuck! ... Na schön, Annabelle. Ich kümmere mich drum. Geh du jetzt mal und hol die Vasen für Miss Pinky zusammen; sie muß jeden Augenblick hier sein. Ab durch die Mitte, Kleines!«

Während das Mädchen sich trollte, wandte Minnie sich wieder Luke zu.

»Das sind die Schlüsselworte für sein Rätsel«, erklärte sie. »Es ist eine greuliche Zeitverschwendung, aber wenn Sie Tonker sehen wollen, müssen wir es machen, weil er nicht eher aufsteht, als bis er mit der ›Times‹ fertiggeworden ist. Also dann wollen wir mal sehen ...«

»Nein.« Luke erhob entschiedenen Einspruch. »Der Herr soll sich getrost noch ein bißchen ausruhen. Sie sagten eben, Mrs. Cassands, Sie hätten zu Ohman gesagt, Sie würden ihn umbringen, wenn er ...«

Minnie starrte ihn mit empörter Verwunderung an. »Ich habe ihn nicht umgebracht, falls Sie das sagen wollten«, protestierte sie. »Du lieber Himmel! Wie schrecklich; Sie müssen doch einsehen, wie wertvoll er für mich gewesen ist. Seit er aufgetaucht war, habe ich mir keine Sorgen mehr zu machen brauchen – abgesehen von dieser Scheidungsgeschichte. Ich war ihm sehr dankbar dafür und bin ganz auf ihn angewiesen gewesen. Er hat sich regelrecht abgerackert, und es hat ihm Spaß gemacht. Wissen Sie«, fuhr sie fort und fuchtelte mit einer Erbsenschote vor seiner Nase umher, »daß es in diesem Haus einen drei zu zweieinhalb Meter großen Schrank gibt, der bis oben hin voll ist mit Durchschlägen von Briefen, die das ›kleine Unheil‹ für mich verfaßt hat? Er hat seine Arbeit ebenso geliebt wie ich die meine.«

»Wann haben Sie ihn zuletzt gesehen, bitte?« Luke wollte seine Notizen vervollständigen.

Minnie überlegte. »Vor vierzehn Tagen etwa, als er ›sich mit mir auseinandersetzte‹, wie er es ausgedrückt hat. Aber hiergewesen ist er noch am Donnerstag voriger Woche.«

»Wie wollen Sie das wissen?«

»Weil er sein Porträt gebracht hat – zumindest ist es hergebracht worden. Ich habe es mir für die Ausstellung am Samstag von ihm ausgeliehen. Als ich es vornean im Atelier stehen sah, wußte ich, daß er dagewesen war, habe aber gemeint, er müsse mir wohl noch böse sein, weil er nicht auf mich gewartet hat.«

»Ich verstehe. War Ihr Mann an diesem Tag zu Hause?«

»Ja, ich glaube. Nein, ich weiß es bestimmt. Er hatte sich für zwei Tage freigemacht, um hier an einem Projekt zu arbeiten, das sie für eine Margarinefirma planen. Sie wollen die Margarine eventuell mit einem Geschmacksaroma versehen und in verschiedenen Farben verkaufen: Honig, Klee, Paprika, Cheddar-Käse und so weiter.«

»Pflegte er denn nicht im Atelier zu arbeiten?«

»Nein. Das ›kleine Unheil‹ ließ es nicht zu. Das hing irgendwie mit den Heiz- und Stromkosten und dergleichen zusammen. Tonker mußte im Salon arbeiten.«

»Kann er den Mann getroffen haben, ohne daß Sie davon erfuhren?«

»Ich glaube nicht. Das würde er erwähnt haben. Da müssen Sie mal mit ihm selber sprechen.«

Luke lächelte. »Das will ich hoffen, daß ich ihn noch spreche. Vor allen Dingen möchte ich aber erst mal einen gewissen Mr. Jake Bernadine sehen. Wie wir von Angel erfuhren, hat Ohman ihn nicht gemocht.«

»Na, das ist verständlich!« Minnie schaute verlegen drein. »Jake hat ihn mal in einen Bienenstock geworfen, und der kleine Kerl wußte nicht, daß er leer war.«

»Wann ist das gewesen?«

»Oh, es ist schon lange her – letzten Sommer. Das ›kleine Unheil‹ plagte sich unablässig mit der Frage, ob sie mir wohl Miete zahlten. Er wollte mir nicht glauben, daß sie es nicht tun, und da ist er also hingegangen und hat sich Jake vorgeknöpft, und das«, fügte sie mit jäh aufsteigenden Befürchtungen hinzu, »ist unter allen Umständen eine heikle Angelegenheit. Seien Sie also vorsichtig! Nehmen Sie sich auch vor dem Esel in acht. Er schlägt nicht aus, aber...«

»Ich weiß«, sagte Luke und stand auf. »Er beißt.«

Während die beiden Kriminalbeamten um die Hausecke herum verschwanden, blieb Mr. Campion sitzen.

»Sie werden wiederkommen«, setzte er schließlich an.

»Ich weiß.« Sie hob ein besorgtes Gesicht zu ihm auf. »Herrgott, was für ein heilloser Schlamassel, Albert! Können Sie uns da wieder herausholen?«

»Ich weiß nicht«, sagte er ehrlich. »Ganz je nachdem.«

Sie blickte mit betrübten Augen über den Fluß hinweg.

»Es tut mir so leid. Der Mann war schlechthin unbezahlbar, und irgendwie hatte ich ihn allmählich liebgewonnen. Er hat die Sache wirklich sehr ernst genommen. Aber was soll's, daran ist jetzt nichts mehr zu ändern. Nur, Albert, niemand hätte ihn umbringen können. Das ist einfach unvorstellbar!«

Mr. Campion fuhr mit einem Finger an der Innenkante seines Kragens entlang.

»Minnie«, sagte er, »wann genau sind Sie Tonker gegenüber mit alledem herausgerückt?«

Sie antwortete nicht sogleich, sondern saß still da, sah ihn an und überlegte, was sie sagen sollte.

»Ich mußte es ihm sagen«, erwiderte sie schließlich. »Die Party rückte immer näher. Ich konnte dem kleinen Kerl nicht trauen. Er hatte sich schon mehrere ziemlich taktlose Dinge geleistet. Es wäre durchaus möglich gewesen, daß er tatsächlich auftauchte, um irgendeine Geschichte vom Zaun zu brechen.«

Campion schüttelte den Kopf. »Ich weiß, warum Sie es ihm gesagt haben, meine Liebe. Ich hatte nach dem Wann gefragt.«

»Es war am Mittwochabend. Tonker wurde aschgrau im Gesicht und hat regelrecht getobt. Einer seiner Wutanfälle erster Klasse. Aber am Ende haben wir uns doch wieder vertragen, Albert, Ehrenwort! Wir haben uns geschworen, was immer auch kommen möge – trennen wollten wir uns nie. Und gerade das hat mich ja wieder so aufgerichtet. Ich hatte vorher die heiligste Angst, wie er wohl reagieren würde. Schließlich können sie ihn doch ins Kittchen bringen, wenn wir älter werden und nicht mehr zahlen können, nicht wahr? Das heißt, ich wußte schon, daß er mich sehr gern hat, aber ich fand, damit würde seine Zuneigung doch auf eine ziemlich harte Probe gestellt.«

Als sie zu Ende gesprochen hatte, entstand ein langes Schweigen. Dann beugte sie sich vor und redete ernst auf ihn ein.

»Albert, ich will Ihnen die volle Wahrheit sagen. Heute morgen um sechs Uhr kam Dinah herauf und teilte mir mit, der tote Landstreicher sei in Wirklichkeit unser ›kleines Unheil‹. Ich war entsetzt, weckte Tonker auf und erzählte es ihm. Er sagte: ›Verdammt!‹ Und ich fragte: ›Um Himmels willen, Tonker, du weißt doch nichts von dieser Sache, nicht wahr?‹ Er drehte sich um und sagte: ›Nun hör aber mal auf. Ich bin doch nicht übergeschnappt. Aber was für ein ärgerlicher Kram ist das, gerade jetzt, so kurz vor der Party! Ansonsten ist es natürlich eine Wohltat.‹ Was diesen Punkt betrifft, ist also alles in Ordnung. Er hat nicht gelogen. Ich merke es immer, wenn er lügt.«

»Wie denn nur?« fragte Mr. Campion, der Tonker seit fünfunddreißig Jahren kannte.

»Das kann ich nicht so genau sagen, aber ich merke es.« Minnie war tief davon überzeugt. »Wahrscheinlich riecht er dann anders. Irgendwo habe ich gelesen, daß aus dem Geruch alles zu entnehmen sei. Jedenfalls hat Tonker nicht gelogen, und er müßte es doch wissen, wenn er jemanden umgebracht hätte, nicht wahr? Außerdem würde er so was nicht tun. Tonker könnte niemanden regelrecht umbringen. Er könnte jemandem eine Tracht Prügel verabreichen, aber umbringen könnte er ihn nicht. Seien Sie nicht albern!«

Mr. Campion schluckte. »Wie zornig war er auf den Mann?«

Minnie zuckte die Achseln. Ihre Backenknochen hatten rote Flecke bekommen, und ihre Augen flackerten.

»Er war sehr ärgerlich mit allen und jedem, mich inbegriffen. Er sagt, augenblicklich herrsche ganz allgemein eine ehefeindliche Stimmung, und damit hat er natürlich vollkommen recht. Sehn Sie sich bloß Dinah an.«

»Miss Diane?« Wider Willen ließ Campion sich ablenken. »Sie behauptet, sie sei unverheiratet.«

»Früher ist sie aber verheiratet gewesen. Ich kann mich noch aus der Zeit in Clerkenwell, vor zwanzig Jahren, an sie erinnern. Damals hat sie die Büros meinem Atelier gegenüber geputzt. Sie war mit einem absoluten Scheusal verheiratet; freitags wartete der Kerl immer draußen auf sie, säckelte ihren Wochenlohn ein und malträtierte sie. Ich glaube nicht, daß sie mich je gesehen hat, aber ich habe sie wiedererkannt. Kurz nach Kriegsbeginn tauchte sie hier als ledige Person auf, die Personalausweis und Lebensmittelkarte verloren hatte. Sie bekam von der Lebensmittelkartenstelle eine neue, und ich glaube, sie hat die Gelegenheit benutzt und ihren Namen geändert. Ich könnte mir vorstellen, daß sie ihre Chance erkannt hatte und dem alten Rohling einfach davongelaufen ist. Aber ich habe sie nie danach gefragt oder mir anmerken lassen, daß ich sie kannte.«

»Wo ist bei alledem Old Harry unterzubringen?«

»Na ja, den hat sie sich eben auf die moderne Art zugelegt. Selbst wenn ihr Mann tot wäre, würde sie ihn schwerlich heiraten. Wenn sie ledig bleiben, haben sie auf ihre alten Tage gerade genug zu leben, aber sobald sie heiraten, werden ihr sofort fünfzehn Shilling von ihrer Altersrente abgeknapst.«

Mr. Campion ging eine neue Möglichkeit durch den Sinn. »Der Lohn der Sünde, fünfzehn Shilling«, bemerkte er zerstreut. »Recht bescheiden. Aber wenn nun ihr Mann noch lebte und eine Rente bekäme, während sie hier die Rente für ledige Personen bezieht, machte sie sich doch wahrscheinlich irgendeines Vergehens schuldig. Auch das ›kleine Unheil‹ kam aus Clerkenwell. Wäre es möglich, daß sie ihn in London gekannt hat? Wäre es möglich, daß er sie wiedererkannte, als er ihr hier begegnete?«

Minnie zögerte. »Wenn er sie nicht erkannt hat, muß sie bemerkenswert raffiniert gewesen sein«, gab sie widerstrebend zu. »Er hat nämlich dort, wie ich Ihnen schon sagte, die Mietgelder kassiert. Aber setzen Sie sich gefälligst nicht so gräßliche Dinge in den Kopf, wie etwa, daß Dinah ihn umgebracht haben könnte, Albert«, befahl sie. »Die Frau ist die einzige reguläre Hausgehilfin, die ich habe, und für morgen erwarten wir gut und gern fünfundachtzig Personen zum Dinner, und es müßte schon eine Katastrophe passieren, wenn sie nicht kämen. Ach du liebe Zeit, machen Sie doch nicht alles noch schlimmer.«

Es ergab sich ein beiderseits etwas ratloses Schweigen, in dessen Verlauf Minnie schließlich nach dem Zettel mit den Schlüsselwörtern griff.

»Tonker ist natürlich mal wieder nichtsnutzig«, bemerkte sie gelassen. »So was wie das hier kann eine Menge Unannehmlichkeiten nach sich ziehen. Wissen Sie die erste Lösung? Nichtssagende Redensart, auch Romantitel: das ist ›Vom Winde verweht‹, nicht wahr? Und das andere, ›Übungssatz für Maschinenschreiber‹: das ist ›Now is the time for all good men to come to the aid of the party‹ – Jetzt ist es an der Zeit, daß alle wackeren Männer sich zusammentun, um die Partei – die Party – zu retten; und die letzten fünf Wörter sind also: ›um die Party zu retten‹. Folglich lautet

Tonkers Nachricht an mich: ›Vom Winde verweht, um die Party zu retten.‹ Tonker ist abgehauen. Er hatte sich einen Wagen geliehen; mit dem ist er gestern abend heimgekommen, und er hat ihn am Ende des Heckenweges stehenlassen. Ich habe die Nachricht sofort begriffen und den Wagen abfahren hören, während Annabelle hier war.«

Mr. Campion starrte sie entsetzt an. »Sie wollen doch nicht etwa sagen, er sei ausgerechnet in diesem Augenblick verduftet?«

»Ich fürchte, ja.« Sie packte sich eine neue Handvoll Erbsen. »Er brauchte die Auffahrt überhaupt nicht zu benutzen, also konnte er die Polizeiautos ohne weiteres umgehen. Er ist ein Schuft. Er denkt an nichts als seine alte Party und überläßt es uns, diese Polizisten im Zaum zu halten. Anscheinend ist er besorgt, die Geschichte könne unter Schlagzeilen wie ›Tod eines Steuereinnehmers‹ unangenehme Publizität erlangen, und fürchtet, daß ihm das sein Fest vermasseln würde. Ich bin neugierig, wie er damit durchkommt.«

»Das wird er nicht«, sagte Campion überzeugt. Er war zutiefst schockiert.

»Ihm wird schon was einfallen«, meinte Minnie traurig. »Hoffentlich leistet er sich damit bloß nicht wieder eine neue Entgleisung. Natürlich ist er nur nach London gefahren. Woher hätte er wissen sollen, daß die Polizei ihn sprechen wollte? Sie haben nichts davon gesagt. Und als ich es vorschlug, haben sie getan, als sei es gar nicht wichtig. Bringen Sie das für mich in Ordnung, Albert. Gehn Sie nach oben, rufen Sie sein Büro an und sagen Sie Wally, er müsse Tonker unbedingt veranlassen, hier anzurufen, sobald er dort eintrifft. Er versucht nur, die Party zu retten, und übersieht darüber völlig, wie sein Verschwinden gedeutet werden könnte.«

Mr. Campion erhob sich mit unglücklicher Miene. »Das wird große Schwierigkeiten machen«, sagte er. »Hier ist ein Mord geschehen ...«

»Oh, ich weiß.« Ihre Stimme klang äußerst gereizt. »Aber

es ist blödsinnig von Ihnen, sich Tonkers wegen Sorgen zu machen. Wenn es irgend jemanden gibt, der das ›kleine Unheil‹ vorsätzlich umgebracht hat, kann es nur dieser Smith sein.«

»Mein liebes Kind!« Campion war bestürzt. »Wie können Sie derart ausgefallene Behauptungen aufstellen! Wieso Smith?«

»Weil«, sagte Minnie mit weiblicher Logik, »er das Gesicht danach hat und niemand sonst. Stellen Sie fest, was er getrieben hat, und wenn Sie schon dabei sind, können Sie auch gleich ausfindig machen, weshalb um alles in der Welt er mein Haus haben will. Heute morgen bekam ich ein kurzes Schreiben von ihm, in dem er bestätigt, daß ich seine Freunde zur Party eingeladen habe, und außerdem fragte er an, ob ich nicht schon mal daran gedacht hätte, nach Südirland zu ziehen oder auf die Bahamas! Ich glaube, alle Welt ist verrückt geworden. Bitte rufen Sie Wally bald an, mein Lieber. Ich möchte nicht, daß die Leute von der Kriminalpolizei Tonker mißverstehen.«

In diesem Augenblick fiel ein Schatten auf den Betonboden; sie wandten sich um und erblickten South, der noch einmal zurückgekehrt war. Er hatte eine kleine Schachtel in der Hand.

»Ich habe vergessen, die Dame danach zu fragen«, sagte er, Campion zuzwinkernd. »Schaun Sie her, gnädige Frau, haben Sie dieses Kügelchen schon mal gesehen?«

Minnie spähte in die Schachtel, und ihr Blick wurde scharf und interessiert. Jetzt nahm sie das Bronzekügelchen heraus, legte es sich auf die Handfläche und drehte es mit einem prüfenden Finger um.

»Aber ja«, verkündete sie mit großer Befriedigung. »Wo haben Sie das her? Verlieren Sie es bloß nicht. Wir müssen es aufheben. Es ist von Tonkers Weste für die Party.«

10

Am Ende des Gartens

»Na schön, da haben Sie ja die Weste«, sagte Emma Bernadine und hielt ihre klebrigen Hände weit von sich ab. »Kommen Sie um Himmels willen nicht damit an den Tisch, sonst bekleckere ich sie noch mit Zuckerguß. Und ihr, junges Gemüse, macht jetzt mal, daß ihr rauskommt. Geht und helft Minnie beim Erbsenenthülsen.«

Die Kochküche war ein einziges Meer von kleinen gefärbten Kuchen, und die drei Männer, in ihrer amtlichen Eigenschaft zwar zu allem entschlossen, als menschliche Wesen aber durchaus von der Einsicht durchdrungen, daß sie hier im Wege waren, blieben an der Tür zum Hausflur stehen.

Rupert und die Zwillinge erhoben sich mit aufgeregten und marmeladeverschmierten Gesichtern vom Boden und verzogen sich in eine Ecke, wo sie zögernd verweilten, in der Hoffnung, daß man sie dort vergessen werde.

»Raus mit euch!« Emma wirkte überreizt und schwer geplagt. Eine schwarze Haarsträhne hatte sich unter ihrem weißen Kopftuch herausgelöst, und da sie nicht wagte, sie mit ihren verklebten Fingern anzufassen, mußte sie sie fortwährend von den Augen wegblasen.

»Fröhliche Umgruppierung!« probierte Rupert leise, aber mit seiner Zauberformel war irgendwas nicht in Ordnung, denn bis jetzt hatte er an diesem Tag noch keinen Erfolg damit gehabt.

Die praktischer veranlagten Zwillinge machten sich den unvermeidlichen Rückzug noch schnell zunutze. Blauhöschen packte mit der einen Hand Rupert und nahm mit der andern einen Kuchen, während Gelbhöschen sich zwei Kuchen nahm. Rupert brauchte nichts zu tun als die Tür zur

Spülküche aufzumachen. Emma redete unterdessen ununterbrochen weiter.

»Das ist die einzige Weste mit Perlstickerei im ganzen Haus, und meines Wissens auch in der ganzen Grafschaft«, sagte sie, während die Kinder, Krümel um sich her verstreuend, abzogen. »Es ist echt viktorianische Perlstickerei, und diese Weste ist, wie Sie wohl selbst sehen werden, noch nie getragen worden. Ich habe sie auf einem Wohltätigkeitsbasar im Dorf erstanden und so, wie sie war, nämlich unfertig, in der Einkaufstasche mitgenommen. Miss Knipp hatte sie gestiftet, um sie loszuwerden. Ihre Großmutter hat sie gestickt, aber sie ist gestorben, ehe sie die Arbeit fertigbekam. Ich habe sie im Garderobenraum deponiert, um sie später für die Party fertigzustellen. Sie ist als Überraschung für Tonker gedacht. Und seit gut sechs Wochen hängt sie schon genau da, wo Sie sie gefunden haben.«

South, der zusammen mit Luke das Kleidungsstück in der kleinen, quadratischen Kammer hinter den Waschbecken gefunden hatte, ging jetzt mit der Weste zum Licht hinüber. Die Kriminalbeamten waren beide ein wenig ratlos, denn außer mit den üblichen Landhausutensilien wie Gartenstiefeln, Flinten und Golfschlägern hatte die Garderobe von der ›Lockenden Lady‹ noch mit einem langen, roten falschen Bart, der an einem Haken hing, aufgewartet, mit einem Kavalleriedegen, einem Sturzhelm für Rennfahrer und einem kleinen, schwarz gewordenen Menschenschädel, der sich jedoch, nach einiger Aufregung, als Teil eines Skelettmodells herausstellte, wie es in den meisten Kunstschulen anzutreffen ist.

Die Weste, die unter einem Ölumhang versteckt auf einem Bügel gehangen hatte, war eine imposante Angelegenheit aus gelbbraunem Seidenmoiré mit einem großflächigen, maskulinen Muster von Akanthusblättern in Perlstickerei aus schwarzen, weißen und bronzefarbenen Perlchen. Doch die Stickerin von dazumal hatte das Werk ihrer Hände nie in

Gebrauch gesehen, denn die Papierblätter, die sie über das Muster geheftet hatte, um es beim Arbeiten zu schützen, hafteten noch immer darauf. Nur etwa die letzten drei Quadratzentimeter des Musters waren noch unvollendet. Die Knopflöcher waren fertig, doch die dazugehörigen opalisierenden Katzenaugenknöpfe waren noch nicht angenäht. An der unfertigen Stelle des Musters hingen lose die Perlchen herunter.

South drehte und wendete die Weste und hielt sie sich schließlich einen Moment lang vor die Brust, ehe er die Perlen mit dem Kügelchen verglich, das er mit sich herumtrug. Er warf Luke einen Blick zu, worauf dieser die Achseln zuckte; dann hängte er die Weste wieder über den Bügel.

»Ich möchte es gerne miterleben, wenn Mr. Cassands das da morgen tatsächlich trägt«, bemerkte er. »Also werden wir die Weste vielleicht doch nicht mitnehmen. Diese Perlchen scheinen über das ganze Haus verstreut zu sein. Ohman hätte praktisch überall eins vom Boden aufgehoben haben können.«

»Wahrscheinlich hat das ›kleine Unheil‹ sich die Weste ebenso vorgehalten, wie Sie es eben getan haben«, sagte Emma. »Solche Unverschämtheiten sähen ihm ähnlich.«

»Unverschämtheit?« Mr. Campion stürzte sich auf das Wort, um eventuell auftretende feindliche Gefühle im Keime zu ersticken. »Das ist im Zusammenhang mit dem ›kleinen Unheil‹ ein völlig neues Wort.«

»So? Dann ist Minnie die einzige Person, mit der Sie über ihn gesprochen haben, und man braucht nicht besonders helle zu sein, um das zu merken.« Emma fing an, eine Schüssel mit Zuckerguß zu rühren, als wenn sie einen persönlichen Groll dagegen empfände. »Vermutlich hat sie Ihnen lediglich gesagt, was für eine Stütze er ihr gewesen sei und was für eine Sorgenlast er ihr abgenommen habe. Alle übrigen haben in ihm nichts anderes gesehen als eine ständige Landplage.«

Ihr kräftiger Unterarm ruhte sich ein Weilchen aus, und sie reckte South einen tropfenden Löffel entgegen.

»Dieser Mensch war nur eine einzige, lange, schnüffelnde Nase, die er in alles und jedes hineingesteckt hat«, verkündete sie. »Ist es noch keinem von Ihnen aufgefallen, daß wir Ihre Nachforschungen mit bemerkenswerter Gelassenheit hinnehmen? Finden Sie es nicht eigentümlich, daß wir alle mit unserer Arbeit fortfahren und Sie getrost umherstöbern lassen, als wenn Ihre Anwesenheit für uns nichts Außergewöhnliches sei? Na, dann lassen Sie mich Ihnen verraten, daß sie das auch tatsächlich nicht ist. An so was sind wir gewöhnt. Das haben wir alle Tage. Uns überrascht es nicht, wenn wir unsere Küchentüren aufmachen und feststellen müssen, daß jemand den Herd ausgenommen hat, um nachzuprüfen, wieviel Heizmaterial wir verbrauchen. Uns befremdet es nicht, wenn wir ausgefragt werden, mit wem wir telefoniert haben und warum, oder wo die Halbliterflasche Gin hingekommen ist, die noch letzte Woche auf dem Büffett gestanden habe, oder ob das neue Stück Seife auf der Toilette unbedingt nötig sei. So ein Idiotenleben haben wir hier geführt, und einzig und allein, weil Minnie das kleine Biest ins Haus hineingelassen und nachher nicht mehr gewagt hat, es sich wieder vom Hals zu schaffen. Wenn er wirklich tot ist, dann kann ich Ihnen nur sagen: ich bin mehr als froh darüber. Ganz aus dem Häuschen bin ich vor Freude darüber.«

Luke machte eine jähe Geste, doch eine Hand schloß sich mit stählernem Griff um seinen Arm, und er sah sich gezwungen, den Mund zu halten. Der Superintendent seufzte hörbar.

»Jake war der einzige Mensch, der ihn einigermaßen gescheit behandelt hat«, fuhr Emma fort, ihr rundes Gesicht hatte sich vor Eifer gerötet, und ihre Augen glänzten. »Er wollte sich auch an Jake heranmachen, und da hat Jake ihn auf den Bienenstock geschmissen. Seitdem haben wir ihn im Cottage nicht mehr zu sehen bekommen. Tonker versteckte sich vor dem Kerl, und Minnie ermutigte ihn. Minnie hat immer das Gefühl, daß, wenn sie richtig tüchtig leidet, sie auf der anderen Seite wieder Glück haben wird, daß sich ihre Bilder gut verkaufen oder sonst was Blödes.«

»Oh, ich weiß nicht«, murmelte Mr. Campion. »Ich glaube, Minnie hat nur das Gefühl gehabt, es wäre gut, wenn sie einen sichtbaren Ansporn um sich hätte.«

Emma lachte bitter. »Auf die Art haben wir jedenfalls alle was davon gehabt«, sagte sie. »Wissen Sie, daß er wahrhaftig angekommen ist und mich mit der Uhr in der Hand kontrolliert hat, als ich an den zwei Zimmern da oben arbeitete? O ja, er hat es genossen, sein bißchen Macht.«

South strahlte übers ganze Gesicht. »Sie sollten mal eine Zigarettenpause einlegen«, sagte er, fummelte in seiner Tasche herum und sah Campion hoffnungsvoll an. »Sie sind überarbeitet. Das lohnt sich nicht. Wann haben Sie diesen schwierigen Herrn denn zuletzt gesehen? Können Sie sich noch entsinnen?«

»Gesprochen habe ich ihn schon seit mehreren Monaten nicht mehr. Wir sprachen nicht mehr miteinander.« Emma winkte Mr. Campions dargebotenes Zigarettenetui ab und fuhr fort, den Zuckerguß zu rühren. »Aber gesehen habe ich ihn noch vorige Woche, und zwar am Donnerstagnachmittag, irgendwann zwischen Viertel nach vier und halb fünf.«

»Ach nein?« Mit Schwung schaltete Luke sich wieder in die Befragung ein, und die Kraft seiner Persönlichkeit ließ die Küche hell werden und den emsigen Löffel erlahmen. »Wieso wissen Sie die Zeit so genau?«

»Weil«, sagte Emma, die ihn zum erstenmal genauer ansah und plötzlich positiv auf etwas reagierte, das sie in ihm wahrnahm, »weil mein Mann und ich in unserm Cottage waren und uns Mrs. Dales Tagebuch im Radio anhörten, wie stets um Viertel nach vier. Uns gefällt es nämlich«, fügte sie herausfordernd hinzu.

»So? Meiner Mutter auch.« Luke strahlte sie mit lebhaften, glänzenden Augen an; sein dunkles Gesicht voller Freundlichkeit. »Und seiner Frau auch – jede Wette!« fügte er mit einem grimmigen Lächeln an Souths Adresse hinzu. »Sie haben also Radio gehört, nicht wahr? In Ordnung. Das hatte Ihr Mann uns nicht gesagt. Was das angeht, viel hat er uns sowieso nicht gesagt.«

»Jake gibt nicht zu, daß es ihm gefällt«, sagte Emma.

»Bin im Bilde.« Luke war sichtlich besser zumute. »Er ist bloß immer, wenn die Sendung läuft, zufällig im Zimmer beschäftigt – mit etwas, das keinen Lärm macht. Das ist ganz normal. Sie haben also das ›kleine Unheil‹ gesehen? – Dieser Spitzname bringt mich übrigens noch in Schwierigkeiten; ich sehe es schon voraus. Das wird sich schön anhören, wenn ich ihn vor Gericht so nenne! – Sie haben das ›kleine Unheil‹ gesehen, während Sie in Ihrem Cottage Mrs. Dale zuhörten, ja? Wo war er da?«

»Er lief im Galopp die Auffahrt hinunter; es sah aus, als renne er um sein Leben«, sagte Emma seelenruhig.

»Vom Hause fort?«

»Ja.«

»Kam jemand hinterher?«

»Nein, keine Menschenseele. Ich habe eigens darauf geachtet. Er war auch ganz in Ordnung. Ich meine, es waren keine ... Er war nicht verletzt.«

Luke sah Mr. Campion fragend an, und dieser beantwortete seine unausgesprochene Frage.

»Mit den Verletzungen, die ich an ihm gesehen habe, wäre er nicht sehr weit gekommen. Was meinen Sie dazu, Superintendent?«

Fred South schüttelte den Kopf. Ausnahmsweise lachte er einmal nicht. Sein Komikergesicht wies einen Ausdruck auf, der beinahe nachdenklich hätte genannt werden können.

»Lief er vor etwas weg oder auf etwas zu, Mrs. Bernadine?« fragte er schließlich. »Das ist ein Unterschied im Laufen.«

Emma antwortete nicht. Zum erstenmal geriet ihre kesse Selbstsicherheit ins Wanken, und ihr Gesicht rötete sich.

»Ich ... Ich weiß nicht«, sagte sie zuletzt.

»Hat es Sie überrascht, ihn zu sehen?«

»Überrascht soll es mich haben? Es würde mich nicht überraschen, wenn ich ihn durch den Kamin herunter- oder aus dem Kupferkessel hervorkommen sähe! Er ist mir an dem Tag nur deshalb besonders aufgefallen, weil es ungewöhnlich war, daß er sich auf der Auffahrt aufhielt. Wie ich schon sagte, seit der Bienenstockaffäre mied er unser Cottage; übrigens mochte ihn auch der Esel nicht. Trotzdem, überrascht war ich nicht. Für gewöhnlich kam er über den Fußpfad vom Dorf her, überquerte dann den Heckenweg und schlug den Pfad durch die Wiese ein, der an der Scheune entlang zur Haustür führt. Ich hab ihn nicht kommen sehen und war den ganzen Tag über im Cottage. Aber da er sein Porträt in die Scheune gestellt hatte, ist er wahrscheinlich auf dem gleichen Weg wie sonst hergekommen.«

»Aber weggegangen ist er über die Auffahrt, und zwar im Laufschritt?« fragte South. Luke runzelte die Stirn, und sie nahm den Malerspachtel in die Hand, mit dem sie den Zukkerguß auf die Kuchen gestrichen hatte, und ritzte mit ihm eine Rohskizze des Lageplans in ein Stück Sandkuchen.

»Sehn Sie her«, sagte sie. »Das ist der Grundriß des ganzen Anwesens. Sieht aus wie Pfeil und Bogen. Der Heckenweg ist schnurgerade, und die Auffahrt ist mehr oder weniger ein Halbkreis auf seiner einen Seite. Es ist ein sehr großer Halbkreis: er umschließt eine Wiese, die Scheune und mehrere andere Nebengebäude. Unser Cottage liegt hier unten, etwa zwanzig Meter vom unteren Eingangstor entfernt. Das wäre also der Bogen. Der Fußpfad vom Dorf her ist der Pfeil. Im Zentrum des Halbkreises trifft er auf den Heckenweg, und von da aus kann man auch durch die Wiese und an der Scheune entlang weitergehen. Kapiert? Von unserm Cottage aus können wir niemanden sehen, der sich dem Haus an der Scheune entlang nähert – wegen der Hecke und wegen des Damms, der zwischen uns und der Scheune liegt.«

»Wunderbar!« sagte Luke und streckte die Hände nach dem Kuchen aus. »Wir nehmen ihn mit.«

»Das könnte Ihnen so passen!« Emma lachte, ihre gute Laune war wiederhergestellt. Erst einige Sekunden später nahmen die Anwesenden das Klopfen an der Küchentür wahr.

Der Neuankömmling entpuppte sich als der Dorfpolizist, ein großer und schwerer älterer Mann; er war sehr rot im Gesicht, und ihm schien höchst unbehaglich zumute zu sein. Als er die Türschwelle überschritt, bückte er sich mechanisch, wie es Leute, die für gewöhnlich einen Helm tragen, tun müssen, und blickte die Beamten in Zivil vom einen zum andern ängstlich an.

»Meine Herren, könnte ich Sie mal einen Augenblick allein sprechen?« sagte er mit einer langsamen, tiefen fragenden Stimme. »Ich bin da nämlich zufällig auf was gestoßen.«

Luke und South folgten ihm auf der Stelle; Mr. Campion jedoch nahm die Gelegenheit wahr und verweilte noch ein wenig.

»Emma«, fragte er mit der wenig überzeugenden Gleichgültigkeit eines Menschen, der sich etwas ausborgen will, »wissen Sie zufällig, ob Dormital im Haus ist?«

»Dormital? Will ich nicht hoffen.« Sie hörte mit ihrer Arbeit auf und sah ihn an. »Nehmen Sie das bloß nicht ein, mein Schatz. Wenn Sie es nämlich per Zufall mit Alkohol mixen, bedeutet es den sicheren Tod – das ist nun mal so. Zumindest wird es behauptet.«

»Tatsächlich?« erkundigte er sich scheinheilig. »Woher wissen Sie denn das?«

»Woher? Die Zeitungen waren doch immer voll davon, letzten Winter jedenfalls. Ich glaube, Ihr Städter lest überhaupt nicht mehr. Es ist dasselbe Zeug, das mit ›-natrium‹ endet. Ich dachte, sie hätten den Verkauf eingestellt. Vermutlich wirkt eine Tablette wohl nicht tödlich, wenn man im Lauf desselben Tages ein Gläschen danach trinkt; nimmt man aber zwei oder gar mehr und ein paar Schlücke Whisky hinterher, zumal wenn man zu den Leuten gehört, bei denen die Leber ohnehin schon ein bißchen angeknackst ist, dann erlischt man wie eine Kerze. Was wollen Sie denn mit diesem Dreckszeug? Wenn Sie ein bißchen mehr an die frische Luft gingen, würden Sie schon schlafen können.«

»Schon recht«, sagte er mit enttäuscht klingender Stimme. »Ich hatte nur gemeint, daß Onkel William vielleicht welches gehabt hätte.«

»William? Du liebe Zeit! Der hätte so was nicht um sich geduldet, auf einen Umkreis von einer Meile nicht.« Emmas Blick konzentrierte sich auf die blaßgrüne klebrige Masse, die sie über einen Kuchen strich. »Vor solchem Dreckszeug hatte William eine Heidenangst. Ich habe manchmal Dinah geholfen, ihn zu Bett zu bringen, wenn Minnie nach London mußte. Da hätten Sie mal erleben sollen, wie er sich wegen des Pluminols anstellte, das ihm der Doktor dagelassen hatte. Ich hab ihm gesagt, er müßte schon mehr als die halbe Schachtel einnehmen, ehe es ihm was anhaben könnte; aber er hat es mir nicht geglaubt. Der Arme, er hat so am Leben gehangen. War es nicht eine Schande?«

»Eine Affenschande!« sagte Mr. Campion mit mehr Gefühl, als er beabsichtigt hatte. »Und diese andere Geschichte auch«, fügte er hastig hinzu.

»Die mit dem ›kleinen Unheil‹?« Sie zuckte die Achseln. »Das wär 'ne Affenschande, wenn es uns die Party verderben würde. Albert, lassen Sie um Himmels willen nicht zu, daß sie uns die Party vermasseln. Ich könnte es einfach nicht ertragen. Buchstäblich nicht! Für mich ist es dasselbe wie der Jahresausflug für die Waisenkinder! Ich würde sterben, wenn irgendwas die Party auffliegen ließe. Sie scheinen doch ganz in Ordnung zu sein, die Leute. Einer von den beiden ist ein bißchen stürmisch, wie? Der glüht ja geradezu. Wer ist denn das glückliche Mädchen?«

Mr. Campion seufzte. »Prune«, sagte er.

»Prune?« Sie war entsetzt. »Aber nein! Aber doch keine hoffnungslose Liebschaft!«

»Ich fürchte, ja. Reden wir nicht mehr davon.«

»Schon recht. Jake nennt sie die Schneekönigin. Ich nenne sie die marmorne Nichtbüste. Die taugt ganz und gar nicht für diesen Burschen. Der ist doch lebendig.«

»Bis jetzt noch«, sagte Mr. Campion trübe und ging fort, um die beiden anderen zu suchen.

Er kam gerade rechtzeitig auf den Hof, um Amanda noch auf der Auffahrt im Gespräch mit einer merkwürdigen, knorrigen Gestalt zu sehen – in seinem erdfarbenen, vom Schmutz unglaublich starr und steif gewordenen Anzug mutete der Mann wie aus altem Holz geschnitzt an. Es sah nicht aus, als wenn sie allzuviel redeten, doch die Art, wie sie dastanden, ließ auf die dem Landvolk eigentümliche wortlose Form der Kommunikation schließen. Als Campion aus dem Haus heraustrat, ging der Alte in Richtung auf die Scheunenwiese davon, und Amanda drehte den Kopf zu ihrem Mann um, der erstaunt stehengeblieben war. Denn nachdem er sich an die Stirn getippt hatte, hatte Old Harry mit einer ebenso modernen wie beredten Geste einen Daumen hochgehoben.

Mr. Campion ging auf seine Frau zu und packte sie sanft im Nacken.

»Du willst wohl ein bißchen nachhelfen, wie?« fragte er.

»Der Gerechtigkeit muß Genüge geschehen.« Amandas kühle Stimme klang verdächtig beiläufig. »An deiner Stelle würde ich Old Harry nachgehen. Du wirst, glaube ich, feststellen, daß sie das Mordwerkzeug jetzt haben. Was ist denn das für eine Geschichte mit Tonker?«

»Du hast wohl mal wieder was läuten hören?« murmelte Mr. Campion unhöflich. »Er ist nach London gefahren.«

»Wie stellt die Polizei sich dazu?«

Er zuckte die Achseln, sah aber dabei recht sorgenvoll aus. »Wenn der Idiot bis drei Uhr anruft, wird alles noch ganz glimpflich abgehen. Sie wissen, daß sie einen Fehler gemacht haben, als sie ihn nicht sofort zu sprechen verlangten. Jedenfalls hat Wally sich verpflichtet, für ihn einzustehen und dafür zu sorgen, daß er die Polizei anruft, sobald er eintrifft. Aber er könnte sehr wohl erst mal zum Lunch zockeln, ehe er ins Büro geht. Bei Tonker kann man das nie wissen.«

Zu seiner Überraschung grinste sie. »Mir gefällt der alte Tonker. Er hat einen unbezahlbaren Sinn für das, worauf's ankommt. Ach, übrigens, du kannst als sicher annehmen, daß es Old Harry war, der der Leiche alles Lesbare entwendet hat. Er hat es erst getan, als er herausbekommen hatte, wer der Mann war; da hat er gemeint, Miss Diane könne was damit zu tun haben, und hat auf alle Fälle mal alles fortgenommen, was zur Identifizierung führen mußte – *der* Punkt wäre also geklärt.«

»Donnerwetter, wirklich? Wie will er denn das rechtfertigen?«

»Dazu wird er es gar nicht erst kommen lassen. Old Harry hört nichts, sieht nichts, sagt nichts. Er ist das bekannte Affentrio in einer Person. Von den Papieren wird man nie wieder etwas hören. Wertvoll waren sie nicht, und viel zu bedeuten hatten sie auch nicht, und wenn man versuchen wollte, Harry zu verhören, wird man nicht nur nicht das mindeste herausbekommen, sondern es werden einem obendrein sämtliche Kaninchen eingehen.«

»Ich verstehe. Ist die Frage erlaubt, woher *du* es weißt?«

»Oh«, sagte Amanda. »Ich bin hier geboren worden. An deiner Stelle würde ich jetzt aber wirklich gehen.«

»Warum?«

Ein Lächeln, einzigartig nicht nur um seiner Süße, sondern auch um seiner Verschmitztheit willen, flackerte über das herzförmige Gesicht.

»Weil du, wenn du es nicht tust, was verpassen wirst. Und zwar was recht Gutes. Übrigens macht es dir hoffentlich nichts aus, wenn Lugg, Rupert und ich hierbleiben und weiterarbeiten. Honesty Bull wird dir und Luke im ›Fehdehandschuh‹ schon was zum Lunch bieten können. Es muß da heute Pasteten mit Ragoût fin geben.«

»Wieso ›muß‹?« fragte er.

»Weil heute der Vorabend von Mittsommernacht ist, natürlich.« Amanda drehte sich auf dem Absatz um. »Ich sage dir, um hier durchzukommen, muß man sich eben am Ort auskennen.«

Mr. Campion überquerte die Auffahrt, ging durch das weiße Gittertor und weiter um die Scheune herum, die in der Morgensonne süß nach Teer roch. Als er am Heckenweg anlangte, hielt er inne. Eine Gruppe von Männern stand auf dem staubigen Kies und blickte auf etwas, das auf dem Damm unter der Hecke lag. Luke, South und der Polizist warteten auf die Rückkehr des als Fotograf ausgebildeten Sergeants, der im Polizeiauto fortgefahren war, um seine Ausrüstung zu holen. Von Old Harry war nichts zu sehen.

Luke winkte Campion herüber. »Sehn Sie sich das an«, sagte er. »Das ist das nicht mal gar so stumpfe Originalinstrument. Das gleiche, mit dem Kain den Trick überhaupt erst herausgekriegt hat. Wie es heißt, läßt man diese Dinger hier überall herumliegen.« Seine glänzenden Augen in ihren dreieckigen Höhlen weiteten sich. »Kein Wunder, daß wir Cockneys das Land für gefährlich halten.«

Er wies auf eine nestartige Mulde im üppigen Gras, in der eine Pflugschar der althergebrachten Art lag, mit sehr langem Schaft oder Sterz und breitem Schar. Sein Taschentuch benutzend, obwohl man auf der krustigen und rostigen Oberfläche schwerlich Abdrücke erhoffen konnte, hob South sie auf und drehte sie um.

»Sehn Sie das da?« Er zeigte auf einen ein wenig dunkleren Fleck auf der breiten Kante der oberen, geraden Hälfte des Eisenstücks. »Das muß es gewesen sein, unbedingt. Meine Jungs haben die Wiese abgesucht, sobald es hell wurde, aber sie haben nicht daran gedacht, bis hier, an den

Heckenweg, vorzustoßen.« Er kicherte. »Damit kommen wir dem hübschen Haus ziemlich nahe, nicht wahr?«

»Heute morgen erst hingelegt.« Eine dünne, ältliche Stimme, die von irgendwo in der Höhe ihrer Knie aufstieg, ließ sie alle zusammenfahren. Old Harry befand sich plötzlich, wie aus dem Nichts aufgetaucht, unter ihnen und bückte sich tief über das Nest im Gras. »Heute morgen erst hingelegt. Als das Gras noch naß war.« Mit diesen Worten richtete er sich auf, blieb aber auch so noch gut anderthalb Kopf kleiner als Luke und South, die beide groß waren. Der sonderbare Gegensatz stach um so mehr in die Augen, als er sich eng an sie herandrängte, so daß sie senkrecht auf ihn herabblicken mußten, während er sein scheues, rosiges Gesicht zu ihnen aufhob.

»Du liebes bißchen!« sagte Luke leise.

Doch South, der wie alle vom Lande Stammenden nicht so töricht war, die Einheimischen geringschätzig zu übergehen, fing erneut zu grinsen und zu strahlen an.

»So? Das ist also Ihre Ansicht, Paps?« sagte er recht höflich und warf dabei dem Dorfpolizisten, der erstarrt war wie ein Soldat bei der Parade, einen fragenden Blick zu.

»Das ist Harry Buller, Sir. Rentner. Hat sein Leben lang hier in der Gegend gearbeitet. Der Vogelfänger, Sir.«

»Da muß einer schon sehr früh aufstehen, wenn er mehr wissen will als ich«, sagte Old Harry – durchaus zu Recht, fand Mr. Campion.

South jedoch, mit sich selbst sehr zufrieden und leutselig gestimmt, war entzückt über diese Prahlerei.

»Woher wissen Sie denn, Kumpel, daß das Ding heute morgen erst hingelegt worden ist?«

Luke brachte seine Städterschläue an. »Haben Sie es etwa hingelegt?«

»Nein, nein. Ich hab Sie nachgucken sehn, und da hab ich selbst mal geguckt, und da hab ich Tau drunter gesehn.«

»Feuchtigkeit – nicht vom Regen, sondern vom Frühtau«,

sagte South. »Ich weiß schon, was Sie meinen, Paps; Sie glauben nicht, daß es lange da gelegen hat?«

»Nein, nein. Dann wär das Gras gelb.« Old Harry schien jetzt sehr aufgeregt zu werden und stieß seltsame, hohe Trompetentöne aus, die als Worte kaum noch verständlich waren. »Gelbunweißunschmiervonunn, Gelbunweißunschmiervonunn, Gelbunweißunschmiervonunn.«

Da alle sich geschlagen gaben, sah sich der Dorfpolizist, der verdrossen und ein bißchen nervös wirkte, zu dolmetschen genötigt.

»Er sagt, das Gras würde unter dem Eisen gelb und weiß sein, und es würde darunter von Würmern, Schnecken und anderem kleinen Ungeziefer wimmeln, wenn die Pflugschar länger dort gelegen hätte, Sir«, sagte er zu Luke und fügte nicht ganz wahrheitsgetreu hinzu: »Darüber hatte ich mir übrigens auch schon Gedanken gemacht.«

Old Harry streckte seine Hand, die wie ein Weidenstrunk aussah, nach South aus. »Geben Sie mal her, Sie«, kommandierte er und nahm die Pflugschar in die Hand – er hatte sie höchst behutsam mit einem Taschentuch angepackt. »Hab ich im Fernsehn gesehn, wie so was gemacht wird«, bemerkte er mit eindrucksvoller Gerissenheit. »Aber was ich jetzt damit mache, das hat das olle Fernsehen noch nicht erlebt.« Und wie ein schnuppernder Hund schnüffelte er mit feierlicher Umständlichkeit das Eisen rundum ab.

Mr. Campion, der sich trotz seiner Besorgnis köstlich amüsierte, ging der Gedanke durch den Kopf, daß die Städter dem Geruchssinn gegenüber eine recht abergläubische Einstellung haben. Als wenn sie, so grübelte er, sich darüber klar wären, daß ihnen eine wertvolle Fähigkeit verlorengegangen sei, und deswegen eine gewisse nervöse Unsicherheit empfänden. Jedenfalls beobachtete South den Alten mit ungeheurem Interesse, während Luke so verblüfft dreinschaute, als wenn er tatsächlich einen Hund, und zwar einen mit der Gabe des Sprechens ausgestatteten, vor sich hätte.

»Hoh!« sagte Old Harry schließlich, und eine heimliche Freude ließ sein Apfelgesicht aufleuchten. »Hoh! Fällt Ihnen denn gar nichts auf, Sir?«

Der Superintendent zögerte, aber es war eindeutig, was von ihm erwartet wurde, und so packte er die Pflugschar am Sterz und roch ausgiebig und geräuschvoll daran herum.

»Kann ich nicht behaupten, daß mir was auffällt«, sagte er dann und bot sie Luke an, der sie mit einer Handbewegung ablehnte. »Worauf wollen Sie hinaus, Paps?«

Old Harry nahm das Mordwerkzeug wieder an sich und wiederholte seine wahrhaft bemerkenswerte Vorführung.

»Ich zeig Ihnen, wo's die letzten Tage gelegen hat«, erbot er sich. »Auf Beifuß hat es gelegen, in der Nähe von Rostpilzen, und ist mit Johanniskraut in Berührung gekommen. Und Brandgeruch hat's auch abbekommen«, fügte er mit aufflammender Begeisterung hinzu. »Folgen Sie mir nur, Gentlemen.«

»Du machst dein Maul noch mal zu weit auf und fällst dabei herein.« Das war dem Dorfpolizisten unwillkürlich entschlüpft, und die dahinter verborgene Gehässigkeit trat in der Bemerkung weit mehr zu Tage, als er beabsichtigt hatte. Sowohl South als Luke drehten sich langsam nach ihm um und musterten ihn kühl und abschätzend. Fred South wandte sich wieder Harry zu.

»Wo wächst denn all das Zeug, Alter?« fragte er.

»Kommen Sie nur mit, Gentlemen; dann zeig ich's Ihnen.«

»Noch nicht. Aber wo ist die Stelle? Wo hat Ihrer Ansicht nach die Pflugschar gelegen?«

»In der Müllgrube. Da hat sie gelegen! Da wächst nämlich Beifuß. Sonst nirgends. Nur noch auf dem Kirchhof, aber da wird kein Feuer gemacht. Auf dem Müll, auf dem Müll, auf dem Müll!« Vor Erregung fing Old Harry ein wenig zu tanzen an. Es war eine meisterhafte kleine Szene; naiver Stolz, eifrige Hilfsbereitschaft, schlichte Ländlichkeit – alles untermengt mit der Begeisterung eines Kindes, das eine Möglichkeit sieht, sich aufzuspielen.

Der bedauernswerte Dorfpolizist, durch Hexenkünste entlarvt, unternahm einen schwachen Versuch, sich zu verteidigen.

»Der ist doch bloß ein alberner alter Mann, Sir«, begann er. »Der...«

»Darüber bin ich vollauf im Bilde. Aber Sie haben mir erzählt, Sie hätten die Pflugschar soeben hier gefunden, und merkwürdigerweise ist es noch taufeucht darunter.«

Der Polizist holte tief und unglücklich Luft.

»Könnte ich Sie mal einen Augenblick allein sprechen, Sir?« Diesmal war er in der Tat zufällig auf etwas gestoßen.

South ging mit ihm ein paar Schritte weiter den Heckenweg hinunter, und dort fand zwischen den beiden eine leise, aber überaus lebhafte Unterhaltung statt, während der Mann aus London taktvoll seine Schuhspitze anlächelte und mit Mr. Campion über das Wetter plauderte, über Blumen und Pflanzen und darüber, daß ihm der ganze Ort von Honigduft erfüllt zu sein scheine. Old Harry zog sich bis an den Fußpfad zurück und betrachtete dort mit ernster Miene Fährten, die selbst er nicht zu sehen vermochte.

Als South zurückkehrte, blickte er zornig, aber triumphierend drein, während der unschlüssig im Hintergrund verbleibende Polizist töricht und unglücklich zugleich vor sich hin lächelte.

»Entschuldigen Sie die Unterbrechung, meine Herren.« South lachte wie gewöhnlich in sich hinein, allerdings nicht ganz so enthusiastisch wie sonst. »Ich glaube, ich kenne den wahren Sachverhalt jetzt. Der blöde Trottel ist am Dienstagabend dieser Woche auf dem Fußpfad in der Wiese drüben über etwas gestolpert und hingefallen. Er hat den Gegenstand aufgehoben und zum Müllabladeplatz gleich vor dem Dorf gebracht. Gestern ist es ihm wieder eingefallen, und vorige Nacht ist er zurückgegangen und hat das Ding wiedergeholt. Danach hat er dann, weil gestern die Wiese abgesucht worden war, den genialen Einfall gehabt, es hier zu deponieren. Und was Sie betrifft«, fuhr er fort und drehte sich unvermittelt nach dem nichtsahnenden Harry um, »so haben Sie überhaupt nichts gerochen. Sie haben den Polizisten gestern nacht nach der Pflugschar fahnden sehen und sich daraufhin alles übrige zusammenreimen können.«

»Das stimmt nicht.« Old Harry sprach mit ruhiger, ja gelassener Stimme, aber aus seinen arglosen blauen Augen sprühte eine derart erschreckende Bösartigkeit, daß alle sich ein wenig unwohl in ihrer Haut fühlten. »Von solchen Reden halte ich gar nicht viel, Mister«, fuhr der Alte fort – diese furchteinflößende Formel stellt den stärksten Protest des ostenglischen Landbewohners dar. »Letzte Nacht war ich viel zu besoffen, um was zu sehen, und das vorhin hab ich genauso deutlich gerochen, wie ich *Sie* rieche: Richardsons Veilchenpomade – das haben *Sie* auf dem Kopf. Aber da Sie keine Hilfe wollen, wie ich sehe, sag ich Ihnen jetzt auf Wiedersehen.«

Schwerfällig schritt er durch das Heckentor davon, zurück auf die Scheunenwiese. Von dort aus blickte er sich noch mal um.

»Da Sie sich allein soviel wohler fühlen, zeige ich Ihnen auch nicht, wo die alte Pflugschar vorher gelegen hat – schon seit fünfzehn oder zwanzig Jahren, wie ich mit eigenen Augen gesehen habe.«

Nicht ohne Mühe vermochten sie ihn schließlich zur Rückkehr zu bewegen. Nachdem der Alte die Pomade herausgeschnüffelt hatte – der einzige kosmetische Artikel, den South übrigens verwendete –, fühlte sich dieser einigermaßen befangen und zog, ohne sich dessen bewußt zu werden, fortwährend den Hut tiefer in die Stirn. Luke, der die ganze Geschichte mit äußerstem Vergnügen beobachtet hatte und sich nun vorsorglich auf der Leeseite des Zeugen aufhielt, trottete hinter ihnen her, den Fußpfad entlang, auf den Zauntritt und die Brücke zu, wo das ›kleine Unheil‹ so heimlich und unbemerkt seine Ruhe gefunden hatte.

Old Harry überquerte die Bohlenbrücke, kletterte über den Zauntritt und fiel gleich neben dem Pfosten auf die Knie.

»So«, sagte er. »Jetzt bringen Sie das Ding mal her.«

Behutsam trug South die Pflugschar über den Zauntritt, und Luke und Campion lehnten sich hinter ihm über das Brückengeländer. Neben dem rechten Pfosten und vom hohen Gras halb verdeckt konnte man auf dem Moos und den Flechten deutlich eine dreieckige Muldenform erkennen. Die Wurzelfasern waren an dieser Stelle noch immer weiß, und der spärliche Graswuchs, der sich dort hatte behaupten können, war braun und unter dem erdrückenden Gewicht des Eisens verdorrt. Mit peinlicher Vorsicht und nach wie vor mit einem schützenden Taschentuch ließ Old Harry die Pflugschar in ihr natürliches Futteral gleiten. Sie paßte haargenau hinein – bis hin zu der abgenutzten einen Kante.

»Fünfzehn Jahre, vielleicht auch zwanzig. Vielleicht war sie sogar schon da, als ich noch ein kleiner Bengel war. Unzähligemal hab ich sie da gesehen. Die Art wird heutzutage nicht mehr geschmiedet. Jetzt ist der Sterz kürzer.«

»Donnerknispel!« sagte South mit enormer Befriedigung. »Wie lang ist es wohl her, daß sie da fortgeholt worden ist, Mr. Buller?«

Diese Anrede placierte Old Harry genau dorthin, wo er hingewollt hatte: obenauf. Er ließ sich nicht anmerken, daß er sie zur Kenntnis genommen hatte, aber seine Brust wölbte sich ein wenig, und er war nun eifrig bemüht, sein Bestes herzugeben. Er tastete die plattgedrückte Stelle ab, legte seine Backe darauf, untersuchte eingehend eine tote Kellerassel, die er in dem Wurzelgeflecht gefunden hatte, und kaute zuletzt ein Stückchen von dem daneben wachsenden jungen Gras.

»Bißchen mehr als 'ne Woche«, sagte er abschließend, was, wie er durch weniger ungewöhnliche Methoden in Erfahrung gebracht hatte, nicht weit gefehlt sein konnte.

South grunzte. »Möchte nur wissen, wo sie danach gelandet ist.«

Old Harry erhob sich und hielt Umschau. Er war ein viel zu guter Schauspieler, um sich zu verraten, andererseits aber sehr darauf erpicht, auch weiterhin zu glänzen. Nach einer geziemenden Pause kletterte er über den Zauntritt und ging zur Eiche hinüber. Unter dem Baum kniete er hin und hielt den Kopf seitlich geneigt, so daß die Bodenkonturen sich in seinem Blickfeld schärfer abzeichneten. Plötzlich gewahrte er ganz deutlich, wonach er suchte, und der dumpfe Laut, den er ausstieß, klang ebenso erstaunt wie befriedigt.

»Kommen Sie mal her, kommen Sie mal her«, rief er, und Luke, der sich bereits auf der richtigen Seite des Zauntritts befand, sprang herab und ging zu ihm hinüber. Nachdem ihm gezeigt worden war, wie er Ausschau halten müsse, nahm er verblüfft nicht nur einen, sondern mehrere Abdrücke der Pflugschar in dem weichen, lockeren Erdreich wahr. Er fand es faszinierend.

»Wie ist denn das passiert?« fragte er.

»Der eine da, als das Ding hingefallen ist«, sagte Old Harry und fügte »nehme ich an« hinzu, damit seine Feststellung nicht etwa mißverstanden werde. »Als es von dem Hügel da, von dieser Bodenwelle, rübergeworfen wurde.«

»Ach ja. Und weiter? Wie kamen die andern Abdrücke zustande?«

Harry schüttelte den Kopf. Er befand sich auf gefährlichem Terrain. »Vielleicht ist es mit dem Fuß gestoßen worden«, schlug er vor. »Es lag doch im Weg, hat der Polizist gesagt.«

»Das wäre möglich. Aber gelegen hat es da auf jeden Fall. Schaun Sie sich das mal an, Mr. Campion. Es ist erstaunlich.«

»Augenblick mal, Chefinspektor, falls es Ihnen recht ist.« South grinste auf sie herab. »Um zwei Uhr muß ich zur gerichtlichen Voruntersuchung. Ich wüßte gern, ob Sie mit mir einer Meinung darüber sind, wie das Ganze vor sich gegangen ist. Der Mörder muß hier, auf der andern Seite des Zauntritts gestanden haben, wahrscheinlich auf der Sprosse.«

Luke ging sofort zu ihm hinüber, und gemeinsam rekonstruierten sie das Verbrechen mit einer peinlichen Gründlichkeit, die selbst Harry staunen ließ. Der alte Mann fand großen Gefallen daran. Als Entgelt für seine Hilfe, und da er ebenso wie das ›kleine Unheil‹ klein von Gestalt war, erlaubten sie ihm, bei ihrer Rekonstruktion die Rolle des Opfers zu übernehmen. Mr. Campion setzte sich ins Gras und sah der Pantomime zu, während der Dorfpolizist sich schmollend im Hintergrund hielt.

»So ist es also gewesen«, verkündete South, als er Old Harry zum elften Male aus dem Graben heraushalf. »Das Opfer folgte, von der Wiese her, dem Mörder auf die Brücke nach. Der Mörder kletterte zuerst über den Zaun und erblickte dann, beim Ausschauen nach einer Waffe, die griffbereit daliegende Pflugschar. Er riß sie an sich, trat auf den Zauntritt zurück und versetzte dem Opfer einen enormen Schlag. Der Mann fiel über das niedrige Geländer und rutschte in das wuchernde Grün unter der Brücke. Danach warf der Mörder das Werkzeug fort, und es landete unter dem Baum da – woanders konnte es gar nicht hinfallen. Wenn die Pflugschar mit der Wunde übereinstimmt, dann haben wir das Rätsel gelöst. Was meinen Sie dazu?«

Charlie Luke, erhitzt und staubig, lehnte sich an den Zauntritt und suchte nach einer Zigarette.

»Und was machte der Bursche dann? Ging er weiter ins Dorf, um sich schnell einen zu genehmigen, und nahm er dabei seinen Dampfhammer mit?« Er runzelte die Stirn, und als er weitersprach, verriet sich in der Tonstärke seiner Stimme, die die Blätter erzittern machte, die physische Kraft des Mannes. »Wie Sie wissen, habe ich diese Wunde nicht untersucht. Aber ich bin nicht gerade weltfremd. Ich hab in meinem Leben schon ein paar Kopfwunden gesehen. Was wiegt denn etwa dieses Überbleibsel aus der Eisenzeit? Allerhöchstens drei bis vier Pfund. Und da sollte *ein* Schlag genügen, um einen normalen Menschen ins Jenseits zu befördern? Das kann ich nicht glauben. Ich glaube, nicht einer unter Millionen brächte die Kraft zu einem solchen Schlag auf – auch nicht von oben und mit Rückenwind. Ich glaube nicht mal, daß ich selbst es fertigbrächte.« Ein imaginäres Opfer an der Gurgel packend, riß er wirbelnd den Arm hoch und ließ ihn dann auf die geschlossene linke Faust niedersausen. »Bestes Hartgummi, der menschliche Schädel!« sagte er.

Ein Weilchen lang sagte Fred South kein Wort. Sein Gesicht hatte sich tiefer gerötet, und in seinen zwinkernden Augen war etwas aufgeblitzt, das eher nach Angst als nach Spott aussah. Schließlich ließ er ein leises Schnalzen hören, das einen Entschluß besiegelte.

»Sie können jetzt gehen, meine Jungs zusammentrommeln und ihnen ausrichten, sie sollten beide Wagen ins Dorf ans Ende dieses Fußpfads bringen«, befahl er dem Polizisten. »Wollen Sie ihn begleiten, Mr. Buller?«

»Nein, mit dem geh ich vorerst nicht mehr spazieren.« Old Harry machte aus dieser Äußerung ein einziges langes, bedächtiges Geräusch. »Ich geh jetzt zum ›Fehdehandschuh‹ und trink mir ein Helles unnihnnlassichsanschreim.«

Die letzten Worte gingen so ineinander über, daß sie, da der dolmetschende Polizist nicht mehr da war, unverstanden blieben. Er tippte mit der Hand an die Mütze und stapfte lächelnd, die Wimpern bescheiden auf die rosigen Bäckchen gesenkt, von dannen.

Luke wühlte wild in seinen Hosentaschen, doch Campion schüttelte den Kopf.

»Sie werden feststellen, glaube ich, daß all das nur Geheimniskrämerei ist«, murmelte er. »Mein sechster Sinn sagt mir, daß Old Harry in Ihre Dienste getreten ist. Den werden Sie wiedersehen. Was ist los, Superintendent? Macht Ihnen irgendwas Kummer?«

»Freilich.« Der Mann in dem engen Tweedanzug setzte sich aufs Brückengeländer und zog seine Pfeife hervor. »Und es hat mir in meinem Leben schon genug Kummer bereitet.« Von unten her warf er einen verstohlenen Blick auf Luke.

»Um es kurz zu machen: ich bringe es einfach nicht fertig, jemandem zu trauen, ehe ich nicht eine Weile mit ihm zusammengearbeitet habe. Das ist sozusagen ein Sparren von mir. Es übt manchmal eine nachteilige Wirkung auf mein Gedächtnis aus.« Er hielt hoffnungsvoll inne, aber es herrschte unheilverkündendes Schweigen, das nur vom Rascheln des Grases und vom Summen der Bienen im Klee unterbrochen wurde. »Selbstverständlich«, fuhr er fort, kratzte sich hinterm Ohr und zog eine Grimasse, »kann ein solcher Charakterzug mir erheblich schaden. Wenn beispielsweise Scotland Yard einen schneidigen jungen Mann herschickt, der es, wie ich jetzt einsehe, noch weit bringen wird, dann ...«

»Ach, schon gut. Ich nehm's Ihnen auch so ab.« Luke sprach mit genügend unterdrückter Wut, um jede Hoffnung auf schwächliches Einlenken auszuschließen. »Was haben Sie mir vorenthalten? Den Ergebnisbericht der Leichenschau?«

»Nicht den Bericht, mein Sohn. Ich mag ja ungeschickt sein, aber dämlich bin ich denn doch nicht.« South lachte wieder, freilich noch vorsichtig. »Als wir wegfuhren, war er noch nicht eingetroffen, aber gleich, wenn wir heimkehren, wird er wohl vorliegen. Nein, ich habe nur zufällig am Telefon ein paar Worte mit dem Bezirkspathologen gewechselt. Das können Sie nachher alles schwarz auf weiß sehen. Und wie ich dem, was er sagte, entnehmen konnte, war unsere Leiche gar nicht so normal, jedenfalls nicht, was den Schädel betrifft.«

»Ach du liebe Zeit!« Es war Luke, der das sagte, aber beide Zuhörer waren bei dieser Mitteilung jäh erstarrt. »Doch nicht etwa einer von diesen verdammten Fällen mit dünner Schädeldecke?«

South begann, wie ein Mandarin zu nicken, zwinkernd, strahlend und mit jeder Geste unausgesprochene Geheimnisse andeutend.

»Die dünnste, die ihm je vor Augen gekommen ist. Fast so dünn wie die dünnste, die je registriert wurde. Einen knappen

Millimeter. Er sagt, es sei bloß *ein* Schlag gewesen, und zwar mit einem Eisenstab von annähernd zwei Zentimeter Breite, was ungefähr der schrägen Kante des Sterzes entspricht, und er hätte so ziemlich die gleiche Wirkung gehabt, als wenn ein Kind mit dem Messerrücken auf ein Ei schlägt.« Er wollte wieder in sein wieherndes Gekicher ausbrechen, unterdrückte es aber. »Sie sehen also«, sagte er, »daß jeder x-beliebige die Tat begangen haben könnte. Auch Damen, sofern sie nur hinlänglich erbost gewesen sind.«

11

Lunch in Arkadien

Charlie Luke hatte nur kurz geschlafen, und jetzt, nachdem die Mittagsstunde bald vorüber war und drei Uhr immer näher rückte, legten sich seine privaten Sorgen wieder lastend wie ein Alptraum auf ihn. Überdies sah der Fall heikel genug aus, und er hatte offenbar die besten Aussichten, zum Lokalfeind Nr. 1 zu avancieren.

Mr. Campion war gereizt, was man an ihm sonst nicht kannte, und die üppige Märchenwelt, in der Luke sich wie ein Londoner Ausflügler vorkam, wartete ständig mit allerlei befremdlichen, ja erschreckenden kleinen Überraschungen auf. So hatte er beispielsweise gerade die Entdeckung gemacht, daß die ausgezeichnete Pastete, die er mit Genuß verzehrt hatte, zu einem großen Teil aus Pfauenfleisch zubereitet war. Die gemütliche ältere Frau, die Tochter des alten Wirts, hatte es ihm mitgeteilt, als sie an ihren Tisch getreten war, um sich dafür zu entschuldigen, daß man ihnen in dem kleinen Hinterzimmer hatte servieren müssen, weil die große Gaststube vorn überfüllt war. Jetzt brachte sie ihnen beiden das obere Ende einer Schwanzfeder mit: sie möchten sie als Glücksbringer an den Rockaufschlag stecken.

»Wenn Sie sie tragen, stößt Ihnen die Pastete nicht auf«, sagte sie munter, indem sie einen Teller mit überreifem Käse, fünf trockenen Biskuits und etwas Margarine vor sie hinstellte.

»Oder wäre Ihnen Dickmilch lieber?«

»Nein, das hier«, sagte Luke in entschiedenem Ton und nahm den Käse entgegen, den er zwar verabscheute, aber wenigstens schon mal gegessen hatte. »Wird hier in der Gegend viel – äh – Pfauenfleisch gegessen?«

»O nein!« Sie war anscheinend empört. »Das ist doch ein sehr seltener Vogel! Der alte Admiral Bear von Bandy Hall in Girdle hält hier immer am zwanzigsten Juni sein Clubdinner mit gebratenem Pfau ab. Das macht er schon seit Jahren, genau wie vor ihm sein Vater. Er züchtet die Pfauen, und wir bereiten sie zu. Am Vorabend von Mittsommernacht machen wir dann aus den Resten die Pasteten mit Ragoût fin, und auf diese Weise bekommt jeder Stammgast ein bißchen davon zu kosten. Deshalb ist die Gaststube ja heute so überfüllt. O ja, in Pontisbright ist allerlei los. Ich hatte übrigens angenommen, daß die kleine Amanda Ihnen davon erzählt hätte.«

»Meine Frau ist in der ›Lockenden Lady‹«, warf Mr. Campion ein.

»Ach ja, bei der armen Miss Minnie.« Sie schlug die Augen nieder, wie wenn ein Familientabu angerührt worden wäre. »Gräßlicher kleiner Kerl«, sagte sie. »Man stelle sich vor, ausgerechnet dahin zu gehen, um sich umbringen zu lassen! Eine Frechheit, wie?«

Ein lauter Zuruf von der Gaststube her ließ sie forteilen, um der Bestellung nachzukommen, und so waren die beiden wieder allein.

»Mir ist an der Pastete nichts Besonderes aufgefallen. Ihnen?« Mr. Campion war mit seinen Gedanken gar nicht bei dem, was er sagte. »Ich hab es nicht gemerkt.«

Im Sprechen fuhr er mit der Hand neben sich auf dem Stuhl hin und her, und Luke hob schließlich ein verwelktes Büschel vom Fußboden auf, das zu seinen Füßen gelegen hatte.

»Hier sind Ihre Blumen, falls Sie die suchen sollten«, meinte er.

»Oh, vielen Dank.« Campion, der sie auf dem Weg zum ›Fehdehandschuh‹ in der Mühle mitgenommen hatte, nahm die Pflanzen mit Erleichterung entgegen und breitete sie auf dem Tisch aus. »Löwenmaul – das ist in Ordnung. Aber das hier sollte eigentlich wilde Lakritze sein, und die kann ich beim besten Willen nicht auftreiben.«

»Das da ist Minze«, sagte Luke, seine Gedanken gewaltsam von den eigenen Sorgen fortlenkend.

»Ich weiß.« Campion entnahm seiner Brieftasche ein Stückchen gummierten Papiers, befestigte es sauber an dem holzigen Stengel und schrieb in kleinen Druckbuchstaben »Lakritze (wild)« darauf. »Und das wäre also der Krokus«, sagte er. »Aber dessen Zeit ist vorbei, also muß der lästige Mensch die ganze Zwiebel haben – soll er damit selig werden! Sie muß mit diesem Holunderzweig zusammengebunden werden. Und zuletzt kommt dann noch diese hübsche Blume, das Glanzstück der Sammlung.«

»Petunie?«

»Stimmt haargenau. Dürfte ich Sie jetzt wohl mit der Bitte belästigen, mein Lieber, den Strauß für mich in die Gaststube zu bringen? Irgendwo dort werden Sie einen Mann erblicken, der aussieht wie das ›kleine Unheil‹.«

»Wie bitte?«

»Ich stütze mich da auf die Angaben meines Sohnes. Wahrscheinlich sieht er völlig anders aus. Aber sicherlich ist es ein Buchhaltertyp mit Regenmantel – vielmehr, beim Essen wird er wohl keinen tragen. Na, jedenfalls glaube ich, daß Sie ihn mindestens ebenso gut wie ich ausfindig machen werden. Und wenn Sie dann einfach zu ihm rübergehen und ihn fragen würden: MOLE-Lebensversicherungsgesellschaft?‹ und danach, wenn er bejaht, sagen würden: ›Die Pflanzen für Mr. Whippet‹, würden Sie mir einen Gefallen tun, für den ich Ihnen ewig dankbar wäre.«

»Gut, ich gehe.« Luke stand auf. Seine dunklen, glänzenden Augen blickten sehr neugierig drein. »Löwenmaul bedeutet: ›Nein.‹ «

»Vollkommen richtig.« Mr. Campion wurde vorübergehend wieder ein wenig munterer. »Sie und ich, wir haben ja keine Geheimnisse voreinander – ich hoffe es wenigstens, Charles? Also: Löwenmaul: ›Nein.‹ Wilde Lakritze: ›Ich bin gegenteiliger Ansicht.‹ Krokus: ›Hüten Sie sich vor Übermaß‹, in Verbindung mit Holunder: ›Eifer.‹ Und Petunie: ›Halten Sie Ihr Versprechen.‹ Ich hätte noch eine dunkelrote Rose hinzufügen sollen.«

»Was ›Liebe‹ oder in diesem Falle ›liebe Grüße‹ besagt hätte?«

»Wie scharfsinnig! Es ist zwar eine höchst umständliche Art des Korrespondierens, aber sie hat ihre Vorteile.«

»Nein. Ich bin gegenteiliger Ansicht. Hüten Sie sich vor Übermaß an Eifer. Halten Sie Ihr Versprechen. Liebe Grüße«, sagte Luke. »Eine komische Mitteilung an eine Versicherungsgesellschaft!«

»Finden Sie?« fragte Mr. Campion. Er trank eine Tasse sehr schlechten Kaffees, als der Chefinspektor, leicht betäubt anmutend, wiederkehrte.

»Ich hab ihn gefunden«, erklärte er in offenkundiger Verwirrung. »Ein verschrumpelter kleiner Bursche. Er hat sie, ohne mit der Wimper zu zucken, entgegengenommen. Hat nichts weiter gesagt als: ›Ach, besten Dank!‹ Aber hören Sie: in der Stube da drüben sitzen rund vierzig Personen, Campion, und essen sämtlich Pfauenpastete, weil es der Vorabend von Mittsommernacht ist. Ich glaube, eine Tasse Kaffee würde mir jetzt guttun.«

»Mir auch«, sagte Mr. Campion mit Nachdruck. »Aber verzweifeln Sie nicht. Sie kommt noch mal wieder, und zwar abermals mit Resten vom Admiralsdinner. Sie behauptet, es sei Napoléon, und man kann ja nie wissen.«

Die gemütliche Wirtin brachte zwei fürchterlich volle Schnapsgläschen und zog sich wieder zurück. Was auch darin sein mochte, es war großartig.

»Napoléon?« rief Luke nach dem ersten Schluck. »Alexander! Das wäre treffender. Ich spüre wieder Boden unter den Füßen. Campion, ich möchte mich gewiß nicht in Ihre Angelegenheiten einmischen, aber würde ich Ihnen zu nahe treten, wenn ich Sie im Vertrauen fragte, was der ›Maulwurf‹ wem versprochen hat?«

Mr. Campion saß still da und starrte auf sein kleines Glas.

»Sie würden mir nicht zu nahe treten, mein Lieber«, sagte er, »aber Sie würden mich in Verlegenheit bringen. Ich hab nicht die leiseste Ahnung. Außerdem«, fuhr er in ernsthaftem Ton fort, »ist mir einfach schleierhaft, inwiefern da ein Anspruch an die Gesellschaft bestehen könnte – vorausgesetzt, natürlich, daß sie und ich die gleiche Leiche meinen. Aber das ist schließlich ihre Sache.«

Luke war unbehaglich zumute. Mr. Campions seltsame Welt der Fingerzeige, des Kopfnickens, der mysteriösen Verständigungen zwischen Leuten, die einander vertrauten, weil sie verwandt oder auch nicht verwandt waren, weil sie in der gleichen Schule oder auf dem gleichen Schulschiff oder im gleichen Regiment gewesen waren, verwirrte und faszinierte ihn gleichzeitig. Er hatte selber mehr als genug am Hals, aber er war dennoch neugierig.

»Die Leiche, die Sie meinen, ist die des alten Herrn, nicht wahr? Die Mr. William Faradays, Ihres alten Freundes?«

»Ja.«

»Irgendwas komisch an seinem Tod?«

»Im Gegenteil.« Mr. Campions Stimme klang bitter. »Er war einer der besten alten Knaben auf der Welt. Er hatte nicht mehr lange zu leben, wollte aber noch bis zum Guy Fawkes-Tag durchhalten. Und das wurde ihm nicht gestattet.«

»Nicht gestattet? Was meinen Sie damit?«

Campion steckte die Hand in die Tasche und zog ein Telegramm hervor. Es hatte in der Mühle für ihn bereitgelegen, und er hatte es an sich genommen, als er dort die Blumen holte. Jetzt las er es noch einmal und warf es Luke zu.

»Verdacht bestätigt, Pritchard.«

Luke blinzelte. »Der Mann, der die Analysen macht?«

»Ja. Ich habe ihm ein paar von den Pillen zugeschickt, die auf Onkel Williams Kaminsims lagen. Ich schrieb ihm, meines Erachtens handle es sich vielleicht um Dormital; wenn ja, möge er es mich wissen lassen.«

»Dormital?« Luke runzelte die Stirn. »Es hat doch letzthin mal eine Selbstmordwelle mit Dormital gegeben. Wenn man es mit Al... Sagen Sie, Campion, hielt nicht Ihr alter Freund ziemlich viel vom Alkohol?«

»Ohne den hat er nicht sein können.« Mr. Campions leichtherziger Tonfall täuschte. »Er sagte immer, der Alkohol würde noch mal sein Tod sein, und das ist er auch geworden. Er hat gemeint, daß er Pluminol einnähme. Die Tabletten sehen sich sehr ähnlich, und das Dormital war in seine gewohnte Schachtel gelegt worden. Er spülte es mit dem hinunter, was Minnie als einen angemessenen Schlaftrunk für einen trinkfreudigen Mann erachtete; mengenmäßig so viel wie vier Whiskys, würde ich sagen.«

»Aber Campion...« Luke richtete sich kerzengrade auf. »Das ist doch Mord.«

Mr. Campion verharrte in seiner lässig-bequemen Stellung, einen Arm über der Stuhllehne, den andern mit dem Ellbogen auf dem Tisch.

»Beweisen Sie es«, schlug er vor.

Luke runzelte die Brauen; all seine Schäferhundinstinkte waren geweckt.

»Ich werde mir verdammt alle Mühe geben.«

»Nein.« Mr. Campion lächelte nicht. »Unmöglich. Überlegen Sie doch! Angenommen, Sie ließen ihn sezieren, was würden Sie finden? Eine Leber wie ein Brett, allenfalls noch eine Spur von dem Zeug – es zersetzt sich nämlich sehr schnell –, einen ohnehin verbrauchten, nur noch durch zähe Willenskraft und liebevolle Pflege in Gang gehaltenen Körper. Nein, Sie würden nur Ihre Zeit vergeuden. Das Zeug ist nicht mal Gift. Viele Leute nehmen es regelmäßig – natürlich Leute, die nicht trinken.«

»Wer hat denn was davon?«

Unwillkürlich entschlüpfte Luke diese Frage, die jeder gute Kriminalist im Falle eines nicht natürlichen Todes als erstes stellt.

»Niemand – ich jedenfalls wüßte niemanden. Minnie verliert nur Geld dadurch. William hat ihr vor viereinhalb Jahren den Großteil seines Geldes übertragen, und sie hat das ›kleine Unheil‹ davon in Kenntnis gesetzt. Der hat die Information zu den Akten genommen und mit seiner angeborenen tyrannischen Rechthaberei auf einer formellen Schenkungsurkunde bestanden, obwohl es ihn überhaupt nichts anging. Da der alte Knabe aber die gesetzlich vorgeschriebenen fünf Jahre vom Datum der Unterzeichnung an nicht mehr zu Ende gelebt hat, gilt dieser Posten noch als sein Eigentum und somit als erbschaftssteuerpflichtig. Sie wird zahlen müssen. Und ich möchte annehmen, daß es sie in Verlegenheit bringt. Sonst gibt es einfach niemanden mehr. Er ist sehr geliebt worden, verhätschelt wie ein Baby; alle waren sehr betrübt über seinen Tod.«

Luke fuhr sich mit den Fingern durch die kurzgeschorenen Locken, bis er aussah wie ein schwarzes Lamm.

»Warten Sie mal«, sagte er. »Warum haben Sie eben diese Meldung abgeschickt, die doch auf ein ›Alles o. k.‹ hinausläuft? Wenn ich mich recht entsinne, war doch in der Anfrage von einem Feind die Rede gewesen. Wie lautete sie noch? – ›Trauer, Gefahr, ein Todfeind liegt auf der Lauer, geben Sie mir keinen Korb, beeilen Sie sich.‹ Stimmt's?«

»Stimmt.« Mr. Campion besaß den Anstand, verlegen dreinzuschauen. »Das ist der Standpunkt des ›Maulwurfs‹. Wenn man einen Brief verstehen will, muß man sich doch zuallererst mal seinen Briefpartner vergegenwärtigen. Und weiß Gott, ich kenne Whippet und seinen ›Maulwurf‹! Sobald ich zu dem Schluß gekommen war, die Botschaft stamme von ihm, wußte ich, daß sie folgendes besagte: ›Es liegt ein Trauerfall vor, der den ›Maulwurf‹ interessiert. Es besteht Gefahr – für ›den Maulwurf‹. Ein Todfeind – des ›Maulwurfs‹ – liegt auf der Lauer. Geben Sie mir – dem ›Maulwurf‹ – keinen Korb. Beeilen Sie sich – um ›den Maulwurf‹ zu retten. ›Der Maulwurf‹ ist mir schon ein paarmal aufgehalst worden,

Charles. Der alte Whippet ist schon immer ein Faulpelz gewesen. Er hat mich früher mal auf höchst gerissene Weise seinen ›Maulwurf‹ hüten lassen, während er sich unterdessen die junge Dame aneignete, in die ich damals verschossen war. Ich hab mit ihm die Schulbank gedrückt und Tonker ebenfalls. Deshalb weiß er, daß er mit großer Umsicht vorgehen muß, wenn er nicht dumm dastehen will.«

»Und da haben Sie ihm also berichtet, es sei alles o. k.?« fragte Luke. Er hatte den Verdacht, daß bei dem interessanten Spiel, das ihn letzthin so sehr gefesselt hatte, irgendein schwerwiegender Fehler unterlaufen sein müsse. »Wie wollen Sie das denn hinkriegen?«

»Überhaupt nicht.« Mr. Campion war gekränkt. »Ich habe ihm lediglich mitgeteilt, daß kein Selbstmord vorliegt. Das ist doch die einzige Frage, die er aufgeworfen haben kann. Wenn man ermordet wird, kann die Lebensversicherung keinen Rückzieher machen. Wenn man Selbstmord begeht, kann sie es.«

»Ich verstehe.« Luke lehnte sich zurück. »Da steckt allerhand drin«, sagte er dann.

Das nunmehr eintretende Schweigen wurde nach und nach unbehaglich. Die Freunde kannten einander gut, und seit dem Morgen schon hatte die Enthüllung des Superintendents schwer auf beiden gelastet. Schließlich faßte Luke sich ein Herz.

»Sie haben recht«, begann er. »Der alte Herr ist Ihre Sache. Aber der andere Vogel gehört mir.« Sein Blick begegnete dem Campions. »Auf die Art von Verbrechen verstehe ich mich. An so was bin ich gewöhnt. Mit so was habe ich alle Tage zu tun. Da liegen starke Motive vor, wissen Sie.«

»Anzunehmen.« Mr. Campions Stimme klang unglücklich.

»Und ob!« Luke drückte seine Zigarette aus. »So ist das nun mal mit der Ehe. Wir in der Barrow Road bringen allerhand über die Ehe in Erfahrung. Keine ist wie die andere.

Die Leutchen treffen unter sich die unglaublichsten Vereinbarungen.« Er verzog lächelnd den Mund. »Wissen Sie, womit wir die Ehe vergleichen? Mit einer Küchenuhr! Falls sie besser geht, wenn sie auf der Seite liegt oder gar auf dem Kopf steht, soll man mit den Fingern vom Uhrwerk wegbleiben. Was unsern Fall angeht, so steht es für mich fest, daß dieser lächerliche kleine Dickkopf seine Pfoten ins Laufwerk gesteckt hat – und was ist für ihn dabei herausgekommen?!«

Mr. Campion schluckte schwer. »Was ist Ihrer Ansicht nach passiert?« wagte er zu fragen.

»Ich weiß es noch nicht. Ich würde gern mal den Mann kennenlernen.«

»Tonker? Der wird Ihnen gefallen.«

»Darauf bin ich schon gefaßt. Das ist wieder mal mein ewiges Pech. Ich stehe ganz und gar auf seiner Seite. Wenn mir in meinem Haus ein wildfremder Mensch damit ankäme, daß ich mich von meiner Frau scheiden lassen solle, um Geld zu sparen, würde ich vielleicht auch losschlagen.«

»So ist Tonker aber nicht. Er ist ein Künstler.«

»Ein Künstler!« Luke sprach mit vernichtender Geringschätzung. »Die Leute reden immer von Künstlern, als wenn die auf fliegenden Untertassen durch die Gegend schwirrten. Die Künstler, die mir begegnet sind, waren genauso wie ich auch – nur noch ein bißchen mehr so. Na, Chef, ich hoffe in unser aller Interesse, daß sich irgendeine andere Erklärung ergibt – aber wer käme denn sonst noch in Frage? Ich glaube nämlich nicht, daß dem ›kleinen Unheil‹ bloß eine Eichel auf den Kopf gefallen ist – Sie etwa?«

»Was halten Sie von Jake Bernadine?« brachte Mr. Campion widerstrebend vor.

»Von dem?« Der Chefinspektor lächelte. »Wir sind ihm nicht allzu nahe gekommen. Schon allein, weil er gerade dabei war, sein Eselsviech zu versorgen. Wenn man den Burschen sieht, muß man an die Falltüren vor kleinen Läden in

Londoner Seitengassen denken. Öffnet man sie, so blickt man in ein riesiges, schwarzes leeres Kellerloch hinein. Irgendwas regt sich da drinnen – aber vielleicht ist es bloß eine alte Frau oder eine Miezekatze. Nein, ich glaube, der kommt nicht in Betracht. Und ich will Ihnen auch sagen, warum: Dieser Bursche ist kein Schläger. Dazu ist er nicht der Typ.«

»Er hat aber mal einen Mann geschlagen«, sagte, nach wie vor widerstrebend, Mr. Campion. »Und zwar k. o. geschlagen.«

»Wirklich? Jede Wette, daß er sich ihn gepackt und ihn so hingeworfen hat, daß er selbst mit dem Schädel aufgeschlagen oder ohnmächtig geworden ist. Außerdem hab ich unserer Kuchenbäckerin geglaubt, als sie sagte, er hätte Radio gehört. Ich glaube ihr auch sonst. Ihr Bericht enthält den einzigen Hoffnungsfunken, den wir haben.«

Mr. Campion sah ihn neugierig an. »Ist das ›kleine Unheil‹ nur fortgelaufen?«

»Nein! Er ist auf etwas zugelaufen. Das ist dem alten South aufgefallen, und der läßt sich nicht so leicht täuschen, der durchtriebene alte Affe. Das gleiche hat sich auch bei der Rekonstruktion gezeigt. Der Mörder war über den Zaun hinüber, auf der anderen Seite davon. Das ›kleine Unheil‹ stürzte auf ihn zu. Weshalb? Nun, bei dem ganzen Verbrechen ist eben alles ein bißchen umgekehrt.« Er seufzte resigniert. »Dieser unglaubliche kleine Schnüffler, dieser kleine Mann von heute morgen, will mir nicht aus dem Sinn. Das ist für mich was absolut Neues. Übrigens ist er gestern abend tatsächlich sternhagelvoll gewesen. Das hab ich mir eben, als ich Ihre Blumen fortbrachte, vom Schankwirt bestätigen lassen. Und ach ja: der Kerl hat doch wahrhaftig drei Helle auf unsere Rechnung anschreiben lassen. Na bitte! Für jeden eins! Der ist nicht auf den Kopf gefallen. Der macht keineswegs alles nur mit der Nase. Wer ist denn das eigentlich? Ist das ein gängiger Typ? Gibt's hier viele von der Sorte?«

»Er taucht hier und da immer wieder auf.« Mr. Campion unterdrückte einen Impuls, hinter sich zu spähen. »Man begegnet ihm so dann und wann. Vor langer, langer Zeit hielt man es für ratsam, solchen Burschen einen netten Spitznamen zu geben – sicherheitshalber.«

»Wie meinen Sie das?« Luke war fasziniert. Alles, was außerhalb seiner Erlebnissphäre lag, faszinierte ihn ungeheuer. »Nannten sie ihn Kumpel oder so ähnlich?«

»Oder noch unverhüllter und schmeichelhafter: Heinzelmännchen«, sagte Mr. Campion und brach unvermittelt ab.

Die Wirtin war aufgeregt wieder an ihren Tisch getreten.

»Wir werden fortwährend von Londoner Zeitungsredaktionen angerufen, Mr. Campion«, sagte sie. »Herren, die herkommen und bei uns logieren wollen. Paps läßt fragen, ob Sie ihm zuraten?«

Mr. Campion blickte Luke an und zog eine Grimasse. »Dann ist es also schon in die Abendausgaben hineingeraten«, murmelte er. »Wissen Sie, Dolly, die Herren kommen auf jeden Fall. Keine Macht der Welt wird sie davon abhalten können. An Ihrer Stelle würde ich die Brauerei anrufen, die Spirituosenbestände auffüllen und die Betten lüften. Sie werden schon sehen, es sind nette, großzügige Herren, aber Nachteulen. Erzählen Sie ihnen alles, was Sie wissen, und nichts, was Sie nicht wissen. Ihr Vater braucht sich keine Sorgen zu machen. Sie sind schon in Ordnung. Sie bezahlen bestimmt ihre Rechnung.«

Lukes dunkles Gesicht blitzte boshaft. »Lauter Heinzelmännchen, lauter gute Hausgeister«, sagte er. »Wieviel ist denn vom Admiralscognac noch in der Flasche?«

»Knapp drei kleine Gläschen, Sir.«

»Bringen Sie sie her«, sagte Luke übermütig. »Hier ist das einzig sichere Versteck.«

Miss Dolly sagte, sie würde ein kleines Glas Portwein vorziehen, also teilten sie sich das dritte Gläschen und gingen dann gestärkt, wenn nicht gar beschwingt, auf die

Dorfstraße hinaus. Als sie, in der blendenden Helle blinzelnd, am Rand der Heide einen Augenblick stehenblieben, reckte die Posthalterin den Kopf aus ihrer Ladentür heraus und winkte sie heran. Sie hatte ein Telegramm für Campion, das um zwei Uhr zehn in einem Postamt in West Central London aufgegeben worden war. Er las es und reichte es an Luke weiter.

WERDE VON PRESSEWAGEN MITGENOMMEN STOP STEHE IHNEN UND POLIZEI UM FÜNF ZUR VERFÜGUNG STOP HOFFE RECHT ZU HABEN MIT ANNAHME DASS ÄRGERLICHER GEGENSTAND AUF GRUNDBESITZ PONTISBRIGHT PARK LANDHAUS VORGEFUNDEN STOP BITTE BESTÄTIGUNG UND NACHDRÜCKLICH PUBLIK MACHEN STOP TONKER

»Ärgerlicher Gegenstand ist gut«, sagte der Chefinspektor mit grimmigem Vergnügen. »Hat er recht? Wo ist denn das Pontisbright-Park-Landhaus?«

Mr. Campion erklärte es in aller Ausführlichkeit. »Es kann sein, daß der Zauntritt noch zu deren Grundbesitz gehört«, fügte er abschließend hinzu. »Leo hat gesagt, er gehöre nicht zu Minnies, und wie ich hörte, haben sie hier in der letzten Zeit viel Land hinzugekauft. Echt Tonker, sich diesen Irreführungstrick einfallen zu lassen! Er versucht, seine Party vor der Presse zu retten.«

»Was von jemandem, der einen Mord auf dem Gewissen hat, wohl kaum zu erwarten wäre – es sei denn, er hätte nicht alle Tassen im Schrank. Na, ich wünsche ihm, daß er Glück damit hat. Vielleicht schafft er es. South ist nämlich entschlossen, Angel nicht bekannt werden zu lassen, und ich bezweifle ohnehin, daß sie ihn schon zu diesem Zeitpunkt aufstöbern würden. Dessen Aussage ist ja das reinste Dynamit. Aber was ist mit diesem Pontisbright-Park-Landhaus? Wenn der Eigentümer sich nicht dort aufhält, wer ist dann da?«

»Ein unmöglicher Mensch namens Smith, der den Besitz anscheinend für den Verkauf vorbereitet. Gestern war er da. Und sein Wagen muß noch im Dorf sein. Das weiß ich mit Bestimmtheit.«

»Besuchen wir ihn mal.« Es klang, als wenn Luke nach einem Strohhalm griffe. »Kommen Sie. Wir sind dazu berechtigt... so gerade eben. Versuchen wir's mal.«

12
Das Haus ohne Tiefe

»Heiliger Bimbam!« rief Luke, während er seinen kleinen Wagen auf einer neuangelegten Auffahrt von der Größe eines Autobusparkplatzes zum Halten brachte. »Soll das ein Haus sein?«

Mr. Campion rührte sich nicht; er saß mit weit aufgerissenen Augen da und starrte, obwohl er doch durch Miss Pinkertons Andeutung gewarnt war, fassungslos die ›Verbesserungen‹ an, die Potter's Hall, Fanny Genappes kleine Farm, auf der einst Lerchen genistet hatten, über sich hatte ergehen lassen müssen. Es war ein betrüblicher Anblick. Nachdem er den ersten Schreck überwunden hatte, wurde ihm klar, was hier geschehen war. Ein unregelmäßig verzweigtes Bauerngehöft aus der Tudor-Zeit, der ›Lockenden Lady‹ nicht unähnlich, war irgendwann im vorigen Jahrhundert mit einer prunkvollen, aber nur einen Raum tiefen Fassade im klassizistischen Stil verschönert worden, und am Nordende hatte man dem Gehöft einen prächtigen Rennstall – eine Reihe von Stallungen mit dem üblichen Uhrenturm – angefügt. Das Gesamtergebnis war möglicherweise gar nicht übel gewesen; aber das konnte man jetzt beim besten Willen nicht mehr beurteilen. Jetzt nämlich waren die älteren Gebäude, die Gartenanlagen, Bäume und Ententeiche sämtlich beseitigt worden, so daß das Übriggebliebene aussah wie der Aufriß eines Architekten oder wie eine Hausfassade aus einem Kinderbaukasten. Das Haus hatte keine Tiefe und verblüffend wenig Charakter. Alles ringsum war sehr ordentlich, sehr frisch gestrichen, sehr kahl.

Das umgebende Gelände war der gleichen bedrückenden Säuberung unterzogen worden. Es gab keine Hecke mehr, keinen Baum, keinen Graben, nur eine kahle freie Fläche, die sanft zum eine Viertelmeile entfernten Fluß hin abfiel, wo noch ein schmaler Rand von grünem Buschwerk stehengeblieben war, und bis zu der südlichen Talmulde dahinter, mit ihrer großen, ungebärdigen Baumgruppe, ihren Dächern und taschentuchgroßen Feldern – dem zehn Morgen großen Anwesen ›Zur lockenden Lady‹, das einen großen Keil in den Bereich des Pontisbright-Park-Landhauses hineintrieb.

Luke war so still, daß Mr. Campion sich abrupt nach ihm umdrehte, und da sah er ihn, mit gespannter Konzentration, die schmalen Augen pechschwarz, mit nahezu tragischem Ausdruck geradeausstarren. Es vergingen ein paar Sekunden, bis Campion erfaßt hatte, daß er auf die Turmuhr blickte.

»Fünf nach drei.« Campion meinte, ihm damit vielleicht behilflich sein zu können.

Der Chefinspektor schüttelte irgendeine heimliche Verzauberung ab. Er war leicht errötet.

»Ja«, sagte er. »Ich habe jemanden fortgeschickt, um meine Mutter in ihrem Häuschen in Linden Lea zu besuchen. Jetzt müssen sie zusammen sein.« Es entstand eine Pause. Dann fügte er unvermittelt hinzu. »Es hat kein bißchen Ähnlichkeit mit dem hier.«

Mr. Campion sah seinen Freund mit respektvoller Überraschung an. Er wußte nie, was er an Luke mehr bewundern solle, seinen gesunden Menschenverstand oder seinen Mut. Was ihn gegenwärtig beschäftigte, hatte offenbar ein erhebliches Quantum von beidem erfordert. »Für Mütter scheint mir das hier aber auch ein denkbar ungeeigneter Aufenthaltsort zu sein. Das ist ja ungefähr so was wie diese gräßlichen irischen Fabelwesen, die keinen Rücken haben. Wenn man ihnen nachschaut, sieht man, daß sie hohl sind wie Puddingformen.«

Luke gab sich einen Ruck. Die Fabelwesen, Spukgeister und Hexereien von Pontisbright gingen ihm allmählich auf die Nerven.

»Hören Sie auf!« sagte er. »Was für eine gräßliche Vorstellung!«

»Nicht wahr?« sagte Mr. Campion mit Behagen. »Wie Tonkers Masken! Aber für den Vorabend von Mittsommernacht gar nicht so unpassend. Drücken wir mal die Klingel dieses glotzäugigen Gehäuses – mal sehen, was herauskommt! Vielleicht die senkrechte Hälfte einer leeren Flasche.«

Zehn Minuten später war beiden klar, daß aus dem schmalen Haus überhaupt nichts herauskommen würde. Es stand leer. Mr. Campion probierte die Tür aus. Sie war unverschlossen. Er blickte Luke an.

»Wie wär's, wenn Sie mal versuchten, den Gärtner aufzutreiben?« schlug er vor. »Irgend jemand muß doch da sein, wenn auch nur, um die Auffahrt zu fegen.«

Luke erhob keinen Einspruch. Als Privatmann genoß Mr. Campion gewisse Vorteile. Er trollte sich unverzüglich, und der Mann mit der Hornbrille verschwand geräuschlos im Haus.

Es war bewohnt, aber menschenleer, und an allen Ecken und Enden wartete es mit Beweisen von Miss Pinkertons neunmalkluger, unpersönlicher Tüchtigkeit auf. In jeder Vase standen vier frische Blumen, alle Kissen zeigten mit einem Zipfel nach oben, und alle Zeitungen waren so gefaltet, daß der Titel zu sehen war.

Einzig die Küche wies Spuren eines menschlicheren Wesens auf, aber auch sie war leer. Im Herd brannte bei geschlossenen Türen ein kleines Feuer. Die nach draußen führende Hintertür war verriegelt.

Auf dem Tisch entdeckte Campion die simple Erklärung dieses Zustands. Ein mit großem Zeilenabstand betippter Zettel war vor den braunen Zuckertopf gestellt worden. Als er ihn las, wurde ihm die Situation klar.

Mrs. Beeton. Mr. Genappe hat telefonisch Bescheid gegeben, daß er nach London zurückgekehrt ist. Ich habe also in aller Eile fortfahren müssen. Weiß nicht, wie lange ich weg bin, aber Sie haben ja die Speisekarten und müßten eigentlich fertigwerden. Sollte Hummer nicht erhältlich sein, stehen Konservendosen hinten im Schrank. Richten Sie sämtliche Betten, da vielleicht ein paar Gäste hierbleiben. Für Mr. Smith liegt eine Nachricht in meinem Büro. Falls Beeton ihn schon heute abend statt morgen früh zurückbringt, brauchen Sie aber deswegen nicht eigens aufzustehen. Es genügt, wenn er die Nachricht morgen als erstes zu lesen bekommt; Sie müssen ja Ihren Schlaf haben, damit Sie für den Tag frisch und bei Kräften sind. Da der Wagen nicht hier ist, nehme ich das Fahrrad. Reine Handtücher in allen Zimmern bitte!

E. Pinkerton.

Da der S.S.S.-Mann, der Chauffeur und Miss Pinkerton verreist waren und die Köchin ihre Einkäufe in der weiteren Umgebung besorgen mußte, weil niemand im Ernst hoffen konnte, in Pontisbright Hummer aufzutreiben, konnte Mr. Campion unbesorgt seinen Bummel fortsetzen. Das Haus war auf die einzig mögliche Art aufgeteilt, wie ein Eisenbahnwaggon mit Korridor nämlich; an beiden Enden des Korridors befand sich eine Treppe. Oben entdeckte er kaum etwas, das für ihn von Interesse gewesen wäre. Das vom S.S.S.-Mann benutzte Schlafzimmer lieferte zwar eine prachtvolle Sammlung diverser Pomaden, Augentropfen und Blutreinigungspillen, aber kein Dormital.

Miss Pinkerton schien keinerlei Medikamente zu nehmen, und das Ehepaar Beeton sämtliche Campion bekannten, nur keine Schlafmittel. In einem Badezimmer fand er ein paar Aspirintabletten, aber sonst nichts.

Er ging wieder hinunter und inspizierte die Hausbar im Eßzimmer, die so ziemlich alles enthielt, mit der überraschenden Ausnahme von Gin. Und als letztes entdeckte er das kleine Zimmer am der Küche entgegengesetzten Ende des Korridors, das Miss Pinkerton als Büro diente. Er wußte es, weil an der Tür – einigermaßen unnötigerweise, hätte man meinen sollen – auf einem kleinen Schild in Maschinenschrift ihr Name stand.

Das Büro hatte den hygienischen Charme eines zahnärztlichen Behandlungszimmers. Das Fenster ging auf eine Stallwand hinaus, und wo es eben anging, säumten grüne Aktenschränke die Wände. Der Schreibtisch mit der zugedeckten Schreibmaschine stand genau auf der Mitte des Teppichs, und der Teppich lag genau in der Mitte des Fußbodens. Die an »S. S. Smith Esquire« adressierte Nachricht befand sich genau auf der Mitte des Kaminsimses, und darunter lag eine weitere an »R. Robinson Esquire«. Das jedoch war das einzige, was man in etwa als persönlich hätte bezeichnen können. Der ganze Raum enthielt keine intime Einzelheit, keine Zigarettenschachtel, keine Blumenvase, keine Teetasse.

Mr. Campion sah sich die Aktenschränke an. Jedes Schubfach war etikettiert, und er ließ seinen Blick oberflächlich darüber hingleiten. Architekt, Baubehörde, Bauunternehmer, Demontagefirma. Miss Pinkerton war fleißig gewesen.

Er wollte sich schon abwenden, als sein Blick auf ein Etikett mit der Aufschrift ›Ein-Heim-für-Sie‹ fiel; er zog das Schubfach auf. Der Umfang der Akte überraschte ihn. Sie war rund acht Zentimeter stark. Noch mehr erstaunte es ihn freilich, daß sie mit einer Schnur zu einem Bündel zusammengepackt und mit der Notiz versehen war: »Korrespondenz Kaufvorhaben ›Lockende Lady‹.« Darunter stand in bedeutend frischerer Tintenschrift das eine, unzweideutige Wort ›Erledigt‹, mit dem Datum 15. Juni dahinter, einem Datum, das sich seinem Gedächtnis als der mutmaßliche Todestag des ›kleinen Unheils‹ einzuprägen begann.

Er erwog, ob es wohl sehr sittenwidrig sei, wenn er das Bündel auf der Stelle öffnen würde, als das Problem sich von selber löste; es wurden Stimmen vor dem Haus laut. Sachte schob er das Schubfach wieder zu, zog das Schiebefenster hoch und schwang sich leise nach draußen, auf den schmalen Durchgangsweg. Als er um die Hausecke bog, erblickte er als ersten Tonker Cassands, kompakt und zäh, in einem Tweedanzug, der nur eine Nuance dunkler war als sein flachsblondes Haar. Es standen drei Männer auf der Auffahrt: Luke, Tonker und ein junger Riese ohne Hut; letzterer starrte das Haus mit der gleichen verblüfften Ratlosigkeit an wie vorhin Mr. Campion selber. Sie standen neben einem kleinen, verstaubten Wagen, dessen Windschutzscheibe mit der Aufschrift ›Presse‹ gekennzeichnet war. Campion bekam gerade noch Tonkers abschließende Bemerkung mit.

»Dann lasse ich Sie also hier, George«, sagte er. »Sie sind ganz bestimmt der erste.« Er wandte sich an Luke wie an einen alten Freund. »Wenn der Gärtner meint, daß die Köchin mit dem Bus von Sweethearting zurückkommt, muß sie in einer Viertelstunde hier sein. Möchten Sie sie noch sprechen, oder können Sie mich jetzt in Ihrem Wagen ins Dorf zurück mitnehmen? Wenn nicht, kann ich auch querfeldein gehen.«

»Nein, ich nehme Sie mit.« Luke grinste ein wenig.

»Reizend von Ihnen!« Tonkers Stimme klang sorglos erfreut. »Also George, sobald Sie fertig sind, kommen Sie bei uns vorbei. Minnie wird entzückt sein. Den Weg kann Ihnen jeder zeigen.« Er wandte sich wieder an Luke. »Da Sie meinen, unserm Freund hier im Augenblick noch nicht viel sagen zu können – wo kann er sie dann später antreffen? In der Mühle? Gut. Das wäre also erledigt. Hallo, Campion.«

Nachdem Tonker ihn vorgestellt hatte, machte sich der junge Mann davon, um den Gärtner zu suchen. Die andern gingen zu Lukes Wagen, Tonker voran. Er war unternehmungslustig wie immer, bei bester Laune und sehr in Anspruch genommen von seinen eigenen wichtigen Angelegenheiten.

»Tut mir schrecklich leid, daß ich heute morgen ausgerückt

bin«, sagte er zu Luke, während er auf den Sitz neben ihm rutschte. »Sitzt du bequem da hinten, Campion? Ich mußte einfach fort. Diese lieben, emsigen Presseleutchen könnten mir sonst aus purer Unachtsamkeit die Party ruinieren. Es kommt mir darauf an, daß wir noch aus den Morgenzeitungen herausbleiben, weiter nichts. Wenn meine Gäste erst einmal unterwegs sind, kann es mir schnuppe sein, was dann geschrieben wird. Aber wir möchten auf keinen Fall, daß der ganze dumme Tratsch von Minnies verrückten Finanzen aufs Tapet kommt, ehe der Spaß losgeht. Furchtbar, diese häuslichen Finanzprobleme. Können einem die Freude an allem verderben.« Er blickte sich um. »Sag mal, Campion, hast du das da gesehen? Was sagst du dazu? Ist das ein blöder Tropf, dieser Smith, wie?«

Mr. Campion merkte, wie Lukes Nackenmuskeln sich versteiften. Er hatte den Motor angelassen, betätigte aber noch nicht die Kupplung, und so saßen sie da und schauten auf das von der Nachmittagssonne vergoldete freie Gelände hinaus.

»Sonderbar, der Platz«, sagte Luke plötzlich. Seine Stimme klang tief im Vergleich zu Tonkers leichtem Tonfall. »Ich habe aus dem Gärtner, der hier nur alle paar Tage beschäftigt zu sein scheint, keine Erklärung dafür herausholen können. Aber der Anblick hat was Vertrautes. Sieht aus wie die ersten Anfänge einer Pferderennbahn.«

Ein tiefes Schweigen verbreitete sich plötzlich im Wagen. Dann fing Tonker an zu lachen, daß seine massiven Schultern bebten.

»Minnie ist ihnen da drüben im Weg, was?« sagte er behaglich und wies mit der Hand nach der fernen Oase hin. »Die ›Lockende Lady‹ schiebt sich störend mitten in die zweite Meile hinein. Ich weiß nicht, was der gute Scheich Ben-Sabah wohl dazu sagen würde, der ruchlose alte Raubvogel.«

»Scheich Ben-Sabah von Murdek – Kriegsjahr dreiundvierzig?« Luke drehte sich auf seinem Sitz zu Tonker hin. »Waren Sie etwa da unten?«

»Heeresnachrichten, Sonderabteilung Tarnung. Sie auch?«

Mr. Campion gewahrte flüchtig ein Paar weit aufgerissene, himmelblaue Augen; Tonker griff dieses Himmelsgeschenk von einem Zufall begierig auf!

»Und ob! Auswertung von Informationen!« Luke war Feuer und Flamme. »Was für eine Ratte ist das gewesen, dieser Ben-Sabah.«

»Oh, ein Miststück!« schnurrte Tonker. »Ein ekelhaft schmieriger Kerl!«

Luke grunzte. »Ein verdammt gefährlicher Hund«, verkündete er und fügte, ein wenig seine Fassung wiedergewinnend, hinzu: »Und ein durch und durch schlechter Mensch. Der hat ein paar Jungs herumgekriegt, für die ich mich voll und ganz verbürgt hätte, und nicht nur die allein.«

»Keineswegs.« Tonker schüttelte den Kopf wie ein Klassenpräfekt. »Nur zu viele sind umgefallen, die es hätten besser wissen müssen. Ein gewisser Leichenfledderer insbesondere. Ben-Sabah hatte die erforderlichen Rennmeilen, mein Lieber, das vielerörterte Zaubermittel des Orients. Er hat es ihnen so verführerisch leicht gemacht. Können Sie sich noch genau erinnern, wie er es angestellt hat?«

Auf seinem Platz gleich hinter ihnen wurde Mr. Campion sich bewußt, daß die Instruktionen für ihn selbst bestimmt waren, und zum hundertstenmal während seiner langen Bekanntschaft mit Tonker fragte er sich, wie der alte Schuft es eigentlich herausbekam, worauf man aus war. Er hatte einfach eine Nase dafür – eine auf ihre Art ebenso bemerkenswerte wie Old Harry. Luke, der sich vorübergehend in die Vergangenheit hatte entrücken lassen, entsprach Tonkers Wünschen auf das zuvorkommendste, ohne sich im mindesten der Rolle bewußt zu sein, die er dabei spielte.

»Ja, ich weiß es noch«, sagte er sofort. »Nur zu gut! Ich hab dem Schuft nämlich das Handwerk legen wollen. Ich hab versucht, ihn festzunageln. Es ist uns nie gelungen. Er hat uns untergekriegt. Die Sache war hieb- und stichfest.«

»Selbstverständlich war sie das.« Tonker spornte ihn an. »Zuerst hat er den Burschen, den er bestechen wollte, für sich eingenommen. Dann hat er ihm ein Pferd verkauft, für billiges Geld.«

»Genauso ist es gewesen.« Luke lehnte sich übers Steuer. Seine Gedanken weilten in weiter Ferne, in einem staubigen, schmutzigen Land. »Erst mußte der Betreffende das Pferd kaufen. Es wurde ein formgerechter Kaufvertrag darüber ausgefertigt. Dann behielt der schleimige Sabah das Pferd und ließ es für den Besitzer starten. Er informierte ihn, wann er darauf setzen müsse. Manchmal gewann es, manchmal verlor es, und alles wurde regulär verbucht. Eines Tages aber, bald nachdem die Autoreifen oder die Hinterachsen, oder was immer Sabah gerade zu bekommen versuchte, auf mysteriöse Weise verschwunden waren, gewann das Pferd wieder, und diesmal hatte der Besitzer zufällig ein erkleckliches Sümmchen darauf gesetzt und waren die Quoten überaus günstig. Was war da schon zu machen? Man konnte den Mann schleifen, bis man selber erledigt war, seine Bankauszüge nachkontrollieren, sein Marschgepäck durchsuchen, sich seine Freunde vorknöpfen, die Heimatbehörden anweisen, seiner Familie angst zu machen, ihn vor ein Kriegsgericht stellen – gegen die schriftlichen Unterlagen konnte man nicht an. Da war alles eindeutig, vollkommen ordnungsgemäß: zwei Pfund gewonnen – und dann, genau im richtigen Augenblick ein verdammt hoher Gewinn bei verdammt hohen Quoten. Das war die einzig sichere Art, einen Mann zu bestechen, der beobachtet wird. Na ja; hier wäre so was Gott sei Dank nicht möglich.«

»Weshalb nicht?« fragte Tonker mit verdächtiger Ruhe.

»Weil man«, erwiderte Luke arglos, »um es durchführen zu können, eine entsprechend hingebogene kleine Rennbahn haben müßte.«

»Ach, natürlich!« Tonker schnurrte wie eine Katze vor dem Sahnetopf. »Das hab ich übersehen, nicht wahr, Campion? In England kann man ja ohne Erlaubnis des Jockey Clubs keine Rennbahn eröffnen, und die würden sich den Mann schon sehr genau ansehen, der ausgerechnet in dieser Zeit auf eine so sensationelle Idee verfiele. Jemandem wie Fanny Genappe, der über jeden Verdacht absolut erhaben ist, könnte es vielleicht gelingen, aber niemandem sonst. Und Genappe ist natürlich ein alter Mann, der sie nach ein paar Jahren, ohne zu wissen, was gespielt wird, weiterverkaufen könnte; aber selbst in diesem Fall möchte ich annehmen, daß alles genau nachgeprüft würde. Nicht wahr, Campion? Sie würden langwierige Untersuchungen anstellen und sich von einem Mann ihres Vertrauens ein Gutachten anfertigen lassen, nicht wahr? Ich meine, wenn beispielsweise jemand hier eine Rennbahn eröffnen wollte und der Jockey Club ließe dich kommen ...«

Mr. Campion fing an zu lachen. »Ich glaube, es besteht kein Grund zur Sorge, Tonker«, sagte er. »Fahren wir los, Charles, sofern Sie sich nicht darauf versteift haben, die Rückkehr der Köchin abzuwarten.«

Luke betätigte die Kupplung. »Ein andermal«, sagte er. »Sie hat das Haus heute morgen gegen neun verlassen und ist den ganzen Tag über nicht da gewesen. Außerdem soll es hier noch eine Sekretärin geben. Die hat der Gärtner seit gestern nicht mehr gesehen, aber er sagt, sie halte sich für gewöhnlich im Dorf auf.«

»Das ist Miss Pinkerton«, kam Tonker ihm zu Hilfe. »Die ist bestimmt bei Minnie. Die spukt in der ›Lockenden Lady‹ wie eine böse Fee. Sie räumt hier ein bißchen auf und räumt da ein bißchen auf. Sie vertut ihr Leben damit, umherzuhuschen und Sachen zu verkramen. Sie ist bei Minnie, und da sollte ich jetzt auch sein. Wenn ich mich nicht irre, gibt es da vor morgen noch ungeheuer viel zu organisieren. Als ich zuletzt da war, hab ich gesehen, daß sie den ganzen Alkoholvorrat auf die verkehrte Flußseite geschafft haben – sie wollen den Fluß doch unpassierbar machen! Das sind so die groben Schnitzer, die den armen Tölpeln unterlaufen, wenn ich nicht dabei bin. Werden Sie mich lange dabehalten, Chefinspektor?«

Luke unterdrückte ein Lächeln. »Ich will es nicht hoffen, Sir«, sagte er und trat auf das Gaspedal.

Superintendent Fred South, den grünen Hut fest über sein wohlriechendes Haupt gezogen, saß auf der Veranda, als sie neben dem Mühlbach anhielten. Als sie ausstiegen, erhob er sich und ging grinsend auf sie zu. Tonker warf einen einzigen Blick auf ihn und wich sogleich einen Schritt zurück.

»O weh, da ist ein Knick drin«, flüsterte er Campion zu und kicherte über dessen verwirrte Miene. »Hast du den Ausdruck noch nicht gehört? Da mußt du schon eine Woche lang nicht mehr in der Stadt gewesen sein. Morgen bekommst du ihn bis zum Überdruß zu hören. Es ist das neueste Schlagwort der Clowns. Sehr effektvoll! Du glaubst gar nicht wie sehr! Aber was wollen diese Burschen denn nun eigentlich? Weißt du es? Hände an die Hosennaht, Tonker! Laut und deutlich gesprochen!«

Er war noch immer übermütig wild, als sie alle miteinander in Tante Hatts steifes Eßzimmer gingen und sich um einen Klapptisch herumsetzten, der zu einer Zeit, da daran sitzende Herren noch Spitzen an den Knien trugen, als erfreuliches Besitztum gegolten hatte.

Charlie Luke war hundemüde, und seine privaten Sorgen verursachten ihm physische Schmerzen in der Brustgegend. Wäre es ihm allein überlassen gewesen, hätte er sich mit einer kurzen Befragung begnügt, den Mann gehen lassen und ihn dann vierundzwanzig Stunden unter Beobachtung gehalten. Aber unter den gegebenen Verhältnissen, zumal Fred South dasaß wie ein Chinese, der einen Witz auf Lager hat, blieb ihm nichts anderes übrig, als die Sache gründlich zu machen.

Das Verhör begann in aller Förmlichkeit. »Wie Sie wissen, Mr. Cassands, führen wir hier eine Untersuchung im Zusammenhang mit dem Tod eines gewissen Leonard

Terence Dennis Ohman durch. Können Sie sich erinnern, zu welchem Zeitpunkt Sie den Verstorbenen zuletzt gesehen haben?«

»Um den vierundzwanzigsten März etwa«, sagte Tonker prompt. »Ich habe heute morgen, sobald ich in London angekommen war, telefonisch mit meiner Frau gesprochen, und sie hat mir gesagt, daß Sie sie aufgesucht hätten. Natürlich habe ich angenommen, daß Sie mich über den Burschen ausfragen würden, und also hab ich mir die Sache überlegt. Es muß der vierundzwanzigste März gewesen sein. Ich weiß noch, daß ich gerade im Rennen von Lincoln zehn Pfund gewonnen hatte, und als ich in der ›Lockenden Lady‹ die Treppe hinunterging, sah ich unten im Flur diesen Schatten vorbeihuschen und sagte mir: ›Gott sei Dank hab ich den Zaster gewonnen und nicht Minnie, sonst würde diese traurige Gestalt ihre Pfoten drauflegen.‹ Also muß es zur Zeit des Rennens gewesen sein. So was würde ich ja nicht wochenlang hinterher gedacht haben, nicht wahr?« Er sah South an. »Oder vorher«, sagte er spitz. »Gesprochen hab ich mit dem Menschen seit über zwanzig Jahren nicht mehr.«

Luke blickte mit vor Müdigkeit flatternden Augenlidern zu ihm auf. »Buchstäblich nie?«

»Nicht ein einziges Mal.« Tonker war offensichtlich stolz auf diesen kleinen Rekord. »Ich hab mich schon vor vielen Jahren, als er noch der Mietenkassierer war, nicht zu ihm hingezogen gefühlt. Und als ich hörte, daß er in einer noch schlimmeren Maske wiederaufgetaucht sei, hab ich ihn, fürchte ich, ganz und gar meiner armen Frau überlassen, wie es auch damals schon oft der Fall gewesen ist.«

»Na schön, Mr. Cassands. Können Sie sich entsinnen, was Sie am Donnerstag vergangener Woche den ganzen Tag über getan haben?«

»Ja.« Abermals hatte Tonker seine Antwort sofort parat. »Wie meine Frau Ihnen, glaube ich, schon gesagt hat, haben wir uns gezankt, und zwar eines empörenden Vorschlags wegen, den dieser Bursche gemacht hatte. Er lief darauf hinaus, daß wir uns scheiden lassen sollten, damit er seine Bücher in Ordnung bekomme – oder sonst was ebenso Phantastisches.«

Luke nickte.

»Das ist am Mittwochabend gewesen«, fuhr Tonker fort. »Am Donnerstag sind wir spät aufgestanden, weil wir im Bett noch das Kreuzworträtsel fertiggemacht haben. Gegen zwölf haben wir dann etwas gegessen. Danach ist meine Frau mit Dinah zum Bootshaus gegangen, und ich habe mich rasiert. Hinterher bin ich zum armen alten Will gegangen und hab ein bißchen mit ihm geplaudert. Aber er war sehr müde und sehr taub, also blieb mir schließlich nichts anderes übrig, als mich im Salon niederzulassen und an die Arbeit zu machen, die ich mitgebracht hatte. Die war hochinteressant. Möchten Sie was darüber hören?«

»Nein«, sagte Luke hastig. »Wann haben Sie sich da niedergelassen?«

»Gegen drei. Ich war noch immer im Pyjama, mit dem Morgenrock drüber.«

»Wie lang sind Sie dort geblieben?«

»Oh, bis zum Abendessen. Bis um acht ungefähr.«

»Haben Sie während der ganzen Zeit niemanden gesehen oder gesprochen?«

»Ich glaube nicht. Dinah hat mir eine Tasse Tee gebracht. Ich erinnere mich, daß ich aufgestanden bin und ihr die Tür aufgeschlossen habe.«

»Sie hatten sich eingeschlossen?«

»Ja, freilich. Ich meinte, jemanden im Haus gehört zu haben, und dachte, es könne vielleicht Besuch sein. Ich war nicht angezogen und wollte auch nicht gestört werden. Also hab ich die Tür abgeschlossen. Das ist immer das Sicherste.«

»Haben Sie nicht gewußt, wer es war?«

»Nein, und es war mir auch schnuppe«, sagte Tonker fröhlich. »Ich arbeite sehr intensiv, wissen Sie.«

Luke seufzte. »Mr. Cassands, wie konnten Sie wissen, daß ich mich dafür interessieren würde, was Sie gerade an diesem Tag getan haben? Wieso waren Sie der Meinung, daß Ohman am Donnerstag gestorben ist?«

Tonker stutzte. Er schien erstaunt.

»Das ist raffiniert!« verkündete er, wie wenn er dem Chefinspektor unbedingt ein kleines Lob erteilen müsse. »Wieso ich das wußte? Augenblick mal. Ach ja, das Porträt war wieder da. Wir fanden es am Freitag, an dem Tag, an dem Will uns ein bißchen sonderbar vorkam. Minnie sagte, das ›kleine Unheil‹ müsse es wohl zurückgebracht haben, und ich habe mich darüber geärgert, daß sie es ihm geschenkt hatte. Dann hat mich meine Frau heute morgen in aller Frühe geweckt und mir gesagt, das ›kleine Unheil‹ liege schon seit einer vollen Woche tot in einem Graben, und vermutlich habe ich dann angenommen, sie meine, daß er gestorben sei, als er das Bild zurückbrachte. Sonst noch was?«

»Wie steht es hiermit?« Fred South hatte sich mit seiner inzwischen sattsam bekannten kleinen Schachtel in der Hand erhoben. In bezug auf idiotische Beweisstücke hat er offenbar den Komplex eines Krimi-Detektivs, dachte Luke verdrossen.

Tonker kniff die Augen zusammen. »Was soll das sein?« fragte er South ungnädig. »Ein Käfer?« Aber dann erkannte er es wieder. »Das gehört zu einem schaurigen Phantasiekostüm, das in Minnies Garderobe hängt. Zu einer viktorianischen Weste, so altmodisch wie die Dampflokomotive. Sie hoffen anscheinend, sie könnten mich dazu bewegen, sie morgen zu tragen.«

»Haben Sie es etwa nicht vor?« Souths Stimme klang beinahe enttäuscht.

»Wenn's eben geht, nicht. Ich hab was Besseres.«

South steckte sein Perlchen wieder weg. »Sie rauchen ›Blue Zephyrs‹, wie ich glaube, Mr. Cassands?«

»Allerdings. Aber leider sind sie mir ausgegangen, und da

hab ich mir die hier kaufen müssen. Doch im Dorf sind sie zu haben. Warum? Bin ich etwa der einzige hier am Ort, der sie raucht?«

»Äh... Nein.« Offensichtlich hatte South sich erkundigt. »Nein, dann und wann werden sie auch an andere Kunden verkauft.«

»Zu dumm«, sagte Tonker. Er mißverstand die Situation vollkommen. »Da müssen Sie sich schon mit einer von denen hier begnügen.«

South lehnte die Zigarette ab und verließ das Zimmer, um fast unmittelbar darauf mit einer Pflugschar zurückzukehren, die er auf den Tisch legte. Es war nicht das Mordwerkzeug, sondern ein ihm sehr ähnliches Stück, und es nahm sich, rostig und uralt, wie es war, auf der schwarzen Eichenplatte sehr dekorativ aus. Tonker betrachtete es mit großem Interesse.

»Was für ein hübsches Ding«, bemerkte er und ergriff sie. Er packte die Pflugschar am Sterz an, so daß die Spitze der dreieckigen Schar nach unten zeigte und sie in seiner Hand wie eine Axt aussah. »Das ist 'ne Pflugschar, nicht wahr? Die gäbe einen guten Tomahawk ab.« Seine Augen weiteten sich plötzlich, als ihm die Bedeutung seiner Worte bewußt wurde. »Du großer Gott! Ist es damit gemacht worden? Was für eine gräßliche Hacke!« Er legte sie sofort wieder hin und wischte sich die Hände ab. »Die sollten Sie auf Fingerabdrücke untersuchen«, sagte er ernsthaft. »Da gibt's doch eine ganz wunderbare neue Methode.«

»Für all das haben wir schon gesorgt, Sir«, sagte Luke ruhig. Er fixierte South, und nach und nach gaben die zwinkernden Augen unter seinem starren Blick klein bei.

Als die Verhandlung wieder unter Kontrolle war, kehrte er zu den Hieroglyphen auf dem zerknüllten Bündel von Briefumschlägen in seiner Hand zurück. Er wirkte sehr groß und müde und ließ den prächtigen Kopf ein wenig hängen.

»Also gut«, begann er. »Ich glaube, ich habe jetzt alles, was ich für den Augenblick von Ihnen wissen wollte, Sir. Ich möchte lediglich noch einen Punkt nachprüfen. Sie haben mir eben versichert, Sie hätten während der letzten zwanzig Jahre nie ein Gespräch mit diesem ehemaligen Angestellten des Finanzamts gehabt und Sie hätten während der ganzen Zeit, da er bei Ihrer Frau angestellt ist...«

»Was?!« Tonkers Wutgebrüll war selbst für ihn eine Prachtleistung. Auf die auf ein so jähes Temperament nicht Vorbereiteten wirkte es ebenso erschreckend wie ein plötzlicher Wahnsinnsausbruch. »Wiederholen Sie doch diese idiotischen Worte noch mal.« Er war aufgesprungen. Seine Hand hatte den Schaft der Pflugschar gepackt, und die Augen schienen ihm aus dem Kopf springen zu wollen. Beide Kriminalbeamte starrten ihn sprachlos an. »Wollen Sie mir etwa sagen«, fragte Tonker und schüttelte dabei die Pflugschar, als wenn sie tatsächlich ein Tomahawk gewesen wäre, »daß Mrs. Cassands diesen Menschen noch dafür bezahlt hat, daß er ihr das Leben zur Hölle machte? Antworten Sie mir: hat sie das getan?«

»Soweit ich unterrichtet bin, hat sie ihm für die Erledigung ihrer Korrespondenz eine Kleinigkeit gezahlt, Sir.« Luke hatte keine Lust, in eine eheliche Auseinandersetzung verwickelt zu werden; er hatte bisher schon sein möglichstes getan, um so etwas zu vermeiden. »Ich glaube, sie...«

»Dann geb ich es auf.« Tonker knallte die Pflugschar wieder auf den Tisch. Jedes Härchen auf seinem Kopf, seinem Gesicht, seinem Tweedanzug schien sich zu sträuben. »Ich bin von lauter Irren umgeben. Da gibt's nur noch eines. Wenn die Gesetze dieses Landes auf ihrem Trugschluß beharren, daß meine Frau und ich ein und dieselbe Person seien, dann müssen sie auch logisch bis zur letzten Konsequenz bleiben. Meine Frau muß ihr Stimmrecht abgeben oder an mich abtreten. Sie müssen den *Married Woman's Property Act* wieder aufheben. Und wenn diese Lady irgendwas unterzeichnet oder irgendwen anstellt, muß der Kontrakt jedesmal von mir gegengezeichnet werden. Andernfalls ist die Position unhaltbar; das muß doch wohl jeder einsehen, scheint mir.« Er hielt inne und stand innerlich kochend da. »Und den Mann hab ich nicht umgebracht«, fuhr er mit jäh erneuter Wut fort. »Vielleicht hätte ich Lust dazu gehabt, aber ich hab ihn nicht zu Gesicht bekommen. Was ich getan habe, als meine Frau mir von dieser letzten und ganz unglaublichen Forderung berichtete: ich habe die Selbstbeherrschung verloren, ihr ein blaues Auge geschlagen und eine Fensterscheibe zertrümmert. Ich habe mich dessen geschämt. Aber diese allerletzte Idiotie, die Sie mir da gerade berichtet haben, läßt in mir den Wunsch aufkommen, es noch mal zu tun. Guten Tag.«

Nach dem letzten Wort schritt er hinaus, und niemand unternahm einen Versuch, ihn aufzuhalten. Tonker hatte sein Geständnis abgelegt.

Superintendent Fred South brach schließlich das Schweigen.

»Er hat die Pflugschar verkehrt herum gehalten«, sagte er, »und er hat nicht gemimt. Ich wüßte nicht, wie wir ihm was anhaben könnten, Chefinspektor.« Er hielt inne. Als er – beinahe – träumerisch weitersprach, kehrte das gefährliche Zwinkern in seine Augen zurück. »Aber ein jähzorniges Temperament hat er, wie? Weiß Gott, das wäre gerade richtig! Ganz unvermittelt und für ein paar Minuten völlig aus dem Häuschen. Das genügte vollauf.«

Luke wandte sich hilflos an Campion.

»Diese Dinah«, sagte er, »die muß als nächste durch den Reifen springen. Ich frage mich, ob sie Mrs. Cassands an dem bewußten Nachmittag wohl einmal für längere Zeit allein gelassen hat?«

13
Drei hintereinander

Während draußen ein Sturmwind die Wolken hoch in den Lüften in Fetzen wie Länder auf der Landkarte über den Mond hinwegtrieb, flutete das helle Atelierlicht auf die Wiesen hinaus, glühten die gedämpfteren Lichter des Hauses im Dämmerdunkel, belebte der Vorabend von Mittsommernacht die ›Lockende Lady‹ mit der traditionellen Vorfreude und Geschäftigkeit. Im Westen zog sich ein roter Streifen am Horizont hin; das Wetter war also gesichert. Die Festvorbereitungen hatten beinahe jenen erfreulichen Stand erreicht, den man belassen soll, wenn man nicht alles verderben will. Der große Vorratsschrank, an allen andern Tagen des Jahres überflüssig und eher hinderlich, war bis zum Bersten vollgepackt. Die Sahne stand auf Eis, und der gekochte Schinken gewann nach und nach die erwünschte Festigkeit.

Im Vorderhaus, wo Tonker im Salon eine Bar für die Presse eingerichtet hatte, ging es höchst geräuschvoll zu, und der Wasserstand des Flusses stieg langsam und stetig. Die größte Betriebsamkeit jedoch herrschte in der Scheune.

Mr. Campion half Emma, oder vielmehr, er stand hilfsbereit neben ihr, während sie rätselhafte Dinge mit Hunderten von Messern, Gabeln und Löffeln auf einer provisorischen, dreieinhalb Meter langen Anrichte vornahm, die gleich hinter dem großen offenen Flügeltor aufgestellt worden war. Sie wirkte so frisch, als wenn sie plötzlich ihre Jugend wiedergewonnen hätte, was zweifellos auch der Fall war, und ihre Bakken glühten wie die einer holländischen Puppe.

»Ihnen kann ich es ja verraten«, sagte sie gerade. »Eine halbe Stunde lang hab ich gemeint, es sei aus und vorbei mit der Party. Ich mag Tonker wirklich. Ich gehöre nicht zu denen, die ihn für brutal oder unverschämt halten. Es ist nur unbeirrbare Geradlinigkeit. Aber es gibt Augenblicke, wo ich ihn unerträglich finde, und wenn man mich deswegen für alt und sauertöpfisch hält, soll mir das schnuppe sein. Man stelle sich vor, da kommt er heimgestürzt wie ein wütender Stier und fängt ausgerechnet jetzt, ausgerechnet an diesem Tage, Streit an! Und weswegen, frage ich Sie, weswegen? Weil er wissen wollte, ob jemand, der schon eine Woche lang tot ist, Geld bekommen hat oder nicht. Wahrhaftig, Tonker sollte sich mal seinen Kopf entschlacken lassen! Und Minnie ist genauso schlimm. Eines Tages bekommt sie noch einen Schlaganfall, dann sieht sie, ob sie wirklich so kerngesund ist, wie sie glaubt. Indianerblut! Von wegen Indianerblut!«

»Aber jetzt ist doch alles wieder in Ordnung, hoffe ich?« Mr. Campion blickte so einfältig drein wie möglich.

Sie warf den Kopf zurück wie ein Pferd, das die Mähne schüttelt. »Bis zum nächstenmal«, sagte sie. »Hoffentlich warten sie wenigstens damit, bis alle Leute wieder fort sind, mehr wünsche ich gar nicht. Oh!« Der Ausruf kam ihr aus tiefster Seele. »Ist Ihnen klar, daß in achtundvierzig Stunden alles schon wieder vorbei ist? Vorbei! Wie schaurig! Ich darf gar nicht daran denken. Zählen Sie noch die Gabeln da. Es müssen fünfzig sein.«

Nachdem Mr. Campion fünfundzwanzig abgezählt hatte, entschied er sich dafür, die Endzahl durch Gewichtsvergleich zu ermitteln.

»Emma«, sagte er. »Als Sie sich letzten Donnerstag ans Radio setzten und das ›kleine Unheil‹ auf der Auffahrt sahen, sind Sie da vorher aus irgendeinem Grund noch mal ins Haus gegangen? Tonker meint, jemanden gehört zu haben.«

»Und hat gar nicht erst nachgeschaut, wer es gewesen ist, nicht wahr?« fragte sie. »Das sieht ihm ähnlich. Wenn Tonker arbeitet, könnte ein Vierspänner vor der Haustür auffahren und das Haus bis aufs letzte Möbelstück ausgeräumt werden – der würde sich nicht mal die Mühe machen, rauszukommen und nachzufragen, was vorgeht. Nein, ich bin nicht ins Haus gegangen. Aber wenn er jemanden gehört hat, ist auch jemand da gewesen. Jetzt die Löffel! Nicht mit dem Daumen drauffassen, sie sind blankgeputzt.«

»Wer könnte denn so unangemeldet ins Haus hereinspaziert sein?«

»Da haben Sie die Wahl zwischen rund vierzig Leuten. Wir sind hier auf dem Land. Alle laufen eben herum, bis sie jemanden finden.«

»Soll ich Ihnen auch die Messer zählen?«

»Nein. Ich muß jetzt unbedingt fort und mich um die Blumen kümmern. Pinky hat uns im Stich gelassen. Anscheinend ist Genappe wiedergekommen, so daß wir nicht auf ihre Hilfe zählen können. Jedenfalls hab ich die Blumen schon mal gepflückt und Annabelle in der Waschküche an die Arbeit gesetzt. Ich will nur schnell nachsehen, was sie damit angefangen hat. Die Jungs können inzwischen die Tassen fertigmachen.«

Sie wies mit einem Kopfrucken zum hinteren Ende der Scheune, wo Westy und George Meredith ganze Stapel von blauweißem Porzellan auspackten, Teetassen auswischten und in langen Reihen aufstellten.

»Tee ist immer eklig«, sagte Emma mit Entschiedenheit. »Der ist schwieriger zu servieren als irgendwas sonst. Ich weiß wirklich nicht, weshalb die Leute den auf einer Party haben wollen. Sie müssen sich übrigens unbedingt mal Jakes Bild ansehen. Minnie ist zu uns gekommen und hat es ihm abgeschwatzt. Es ging nicht ohne Krach ab, aber jetzt gefällt es ihm.«

Mit flatterndem weißen Kopftuch stürmte sie davon, indes Mr. Campion folgsam weiter nach hinten ging und sich eine reizvolle Komposition in zart abgestuften Grautönen ansah. Die Schnecke war nach wie vor das Hauptmotiv, aber sie war nicht mehr dreidimensional. Das Bild besaß eine sanfte, verspielte Anziehungskraft, wirkte beruhigend und tröstlich. Er hatte das Gefühl, mit diesem Bild könne er leben.

Während er noch betrachtend davor stand, drang eine jugendliche Stimme von der andern Seite des Tisches hinter ihm in sein Bewußtsein; Westy unterhielt sich mit seinem düsteren Freund, der zwar wenig mit den Tassen, um so mehr aber an grimmiger moralischer Unterstützung leistete.

»Ich bin mir durchaus darüber im klaren, daß ich mir da kein Urteil anmaßen kann.« Die sanfte Neu-England-Stimme klang tiefernst. »Und es ist sehr wohl möglich, George, daß du in dieser Hinsicht einen Vorteil vor mir hast, weil du hier praktisch ein Außenstehender bist. Aber ich kann mich nun mal des Gedankens nicht erwehren, daß sie sich das Leben unnötig erschweren. Vielleicht irre ich mich, und natürlich steht mir Minnie besonders nahe, weil wir blutsverwandt sind, aber meiner Ansicht nach braucht sie im Grunde nichts als ihre Kunst und hat nie was andres gebraucht.«

George Meredith steuerte einen merkwürdig unartikulierten Laut zur Unterhaltung bei.

»Sehr richtig«, erwiderte Westy unbegreiflicherweise. »Trotzdem scheint mir das, wie ich gestehe, was Elementares zu sein. Warum sich mit Tonker belasten? Der ist auf seine Art schon ein sehr netter Kerl – das will ich nicht abstreiten –, aber er kann doch nur stören. Ja, er ist sogar ein entschieden zerstörerischer Einfluß auf ein Leben, das einzig und allein der Hervorbringung schöner Dinge gewidmet sein sollte. Weißt du, mein Lieber, unter diesem Blickwinkel erscheint mir das Leben außerordentlich einfach, wenn man es sich nur mit Umsicht und Überlegung einrichtet. Weshalb sollte man sich überhaupt verlieben? Ist das für einen zivilisierten Menschen denn so unbedingt nötig?«

Hinter dem Tisch kündigte sich ein kleiner Vulkanausbruch an, und Mr. Campion, der sich nicht nur töricht, sondern auch schuftig vorkam, weil er etwas belauschte, das ihm das Gefühl einflößte, schrecklich alt zu sein, machte sich auf ein besonderes Erlebnis gefaßt; der Knabe schickte sich an, zu sprechen.

»Jetzt hör aber auf, alter Junge«, sagte George Meredith mit einer sehr hohen, sehr nach britischer Mittelklasse klingenden Stimme. »Denk doch mal an die Erhaltung der menschlichen Rasse!«

Also war mit ihnen alles in Ordnung und mit der Menschheit ebenfalls, und Mr. Campion ging weiter bis zu der Stelle unter dem eingebauten zweiten Atelier, wo Amanda, Lugg und Rupert die Wiederbelebung der Glübalübali zu Ende führten.

»Wie gut du aussiehst!« sagte Amanda ohne ersichtlichen Grund. »Kühl und ehrbar und ein bißchen amüsiert! Und sieh mal, was wir hier für einen Spaß haben!«

»Für Sie mag es vielleicht ein Spaß sein.« Mr. Lugg entwand sich der Umarmung eines der Ungetüme und wischte es flüchtig mit einem Staubtuch ab, das er in Händen hatte. »Mir gefallen die Dinger nicht. Das ist nicht das Wahre. Sie sind mir zu gewöhnlich – wie Elefanteneingeweide.«

»Dann sind Elefanteneingeweide für Sie offenbar was Gewöhnlicheres als für mich«, sagte Mr. Campion unhöflich. »Wie kommt ihr denn voran?«

»Ganz ordentlich.« Wie stets war Amanda an dem praktischen Problem sehr interessiert. »Wir haben jetzt zwei zum Spielen, eins zum Grunzen und zwei zum Anschauen. Tonker muß ein erstaunliches Hirn haben. Das mechanische Prinzip dieses Instruments ...«

»Ist primitiv«, sagte Mr. Lugg bissig. »Prinzipiell primitiv. Und Sie können so informiert tun, wie Sie wollen – das ändert nichts daran. Mr. Tonker mag ein bemerkenswert guter Organisator sein, aber sein Hirn ist ein Windei.«

»Meine Güte, ja!« Amanda erhob sich geschickt vom Boden, auf dem sie im Türkensitz gesessen hatte. »Stell dir vor, Albert, Tonker kam herein, ließ den Champagner auf vier verschiedene, höchst vernünftige strategische Punkte verteilen, das Fährboot flußabwärts und als Brücke in Position bringen – wir sollen nämlich nicht auf einen triumphalen Einzug der Clowns warten, weil niemand weiß, wie, wann und ob sie kommen –, richtete eine Bar für die Presse mit hochprozentigem Alkohol ein, den er in der Kneipe gekauft hatte – er kam im Lieferwagen des ›Fehdehandschuh‹ vom Dorf hierher –, packte sich Minnie und hielt ihr die schlimmste Standpauke, die ich je in meinem Leben mitangehört habe, und zog sich um – alles in genau eindreiviertel Stunden. Ach, und außerdem hat er auch noch eine Omelette gegessen. Er ist wirklich erstaunlich.«

»Umorientierung. Er hat meine Umorientierung auch wieder richtig hingekriegt«, sagte Rupert und versuchte, mit schwungvollem Anlauf seinen Vater umzurennen. »Onkel Tonker ist ein Klonker, dommer Jonker, ich bin wie Onkel Tonker.«

»Um Gottes willen!« sagte Mr. Campion. »Du gehörst ins Bett.«

»Noch nicht«, sagte Amanda. »Noch nicht. Morgen schlafen wir alle aus, und dann machen wir uns fein und gehen sauber gewaschen und elegant in unserm Sonntagsstaat zur Party und zeigen uns geziemend beeindruckt von all der geschickten Arbeit, die wir hier geleistet haben, aber prahlen werden wir nicht damit, jedenfalls nicht in aller Öffentlichkeit oder höchstens ...«

»Ganz nebenher«, sagte Rupert, der dieses Programm offenbar schon einmal zu hören bekommen hatte. »Wo ist denn Charlie?«

»Luke? Er spricht mit Miss Diane. Sie stehen oben auf dem Treppenabsatz, weil es da noch am ruhigsten zu sein schien. Superintendent South mußte eilig zu seiner Dienststelle zurück; der Chief Constable wollte ihn sprechen.«

»Gut«, sagte Amanda mit beflissener Artigkeit. »Ich fürchte nämlich, er wird sehr beschäftigt sein. Ich habe nicht etwa an der Tür gelauscht oder irgendwas ähnlich Unpassendes getan, aber ich habe zufällig mitangehört, wie einer der Reporter sagte, die Beamten vom zuständigen Finanzamt seien schlichtweg empört darüber, daß das ›kleine Unheil‹ als Steuereinnehmer bezeichnet worden sei. Sie stellen fest, daß er schon vor Monaten als überzählig erklärt worden und ohnehin unbrauchbar gewesen sei; sie hätten ihn nur während des Krieges als Hilfskraft eingestellt. Er sei kein Standesgenosse von ihnen, und sie hätten ihn nie gemocht. Es ist ein ziemlich schwerer Schlag für sie, weil sie anscheinend recht tüchtig sind. Wenn sie bei der Stange blieben, würde die Sache als Sensationsstory wohl still und heimlich wieder in der Versenkung verschwinden, hat der Reporter gesagt.«

»Nur ist der dumme Kerl nun mal zufällig tot«, murmelte Mr. Campion. »Daran ist leider nicht zu rütteln.«

Amanda hob fragend die Brauen, und er schüttelte den Kopf.

»Diese elende Ehescheidungsgeschichte ist höchst unangenehm«, sagte er leise.

»Ich heirate erst dich«, sagte Rupert zu seiner Mutter, um sicherzustellen, daß sie sich nicht übergangen fühle. »Und dann heirate ich die dickste von den Zwillingen.«

»Welche ist das?« fragte Mr. Campion interessiert. »Ich fand, daß sie beide ganz gut durch den Winter gekommen sind.«

»Die, die *dann* am dicksten ist, natürlich.« Rupert hielt ihn offensichtlich für dumm. »Und dann schrei ich sie an und werf sie übers Bett und geb ihr Ohrfeigen, bis sie zu weinen anfängt, und danach küsse ich sie dann, bis sie wieder lacht, und dann gehn wir runter und schenken ganz vielen Gästen Schnaps ein.«

Er drehte eine kleine Runde um die Gruppe herum und spähte unter gesenkten Lidern nach seinen Eltern hin, um festzustellen, ob seine etwas indirekte Methode der Klatschverbreitung auch richtig angekommen sei. Durch ihren bestürzten Blickaustausch in dieser Hinsicht befriedigt, kehrte er wieder zu Lugg zurück, da er ihnen im Augenblick nichts von Interesse mehr mitzuteilen hatte.

»Tu du bloß nicht, als ob du noch so jung wärst«, knurrte der Dicke leise. »Du hältst dich für übergescheit, aber du treibst es noch mal zu weit. Halt die Klappe und laß den Leuten gefälligst ihr bißchen Privatleben in ihrem eigenen Haus. Ich schäme mich für dich, du benimmst dich ja wie eine alte Tratschtante beim Fünf-Uhr-Tee.«

Rupert bekam einen roten Kopf, aber in seinen Augen funkelte es gefährlich.

»Dinah hat 'ne Fahrradklingel bekommen«, sagte er.

»Na wenn schon!« Lugg wurde grob. »Na wenn schon!«

»Sie hat sich eine gewünscht«, sagte Rupert. »Das hat sie selbst gesagt. Schon ganz lange hat sie sich eine gewünscht.«

»Und da ist Old Harry hergekommen und hat ihr eine funkelnagelneue aus zweiter Hand zum Geburtstag geschenkt, und dabei hat sie gar nicht Geburtstag. Schon gut, schon gut, ist uns längst bekannt. Jetzt hör auf damit und halt die Klappe.«

»Aber entzückt ist sie gewesen«, beharrte Rupert boshaft. »Einfach entzückt. Das hat sie in einem fort gerufen, bis Old Harry gesagt hat, sie soll mal 'nen Punkt machen.«

»Jetzt aber, jetzt aber«, Luggs Stimme erklomm eine warnende Tonhöhe, »jetzt aber genug davon! Das reicht. Ins Bett mit dir. Ich besorg das höchstpersönlich.«

Er packte sich das Kind unter den gewaltigen Arm und drehte sich zu den Eltern um.

»Ich besorg das schon«, sagte er in festem Ton. »Noch eine Stunde Allotria, und es wird ein kleines Schlitzohr aus ihm. Du hältst jetzt die Klappe, mein Junge. Ich werde nicht oft energisch, aber wenn ich mal energisch werde ...«

»Dann hat die Fahrradklingel geklingelt«, flüsterte Rupert halberstickt. Mit knallrotem Gesicht, aber stumm, hing er in Luggs Armen, als er fortgetragen wurde.

»Es ist schon gut so«, sagte Amanda bedauernd, aber mit philosophischer Ruhe. »Lugg ist selber müde. Ich fürchte, er hat eine kleine Auseinandersetzung mit seiner Freundin gehabt. Old Harry hat sie mit Geschenken zurückgewonnen. Old Harry ist ganz wohlhabend, wie es heißt«, fügte sie noch hinzu. »Er verwahrt sein Gold in einer mit Stacheldraht umwickelten Keksdose.«

»Stacheldraht?« wiederholte Mr. Campion erstaunt.

»So heißt es, ja.« Amanda schien diesen Umstand zwar interessant, aber nicht außergewöhnlich zu finden. »Er ist eben durch und durch Landbewohner. Ich weiß nicht so genau, wo er das Geld her hat, aber er liest so allerlei auf und verkauft es weiter, und ich könnte mir vorstellen, daß er noch ganz nett was nebenher verdient. Es läppert sich so zusammen, weißt du. Vorhin hat er Dinah eine Fahrradklingel geschenkt, die er irgendwo aufgetan haben muß. Sie haben sie gemeinsam geölt, weil sie sehr naß geworden war, aber es war noch ein recht gutes Stück.«

Sie schlenderten zusammen ins Haus zurück und gesellten sich zu Minnie und Tonker, die im Salon still und friedlich inmitten eines Wirrwarrs von schmutzigen Gläsern saßen und sich freundschaftlich über die zu erwartenden Reaktionen Lady Glebes und des ›Beffchens‹ auf Prunes Verhältnis mit Luke unterhielten.

»Nicht vorauszusehen, was die Frau dazu sagt«, erklärte Tonker. »Da ist alles möglich. Sie ist irre. Sie war doch eine Gallantry. Das ›Beffchen‹ wird erst in zehn Jahren merken, was passiert ist, und dann hofft er, daß es nicht wahr gewesen ist. Diese trübe Tasse ...«

»Hat sich ganz vernünftig mit dir abgefunden«, fuhr Minnie fort. »Er ist dir nicht lange böse gewesen und hat am Ende sogar ein bißchen gelacht.«

Während Tonker seinen alten Freunden einen Schlaftrunk einschenkte, huschte ein Aufleuchten über seine konzentrierte Schurkenmiene.

»Haben Sie von meinem Debüt in der Kirchenzeitung gehört?« fragte er.

»Im Dorf hab ich gehört, Sie hätten ein Selbstinserat bringen lassen«, sagte Amanda. »Sie haben in der Kirche einen Auftritt mit dem ›Beffchen‹ gehabt, nicht wahr?«

»Einfach gräßlich ist es gewesen!« Minnie entrüstete sich. »Aber natürlich war es nicht während eines Gottesdienstes.«

»Ein regelrechter Auftritt ist es überhaupt nicht gewesen«, protestierte Tonker und reichte die Gläser weiter. »Die Sache verhielt sich folgendermaßen – urteilen Sie selbst: Wie Sie wissen, komme ich nie in die öden Gottesdienste, die der alte Knabe abhält, weil ich nicht ständig hier bin. Aber eines Tages bin ich mal in die Kirche gegangen, um mir gewisse Einzelheiten der glänzend gestalteten Inschrift auf dem Grabmal derer von Pontisbright genauer anzusehen. Ich streunte also höchst friedlich umher und bewunderte dies und jenes, als mir plötzlich der Gedanke kam, daß ich mich eigentlich nicht gerade respektvoll aufführte. Ich dachte: ›Herrgott, Tonker, was bist du für ein mieser Patron! Du kommst nur hierher, wenn du was willst.‹ Also kniete ich mich sehr anständig hin und sagte irgendwas – natürlich nicht laut. Nur was ganz Schlichtes, etwa: ›O Gott, laß aus mir einen guten Tonker werden und gib, daß Mr. Guggenheim das Projekt bewilligt.‹ Was vollkommen Normales und Alltägliches also.« Er blinzelte ihnen schalkhaft zu. »Und dann bemerkte ich das ›Beffchen‹. Hinter dem Vorhang zur Sakristei stehend, hatte er mich heimlich beobachtet, der alte Spitzbube, und jetzt kam er auf mich zugeschlichen, blieb genau vor mir stehen und sagte – man stelle sich vor! –: ›Ist Ihnen auch ganz richtig?‹ Ich bin nicht aufgestanden, sondern hab ihn angestarrt und dann gesagt oder vielmehr geflüstert –: ›Wie meinen Sie das? Selbstverständlich ist mir ganz richtig.‹ Und darauf sagte er sehr eklig: ›Oh, ich dachte schon, bei Ihnen stimmte was nicht, weil Sie doch nie beten kommen.‹ Da sage ich: ›Was zum Donnerwetter meinen Sie denn, was ich jetzt tue, Sie Schwachkopf?‹ Und er sagt: ›Werden Sie nicht blasphemisch, Tonker.‹ Das hat er gesagt, so wahr, wie ich hier stehe! Na, und als ich dann weggegangen war – es war ein ziemlich schneidiger Auftritt! –, ist er im Dorf herumgezogen und hat den Leuten erzählt, ich sei übergeschnappt und von einem religiösen Wahn befallen. Im ›Fehdehandschuh‹ mußte ich mir das etlichemal anhören. Da hab ich mir vorgenommen, dem Mann einen Denkzettel zu erteilen.«

Minnie gab sich redliche Mühe, nicht zu lachen, aber die Tränen stahlen sich ihr in die Augen und liefen an ihrer langen Nase herunter.

»Es war sehr unartig von dir«, protestierte sie.

»Ganz und gar nicht. Es war sehr würdevoll. Ich wußte, daß er sich niemals entschuldigen würde, der heimtückische Flegel. Weißt du, wie so ein Kirchenblatt aussieht, Campion?« Er wandte sich dem Freund zu. »Es ist ein dicker Pakken Familiennachrichten, für alle Gemeinden und für die Gesamtauflage gleich, aber die erste Doppelseite, unmittelbar nach der Titelseite, wird für jede Gemeinde gesondert gedruckt. Obenan steht ein Hirtenbrief des jeweiligen Pfarrers an seine Herde, und der ganze übrige Raum wird von fünf Zentimeter hohen Anzeigen eingenommen. Dieser Inseratenteil wird von den Geschäftsleuten des Ortes bezahlt. Sie wissen schon: ›Mein Brot spricht für sich selbst. B. Semmel, Bäcker.‹ ›Wenn schon, dann leisten Sie sich einen guten Sarg. H. Katafalk, Bestattungsunternehmen.‹ Und so weiter. Na, ich bin also zu meinem alten Freund, dem Stellmacher, gegangen, dessen Annonce immer auf der Mitte der inneren Rückseite steht, und hab mit ihm einen Handel abgeschlossen. Und im nächsten Monat stand auf seinem Platz mein Inserat: ›Entschuldigung angenommen. T. Cassands.‹ Da hatte ich das ›Beffchen‹ in der Zange. Er hat nichts gemerkt, bis er den ganzen Packen verteilt hatte – das tut er immer persönlich und per Fahrrad, als Akt der Demut. Ich hatte mir gleich gedacht, daß er es erst nachher merken würde.«

»Und dann hat er gelacht«, sagte Minnie. »Also ist alles in Ordnung. Er hat dir verziehen.«

»Weißt du, richtig verziehen hat er mir nicht«, sagte Tonker. »Er mag mich nicht, und er glaubt, ich tendiere insgeheim zur römischen Kirche hin. Das kann ich ihm an den Augen ablesen. Na, jedenfalls hat er an der alten Dame schon sein Päckchen zu tragen. Sie glaubt an sämtliche Religionen: Polytheismus, Sufismus, Feueranbetung, Wasserkuren, Buddhismus und Rosenkreuzertum – alles, was es gibt. Wenn man's recht bedenkt, muß das Mädchen mit den beiden allerhand mitmachen. Kein Wunder, daß sie ein bißchen geflappt aussieht.«

»Ich glaube, jetzt ist sie verliebt«, wagte sich Amanda vor.

»Verliebt!« Tonker sprach mit vernichtender Geringschätzung und starrte mit bösem Blick über sie hinweg durchs Fenster, in den mondhellen Garten hinaus. »Pah! Was ist schon Liebe? Wie lange hält die schon vor?«

»Das«, sagte Minnie mit einiger Schärfe, »frage ich mich manchmal auch.«

Oben auf dem Treppenabsatz führte unterdessen Luke das Verhör der zwar beunruhigten, aber sehr aufgeweckt dreinblickenden Miss Diane zu Ende. Der Sergeant, den er sich von South ausgeborgt hatte, um den gesetzlichen Vorschriften Genüge zu tun, blieb als dunkler Schatten im Hintergrund. Doch am Ende des Hausflurs war eine Standuhr, und die behielt der Chefinspektor im Auge. Der letzte Zug aus London mußte in einer knappen halben Stunde am Bahnhof Kepesake einlaufen.

»Ein für allemal, Ma«, sagte er, in den Jargon seines geliebten Londoner Bezirks verfallend. »Vergessen Sie's! Das schert uns einen feuchten Dreck. Von uns aus können Sie mit dem König von Siam verheiratet sein. Vergessen Sie das Thema Renten und Pensionen. Die einzigen Pensionen, die dem Sergeant und mir im Augenblick Sorge bereiten, sind unsere eigenen, und die werden wir nicht beziehen und genießen, wenn Sie jetzt nicht voranmachen. Ich will lediglich wissen, ob Sie und Mrs. Cassands wirklich den ganzen Donnerstag nachmittag zusammen verbracht haben. Der Vormittag ist uns schnuppe. Wir wissen vom Busfahrer, wann der Verstorbene in Pontisbright angekommen ist. Und auch der späte Abend ist uns ziemlich gleichgültig. Lediglich über den Nachmittag wollen wir Bescheid wissen.«

»Von zwei Uhr an bin ich bei ihr gewesen, und zwar bis gegen elf; da haben wir nämlich Mr. William für die Nacht zurechtgelegt – das ist die reine Wahrheit, glauben Sie mir!«

»Ununterbrochen?«

»Na ja, ich bin ins Haus gegangen und hab Tee aufgegossen, aber währenddessen hat sie das Regal im Bootshaus abgeseift, und sie muß schon die ganze Zeit dabeigeblieben sein, sonst hätte sie nicht so viel geschafft. Arbeiten kann sie, das muß man ihr lassen.«

»Verstehe. Na schön.« Luke ließ das Gummiband schnappen, das sein Bündel von Umschlägen zusammenhielt. »Dann können Sie jetzt gehen. Ich sehe Sie wohl morgen noch mal. Aber Sorgen brauchen Sie sich keine zu machen.«

»Sie sind also zufrieden?« Eine feuchtwarme Hand klammerte sich an seinen Ärmel, auf eine Art, die ihm aus seinen langen Dienstjahren unter Frauen ihresgleichen nur zu vertraut war. »Sie verheimlichen mir doch nichts, mein Junge, nicht wahr?«

»Nein.« Er tätschelte ihr die Schulter, die so massiv war wie eine Speckseite. »Nein. Gehn Sie nur. Ich erstatte keine Anzeige. Und wenn ich nach London zurückkomme, dann schaue ich Ihres Mannes wegen mal nach. Er ist bestimmt tot, wissen Sie. Herrje, der müßte ja jetzt mindestens hundertundzehn Jahre alt sein, falls er bei den Bombenangriffen davongekommen wäre, was unwahrscheinlich ist.«

»Dreiundsiebzig würde er jetzt sein«, sagte sie leise. »Oh, und das war einer, der! Das war einer! Hier bin ich glücklich. Ich bin vorher noch nie glücklich gewesen.«

»Na also, dann halten Sie mal schön den Mund.« Luke wurde jetzt energisch. »Gehn wir, Sergeant. Sie kommen schon irgendwie allein heim, nicht wahr?«

»Den lassen Sie nur meine Sorge sein«, sagte Miss Diane.

Luke stürzte aus dem Haus und schwang sich in seinen kleinen Wagen. Doch eine halbe Stunde später hatte er ihn in der Garage der Mühle abgestellt und war allein auf die schweigende, in Mondlicht gebadete Heide hinausgewandert.

Der kurze, nur vier Wagen mitführende Zug hatte weniger als eine Minute an dem einzigen Bahnsteig der Station gehalten und sich dann schnaufend wieder zu seiner Bummelfahrt durch die Nacht in Bewegung gesetzt. Seine gelben Lichter waren im Mondschein blaß vorbeigeflattert und die wenigen Fahrgäste eilig auf ihre wartenden Autos zugelaufen. Prune war nicht zurückgekommen.

Und jetzt, auf dem federnden Torfboden der Heide, in der von wildem Thymian und Huflattich würzig duftenden Luft, fühlte Luke sich jünger und verlassener denn je seit seiner Kindheit. Die Welt, in der er sich so gut auskannte und als deren erfahrenes und gewitztes Mitglied er galt, war plötzlich von ihm losgelöst, so daß er sie ganz von außen betrachten konnte. Das war ein völlig neues, schreckliches Gefühl, und zum erstenmal im Leben beschlich ihn die Ahnung von einem Gemütszustand, für den alle Farben, alle Behaglichkeit, alle Wärme, alle vertrauten Freuden ihre Kraft eingebüßt hatten.

Er war kein Shakespearianer und auch kein Landmensch, so daß es ihm nichts ausmachte, den Frühling nicht miterleben zu können. Vogelgesang und das Scharlachrot der Rosen hatten ihm nie viel bedeutet. Doch eine andere Aussicht tat sich jetzt vor ihm auf: graue Trottoirs; kleine, hellbeleuchtete Kneipen hinter regennassen Scheiben; Großstadtverkehr; Aufregung; Telefonanrufe; verlockend riskante Unternehmungen; gutmütige, schmutzige Gesichter; freundliche Worte auf Haustürschwellen; von Souterraingittern aufsteigender Geruch nach frischem Brot; ein durch die Nacht trällerndes, den Zauber des städtischen Treibens noch steigerndes Liebeslied im Radio – und all das für immer vergällt, getrübt, der echten Lebendigkeit beraubt.

In einem einzigen, geschwinden, grauenhaften Augenblick der Enthüllung wurde ihm diese Erfahrung zuteil – wie wenn man feststellt, daß der unvorhergesehene Unfall einem das Rückgrat gebrochen hat –: ein Blick ins Leere, ins Nichts. Er warf sich zu Boden und verbarg seine Stirn in den kleinen Blumen und duftenden Kräutern, von tödlichem Schreck überwältigt. Er dachte an gar nichts mehr. Das kleine Haus, die wohlbekannte blaue Kittelschürze, die seine Mutter immer trug, die ordentlichen Gardinen und der makellos saubere Hof – ihre Unzulänglichkeit war allzu schmerzlich, als daß er in diesem Augenblick daran zu denken vermocht hätte. Sogar Prune selber war nur noch ein entschwundener Traum. Ein einziges, alles verdrängendes Bild stand ihm vor Augen: er selbst, auf immer verdüstert und allein in einer trüben, reizlosen Stadt.

Der Nachtwind wehte über ihn hinweg, und die Erde war gütig und er so unendlich müde. Er schlief wie ein Klotz. Stimmen auf der Landstraße und in der Mühle, vorüberrauschende Autos, Gelächter im Dorf – er hörte von alledem nicht das mindeste. Erschöpft und ausgelöscht lag er da wie ein Toter.

Als er erwachte, war bereits eine Stunde seit Anbruch der Morgendämmerung vergangen – seit Anbruch des Mittsommertags, des Tags von Tonkers Party. Der Himmel schimmerte klar und rein wie eine Perle; die Luft war dünn und kühl und nahm ihm den Atem. Seine erste Überraschung, ehe noch die schwarze Traurigkeit der Nacht zurückkehrte, um ihm zuzuflüstern, Prune sei nach Einblick in seine Verhältnisse zu der Überzeugung gelangt, daß es sinnlos sei, bestand in der Feststellung, daß ihm kein bißchen kalt geworden war. Er war mit Säcken zugedeckt und über seinem Kopf lag ein großes Rhabarberblatt. Erst nach ein paar

Sekunden begriff er die Bedeutung dieser Phänomene, und gleichzeitig wurde ihm klar, daß er nicht allein sei.

Drei Meter von ihm entfernt lag, auf einen Ellbogen gestützt, Old Harry. Sein Lager bestand aus ausgerissenem Thymian, und er ruhte sich zufrieden darauf aus, einen langen Grashalm zwischen den prächtigen neuen Zähnen des vom staatlichen Gesundheitsdienst kostenlos gestellten Gebisses. Langsam richtete sich der Chefinspektor auf, erneut von seinem privaten Kummer durchdrungen, aber noch immer er selbst und noch immer mutig. Das Rhabarberblatt glitt vor ihn hin auf den Boden, und er hob es auf.

»Wozu soll denn das gut sein?«

»Sollte Sie vor dem Licht schützen. Wenn man sich zu dieser Jahreszeit vom Vollmond bescheinen läßt, ist man nachher nie wieder derselbe Mensch. Nicht mal halbwegs.«

Luke reckte die breiten Schultern, und sein dunkles Gesicht wurde traurig.

»Zu spät, Kumpel«, sagte er. »Das hätten Sie mir eher sagen müssen.«

Er betastete die vom Tau benetzten Säcke.

»Vielen Dank für das da. Ich war total erschossen.«

Old Harry nahm den Dank mit einem billigenden Kopfnicken entgegen.

»Es heißt, Sie seien der Oberste von den Polizisten«, bemerkte er, das übliche Tempo seines schrillen Geschnatters so verlangsamend, daß es einigermaßen verständlich wurde. »Der Oberste von allen, direkt von London.«

»Allerdings.« Ein weiteres großes Sorgenbündel senkte sich wieder schwer und drückend auf Lukes widerstrebenden Geist. »Wie steht's mit Ihrer Nase? Haben Sie noch was rausgeschnüffelt seit dem letzten Mal?«

Ein heimliches, ununterdrückbares Lächeln huschte über Harrys rosiges Gesicht, und er senkte, ganz Amandas Beobachtung entsprechend, bescheiden die Lider.

»Weiß nicht«, sagte er lässig; und sobald er seine Gleichgültigkeit als hinlänglich demonstriert erachtete, fügte er hinzu: »Heute hören Sie wieder von einem Todesfall, glaub ich.«

»Wie?«

Der Alte erhob sich flink und behend; einen Augenblick lang stand er da und starrte nach Osten, in die weiße Helle des Himmels, ehe er wie ein wildgewordener Wecker losratterte.

»Drei hintereinander, drei hintereinander«, plapperte er und drehte sich um. »Das ist immer so, immer drei hintereinander.«

»Ah!« Luke ließ sich wieder zurückfallen. Wenn es sich nur um einen Aberglauben handelte, war er nicht interessiert. »Da kenne ich mich nicht aus, das weiß ich nicht.«

»Ha! Aber ich!« Old Harry lachte voll urzeitlicher Fröhlichkeit, und rund um ihn dehnte sich das üppige grüne Land, von dem jeder Morgen tausend Verstecke bereithielt, tief, breit und still genug, um ein so kleines und wertloses Ding wie eine sterbliche Menschenhülle zu bergen. »Ich wohl! Das ist das Komische, ich wohl! Wir sehn uns ja später noch, Sir; auf dem Fest. Guten Tag.«

14
Viel los

Für gewöhnlich war Tonker Spätaufsteher. Selbst jetzt noch, im beginnenden Alter, vermochte er, wenn er nicht gestört wurde, die Zeit von Mitternacht bis Mittag in freundlicher Betäubung zuzubringen. Doch am Morgen seiner Party erwachte er mit den Vögeln um Viertel vor sechs und ging im Morgenrock nach unten, wo er sämtliche nach draußen führenden Türen aufsperrte. Dann legte er eine Platte auf und ging hinaus, um an der Fahnenstange am Nordende der Scheune den Union Jack zu hissen.

Fünf Minuten später wurde Minnie von einer steifen Brise, die die Vorhänge ihres bemalten Himmelbetts über sie hinwegflattern ließ, vom ›Soldiers' Chorus‹ und einer aufkeimenden Wut aus dem Schlaf gerüttelt. Sie erhob sich ebenfalls und schritt, das lange Kleid über dem Nachthemd, energisch die Treppe hinunter, um die Platte abzustellen, die Türen zu schließen und am Südende des gleichen Gebäudes das Sternenbanner zu hissen.

Eine Stunde später – die Jungs waren inzwischen hereingekommen, Annabelle bereits im Partykleid erschienen, und das Frühstück stand auf dem Tisch – hatte Tonker sich noch nicht wieder blicken lassen, und alle hegten nunmehr stark den Verdacht, daß er ins Bett zurückgekrochen sei. Doch dann kam er plötzlich herein, ein bißchen naß um die Beine vom Morgentau, aber mit strahlendem Gesicht und sämtliche Tageszeitungen mit sich führend. Da er vorsorglich im Dorfladen und mit Miss Diane vereinbart hatte, daß sie sie gleich morgens mitbringen solle, war er ihr bis zum Zauntritt entgegengegangen. Er nahm seinen Platz am Kopfende des Tisches ein, rückte seine Lesebrille zurecht und streckte beide Daumen hoch.

»Alles in Ordnung«, verkündete er mit ungemeiner Genugtuung. »Wir sind gerettet! ›Das tägliche Ärgernis‹ bringt zwar natürlich mehr als alle andern, aber selbst die sind vorsichtig. Möchtest du es vorlesen, Minnie, oder soll ich es tun?«

Seine Frau strich sich das Haar aus den Augen, gab George Meredith ein zweites Ei, reichte Annabelle die Butter rüber, nahm die Bratpfanne vom Herd, holte die Teekanne und setzte sich hin. Ihr Mund, der noch immer leicht pikiert verkniffen war, löste sich zu einem schwachen Lächeln.

»Lies du nur vor, Tonker.«

TOD EINES STEUEREINNEHMERS
Rätselhafte Leiche liegt
sieben Tage auf Millionärsfarm
von
George Apgeorge
Pontisbright, am Freitag

»Ein einsamer Mann, Hüter zahlreicher Geheimnisse, hat heute in diesem abgelegenen ostenglischen Dorf sein eigenes Geheimnis für immer bewahrt. Leonard Terence Ohman, 54, ehemaliger Hilfsbeamter, war ein Mann, der nicht viele Freunde hatte. Eine ganze Woche lang hat die Leiche des Erschlagenen neben einem Zauntritt in einem tiefen Graben gelegen, und zwar auf dem Gutsbesitz eines Millionärs in Pontisbright, und dennoch hat sein Fehlen keinen Alarm ausgelöst. Bei der nach der formellen Beweisaufnahme vertagten gerichtlichen Voruntersuchung von heute nachmittag in dem Kirchensprengel mit dem romantischen Namen Kepesake hat sich nur ein Hinweis für die Lösung des Rätsels ergeben, die Tatsache, daß Ohman bis vor kurzem Steuereinnehmer gewesen ist. Seine Rundgänge durch den ihm zugeteilten Bezirk bedeuteten für die, an deren Türen er anklopfte, nie etwas Gutes. Er war ein Abseitsstehender, dem die Nachbarn den

Rücken zukehrten, wenn er sich ihnen nahte. Heute abend herrscht bedrückende Stille in diesem verträumten alten Nest aus der Tudor-Zeit, wo die Einwohner einander mit bleichem Gesicht ansehen, eine unausgesprochene Frage in den Augen. Nur wenige von ihnen werden wohl ein so hohes Einkommen haben, daß sie Ohmans Aufmerksamkeit auf sich hätten lenken können, und es ist noch zu früh, um den Ausgang des Dramas vorherzusagen. Superintendent Fred South, der lächelnde Kämpe von ..«

»Aber nein!« Minnie setzte klirrend die Teekanne hin. »Aber nein, Tonker, sie haben doch wohl nicht vor, es so zu deuten? Wie schrecklich! Das arme ›kleine Unheil‹ hat doch nur helfen wollen.«

»Möchtest du noch weiterhören?« Tonker senkte das Blatt und sah sie über seine Brille hinweg böse an. Nun, da er den Bericht sorgfältig durchlas, nachdem er ihn vorher nur auf unerwünschte Namensnennungen hin überflogen hatte, war er nicht mehr ganz so frohgestimmt. »Es geht noch eine Weile so weiter, und dann kommt ein Absatz, in dem festgestellt wird, daß das Gut Fanny gehört. Willst du zuhören?«

»Nein«, sagte Minnie mit unerwarteter Heftigkeit. »Es macht mir angst und bange. Was werden sie morgen sagen?«

»Morgen?« Tonker zuckte die Achseln. »Morgen ist die Party vorbei. Mit dem Morgen befassen wir uns, wenn es da ist. Wichtig ist einzig, du dummes Mädchen, daß für heute alles in Ordnung ist. Dieses Zeug da hält niemanden vom Kommen ab. Wahrscheinlich lockt es die Leute sogar her.« Er schaute ihr fest in die Augen und deutete auf die Kinder, die verständlicherweise ein wenig erschrocken aussahen. »Verdirb du nicht alles wieder, wo es sich doch so gut anläßt«, protestierte er fromm. »Sei dankbar für das, was dir der Himmel schickt. Es ist ein wunderschöner Morgen heute. Wenn ich am Ende meines Lebens ein bißchen Zeit haben sollte, werde ich unbedingt um diese Jahreszeit früh aufstehen. Das ist direkt ein Erlebnis, draußen auf den Wiesen! Hätte ich nicht für möglich gehalten. Könnte mir vorstellen, daß sich daraus Kapital schlagen ließe. Hm – na, jedenfalls haben wir jetzt noch eine Menge zu tun. Habt ihr die Schleuse zugemacht, Jungs?«

Westy wandte sich ihm eifrig zu, froh, wieder beruhigt aufatmen zu können. »Dieser Lappalie wegen brauchst du dir keine Sorgen zu machen«, erklärte er fröhlich. »Das haben wir um vier Uhr früh besorgt; da hatte das Wasser gerade die festgesetzte Marke erreicht. Jetzt lassen wir nur noch so viel durchrinnen, daß es Georges Schätzungen nach den ganzen Tag über so ziemlich auf dem gleichen Stand bleiben müßte. Stimmt doch, George, nicht?«

Indem er braunrot anlief, einen Erstickungsanfall bekam und seine Tasse umstieß, deutete George Meredith an, daß es in der Tat stimme, und Tonker gab einen zufriedenen Grunzlaut von sich.

»Das wäre also in Butter. Diese Schüchternheit verliert sich schon noch eines Tages, Meredith, mein Junge. Die fällt von dir ab wie eine zweite Haut. Aber jetzt müssen wir zunächst mal die wichtigsten Posten genau überprüfen: sanitäre Einrichtungen, Alkoholdepots, Gläser, Parkraum, Essen, Beleuchtung, Ausrüstung für Erste Hilfe, Wolldecken, Kissen, Gartenstühle und dergleichen Sitzgelegenheiten – und zwar in dieser Reihenfolge.«

»Tee und Geschirrspülen«, murmelte Westy.

Tonker verzog das Gesicht. »Frauensache«, sagte er wegwerfend. »Was willst du denn anziehen?«

»Meinen Anzug.« Westy sagte es in ehrfürchtigem Ton.

Tonker kicherte vergnügt in sich hinein. »Ich nicht«, verkündete er und spähte nach der Uhr auf dem Wandvorsprung. »Vor elf kann Wally wohl noch nicht hier sein. Minnie, das hab ich dir doch gesagt, nicht wahr, daß Wally und Tommasina zum Lunch kommen?«

»Wer?« Minnie warf heftig die Zeitung hin, in der sie gelesen hatte, und ihre zuvor lediglich von Sorgen verdunkelten Augen verfinsterten sich jetzt in regelrechtem Entsetzen. »Wer kommt zum Lunch? Tonker, wenn du Leute zum Lunch einge...«

»Wally und Tommasina, meine Liebe. Unsere ältesten Freunde.«

»So! Na ja, dann ist es ja nicht so schlimm.« Sie schmiß die Zeitung angeekelt auf den Boden, um sie gleich darauf wieder aufzuheben, weil alles ordentlich bleiben mußte. »Wally und Tommy sind schon recht. Die essen dann eben hier in der Küche mit, verflixt noch mal, und das wird ihnen gefallen, den Guten. Die machen mir nicht allzuviel aus.«

»Ich möchte doch sehr hoffen, meine Liebe...« Tonker sprach mit vernichtender Würde und eisiger Langmut. »Ich möchte doch sehr hoffen, daß dir niemand, wer es auch sein möge, ›etwas ausmachen‹ wird, wie du es so reizend ausdrückst, weil nämlich, meine liebe und gute Minnie, absolut jeder, den wir je kennengelernt oder von dem wir gehört haben, nur deshalb den weiten Weg zu uns macht, weil er sich amüsieren will, meine Liebe. AMÜSIEREN – so lautet die Parole. Lächelt!« fügte er bissig hinzu, als sein Blick die Tischrunde streifte. »Glückliche, sorglos lächelnde Gesichter will ich sehen. Wenn wir damit nicht aufwarten können, blasen wir die ganze Sache besser gleich ab. Verstanden? Es gibt nur eine Grundregel für eine Party: Alles muß von Anfang bis Ende lustig sein. Es darf nichts Unerfreuliches vorfallen. Kein Stirnrunzeln, kein Hinweis auf häßliche Dinge darf die frohe Laune der ganzen Gesellschaft trüben.«

Minnie schnaufte unheilverkündend, und George Meredith stieß Westy mit unvermittelter Heftigkeit gegen das Schienbein.

Nach dem Frühstück standen die Jungen sofort auf, nahmen im Vorübergehen Annabelle mit wie einen abgelegten Mantel und stürzten fluchtartig auf den Hof hinaus.

»Pure Nervosität!« rief eine heisere, hohe Britenstimme,

die niemand im Haus je zuvor gehört hatte, aus dem Wirbel des Aufbruchs heraus.

Bei diesem Laut hielt Minnie verstört und abergläubisch Umschau, und Tonker knurrte.

»Lausejunge!« sagte er, erhob sich und ging um den Tisch herum, um seiner Frau einen Kuß zu geben. »Nicht weinen, Minnie. Wenn du weinst, bekommst du Kopfschmerzen, und wenn du Kopfschmerzen bekommst, fühlst du dich elend. Was ist denn los? Mach dir keine Sorgen. Ich bin doch da.«

Minnies Lächeln brach hervor. »Das weiß ich – nur zu gut! Aber was soll aus dieser schrecklichen Angelegenheit noch werden, Tonker? Ich finde, sie wird immer beängstigender. Man kann die Sache doch nicht einfach vertuschen. Sie müssen weitermachen. Der arme kleine Tyrann ist tot. Irgend jemand hat ihn umgebracht.«

Ihre Stimme erlosch, und Tonker griff wieder nach der Zeitung, der erstbesten. Ungeachtet der wallenden Falten seines gepünktelten Morgenrocks wirkte er bemerkenswert männlich, und sein sommersprossiger Unterarm war flachsblond behaart und kräftig.

»Ich weiß, wie du es meinst«, räumte er ein. »Die Sache hat eine eklige Seite, das geb ich gerne zu. Aber laß dich nicht unterkriegen. Das erste Hindernis haben wir hinter uns. Das nächste schaffen wir auch, wenn es dran ist. Kopf hoch, meine Alte. Es ist doch schließlich in unserm Leben immer so zugegangen – oder nicht? Oder etwa nicht, Minnie? Nur weiter! Wir haben noch immer durchgehalten. Nur Mut!«

Minnie betupfte ihre lange Nase vor einem winzigen Taschenspiegel, wobei sich ihr prustendes Lachen löste.

»Hör auf, mit mir zu reden, als wenn ich tatsächlich ein Pferd wäre.«

»So ist es schon besser.« Tonker klopfte ihr auf die Schulter. »Das hört sich schon eher nach meiner Minnie an. Jetzt wollen wir uns redliche Mühe geben und alles daran setzen, daß es der schönste Tag wird, den alle je erlebt haben. Und du wirst schon sehen: Irgendwas taucht plötzlich auf der Party auf. Irgendwas kommt plötzlich angesegelt. Das spüre ich in den Knochen. Paß nur auf!«

»Der Briefträger hat nichts gebracht.« Miss Dianes fröhliche Polterstimme drang aus der Spülküche zu ihnen herüber. »Ich sagte, der Briefträger hat nichts gebracht. Nur eine Handvoll von diesen Totoumschlägen und ein Rundschreiben von Mr. Williams Buchmacher.«

»Stecken Sie all das nur gleich in den Herd!« brüllte Tonker impulsiv.

»Nein, das tun Sie nicht!« Minnies Stimme stand seiner an Lautstärke nichts nach. »Stecken Sie es in die Küchenschublade, Dinah. O mein Gott, jetzt muß ich mich um all das hier allein kümmern. Daran bist du schuld, Tonker; hilf mir wenigstens abräumen.«

Miss Pinkerton war bereits tot, als ihr Körper vom Wasser erfaßt wurde. An dieser Stelle war der Fluß tief und strömte in einem durchsichtigen Grün dahin, das jetzt im vollen Sonnenlicht funkelte. Die Leiche glitt langsam, mit den Füßen voran, in die Strömung, und das blaue Baumwollkleid mit den gestärkten Petticoats darunter entfaltete sich breit auf der blendend hellen Fläche und hielt sie oben, so daß Miss Pinkerton eine Zeitlang wie Ophelia dahintrieb und, den dunklen Kopf in die grünen Kissen geschmiegt, seltsam graziös auf ihrem glitzernden Bett ruhte.

Es waren jetzt bereits etliche Stunden vergangen, seit Westy und George Meredith die Schleuse in den Moorwiesen, weit drunten, jenseits der ›Lockenden Lady‹ fast völlig geschlossen hatten. Deshalb floß das Wasser sehr träge, und die Leiche schwamm langsam rund fünfzig Meter weiter in einen von einer Doppelreihe von überhängenden Weidenbäumen gebildeten Tunnel hinein. Hier war es kühl und still und wurde der Fluß wieder seicht. Auf der Hälfte dieses Wasserkorridors hatte sich ein Damm gebildet; ein Haufen Schilf, von einer Uferböschung an der Landstraße nach Sweethearting, wo es in dichten Büscheln wuchs, fortgerissen, hatte sich dort in den knorrigen Wurzeln der alten Bäume verfangen.

Es war freilich kein sehr starker Damm. Unweigerlich mußte er im Laufe des Tages seinen Halt verlieren und zu der Blumenoase weiterschwimmen, aus der das frischgestrichene Bootshaus so farbenfroh hervorleuchtete. Doch vorerst war er noch fest verstrickt und gerade stark genug, um das neue Strandgut aufzuhalten.

Dort blieb die Leiche eine lange Zeit wartend liegen.

Old Harry und Miss Diane wohnten, wie es in Pontisbright allgemein hieß, in einem Loch. Das war weniger ein herabsetzender Ausdruck als eine zutreffende Bezeichnung für das strohgedeckte Cottage, dessen Dachrinnen auf gleicher Höhe mit dem umgebenden Gelände verliefen. Hinter dieser Behausung befand sich ein noch tiefer gelegenes Grundstück, das jetzt von riesig hohen Stockrosen umsäumt und hinreichend von Grünzeugs überwuchert war, um eine Kuh im Futter zu halten. Inmitten dieses Grundstücks wiederum stand ein sehr kleiner Schuppen mit einem alten, eingesunkenen Strohdach, und darin befand sich, so geborgen wie eine Feldmaus in ihrem Nest, Old Harry.

Er war eben damit fertiggeworden, auch die letzten Bestandteile des Fahrrads auseinanderzunehmen. Die Reifen und Schläuche waren schon vorher entfernt worden und hingen jetzt in einem fremden Schuppen, in dem des ›Beffchens‹ nämlich. Dort waren sie in Sicherheit. Vor der nächsten Apfelernte würde der alte Herr schwerlich versuchen, die staubige Treppe hinaufzuklettern. Die frisch geschmierte Kette hing unter der Brunnenplatte des ›Fehdehandschuh‹, denn die Gastwirtsfamilie hatte ebenso feste Gewohnheiten wie der Pfarrer. Die Lenkstangengriffe hatte er vernichtet, weil sie zu auffallend waren. Die Räder lagen hier unter der Werkbank – so verstaubt, als wenn sie seit Jahren dort gelegen hätten.

Lampe und Rücklicht steckten in einem Kaninchenbau im Garten. Die Satteltasche hatte er in einem hohlen Baum versteckt. Die Schutzbleche waren auf dem Müllabladeplatz gelandet, und die Klingel, die außer der Fabrikmarke – einer sehr bekannten – keine besonderen Kennzeichen aufwies, zierte jetzt Miss Dianes Fahrrad.

Der Rahmen – ein sehr guter Rahmen – war nicht ohne Bedauern wieder dem Fluß anvertraut worden, jedoch an einer stillen Bucht, die, wenn alles gut ging, später wieder untersucht werden konnte. Das war Old Harry schwergefallen. Dennoch schien es ihm nur anständig, daß der Fluß, der ihm dies schimmernde Prachtstück beschert hatte, irgend etwas dafür zurückerhielt. Er hatte seine Sache so elegant besorgt. Als Old Harry dieses Geschenk der Götter leuchtend und unversehrt auf einem Gewirr von Ästen, Strohhalmen und Schneehühnernestern auf sich zuschwimmen sah, hatte er seinen Augen nicht trauen wollen. Das Fahrrad hatte seiner Schätzung nach nicht länger als drei bis vier Stunden im Wasser gelegen, und da zu diesem Zeitpunkt noch heller Nachmittag war und Polizisten die Gegend unsicher machten, wie er nur zu gut wußte, da er ja einen guten Teil des späten Vormittags mit ihnen zugebracht hatte, hatte er das Geschenk lediglich an Land gezogen und mit ausgerupftem Gras zugedeckt.

Nach Anbruch der Abenddämmerung war er zurückgekehrt und hatte, ehe er mit seiner Demontagearbeit begann, die Klingel abgeschraubt und damit Miss Dianes unbeständiges Herz von dem Fremden zurückgewonnen.

Sehr viel später, zur Nachtzeit, nachdem der größte Teil seines unterschlagenen Fundes bereits in den diversen, über das ganze Dorf verstreuten Verstecken sicher gehortet war, hatte er noch eine Wanderung stromaufwärts unternommen, eigens um festzustellen, ob es irgendeinen zureichenden Grund dafür gäbe, daß das Fahrrad überhaupt ins Wasser gelangt war.

Unter einem Baum, ein paar Meter von dem Feldweg entfernt, der zum Pontisbright-Park-Landhaus führte, hatte er den Grund entdeckt.

Old Harrys ethische Grundsätze waren in dem Sinne eigentümlich, daß sie auf ihn persönlich zugeschnitten waren, aber wie sie auch aussehen mochten, er hatte welche. Ihnen war es zuzuschreiben, daß er Luke mit so fürsorglicher Aufmerksamkeit bedachte, nicht nur während der Nacht, als er zweifellos seinen Verstand vor der Verzauberung und Verflüchtigung durch die gefährlichen Mondstrahlen rettete, sondern auch am Morgen, als er ihm praktisch Meldung vom Vorhandensein der Leiche machte – sofern der Mann auch nur ein bißchen Grips hatte, mußte er es begriffen haben.

Und so war er reicher, glücklicher und in Mittsommerlaune am Mittag dieses Tages, des Tages von Mr. Tonkers Fest oder Party, wie es heutzutage genannt wurde – die Namen wandelten sich im Laufe der Jahre, das wußte Old Harry aus langer Erfahrung, aber die Feste glücklicherweise nicht: der Mensch und sein Bauch, die hielten zusammen, gleich wie man sie auch modernisieren mochte.

Er stärkte sich mit einem kräftigen Schluck von dem tückischen Weizenschnaps eigener Fabrikation, den er eigens für die nächtliche Feier angestochen hatte, während der er den Londoner sein blaues Wunder erleben lassen wollte, und ging hinaus hinter den Schuppen, wo er neben einer kleinen Quelle unter schützenden Kohlblättern ein paar seiner Blumensträuße für die Damen verwahrte.

Es waren dicke, straffe Buketts von strenger Kegelform und sicherlich uralter symbolischer Bedeutung, aber sie waren sehr hübsch gebunden, aus den erlesensten Blumen, wie Harry nur zu gut wußte, mit denen die Gärten von Pontisbright aufwarten konnten. Er hatte sich nämlich – unmittelbar nachdem er Luke verlassen hatte – auf einen Rundgang begeben, um sie zu pflücken. Ein Strauß war für Minnie bestimmt, mit einer von ihren eigenen roten Rosen als Kernstück; einer war für Emma; ein ganz in Goldgelb gehaltener, weil sie dem Adel angehörte, für Amanda und ein kleiner weißer für Annabelle. Der schönste und größte von allen war ein karmesinrot leuchtender, pyramidenartig gebundener, mit Knospen überhäufter, in Frauenhaar gebetteter – ein spezieller Strauß für einen Verliebten.

Old Harry holte einen staubigen, trichterförmigen Blumenkorb hervor, Überbleibsel einer Hochzeit um die Jahrhundertwende, und legte diesen Strauß hinein. Dann ging er fort, um seinen neuen Freund aufzusuchen, den ›Obersten Polizisten‹, an dem er Gefallen gefunden hatte, weil er ein so prächtiger, strammer junger Mann war – eine wahre Augenweide.

»Hut ab vor dir, Minnie. Das grenzt ja ans Wunderbare. Nicht mal wenn mir Nerze und Millionen winkten, würde ich das machen wollen. All die Arbeit, Mädchen, all diese Arbeit!«

Tommasina, die Frau von Wally, Tonkers Freund und Chef, saß auf Minnies Bett und frischte ihren Mund mit einem erdbeerroten Lippenstift auf. Ebenso wie Minnie war sie nicht in der ungünstigen Lage gewesen, von Geburt an schön zu sein, aber im Gegensatz zu Minnie hatte sie es in gut vierzig Jahren zu etwas der Schönheit sehr Nahekommendem gebracht. Sie hatte Formen wie ein junges Mädchen und wirkte wahrhaft elegant; ihr Kleid in Weiß und Marineblau ließ sogar die Blumen ländlich plump anmuten. Minnie lächelte. Sie freute sich sehr, sie zu sehen, und war insgeheim entzückt über die Entdeckung, daß das alte Elixier, das die Aussicht auf eine Party ihr selbst stets in die Adern hatte fließen lassen, sie auch diesmal nicht im Stich ließ. Jetzt spürte sie es wieder: eine unbeschwerte Heiterkeit, die Kummer und Sorgen verdrängte, wie eine Base eine Säure neutralisiert.

»Ich glaube, es wird hinhauen«, sagte sie und drückte in der Tasche ihres neuen bedruckten Kleides den Daumen. »So was macht nur Spaß, wenn man alles selbst macht und wenn man es für Leute tut, die man gern hat. Sonst können dergleichen kommerzielle Partys grauenhaft langweilig ausfallen und verfehlen damit ihren eigentlichen Zweck.«

»Wem sagst du das!« rief Tommy bitter. »Das erlebe ich fortwährend. Wer kommt denn? Alle Welt vermutlich. Wally war fürchterlich aufgeregt. Was hat denn der gute Tonker vor?«

»Was er vorhat?« Minnie zuckte heftig zusammen. »Mir ist nichts davon bekannt, daß er irgendwas Besonderes vorhat.«

»Ach je, dann vergiß es nur wieder. Ich war lediglich neugierig. Ich weiß nichts.«

Minnie drängte sich zwischen sie und den Spiegel. »Los«, befahl sie. »Heraus damit! Der Mensch macht mir angst.«

»Ich weiß wirklich nichts.« Tommy lehnte sich auf dem Bett zurück. »Ehrlich, nicht das mindeste. Ich weiß lediglich, daß er mit den Clowns irgendwas verabredet hat.«

»Mit den Clowns?« stöhnte Minnie.

»Nichts Wüstes.« Tommy legte beruhigend die Hand auf ihren Arm. »Soviel ich weiß, ist es nur eine Art Dialog. Aber erwähne es auf keinen Fall – alle beide würden es mir nie verzeihen. Allen Ernstes, mein Engel: was es auch sein mag, mir ist nur bekannt, daß Tonker hierher gefahren ist, um es telefonisch mit ihnen zu vereinbaren, weil er ihnen in aller Ruhe lange Anweisungen geben und das um keinen Preis vom Büro aus tun wollte.«

»Aber was hat er vereinbart?«

»Mehr weiß ich nicht und Wally auch nicht. Es ist anscheinend ungeheuer wichtig.« Sie lachte. »Trotzdem ist es vielleicht nichts als blühender Unfug. Du kennst sie ja.«

»Na schön.« Minnie betupfte ihre Nase mit einer riesigen Puderquaste. »Schlimmer als früher kann es schwerlich sein.«

»Allerdings.« Die andere Ehefrau der ›Wahrnehmung‹ G.m.b.H. schlug genau denselben Tonfall an, ein Gemisch von Stolz und Resignation. »Kommt die ganze alte Clique ebenfalls? Jenny, Robert, Eve, Cocky, Poppy, die Whippets...«

»Mit den Kindern.« In Minnies Stimme schwang ein gewisser Stolz. »Ich gehe einen Handel ein«, sagte sie geheimnisvoll. »Wir besorgen sämtliche Arbeiten selbst, und ich bringe die Freunde als Aushilfskräfte unter.«

Tommy lachte. »Bist du eine verrückte Nudel! Wally sagt, du nähmst die Leute vom Finanzamt viel zu ernst. Was wollen die denn? Verlangen die ein Gästebuch zu sehen, in dem der mögliche Wert jedes Namens genau veranschlagt ist?«

»Diesmal nicht.« Minnie versah ihre Fingernägel, die sie auf altmodische Art trug, mit einer letzten Politur. »Aber stell dir vor, meine Liebe, mein armer kleiner Schnüffler ist tot. Ich muß immerzu an ihn denken.«

»Das ist doch hoffentlich nicht der, der in den Zeitungen steht?« Tommys Stimme hatte einen gefährlichen Beiklang.

»Ja, doch; das ist er. War er, meine ich.«

»Minnie!« Die schwarz untermalten Augen der Besucherin hatten sich geweitet. »Wally hat auf der ganzen Herfahrt nur davon gefaselt. Sag mal, Minnie, wenn es jetzt einen Skandal gäbe, wäre das ja die reinste Hölle. Darling, darüber bist du dir doch im klaren, nicht wahr? Unser neuer Kunde kommt und bringt den alten Lord Tudwick höchstpersönlich mit. Wally und Tonker haben sich an einem Auftrag für diese Firma monatelang geradezu abgerackert. Liebste, es wäre einfach zu grausam, wenn jetzt was dazwischenkäme.«

»Oh, ich weiß.« Minnie schüttelte den Kopf. »Das brauchst du mir wahrhaftig nicht erst zu sagen! Fang hat mir gestern geschrieben. Er bringt...«

»Hör zu, Minnie.« Tommasinas Augen strahlten in unnatürlichem Glanz. »Wir wollen den Dingen ins Gesicht sehen. Tonker ist nun mal ziemlich hitzig und temperamentvoll. Du glaubst doch nicht, daß... Ich meine, du bist doch sicher...?«

»Tonker sagt, er hätte es nicht getan«, sagte Minnie rundheraus. »Also sei nicht albern. Es wird die beste Party, die wir je gegeben haben, und es besteht nicht der mindeste Anlaß zur Beunruhigung. Es wird die ›Party der Mutigen und Anmutigen‹. Tonker hätte sie nicht so genannt, wenn er – nun ja, wenn er glaubte, daß sich die Polizei für ihn interessiere. Es ist schon alles in Ordnung. Leg noch ein bißchen Rouge auf. Was für ein großartiges Kleid!«

Tommy war beruhigt, weil sie beruhigt sein wollte, und ließ sich fürs erste ablenken.

»Gut, nicht wahr? Aus dem Pariser Haus der ›Alten Firma‹ – es geht eben nichts darüber. Sie knöpfen einem zwar ein höllisches Geld ab, aber man bekommt auch was Himmlisches dafür. Ich hab's drüben gekauft, da ich dort einen kleinen Werbeauftrag für Lemesurier zu erledigen hatte. Unglaublich anstrengende Sache. Ich habe einen ganzen, langen, trübseligen Donnerstagnachmittag mit S. S. Smith und ein paar gräßlichen Geschäftsfreunden von ihm in Auteuil zubringen müssen. Erst abends um neun konnte ich ihnen entwischen. Wie ich höre, wird er heute auch hier sein?«

»Ja.« Minnie überlegte. Ihre Augen waren schmal geworden, und es sah fast aus, als fürchte sie sich, die Frage zu stellen, die ihr durch den Kopf ging. »Welcher Donnerstag war das?«

»Vorige Woche. Hat das was zu sagen?« Tommy hatte den Spiegel wieder an sich gebracht. »Nicht vorgestern. Der Donnerstag davor. Ist das irgendwie wichtig?«

»Nein.«

»Was um Himmels willen hat das zu bedeuten, Darling? Liegt dir was daran, zu wissen, wo der S.S.S.-Mann Donnerstag vor acht Tagen gewesen ist?«

»Ja, in etwa schon«, sagte Minnie zerstreut. Dann gewahrte sie den Gesichtsausdruck der andern Frau und begehrte auf wie ein kleines Mädchen. »Ach, sei doch nicht albern«, protestierte sie. »Sei nicht so ekelhaft. Was willst du sonst noch alles aufs Tapet bringen?«

»Es wäre dem F.W.M. aber gar nicht recht«, setzte Tommy gerade an, als eine Handvoll Steine ans Fenster prasselte. Nach anfänglichem Schweigen erhob sich draußen ein wieherndes Schuljungengelächter. Minnie schaute hinaus, und Tommasina gesellte sich zu ihr. Zwei untersetzte Gestalten standen, die Rücken dem Haus zugekehrt, nebeneinander auf dem Pfad vor dem Fenster. Wally war sehr korrekt in dezentes Grau gekleidet, Tonker aber hatte sein Party-Gewand angezogen, das die Freunde ihm mitgebracht hatten: einen der frühesten Cricket-Club-Blazer – ein kleines bißchen zu groß für ihn, im Schnitt von der Pyjamajacken-Respektabilität der Sportmode des vorigen Jahrhunderts – aus fast fingerdickem Flanell. Die roten und gelben Streifen waren nur leicht verschossen, und der Gesamteindruck war gleichzeitig flott und imposant.

»Famos!« rief Minnie und wählte damit das passende Wort. »Direkt enorm. Haargenau richtig.«

Die nach wie vor von unterdrücktem Lachen geschüttelten Gestalten drehten sich langsam um, und nun ertönten vom Fenster her schrille Schreie. Sowohl Wallys prächtiger schwarzer Bart als Tonkers flachsblondes Grinsen wurden von ›Hübsche Mädchen‹-Masken verdeckt, die zwar nicht sehr gut saßen, aber dennoch gräßlich echt wirkten. Tonkers fast bis zum Knie zugeknöpfter Blazer unterstrich noch das abstoßende Mißverhältnis. Wally verzog das Gesicht und streckte das Kinn vor, und der schmiegsame Gummi machte alle Bewegungen mit. Tonker hielt sich die Augen zu.

»Da ist ein Knick drin!« rief er, und beide brüllten vor Lachen.

Tommasina wandte sich Minnie zu. »Danach gibt es nichts mehr, was ich ihnen nicht zutrauen würde«, sagte sie.

Nach dem Lunch tollten Amanda und Rupert umher, statt sich umzuziehen. Das selbstauferlegte lange Ausruhen am Morgen schien in beiden einen ungewöhnlichen Kräfteüberschuß erzeugt zu haben. Obendrein waren sie freudig erregt. Alte Freunde hatten angerufen. Old Harrys Strauß war eine gelungene Überraschung gewesen und das Wetter weit besser geworden, als irgend jemand hätte hoffen können.

Nachdem er anfangs lediglich albern gewesen war, wurde Rupert plötzlich sehr unartig und weigerte sich, seine neue Hose anzuziehen, eine lange weiße. Amanda, selber erst halbwegs angekleidet, ließ sich unklugerweise darauf ein, ihn fangen zu wollen, und so rannten sie wie die Irren durch die obere Etage des Hauses und landeten schließlich in Tante Hatts Schlafzimmer. Rupert stürzte sich im Hechtsprung auf das Bett; Amanda nahm die Gelegenheit wahr und packte ihn beim Bein; und nun riß er mit einem gellenden Gequietsch die Schildpatt-Haarbürste von der hohen Kommode neben dem Bett, schlug ihr damit auf den Kopf und schleuderte sie in eine Ecke, wobei sie entzweiging.

Mr. Campion, heraufgeeilt, um nachzusehen, ob sie etwa übergeschnappt seien, kam gerade noch rechtzeitig zum großen Gejammer. Rupert flennte in tiefster Zerknirschung, Amanda rieb sich den Kopf, und beide waren ziemlich entsetzt, der Haarbürste wegen, die »ein gutes Stück« gewesen war. Mr. Campion mußte sich den Hergang in allen Einzelheiten erklären lassen, was ziemlich schwierig war, da beide vorher ihre Gedanken nicht mehr ganz beisammen gehabt hatten.

»Ich hab es nicht mit Absicht getan.« Der ewige Klageruf stieg auf in dem alten Haus, das ihn im Verlauf seiner langen Geschichte vielhundertmal vernommen haben mußte. »Sie hat mich fangen wollen, und da hab ich gar nicht mehr nachgedacht. Ich hab es nicht mit Absicht getan. Ehrlich, ich hab es nicht mit Absicht getan.«

Das nunmehr entstehende, nur von Ruperts Schluchzen unterbrochene Schweigen währte so lange, daß beide Kombattanten nach einer Weile vorsichtig zu Mr. Campion hinspähten, ob er sie etwa vergessen habe. Zu ihrer tiefsten Entrüstung stellten sie fest, daß dem so war. Er war zum Fenster hinübergeschlendert und stand jetzt dort und starrte mit blicklosen Augen auf den Garten hinaus.

»Natürlich«, sagte er schließlich in überraschend sachlichem Ton. »Natürlich. Was bin ich doch für ein Blödian.« Als er sich umdrehte, schien er die beiden beleidigten Gesichter erstmalig wahrzunehmen. »Ja, wahrhaftig«, sagte er. »Ihr zwei müßt euch beeilen, nicht wahr?« Dann wandte er sich schwungvoll um, ging mit langen Schritten aus dem Zimmer und eilte behend die Treppe hinunter, während die beiden ernüchtert und niedergeschlagen, aber im Unglück vereint zurückblieben.

Als er im Flur anlangte, begann das Telefon zu klingeln, und er ging auf den Apparat zu. Doch alsbald kam Luke, ein wenig rot im Gesicht und mit gespielter Geschäftsmäßigkeit, aus dem Eßzimmer gestürzt, um den Anruf anzunehmen. Mr. Campion ließ ihm höflich den Vortritt und mußte peinlich betreten miterleben, mit welch nervöser Hast Lukes lange Hand sich um den Hörer legte. Luke mußte wohl ein anderes Gespräch erwartet haben, denn gleich darauf konnte man ihn deutlich verärgert rufen hören: »Lugg. Für Sie.«

Das heisere, wohlbekannte Organ am andern Ende der Leitung tat sehr geheimnisvoll.

»Sie selbst, Chef? Noch kein Glück gehabt bis jetzt. Aber ich hab so eine Art Anhaltspunkt. Ich gehe der Sache nach.«

»Gut. Wo sind Sie?«

»In einem verdammten Kolonialwarenladen, wo mich lauter Ochsenaugen anstarren... So, jetzt gucken sie weg.« Die Geräuschkulisse war sehr abwechslungsreich, unter anderm wartete sie mit dem seltsam pfeifenden Sausen eines fernen Meeres auf, das er aber schließlich erstaunt als das Atmen des Anrufers identifizierte.

»In Kepesake?«

»Nein. Bin nach Ring weitergefahren, und jetzt mach ich mich auf den Weg nach Hadleigh. Ich hab 'nen Pillendreher gesprochen, der mich an sein Hauptgeschäft weiterverwiesen hat – haben Sie das mitbekommen?«

»Ja. Halten Sie sich ran.«

»Schon gut. Sie wissen ja, was passiert, wenn man ein gutwilliges Pferd mit der Peitsche antreibt.«

»Was denn?«

»Dann hat das edle Tier verdammt schnell die Nase voll. Gehn Sie nur mit Ihrer werten Frau Gemahlin und dem kleinen Nichtsnutz zur Party; und warten Sie nicht auf mich. Wir sprechen uns, wenn ich zurück bin. Richten Sie den Leutchen aus, daß ich komme. Ich hab da drüben noch 'ne Menge zu erledigen, und wenn Sie mit diesem Jux hier auf der richtigen Fährte sind, gibt's noch mehr zu tun.«

»Ganz sicher.« Mr. Campions Stimme klang wenig mitteilsam. »Aber wichtig ist es schon. Ich habe nämlich eine Idee.«

»Schreiben Sie sie mit Kreide an die Wand.« Die dumpfe Stimme klang höhnisch. »Halten Sie sie fest. Sehen Sie zu, daß sie Ihnen nicht durchgeht. Dasselbe hat der Bursche von dem Vehikel gesagt, das er mir vermietet hat.«

»Du liebe Zeit! Was für ein Vehikel denn? Pferdewagen?«

»Nein. So einen kleinen Motorroller, den man per Fallschirm abwerfen kann. Einen Sealyham.«

»Einen Corgi. Um Gottes willen, Lugg, werden Sie damit fertig? Seien Sie bloß vorsichtig.«

»Das sagt alle Welt.« Lugg tat mächtig belustigt. »Eine ganze Prozession von Autos hat sich mir angeschlossen, die alle nur nachfolgen, um zu sehen, wie ich in die Luft gehe. Sehr ungebildeter Menschenschlag hier in der Gegend. Hat nicht genug Abwechslung. Dann und wann biete ich ihnen was – seht mal: freihändig! Bis später.«

Mr. Campion legte auf und ging ins Eßzimmer. Dort saß Luke am Tisch vor einer Reiseschreibmaschine, rund um ihn die unvermeidlichen, sauber gestapelten Papierstöße. Der von Scotland Yard zu seiner Unterstützung abgestellte Sergeant, ein schlanker junger Mann mit ruhigem Blick, saß an dem kleinen Schreibtisch in der Ecke und ordnete Notizen. In einem Wasserglas auf dem Tisch stand Old Harrys karmesinroter Strauß. Er leuchtete wie eine blutige Wunde auf der dunklen Oberfläche des alten Holzes. Mr. Campion bedachte ihn im Vorübergehen mit einem scharfen Blick und sah dann Luke an, der in Hemdsärmeln dasaß, mit verschlossenem Gesicht und in Gedanken versunken.

»Ich glaube, ich fahre die beiden jetzt rüber. Es ist drei Uhr durch, und wir hatten versprochen, pünktlich zu sein. Sie kommen doch nach, nicht wahr?«

»Ich weiß nicht.« Luke gab sich Mühe, nicht unfreundlich zu wirken. »Es gibt noch viel zu tun. Der Chief Constable ist in Rage. Es geht selbstverständlich nicht an, daß er jetzt aus gesellschaftlichem Anlaß bei den Cassands erscheint, und die Presse mäkelt an ihm herum. Mit Mühe und Not haben wir dem Finanzamt noch ein paar weitere Namen und Adressen entlocken können. Die sind natürlich fuchsteufelswild. Für sie ist es ein ausgesprochener Fall von Pech. Der Mann gehörte schließlich nicht mehr zu ihrer Belegschaft. Aber wir müssen nun mal alles gründlich durchgehen. Heute morgen haben wir uns ein paar vorgeknöpft. Eine elende Angelegenheit.«

Mr. Campion zögerte. »Mir ist da eine Idee gekommen«, wagte er schließlich zu sagen. »Es ist freilich eine ziemlich kühne Vermutung.«

»Die ›kühnen Vermutungen‹ machen mich noch ganz fertig«, sagte Luke mit uncharakteristischer Bitterkeit. »Entschuldigen Sie, Chef, aber wenn ich nur eine einzige verdammte Tatsache in die Finger bekäme, die zehn Minuten lang standhielte, könnte ich die ganze Sache abschließen und von hier abhauen.«

Dieser Aufschrei war allzu ungestüm gewesen. Er ärgerte sich, bekam einen roten Kopf und kehrte sich wieder seiner Schreibmaschine zu.

»Vielleicht komme ich auf einen Sprung rüber, falls ich das hier vorher noch geschafft kriege«, sagte er kurz angebunden. »South ist ja auf jeden Fall da.«

Mr. Campion wandte sich ab. Er war keineswegs beleidigt, aber seine Theorie stand noch auf zu wackligen Füßen, als daß er hätte darüber sprechen können. Es hing davon ab, was Lugg in den Apotheken des Bezirks ausfindig machen konnte.

Im Vorübergehen nahm abermals der Strauß seinen Blick gefangen.

»Jetzt weiß ich, wo ich dieses ungewöhnliche Arrangement schon mal gesehen habe«, bemerkte er, von seiner Überraschung zur Unvorsichtigkeit verleitet. »Auf einer alten französischen Tapisserie nämlich. Sie hängt im Victoria-und-Albert-Museum, glaube ich; über einer kleinen Truhe. Im fünfzehnten Jahrhundert wurden sie als Hochzeits...« Er brach abrupt ab. Eine solche Ungeschicklichkeit passierte ihm für gewöhnlich nicht.

»Ich hasse das verdammte Ding«, sagte Luke.

Wenig später brachte Mr. Campion Frau und Sohn im Wagen fort. Sie waren überaus adrett und von der eigenen Eleganz ein wenig eingeschüchtert. Amanda trug das neue Kostüm aus Shantungseide und den kleinen Strohhut zum erstenmal, und Rupert hatte noch nie zuvor so schicke weiße Flanellhosen angehabt; also grüßten sie im Vorbeifahren alle ihnen bekannten Leute auf der Landstraße mit artigem Kopfnicken und redeten, während sie über das Wetter und die weithin bekannte schöne Aussicht plauderten, einander mit formvollendeter Höflichkeit an.

Im Eßzimmer der Mühle wurde unterdessen lange Zeit hindurch heftig weitergearbeitet. Luke ließ das Telefon eine ganze Minute läuten, während der er noch einen Satz fertigschrieb, gab aber dem Sergeant durch einen Wink zu verstehen, daß er das Gespräch selber annehmen wolle; dann erst erhob er sich und ging lässig zum Apparat hinaus.

»Hallo. Bist du es?« Prunes absurde Stimme klang unnatürlich gedämpft.

»Allerdings.« Indem er sich zu gleichmäßigem Atmen zwang, seine Wut gewaltsam zurückdrängte und den letzten Rest seiner Würde wahrte, gelang es Luke, einen künstlich munteren Ton anzuschlagen. »Kann ich was für dich tun?«

»Kommst du mich denn nicht abholen? Wir sind schon schrecklich spät dran.« Noch nie zuvor in seinem Leben hatte Luke mörderische Wut auf eine Frau empfunden. Jetzt verzehrte ihn ein so blinder, so maßloser Zorn, daß er fast daran erstickte.

»Warum hast du nicht eher angerufen?«

»Hätte ich das tun sollen? Deine Mutter hat gesagt, das einzige, was man niemals tun dürfe, sei ...«

»Oh, du hast sie also besucht, ja?« Luke krümmte sich über den Apparat, als wenn er sich hineinzwängen wolle. Seine gewohnte Vitalität kehrte wieder zurück. Die kleinen Zierstücke aus Messing auf dem Kaminsims fingen an, beim Klang seiner Stimme zu vibrieren.

»Freilich. Mein Kleid war noch nicht fertig, also bin ich über Nacht dort geblieben.«

»In Linden Lea?« Luke, der sich noch überaus lebhaft an den Aufruhr erinnern konnte, der dem Wochenendbesuch einer Tante im Jahre 1936 voraufgegangen war, staunte.

»Ja. Es wurde mir angeboten, und da hab ich natürlich sofort zugegriffen. Ich hatte ursprünglich vor, mich bei Browns einzuquartieren, aber deine Mutter sagte ...«

»Wo bist du im Augenblick?«

»Im Pfarrhaus; ich warte da auf dich. Das ›Beffchen‹ und Mama sind schon vorgegangen; sie sind schon Gott weiß wie lange weg. Ich bin fix und fertig. Ich habe überall abgeschlossen, ich habe ...«

»Warte mal.« Luke warf einen prüfenden Blick erst auf seine Schuhe, dann auf seine Fingernägel. »Warte mal. Du bist also allein da, sagst du? Bleib genau da, wo du bist.«

»Aber natürlich. Ich warte schon seit... Hör mal, Charles, ich hab das Halsband.«

»Was für ein Halsband?«

»Das Halsband. Das aus Jade. Das, was dein Onkel aus Shanghai mitgebracht hat. Deine Mutter gab es...«

»Sie hat es dir gegeben?« Luke hätte beinahe aufgelegt, so erleichtert war er. »Hör zu«, brüllte er in die Sprechmuschel, »hör zu...«

»Ich hör doch zu.«

»Also gut. Rühr dich nicht vom Fleck.«

»Na schön. Aber, Charles, etwas muß ich unbedingt noch wissen: Wie sieht unser Standpunkt in dieser Mordaffäre aus?«

»Unser Standpunkt?«

»Ja, mein Lieber, unser Standpunkt«, sagte Prune geduldig. Unser. Unser. »Der offizielle Standpunkt der Polizei.«

»Bleib am Apparat. Das heißt, leg auf!« rief Luke und legte seinerseits den Hörer auf die Gabel. »Bleib, wo du bist!« sagte er zum Telefon und ging ins Zimmer zurück, um sein Jackett zu holen. »Sie machen ja weiter, nicht wahr?« wandte er sich geistesabwesend an den Sergeant. »Das ganze Zeug da ist vollkommen unwichtig, wissen Sie. Das eigentliche Zentrum der ganzen Sache ist drüben in der ›Lockenden Lady‹. Ich sehe zwar noch nicht genau, wie alles zusammenhängt, und es kann sein, daß es ein heilloses Durcheinander ist, aber daran ist nun mal nichts zu ändern. Da gibt's nur eins: sich mitten hineinstürzen und es – hm, zum Abschluß bringen. Bleiben Sie hier. Ich lasse Sie später ablösen.«

Der Jüngere sah ihn neugierig an. Und er bot in der Tat einen bemerkenswerten Anblick: er stand da und putzte sich wie ein großer schwarzer Kater, mit fröhlich blitzenden Augen und einer hartnäckigen Lachfalte an den Mundwinkeln. Er zupfte vor dem Spiegel seine Krawatte zurecht, brachte seine Manschetten in Ordnung und grinste.

»Lassen Sie mich nur machen«, sagte er und ging hinaus,

um gleich darauf zurückzukehren, des Straußes wegen, den er aus dem Glas nahm und in sein Taschentuch wickelte. Er sah dem Sergeant fest in die Augen. »Das hier werde ich brauchen«, sagte er.

In der kühlen Stille unter den Weidenbäumen, wo sich kein Lüftchen regte, war das Wasser langsam in die aufgeblähten Röcke gedrungen, die die Leiche obengehalten hatten, und nun begann sie zu sinken, mit den Füßen zuerst. Gleichzeitig war ein weiterer Schwung von Schilf auf aufgeweichten Baumblüten auf die Hauptmasse zugeschwommen, und da die Leiche nunmehr eine Schrägstellung einnahm, war er halbwegs darunter geglitten und diente dem dunklen Kopf als Kissen. Doch nun übte das neue Gewicht auf den ohnehin nicht sehr starken ursprünglichen Damm einen stetigen Druck aus, und seine Verankerung in den Baumwurzeln löste sich nach und nach. Gegen fünf Uhr nachmittags zerriß auch die letzte das Gewirr noch haltende Ranke unter dem sanften Druck, und überaus sachte begann die ganze schreckliche Fracht, sich langsam der Mündung des Tunnels zuzubewegen, wo das Laubdach aufhörte und die Sonne, weiter flußabwärts, auf eine Gruppe von gelben Schwertlilien schien . . .

15

Tonkers Gäste

Tonker schlängelte sich geschickt zwischen den vielen Menschen auf dem Rasen hindurch, gelangte endlich von hinten an Minnie heran und legte ihr den Arm um die Taille.

»Es ist in Ordnung. Poppy ist eingetroffen«, sagte er heiser. »Leo hatte sie eingeschlossen, aber sie ist durchs Fenster geklettert und hat sich im Wagen umgezogen, die wackere alte Poppy. Jetzt steht sie wohlbehalten hinter der Bar und schüttet dem alten Tudwick, der haargenau ihr Typ ist, ihr Herz aus. Wally hat aufgehört, an den Nägeln zu kauen, und nimmt wieder Nahrung zu sich. Die Hürde wäre also geschafft.«

»Wie lieb von ihr!« Minnie behielt zwar den gesellschaftlichen Plauderton weiter bei, aber ihre Dankbarkeit kam wie stets von Herzen. »Die gute Poppy! Wie typisch; aber auch – wie vernünftig!«

Tonker grinste schalkhaft. »Eingeschlossen hat er sie! Das geht wirklich ein bißchen zu weit – findest du nicht?« Das sommersprossige Gesicht mit den tiefblauen Augen über dem hochgeschlossenen Blazer strahlte Heiterkeit aus. »Da kannst du mal sehen, wie es um manche Ehen bestellt ist. Er pocht auf seine Würde als Chief Constable, der wunderliche alte Kauz!«

Minnie starrte ihn verblüfft an, bis ihr schließlich der Sinn dieser Maßnahme dämmerte.

»O Tonker! Wie schrecklich! O je, ich hatte es völlig vergessen.«

»Dann vergiß es auch weiterhin«, sagte er kühn. »Niemand sonst denkt daran. Die Party ist großartig in Schwung gekommen. Fang sucht dich übrigens. Vergiß deine eigenen Bilder nicht. In der Scheune hab ich ein paar sehr vornehm wirkende Typen gesehen. Ich kenne sie nicht, darum mußt du sie wohl kennen. Mach also jetzt nicht schlapp. Aber mit der Scheune hat es keine Eile. Donnerwetter, hast du Prune gesehen?«

»Prune?«

Er lachte. »Ich merke schon, du hast sie noch nicht gesehen. Du mußt es unbedingt. Das hätte ich nicht für möglich gehalten.« Er hielt abrupt inne, als sein Blick auf den Strauß in ihrer Hand fiel. »Du hast auch eins von diesen Dingern. Eine ganze Menge Mädchen hat welche. Wo habt ihr die her?«

Minnie drehte die Blumen in der Hand. »Von Old Harry. Ich finde sie sehr zeremoniell und hübsch, du nicht?«

Tonker betrachtete das Bukett mit unsicherer Miene. »Ja, vielleicht«, sagte er. »Warum auch nicht? Hör mal, Minnie, die Brücke ist doch völlig sicher, wie?«

»Die Fähre? O ja, mein Lieber. Macht sie sich gut?«

»Sehr gut. Aber an der einen Seite staut sich eine Menge Gras, Laub und anderes Zeugs an. Daran ist vermutlich nichts zu ändern.«

»Nein«, sagte sie in entschuldigendem Ton. »Nein, ich glaube nicht. Im Fluß schwimmt immer so allerlei Kleinzeugs mit. Daran nimmt niemand Anstoß. Ist es denn schlimm?«

»Nein. Nicht der Rede wert. Alles ist wunderbar. Der Champagner ist ganz vorzüglich, und ich bin froh, daß irgendein kluges Kind, genauer gesagt, Annabelle, den guten Einfall gehabt hat, eine Bar mit nichtalkoholischen Getränken aufzumachen. Auch das Eis war ein Geistesblitz. Wer ist denn auf den Gedanken gekommen?«

Minnie schaute verwirrt drein. »Ehrlich gesagt, ich hab keine Ahnung. Ich hab es auch bemerkt; alle Welt scheint Eis zu schlecken. Es muß in rauhen Mengen vorhanden sein.« Sie ließ flinke, angelegentliche Blicke in die Runde schweifen, auf Ausschau nach der verlassen umherstehenden jungen Frau oder dem kontaktlosen Außenseiter. »Bei einer Party wie dieser kommt so was eben einfach vor. Ich finde es sehr nett.

Tonker, von da drüben schauen zwei Leute, die ich nicht kenne, fortwährend zu dir hin – gleich da drüben, neben Agnes Glebe.«

Tonker wandte den Kopf. »Ach ja, richtig. Bis später.« Mit ausgestreckten Händen und entzücktem Lächeln stürmte er davon, und Minnie wurde auf der Stelle von einem sehr eleganten jungen Mann in Beschlag genommen.

»Mrs. Cassands, man schickt mich her, um Sie zu holen«, sagte er und nahm sie energisch bei der Hand. »Eine erlauchte Gesellschaft hat sich in Ihrem Atelier zusammengefunden. Oder vielmehr da drüben in der Scheune.«

Eiskalte blaue Augen senkten sich in ihre, und sie kämpfte einen in ihr aufsteigenden panischen Schreck nieder. Es war fünfunddreißig Jahre her, daß sie sich zuletzt einem so herrischen Exemplar von Mann gegenübergesehen hatte, und der von damals war schon in vorgerücktem Alter gewesen.

»Die Herren möchten, daß Sie ihnen etwas zu Ihrem bemerkenswerten Bild sagen.« Abermals blickte er sie an. »Es gefällt ihnen sehr; Sie können also unbesorgt sein.«

»Welches Bild meinen Sie?« fragte Minnie. Sie ließ mit Blitzesschnelle die ausgestellten Gemälde an ihrem geistigen Auge vorüberziehen und hielt schuldbewußt vor dem Porträt des ›kleinen Unheils‹ inne.

Der junge Mann senkte die Stimme: »Das moderne.«

»Das moderne?« In augenblicklicher intuitiver Erkenntnis entsann sich Minnie der ungeklärten Abwesenheit Tonkers vor dem Frühstück. Seitdem hatte sie die Bilder noch nicht wieder gesehen. Der junge Mann hielt nach wie vor ihre Hand mit seinem Zwang ausübenden Griff umfaßt.

»Ich glaube, Sie müssen mitkommen«, sagte er.

»Bei Gott, ja!« sagte Minnie ingrimmig. »Ich glaube, daß ich gut daran täte.«

Während sie sich ihren Weg durch die Menge bahnten, wobei der junge Mann ihren Ellbogen umklammerte, damit sie ihm nicht entschlüpfen könne, zog er mit geflissentlich beiläufigem Ton eine Erkundigung ein.

»Unter den Gästen ist auch ein gewisses Mädchen. Sie heißt Prune, glaube ich.«

Minnie hob den Kopf. »War sie allein?«

»Äh – nein«, sagte er betrübt. »Nein, sie war nicht allein.«

Unterdessen stand Mr. Campion auf der andern Seite des Rasens und unterhielt sich mit einer Reihe alter Freunde.

»Wieso laufen eigentlich diese absurden Partys, die der gute Tonker gibt?« fragte ihn eine Dame, jetzt Mrs. Gilbert Whippet und früher einmal Janet Pursuivant, Sir Leos einzige Tochter, mit echter Verblüffung in der Stimme. »Daddy ist zu Tode betrübt, weil er nicht hiersein kann. Einer dienstlichen Angelegenheit wegen – was es ist, weiß ich nicht. Aber Tonker verhält sich mit diesen Empfängen wirklich sehr ungewöhnlich. Man weiß nie, wann er einen veranstalten wird. Er lädt eigentlich nie jemanden richtig ein. Bedienungspersonal ist überhaupt nicht vorhanden. Und trotzdem erscheint alle Welt auf der Bildfläche, unter anderm, weiß Gott, die erstaunlichsten Leute. Sieh dir doch bloß mal den Mann da drüben an! Und immer hat er Glück mit dem Wetter.«

»Scheint tatsächlich immer einen schönen Tag zu erwischen«, sagte Mr. Campion und lächelte sie zärtlich an, weil er ihr so dankbar dafür war, daß sie ihn nicht geheiratet hatte. »Und der Mann da drüben ist der Superintendent deines Vaters.«

»Na ja, dann ...« Sie war ein bißchen empfindlich, weil sie nur zu gut wußte, was er dachte; und obwohl sie ihren Mann sehr gern hatte, der eine sogar noch vagere Ausgabe des gleichen Typs war, fand sie es ungalant von ihm, ebenfalls glücklich zu sein. »Na ja, dann sieh dir die da an. Wer in aller Welt sind denn die?«

»Schau mal, da hinten – der Widerschein auf den Bäumen!« sagte Mr. Campion hastig. »Das sind zwei der reichsten Leute der Saison. Mr. Burt und Mr. Hare mit ihren Damen. Und der

Mann mit dem verquetschten Gesicht ist ein höchst einflußreicher Mann namens Smith. An denen würde ich mich nicht weiter stören. Sie sind so eine Art selbsteingeladener Partyschreck.«

Janet konnte sich einen wohlerzogenen Spähblick nicht verkneifen. »Wohl in seiner Haut scheint er sich ohnehin nicht zu fühlen«, sagte sie befriedigt. »Dabei sieht er eigentlich nicht mal gelangweilt aus. Er sieht aus, als ob ihm übel wäre. Vielleicht machen sie ihm Schwierigkeiten. Sie schauen drein, als hätten sie die Absicht, das Anwesen zu kaufen.«

»Manche Leute haben stets die Absicht, zu kaufen, was ihnen vor Augen kommt, gleich was«, murmelte Mr. Campion. »Ist Gilbert hier?«

»Ja. Gilbert Whippet, Generaldirektor der M.O.L.E.« Eine geisterhafte Erscheinung in blaß rauchfarbenem Anzug tauchte von irgendwo gleich hinter Mr. Campions linker Schulter auf und hielt ihm eine schlaffe Hand hin. »Ich bin hier. Ich bin schon die ganze Zeit hier. Das würde ich mir doch um keinen Preis der Welt entgehen lassen. Hör mal, Campion, hast du Prune gesehen?«

»Heute noch nicht. Warum?«

»Ich weiß nicht. Ging mir nur so durch den Kopf.« Whippet faselte dummes Zeug, wie gewöhnlich, und Mr. Campion unterdrückte einen Impuls, den er schon bei der ersten Begegnung mit ihm auf der Totham School verspürt hatte, den Impuls nämlich, ihm fest auf den Fuß zu treten, damit er nicht abschweifte. »Das ging mir nur so durch den Kopf«, wiederholte er. »Sie war doch sonst immer ein so fades Geschöpf.«

»Sie ist immer noch ein fades Geschöpf«, sagte Mr. Campion mit ungewohnter Heftigkeit.

»O nein, mein Lieber.« Whippet vermittelte den Eindruck einer für seine Begriffe leidenschaftlichen Erregung. »O nein, da kann ich dir nicht beipflichten. Da irrst du dich.«

Mr. Campion packte ihn ebenso energisch beim Ellbogen,

wie der junge Mann es vorhin mit Minnie getan hatte, und führte ihn ein wenig beiseite.

»Wie steht's mit der Botanik?« erkundigte er sich. »Vielen Dank für deine Mitteilung. Meine hast du ja gewiß bekommen.«

Whippet blinzelte. »Nett von dir«, sagte er vage. »Zu unserer Beruhigung mußte ich das machen, weißt du. Ist Minnie glücklich?«

»Ich weiß nicht. Sollte sie glücklich sein?«

Ein leicht verdutzter Ausdruck – falls diese Formulierung nicht schon zu spezifisch ist – glitt langsam über Mr. Whippets unbestimmbaren Züge.

»O ja«, murmelte er. »Ich finde wirklich, daß sie es sein sollte. Ist das nicht Solly L. da drüben?«

Campion blickte sich um. Weit hinten in der konfettibunten Menge sah er flüchtig eine graue Melone auftauchen. Als er sich wieder umdrehte, war Whippet verschwunden. Mr. Campion drängte sich durch die schwatzende Gesellschaft hindurch; doch bevor er die graue Melone einholen konnte, stellte sich kein geringeres Hindernis in den Weg als die alte Lady Glebe, Prunes Mutter, die das ›Beffchen‹ irgendwo abgehängt hatte und nun allein und auf eigene Faust umherschweifte. Sie war eine jener massiven, angenehmen alten Damen, deren sehr weiches Fleisch Alterspigmentationen aufweist und nur durch eine Anzahl von straffen Bändern – eins um den Hals, eins etwas tiefer – am Knochengerüst festgehalten wird. Sie trat behend vor Campion hin und sah ihm tief in die Augen mit ihren eigenen sehr netten grauen, die freilich einer argen Täuschung erlagen.

»Hallo, junger Mann«, sagte sie schmeichelhafterweise. »Wie geht's denn Ihrem Herrn Vater?«

»Nicht schlechter, als man erwarten kann«, sagte Mr. Campion, der schon seit zwanzig Jahren Vollwaise war.

»Das freut mich aber. Ich hatte schon gemeint, er sei tot. Ich hätte Sie gern mal gesprochen.« Sie schob besitzergreifend ihren Arm in seinen. »Dieses jungen Mannes wegen, des Verehrers von Prune ...«

»Ja?« Mr. Campion nahm eine Abwehrhaltung an.

»Ich kenne ihn gar nicht.«

Er zögerte. »Auf seinem Gebiet ist er ein sehr prominenter Mann.«

»Oh, das weiß ich!« sagte sie mit einer Wärme, die ihn überraschte. »Und so unterhaltend. Er hat einen Abend bei uns verbracht – wann war es doch noch? Ja, vorgestern abend.« Sie hielt inne, um einen tiefen Grunzlaut einzulegen, der wohl als Lachen zu gelten hatte. »Er war zwerchfellerschütternd!« Sie brachte den Ausdruck vor, als wenn sie ihn eben erst erfunden hätte.

Mr. Campion schluckte einmal, bevor er weitersprach. »Er hat Ihnen gefallen?«

»Oh, sehr sogar.« Sie senkte die Stimme mit dem wissenden Getue alter Leute. »Ungemein liebenswürdig! Denken Sie mal, sie trägt seinen Familienschmuck!«

»Tatsächlich?« sagte Mr. Campion.

»Wohl der schönste Jade, den ich je gesehen habe.«

Mr. Campion riß sich zusammen. Ihm fiel wieder ein, daß sie eine Gallantry war. Das mußte man sich immer vor Augen halten.

»Sehr beschlagen ist er. Das hat mir so gefallen«, fuhr die angenehme Stimme fort. »Er hat mir zugehört, wie es noch nie ein junger Mann getan hat, und ich habe ihm alles über die Gesellschaften erzählt, denen ich angehöre – die, mit denen ich eine so ausgedehnte Korrespondenz unterhalte. Ich habe ihm von Professor Tarot erzählt, von der Hohenpriesterin, von Madame Delaware und von dem Mann, der den ›Lichtbund‹ leitet – wie heißt er doch noch? Sie kennen ihn bestimmt.«

»Ich kenne ihn nicht«, sagte Mr. Campion betont würdevoll.

»Ach ja, schon möglich. Aber Charles kennt ihn«, sagte

Lady Glebe mit unvermittelter Entschiedenheit. »Das ist das Erstaunliche. Er kennt sie samt und sonders persönlich. Einige von ihnen wohnen in seinem Bezirk – im Polizeibezirk, wissen Sie, es ist ein Fachausdruck. Er kennt sie gut und konnte mir aus erster Hand von ihnen berichten. Ein sehr nützlicher Mensch. Prune scheint von ihm entzückt zu sein, und er tut ihr gut, sie sieht heute direkt hübsch aus. Das ›Beffchen‹ hat mich darauf aufmerksam gemacht.«

Als Mr. Campion sich schließlich von ihr losgeeist hatte, war ihm ganz wirr im Kopf, aber er gehörte zu denen, die sich nicht leicht von etwas abbringen lassen, und ging schleunigst in der Richtung weiter, in der er die graue Melone zuletzt gesehen hatte. Endlich nahm er sie auch wieder wahr, und zwar unmittelbar vor dem Haus. Der Träger der besagten Kopfbedeckung saß auf einem niedrigen Geländer, das um eine kleine Terrasse vor der Glastür des Salons herumlief. Er trank Champagner und unterhielt sich mit Amanda. Solly L. war Jude und genoß als Buchmacher einen hervorragenden Ruf. Da er überdies ein sensibler Mensch war, hatte er die privaten Probleme auf seine Art gelöst, indem er es sich zur Regel machte, sich seiner Rolle entsprechend zu kleiden. Was die Figur betraf, sah er Mr. Lugg nicht unähnlich, und es hieß von ihm, wenn er zu seinem Schneider gehe, nehme er stets die neueste Karikatur der Sportzeitungen mit. Sein heutiger Anzug war prächtig und farbenfroh.

»Nein, Ringe mag ich nicht«, sagte er gerade zu Amanda, als Campion hinzutrat. »Ich trage nie welche. Wenn sie groß genug sind, um gesehen zu werden, fallen sie einem lästig. Hallo, Mr. C.! Amüsieren Sie sich? Was für ein Tag ist das wieder, was für ein Tag!«

Mr. Campion setzte sich neben ihn, und Amanda gab ihm ihr Glas.

»Es füllt sich fortwährend«, sagte sie. »Wie – das weiß ich nicht so recht.«

Solly lachte; der Grundton der Traurigkeit auf seinem

scharf ausgeprägten Gesicht wurde von vergnügter Heiterkeit überlagert.

»Ich weiß es«, bemerkte er. »Sehn Sie ihn doch nur an, unsern guten alten Tonker. Er dirigiert diese Party wie ein Musikstück für mehrere Kapellen. Während ich hier mit Ihrer Frau Gemahlin plauderte, hab ich ihn mir von meinem Platz aus angesehen. Es ist wunderbar, ihm zuzusehen. Er konzertiert ohne Noten, nur nach dem Gehör.« Mit einem Kopfnikken wies Solly zu der Stelle, wo Tonker in seinem prachtvollen Blazer stand, Bauch rein, Brust raus, auf federnden Sohlen und mit vibrierendem unsichtbarem Backenbart. Er redete auf eine Gruppe von Gästen ein, brachte sie zum Lachen und tat dann und wann einen Schluck aus seinem Weinglas, doch zwischendrein ließ er seine Augen schweifen, und immer wieder trat jemand, meistens ein Kind – Kinder schienen millionenfach vertreten –, an ihn heran und erhielt irgendeine lässig hingeworfene Anweisung.

»Wissen Sie, was er denen sagt?« Solly schnippte die Asche von einer enormen Prominentenzigarre ab. »Ich weiß es. Ich hab ihn früher mal dabei belauscht. Er sagt: ›In der Ecke da drüben ist es zu still. Sieh doch mal nach, weshalb. Und dann kommst du wieder und sagst mir Bescheid.‹ Danach heißt es: ›Geh und hol dir eine Flasche bei Tante Poppy. Das ist übrigens eine berühmte Schauspielerin und die Frau des Chief Constable. Und nimm dir auch drei oder vier Gläser mit. Die trägst du dann sehr vorsichtig zur Hintertreppe. Dort findest du drei alte Herren vor; einer davon ist Genappe. Die sitzen da und rauchen. Gib die Sachen demjenigen, der nicht eingeschlafen ist, und komm gleich danach wieder her.‹ Alsdann wendet er sich an einen imposanten Juristen, der aussieht, als säße er immer noch hinter dem Richtertisch: ›Mein Lieber, wie reizend, Sie mal wieder zu sehen, und Sie auch und Sie auch und Sie ebenfalls. Sie brauchen einen Drink! Ob es Ihnen wohl was ausmachen würde ...? Sehn Sie die Verandatür da? Gehn Sie da rein; drinnen gleich links steht ein

Schränkchen. Wenn Sie das aufmachen, finden Sie alles, was Sie brauchen. Machen Sie dort 'ne kleine Bar auf. Kennen Sie Lord Dingskirchen und General Sowieso? Die bring ich Ihnen gleich rüber.‹« Er duckte den Kopf und lachte. »Es ist ein Gedicht!« sagte er. »Eine geniale Gabe! Was für einen Zeremonienmeister gäbe er ab, wenn er je Kapital daraus schlagen wollte. Aber das würde er nicht, wissen Sie. Für ihn ist es die Ausübung einer Kunst – genau wie das Malen für sein Ehegespons. Es gibt nichts, was Tonker für seine Partys nicht tun würde. Um ihretwillen wäre er sogar zu einem Mord imstande. Schlechthin zu allem.«

Das Ehepaar Campion sah ihn scharf an, aber er hatte es in aller Unschuld gesagt und hielt jetzt einer gertenschlanken Nymphe sein Glas hin, die, unter Assistenz von George Meredith, der tiefernst und in strammer Haltung dabeistand, aus goldenem Krug Nektar ausschenkte.

»Es gefällt mir, daß die Jugend den Alten aufwartet«, sagte Solly. »Auf die Art wird ihr Betätigungstrieb befriedigt. Aber für die Alten gibt es auch noch Verwendungsmöglichkeiten«, fügte er hinzu und ließ seine klaren und feuchten Augen einen Moment lang auf Campion verweilen. »Der arme William, wie? Was für ein Wettfanatiker! Was für ein Freund!« Er erhob sein Glas, und die beiden folgten seinem Beispiel, nachdem Mr. Campion eins von einem merkwürdigen kleinen Jungen erhalten hatte – er hatte es, ganz en passant und offensichtlich schon eifrig auf einen neuen Auftrag bedacht, behutsam neben ihn hingestellt.

»Onkel William.« Amandas honigfarbene Augen wurden sanft. »Das war ein lieber Kerl. Ich weiß, er war alt und müde, aber es betrübt mich sehr, daß er nicht mehr da ist.«

»Mich auch. Mich muß es ja betrüben!« Sollys Seitenblick steckte voller Anspielungen. »Doch ich meine es ernst«, sagte er. »Ich bin wirklich betrübt. Ich hab den alten Knaben gern gehabt. Er war eine ehrliche Haut und sportlich fair, und ich wünschte nur, es gäbe noch mehr von seiner Sorte.«

Mr. Campion hatte die Ohren gespitzt und überlegte gerade, wie er eine heikle Frage am besten formuliere, als Amanda plötzlich aufsprang.

»Sie sind's!« rief sie. »Sieh doch, Albert, gleich da drüben! Mary, Guffy und die Kinder.«

Mr. Campion folgte ihrem Blick und nahm, weit von ihnen entfernt, ein Ehepaar wahr, einen Jugendfreund von ihm und Amandas ältere Schwester, so umringt von goldhaarigen Sprößlingen, daß die kleine Schar aussah wie ein Strauß gelber Narzissen. Amanda stürzte davon, aber Campion verweilte noch ein wenig. Er war neugierig geworden, und zum erstenmal fand er, daß das blumige Verhalten des ›Maulwurfs‹ einen Schimmer von Vernunft aufzuweisen beginne. Er ließ einen Versuchsballon los.

»Etwas war für Onkel William sehr charakteristisch«, begann er vorsichtig. »Er trug stets Gürtel und Hosenträger gleichzeitig.«

Solly fing an zu gluckern. Er lachte, bis er husten mußte, und schlug sich dabei auf seinen in einer karierten Hose stekkenden Schenkel.

»So kann man es auch ausdrücken«, sagte er zustimmend. »Der hat sich immer und nach allen Seiten gedeckt.«

Mr. Campion war sich jetzt ziemlich sicher, daß er auf der richtigen Fährte war; aber in dergleichen Angelegenheiten wird eine strenge Etikette beobachtet, gegen die er nicht verstoßen wollte. Er versuchte es abermals aufs Geratewohl.

»Weiß Minnie Bescheid?«

Solly hörte auf, an seiner Zigarre zu paffen, und beugte sich mit überaus geheimnistuerischer Miene vor.

»Wissen Sie, ich fange an, es zu bezweifeln«, sagte er. »Dabei habe ich dafür gesorgt, daß sie meinen Brief unbedingt heute morgen bekommen mußte. Er hat das Konto für sie eröffnet und die Wette auf ihren Namen abgeschlossen, ohne ihr was davon zu sagen, verstehen Sie. Ich zahle natürlich nie vor dem Wochenende aus, und ich war ein bißchen spät dran, weil ich erst am Montag von seinem Tod erfahren habe. Und vorher mußte ich ja noch zu den Leuten, bei denen ich die Wette hinterlegt hatte, nicht wahr?«

»Zum ›Maulwurf‹?«

»Sie wissen eine ganze Menge, mein Junge.« Solly wurde argwöhnisch. »Vermutlich hat William Ihnen von der Sache erzählt?«

»Bei meinem letzten Besuch hat er so etwas angedeutet«, sagte Mr. Campion – nicht ganz wahrheitswidrig. »Es muß eine höchst ungewöhnliche Wette gewesen sein. Weshalb haben Sie sich darauf eingelassen?«

Solly zuckte die Achseln. »Weshalb wollen Sie das erörtern? Er war eben ein alter Kunde. Er hat mich deswegen angebettelt und angefleht. Einzig auf diese Weise konnte er die Erbschaftssteuer umgehen, und es schien tatsächlich kein großes Risiko dabei zu sein, da wir doch all die prominenten Spezialisten hatten kommen lassen. O ja, wir haben die Sache ganz ordnungsgemäß gehandhabt. Eine Woche, nachdem sie ihn untersucht hatten, lagen ihre Berichte auf meinem Schreibtisch. Sie besagten, daß er nach ihrem Dafürhalten durchaus noch ein paar Jahre leben könne. Jedenfalls war ich befriedigt, und damit hatte sich's.«

»Der ›Maulwurf‹ hat sich nicht gesträubt?«

»Wieso denn?« sagte Solly grob. »Ich hab mich doch auch nicht gesträubt. Sie lassen sich Zeit mit allem, das wissen Sie ja, aber gestern hab ich ihre Einwilligung bekommen. Die Wette betraf die letzten sechs Monate der fünfjährigen Schenkungsfrist. Für den Fall, daß er während dieser letzten sechs Monate über die Klinge springen mußte, erklärte ich mich zu zahlen bereit, und ich habe gezahlt. Minnie hat das Geld oder müßte es wenigstens haben, sofern der Brief nicht verlorengegangen ist. Und mein Geld ist wirkliches Geld, wissen Sie. Das einzige, das überhaupt Geld ist. Es ist keine Steuer drauf. Sie kann damit ihre Schulden bezahlen oder nach Paris fahren. Oder auch beides«, fügte er nach einer Pause hinzu. »Es ist genug vorhanden. Die Quoten waren sieben zu zwei, und es ging um Tausende. Der gute alte William. Ich gönne sie ihm.«

Er brach ab, um vor einem vorüberschwebenden Traumbild den Hut zu lüften.

»Haben Sie gesehn, wer das war?« fragte er. »Lilli Ricki. Eine herrliche Stimme und eine herrliche Frau. Wahrhaftig, alle Welt scheint heute hier zu sein, was? Auch 'ne Menge Presseleute. Ich wußte noch gar nicht, daß Tonker sich darauf verlegt hat. Aber ich habe unter anderm Kidd und Green gesehn, und meines Wissens sind die doch Kriminalreporter. Es heißt, die Clowns würden jetzt bald kommen. Die sind urkomisch!« Er zögerte. »Sie glauben also nicht, daß sie es weiß? Sie glauben nicht, daß Minnie den Brief bekommen hat?«

»Es würde mich sehr überraschen«, sagte Mr. Campion. »Sie hält sonst nicht leicht mit etwas hinterm Berge.«

»Na ja, ich bin jetzt wieder beruhigt, was das betrifft. Dann hat sie die Freude also noch vor sich.« Der Buchmacher leerte sein Glas bis zur Neige und erhob sich, nachdem er es vorsichtig auf einem Blumenbeet abgestellt hatte. Er lachte wieder in sich hinein. »Ich war schon ein bißchen niedergeschlagen«, gestand er. »Ich hatte es mir in den Kopf gesetzt, daß man mich mit offenen Armen empfangen würde, verstehn Sie? Und wie Sie wissen, bin ich ein Kindernarr. Für die hatte ich mir eine kleine Überraschung ausgedacht. In meinem Wagen hab ich so einen altmodischen Eiskasten, und als wir durch Chelmsford kamen, hab ich den mit rund fünfundzwanzig Litern Eiskrem füllen lassen, und als ich dann hier vorfuhr und ...«

Mr. Campion fiel es schwer, ihm ruhig zuzuhören. Die bloße Vorstellung eines Solly, der auf dieser hochzivilisierten Gesellschaft den plump-gutmütigen Onkel spielte, war schon schlimm genug; in Wirklichkeit umgesetzt war sie noch viel peinlicher.

»O je«, sagte er.

»Aber natürlich hat sie nichts davon gewußt!«

Solly sah getröstet aus. »Das erklärt alles. Sie kam nämlich lediglich auf mich zu und sagte: ›Hallo, Solly, mein Lieber. Nett, daß Sie gekommen sind. Hier ist Tonker‹, und als ich mich umdrehte, hatte mein Chauffeur das Zeug herausgeholt, und es war von einer Schar von kleinen Lausebengeln und einer mit einer Tapete bekleideten Frau auf der Stelle beschlagnahmt und fortgeschleppt worden.« Er lachte und steckte sich eine neue Zigarre an. »Wenn schon«, sagte er. »Es hat ihnen ja Spaß gemacht, und wenn sie es nicht weiß, muß ich es ihr eben sagen. Was für ein hübsches Fleckchen Erde ist das hier! Ich liebe die kleinen Flüsse. Wissen Sie, ich hab selbst ein bißchen was von einem Poeten an mir. An einem Tag wie diesem könnte ich mir vorstellen, daß wer weiß was auf dem Wasser herangetrieben kommt – Schwäne, Rosen, alles Erdenkliche. Ein paar hinreißende Mädchen sind auch da. Sehn Sie sich die mal an. Toll, was?«

Mr. Campion wandte den Kopf und konnte den Blick nicht mehr abwenden. Die Menge hatte sich für einen Augenblick geteilt, und vor sich sah er Prune und ihr Schutzgeleit.

Für Prune gab es nur zwei Schneider: Miss Spice in Pontisbright und Edmund Norman, London und Paris. Weil es der größte Tag ihres Lebens sein sollte, hatte sie sich verständlicherweise an den letzteren gewandt. Sie hatte ihm alles über sich erzählt und das weitere ihm überlassen. Sie besaß die Größe und Figur eines Mannequins, und auf der einzigen Schule, die sie je besucht hatte, hatte man ihr, wenn schon sonst nicht viel, auf jeden Fall das Laufen beigebracht. Der Rest des Wunders war das Werk Charlie Lukes, der jetzt einen Schritt hinter ihr herging und aussah, als sei er sich dessen bewußt. Sie trug ein Kleid aus enganliegendem cremefarbenem Stoff, der ihre Haut und ihr Haar vorteilhaft zur Geltung brachte, und ihre Schuhe, die langen Handschuhe und die kleine Handtasche waren sämtlich aus einer ganz blassen Milchschokolade oder etwas Ähnlichem nach

Farbe und Beschaffenheit verfertigt worden. Um den Hals trug sie den Jadeschmuck, der ihre Augenfarbe weniger wiederholte als vertiefte, und in der Hand hielt sie das notorische Bukett für Liebende, von Old Harry nach uraltem Brauch gebunden.

Sie war so überschwenglich glücklich, daß das Glück sie wie eine Aureole umfloß, und jeder Mann, der sie an diesem Tag zu Gesicht bekam, erinnerte sich ihrer bis an sein Lebensende.

Als sie an Mr. Campion vorbeikam, lächelte sie ihn so warmherzig an, daß sein Gesicht unwillkürlich zurücklächelte.

»Umwerfend ist sie!« sagte Solly mit einem sentimentalen Schnüffeln. »Der Bursche gefällt mir ebenfalls. Den hab ich doch irgendwo schon mal gesehen. Der ist im siebten Himmel, wie? An dem könnte man sich die Hände wärmen. Na, ich muß jetzt gehen und Minnie suchen. Ich amüsiere mich großartig, das kann ich Ihnen getrost sagen. Ich glaube, es gibt nichts, was einen solchen Tag verderben könnte, meinen Sie nicht auch?«

Mr. Campion gab keine Antwort. Seine Aufmerksamkeit war durch die kleine Gruppe gefangengenommen worden, die in der Nähe der Floßbrücke am Uferrand stand. Der S.S.S.-Mann sah in der Tat mitgenommen aus, und seine zwei massiven Begleiter mit ihren breiten, verschlossenen Gesichtern hielten mit dem kalten, raubgierigen Interesse Umschau, das die Leichenfledderer-Typen kennzeichnet. Ihre Frauen waren bei ihnen, aber im Hintergrund und offensichtlich unwichtig. Burt und Hare, männlich und wachsam, beherrschten das Bild.

Campions Neugier war geweckt, weil er merkte, daß sie eine Art Tribünenplatz bezogen hatten und allem Anschein nach auf etwas warteten. Die Menge brach sich an dem von ihnen gebildeten kleinen Fels und floß zu beiden Seiten von ihm weiter. Während Campion beobachtend dastand, wurde er sich eines Tumults auf der Auffahrt hinter ihm bewußt. Ein kleiner blauer Lieferwagen mit der Aufschrift »Gebrüder Speck. Frische Fische. Billingsgate«, ziemlich unbekümmert chauffiert, war vom Kies abgebogen, unter viel Gehupe und Gequietsch auf den Rasen übergewechselt und bahnte sich nun ruckelnd seinen Weg bis zu einer nur ein paar Meter vom Standort der Leichenfledderer und S. S. Smiths entfernten Stelle. Sofort und ohne einen andern ersichtlichen Grund für diesen Übergang verwandelte sich das heitere Garten-Party-Gepräge der Veranstaltung in etwas entschieden Turbulenteres. Die untergehende Sonne schien noch einmal auf, der Wind erhob sich. Rupert und die Zwillinge – Choc hinterdrein, mit wildbewegten Pluderhosen, aufgeregt und besorgt wie ein Kindermädchen – flitzten zwischen den Beinen der Gäste hindurch und riefen »Fröhliche Umsortierung!« Tonker erschien auf dem Balkon des Bootshauses. Emma – eine Sensation in ihrem langen Abendkleid, das in den dreißiger Jahren angebracht gewesen wäre – war gerade mit erhitztem und freudestrahlendem Gesicht vor die Salontür getreten. Minnie, rechts und links von sich je einen bärtigen Würdenträger, kam von der Scheune herangeschwebt, wo sie Triumphe gefeiert hatte.

Sobald der Lieferwagen anhielt, wurde der Schlag geöffnet, und aufgeregt stürzten fünf kleine, drahtige Fischhändler mit gestreiften Schürzen und Strohhüten heraus und fingen an, Fischwaren auszuteilen, die nach und nach immer unwahrscheinlicher wurden – unter anderm gab es zwei massive, blonde lebende Meerjungfrauen, komplett ausgerüstet mit Gummischwänzen, Muschelbüstenhaltern und Masken von Tonker. Ein Fischhändler schoß auf den alten Lord Tudwick zu, der balancierend und in der ungewohnt leichten und frischen Luft blinzelnd auf dem Floß stand, und drückte ihm eine Scholle in die Hand.

»Da ist ein Knick drin«, erklärte er mit der im ganzen Land bekannten kreischenden Stimme.

»Ach je«, sagte Minnie und legte Mr. Campion ihre Hand auf die Schultern, »die Clowns sind also da. Jetzt ist es natürlich um uns geschehen.«

16
Alles klar auf der Party

In Rückenlage schwebte die Leiche zwischen den Schwertlilien; sie befand sich jetzt auf der Höhe des Blumengartens der ›Lockenden Lady‹. Fast zwei Stunden lang befand sie sich schon dort – seit sie in die Schwertliliengruppe an der Flußwindung abgetrieben worden war. Da nur eine sehr schwache Strömung herrschte, blieb sie dort hängen, obengehalten durch die Luft in den Lungen und in der Kleidung.

Es war ein warmer Abend geworden. Die Brise war abgeflaut, und der Mond, ein Vollmond, fing eben an, die Schatten mit Farbe zu füllen, so daß das verzerrte weiße Gesicht sich sehr lebhaft vom dunklen Wasser abhob. Eine Zeitlang hatte das Schilf dieses dunkle Bündel fast auf der Stelle festgehalten, und solange keine schnellere Strömung aufkam, bestand die Möglichkeit, daß es überhaupt dort blieb. Doch dieses Schilf war das allerletzte Hindernis, und sobald auch nur ein kleiner Windstoß auftrat oder der Fluß auch nur ein wenig schneller floß, konnte nichts die Leiche mehr davon abhalten, auf das andere Treibgut zuzuschwimmen, das sich an der Floßbrücke vor dem Bootshaus ansammelte.

Im Augenblick war der Rasen menschenleer. Nur Scat huschte in weißen Schuhen kreuz und quer darüber hin und schaltete die Beleuchtung ein. Die Masse der Gäste saß beim Supper in der Scheune, und von dem dunklen Gebäude ging ein erregtes Summen aus wie von einem riesigen Bienenkorb. Es herrschte eine Flaute im Festgetümmel, eine Flaute, die die Halbzeit markierte. Die Kleinen waren zu Bett gegangen. Rupert hatte man bei den Zwillingen untergebracht; er schlief in ihrem Zimmer auf dem Fußboden, den Kopf voller Clowns und Choc zu seinen Füßen.

Die Küche, voll von Gästen, wie sie auf ländlichen Festen ihre Hilfe anbieten, zelebrierte die Ruhepause zwischen dem Hochbetrieb des Auftragens und dem Tratsch beim Aufwasch. Old Harry trug sein Lied vor, das hundertundzweiunddreißig Strophen hatte, und Miss Diane bedrängte die Köchin von Potter's Hall, doch mal ein wenig von dem amerikanischen Schinken zu probieren.

Nachdem er vergeblich versucht hatte, die Aufmerksamkeit seines Arbeitgebers auf andere Weise auf sich zu lenken, bahnte Mr. Lugg sich schließlich seinen Weg durch den Zigarren- und Cognacdunst der Scheune und tippte ihn auf die Schulter.

Mr. Campion erhob sich unverzüglich und kam aus der gemütlichen Wärme auf die Wiese hinaus.

»Was ist passiert?« fragte er.

»Runtergefallen«, sagte der Dicke wortkarg. »Schwamm drüber. Ich bin hier und in Sicherheit – endlich! Ich hätte ja beinahe alles verpaßt. Sie werden eine ganz hübsche Rechnung zu bezahlen haben; aber daran ist nun mal nichts zu ändern. Ich hab's rausgefunden, Chef.«

Mr. Campions Herz pochte heftiger. »Wo?«

»Beim Apotheker in Hadleigh. Es war ein vorschriftsmäßiges Rezept. Er wußte sofort Bescheid.«

»Wer war es?«

Lugg hielt Umschau. Schattengestalten bewegten sich im Dämmerlicht.

»Die Person, die wir im Verdacht hatten«, murmelte er vorsichtig.

Ein langer Seufzer entrang sich Mr. Campions Brust. »Der Mann?«

»Nein.«

»Verstehe.«

»Campion!« Tonkers Hand fiel schwer auf seine Schulter. »Einen Augenblick mal, alter Knabe. Ich möchte, daß du jetzt an meiner Seite bleibst, wenn es dir recht ist. Ich will dir nämlich was vorführen.« Er schob seinen Arm unter den des andern, und seine Muskeln fühlten sich stahlhart an. »Ich möchte nicht, daß du verpaßt, was jetzt passiert. Ich möchte, daß du mit mir eine der ergötzlicheren Darbietungen genießt, die einem kultivierten Leben beschieden sind. Ich möchte, daß du miterlebst, wie ein Clown mit einem Schlitzohr parliert, während die denkbar passendste Zuhörerschaft im Kreis um sie herumsitzt.«

Mr. Lugg zögerte. »Falls Sie mich brauchen, ich bin im Hinterhaus«, erklärte er. »Es soll ein bißchen gefeiert werden heute abend. Haben Sie je was von Weizenschnaps gehört?«

»Uuah!« Tonker schauderte, und das Weiße seiner Augen wurde im Mondlicht sichtbar. »Mein lieber, ahnungsloser Freund, lassen Sie sich von einem kummergewohnten und weiseren Mann einen Tip geben. In Ihrer gegenwärtigen gefährdeten Lage gibt es nur noch einen rettenden Ausweg, und selbst der bietet keine unbedingte Garantie. Schleichen Sie sich in die Küche und stöbern Sie in den Schränken herum, bis Sie eine altmodische Menage gefunden haben. Darauf steht eine kleine, klebrige Flasche, zur Hälfte mit einer trüben, gelben öligen Flüssigkeit gefüllt. Halten Sie sich die Nase zu und schlucken Sie das Zeug runter, und zwar sofort. Dann können Sie losziehen. Sie werden vielleicht Ihr blaues Wunder erleben, wie es einem die Dummköpfe immer verheißen, aber das Allerschlimmste bleibt Ihnen wenigstens erspart. Viel Glück! Gott schütze Sie! Ich nehme an, der Gute ist von Wert für dich?« sagte er leutselig zu Campion, indem er ihn fortführte. »Weizenschnaps ist, so könnte man sagen, die Wasserstoffbombe unter den Getränken. Ganze Menscheninseln sollen schon versunken sein, ohne eine Spur zu hinterlassen. Aber komm mit, Campion, mein Lieber, jetzt erlebst du Tonkers Triumph.«

Indessen dauerte es noch fast eine volle Stunde, bis die zweite Hälfte von Tonkers Mittsommernacht zur vollen Orchesterstärke anschwoll, und mittlerweile stand der Mond hoch am Himmel, und es waltete allerorten ein überaus kräftiger Zauber. Derjenige, der zu Beginn seiner Wirksamkeit am meisten darunter zu leiden gehabt hatte, war Westy. Als die Mahlzeit beendet und die Scheune, bis auf einige verstreute, noch ins Gespräch vertiefte Paare, leer war, stand er, eine einsame Schattengestalt, im blauen Dunst, der über den tropfenden Kerzen hing, und bedachte sein Porträt mit einem gerade von Widerwillen erfüllten Seitenblick. Nach fünf Stunden unablässiger, selbstloser Plackerei und stiller, zurückhaltender Aufmerksamkeit war Westy der Kunst beinahe überdrüssig.

Auch ›sein‹ Anzug wurde nachgerade zu etwas Unangenehmem. Die Ärmel waren eigentlich bereits einen Zentimeter zu kurz geworden – und zwar innerhalb von eineinhalb Jahren – und unter den Achseln verspürte er eine bedrohliche Enge. Er beneidete sogar schon Tonker um seinen abscheulichen Blazer.

Die Prominenten, die Kritiker und die Maler hatten sich in den frühen Nachmittagsstunden vor dem Tee freundlich genug über das Porträt ausgelassen – auf einen schwarzhaarigen Ästheten mit bläulichem Kinn und sein Gewäsch über »jünglinghafte Konturen« und das »durchscheinende Fleisch der Jugend« hätte er allerdings verzichten können. Dennoch war nicht daran zu rütteln, daß das nichtige Porträt Annabelles, das Tonker heimlich hervorgeholt und an die Stelle eines Blumenstücks gehängt hatte, ihm den Ruhm gestohlen und alles Augenmerk auf sich gezogen hatte. Westy war deprimiert. Nicht nur die Bilder, auch seine Heldin selbst hatten ihn enttäuscht. Minnie war während des ganzen Dinners zwischen zwei Männern sitzen geblieben, von denen der eine es für gut befunden hatte, im Phantasiekostüm eines Buchmachers zu erscheinen, und der andere, von ihr mit »Fanny« Angeredete, aussah, als wenn er kurz vorher in einem Schuppen Pflanzen umgetopft habe. Soviel er davon mitbekommen hatte, unterhielten sie sich über etwas sehr wenig Erhebendes, über Geld nämlich. Freilich, Minnie hatte ein bißchen betäubt dreingeschaut, und ihre scharfen Augen hatten einen erleichterten Ausdruck gehabt, den er noch nie zuvor darin gesehen hatte. Dabei wußte er mit Bestimmtheit – denn er hatte unverwandt auf sie geachtet –, daß ihnen während der ganzen Mahlzeit nicht eine von erhabenen Empfindungen getragene Äußerung über die Lippen gekommen war. Ein einziges Mal hatte sie mit ihm gesprochen, und das lediglich, um ihn zu bitten, er möge doch für sie in die Küche gehen und dort in der Tischschublade nach dem Brief eines Buchmachers suchen, der noch im verschlossenen Umschlag stecke. Die einzigen, die im Augenblick über Kunst sprachen, waren Jake, dessen Bauch wieder zum Vorschein kam – trotz des von Westy eigenhändig angenähten Knopfes –, und eine trübe Tasse namens Whippet.

Tief über Jakes postkartengroße Bilder gebeugt, die der trüben Tasse zu gefallen schienen, waren sie nach wie vor damit im Gange. Nach dem, was Westy zuletzt von ihrem Gespräch aufgeschnappt hatte, feilschte er anscheinend um den Preis für einige, die er gern gekauft hätte. Es war widerwärtig. Die sture Borniertheit der Leute über zwanzig erschien ihm beängstigender als irgendein anderes bedrohliches Symptom der Epoche, in die er hineingeboren worden war. Es kam einem vor, als wenn man sich unabänderlich in einen dichten Nebel hineintreiben sähe.

Selbst an George Meredith hatten sich unvermutete Mängel gezeigt. Freilich war er heute, im Gegensatz zu ihm selbst, vom Glück begünstigt gewesen. Als die Clowns den Esel entdeckt und auf dem Rasen losgelassen hatten, wo er nach dem ›Beffchen‹ schnappte und Lady Amandas neuen Hut halb auffraß, war es George gewesen, der die andere Hälfte rettete und dafür von Tonker feierlich mit einem großen Glas Champagner belohnt wurde.

Seit diesem Vorfall war George ein völlig anderer Mensch gewesen und hatte drauflosgeredet, als wenn ihm eben erst klargeworden wäre, wieviel Jahre des Schweigens er wettzumachen habe. Und die gertenschlanke Blondine, die er sich aufgelesen hatte – gut und gern vier Jahre älter und einen halben Kopf größer als er –, war nicht mehr aus dem Lachen herausgekommen.

Inzwischen hatten sich praktisch alle auf den Rasen begeben, einschließlich der Presseleute, die jetzt unbekümmert die langweiligen Recherchen auf sich beruhen ließen und offenbar ganz zufrieden waren, herumzusitzen oder zu -schlendern, als wenn der Abend ewig dauern würde.

Westy musterte das mittelgroße Mädchen, das vom Eingang her schüchtern auf ihn zukam, und empfand dabei ausgesprochene Abneigung. Er wußte, wer sie war. Sie hieß Mary und war eine Tochter von Amandas Schwester. Ihre Sommersprossen und ihr glattes Haar machten sie recht unansehnlich, und er sah ihr mit kühlem Blick entgegen, da er erriet, daß sie wieder einmal im Auftrag von Tonker kam, der anscheinend den ganzen Tag hindurch nichts Besseres zu tun gewußt hatte, als banale Bestellungen übermitteln zu lassen. Möglicherweise durch seinen Gesichtsausdruck abgeschreckt, verlangsamte Mary ihren Schritt im Näherkommen mehr und mehr, und ihre offenkundige Nervosität erweckte in ihm die in seiner neuenglischen Brust niemals allzutief schlummernde Ritterlichkeit. Vor dem Porträt blieb sie plötzlich stehen und starrte es mit ehrfürchtiger Befriedigung an.

»Das bist du, nicht wahr?« sagte sie und ließ recht hübsche Augen und einen überaus reizvollen, weichen roten Mund erkennen. »Ist es nicht herrlich?«

»Nicht übel«, sagte Westy und ließ seine Manschetten vorschießen.

Sie betrachtete sein enges Jackett mit bewunderndem Blick und wagte so offenkundig nicht, sich dazu zu äußern, daß sie ihm kein besseres Kompliment hätte machen können.

»Entschuldige vielmals, daß ich dich belästigen muß, aber

Onkel Tonker hat mich gebeten, seine Masken zu suchen und dafür zu sorgen, daß sie nicht verlorengehen, und ich weiß nun zwar, wo sie sind, aber nicht, wie ich sie an mich bringen soll. Ich hatte mich gefragt, ob ich dich vielleicht...«

»Ist doch selbstverständlich«, sagte Westy. »Gehn wir also.«

Sie errötete und blickte noch einmal zu dem Gemälde zurück. »Es ist schrecklich warm draußen«, murmelte sie schließlich, mit ihrer Verlegenheit ringend. »Und die Masken sind unten am Fluß. Ein Mann hat sie bei sich. Ich könnte mir vorstellen, daß er Schwierigkeiten macht. Hör mal – ich hoffe, du bist jetzt nicht beleidigt –: an deiner Stelle würde ich es ausziehen!«

»Mein Jackett?« Die schöne Einfachheit der Maßnahme war eine Offenbarung für ihn, und er knöpfte es auf der Stelle auf.

Mary nahm es ihm ehrerbietig ab und hängte es über eine Stuhllehne. Es war eine seltsame, wunderschöne Erfahrung; intuitives Verständnis der angenehmsten und besten Art. Sie erfüllte Westy wieder mit glühendem Leben.

»Da ist es sicher«, sagte sie.

»Wenn nicht, ist es mir auch egal«, sagte Westy, endlich wieder frei und jung und unbehindert in seinem sauberen weißen Hemd. »Wo ist der Kerl, der die Masken hat? Komm!«

Das Bild, das der Rasen bot, glich einer Schlußszene aus einem Stück von Shakespeare. Den Blickfang bildete Prune in ihrem leuchtenden Kleid, die, das Bukett auf den Knien, auf einem hohen Lehnstuhl in der Mitte des Rasens Platz genommen hatte, während Luke als dunkler Schatten hinter ihr stand und rund um sie die kleinen Gruppen der Plaudernden in ihrer heiterbunten Partykleidung im Mondschein, im blendenden Licht vom Bootshaus und im milden gelben Strahl der Öllampen des Hauses herumsaßen. Minnie und Tonker, mit Genappe und Solly L. als Ehrengästen, hielten Hof auf der

Terrasse vor dem Salon, und Mr. Campion und Amanda unterhielten sich am andern Ende des Rasens mit alten Freunden. Der Fluß leuchtete auf im Schein der vielen Lichter, und der kleine Balkon des Bootshauses und die Floßbrücke hoben sich strahlend von einem glimmenden Horizont ab. Überall vertrieb man sich die Zeit mit kleinen Späßen. Zwei der Clowns spielten einen Posthorn-Galopp auf den beiden besterhaltenen Glübalübala, und Superintendent Fred South, dem etwas derart Komisches sein Lebtag noch nicht vor Augen gekommen war, lachte so heftig, daß er von einem leichtschockierten Mr. Lugg gestützt werden mußte.

Mary führte Westy an der Längsseite des Hauses entlang zu einem strategisch günstigen Punkt auf der niedrigen Mauer, die an Onkel Williams ehemaliges Zimmer stieß.

»Sieh!« flüsterte sie. »Da drüben!«

Westy reckte den Hals und erkannte sogleich, worin die Schwierigkeit bestand. Der S.S.S.-Mann und seine beunruhigend anmutenden Freunde hatten sich mit untrüglichem Instinkt den besten Platz ausgesucht. Auf die ihnen eigene sonderbare Art hatten sie es verstanden, sich inmitten einer sonst ganz und gar geselligen Umgebung sowohl Komfort als Distanz in der vordersten Reihe zu verschaffen. Sie hatten nämlich die kleine Terrasse, die Minnie für Onkel Williams Sommerbett eigenhändig angelegt hatte, für sich beschlagnahmt und in eine Kabarettloge verwandelt. Sie waren alle mit einem Stuhl versorgt und auf dem aus dem Salon herübergeholten Kaffeetisch standen Gläser und sogar ein Eiskübel. Auf diesem Tisch lagen, übereinander gehäuft, auch die Masken. Die Gruppe schien nicht sehr gesprächig zu sein; nur zwei Frauen unterhielten sich flüsternd miteinander. Einzig das Glimmen der Zigarren zeigte an, wo im Schatten die Männer saßen. Sie schwiegen in Erwartung der unterhaltsamen Darbietungen.

Vor ihnen senkte der Garten sich steil zum freiliegenden Fluß hinab. Ein wenig hinter ihnen standen die beiden jungen

Leute geduckt auf dem Mäuerchen. Sie waren viel zu gewitzigt, um einfach auf die Gruppe loszugehen. Onkel Tonker verfuhr nach ebenso strengen Regeln wie das Leben selbst; hatte man einmal etwas vermasselt, war man endgültig erledigt und abgetan.

Hätte der Mann mit dem verquetschten Gesicht etwa klipp und klar die Herausgabe der Masken verweigert, wäre nichts mehr zu machen gewesen. Die einzig vernünftige Taktik war abwarten, um sie unbemerkt an sich zu bringen, wenn er anderweitig beschäftigt war. Im Augenblick schien das freilich nicht leicht zu sein.

Zum Warten setzte Westy sich auf das Mäuerchen und half Mary, sich neben ihm niederzulassen. Es stellte sich heraus, daß sie die Fähigkeit besaß, die George an diesem Nachmittag auf so aufsehenerregende Weise verloren hatte. Man brauchte ihr nichts zu erklären. Westy fand sich mit dem Wunder ab und grübelte nicht mehr darüber nach.

Inzwischen war im Bootshaus eine zunehmende Aktivität festzustellen. Die Clowns, die die gefügigen Meerjungfrauen im Fluß untergetaucht und dasselbe vergeblich mit einem aufgebrachten jungen Mädchen versucht hatten, das nicht wußte, wer sie waren, trieben jetzt ihren Unfug mit bunten Feuerwerksraketen. Mary sah ihnen mit gespanntem Ernst zu.

»Wenn eine rote hochgeht, soll George die Schleuse öffnen«, bemerkte sie und bot Westy einen halben Riegel von der Nußschokolade an, die sie aus der Tasche gezogen hatte.

Er nahm die Gabe dankbar an. »Was für ein George?« fragte er mit einem Zwacken der Eifersucht.

»Ach, du weißt schon, der, der ununterbrochen drauflosredet. Der Alberne. Er ist ein Schulkamerad von dir, nicht wahr?«

»In der Verfassung eignet er sich doch wohl kaum dazu, Schleusen zu öffnen«, sagte Westy verächtlich. »Wer hat denn das angeordnet?«

»Einer von den Fischhändlern. Ich hab es zufällig gehört, als sie miteinander sprachen. George ist mit dem großen Mädchen, das immerzu kichert, zum Moor runtergegangen. Sie warten da unten, in der Nähe des Indianerlagers, auf die rote Rakete.«

Westy zuckte die Achseln. Er hatte jetzt an die Masken zu denken. Sollte George getrost die Schleuse allein übernehmen, wenn er es nun mal so wollte, er konnte ihn nicht daran hindern.

Unterdessen waren die Clowns auf den Balkon gestiegen. Zumindest zwei von ihnen – die andern drei versuchten hinaufzuklettern, ohne die Treppe zu benutzen.

»Du kaufst dir ein Pferd.« Die schrillen nordenglischen Töne des echten Clown-Dialogs hallten über den mondbeschienenen Garten, und auf Onkel Williams Terrasse entstand eine leichte Bewegung, und eine der Zigarren ging aus.

»Ich kaufe mir ein Pferd?«

»Ja, du kaufst dir ein Pferd.«

»Weshalb sollte ich mir ein Pferd kaufen?«

»Weil du eins im Rennen starten lassen willst.«

»Ich will ja gar keins im Rennen starten lassen.«

»Doch, willst du wohl.«

»Nein, will ich nicht.«

»Doch, willst du wohl.«

»Weshalb sollte ich denn ein Pferd starten lassen wollen?«

»Weil das Pferd siegen wird.«

»Wie soll ich denn wissen, daß das Pferd siegen wird?«

»Weil ich dir sage, daß es siegt.«

»Oh! Du sagst also, daß es siegt.«

»Ja, ich sage, daß es siegt.«

Auf der Terrasse über Westy herrschte eine unnatürliche Stille. Sie wurde ihm trotz des Suggestionszwangs bewußt, den das unsinnige Zwiegespräch auf dem Balkon mit seinen ständigen Wiederholungen ausübte – es wohnte ihm etwas Bannendes inne, das unerklärlich und zeitlos alt war.

»Weshalb sollte ich denn wünschen, daß das Pferd siegt?«

»Weil du einen Haufen Geld dafür bekommst.«

»Oh! Ich bekomme einen Haufen Geld dafür?«

»Ja. Du bekommst einen Haufen Geld dafür, weil du für das Pferd bezahlt hast.«

»Wie hab ich denn für das Pferd bezahlt?«

»Das ist ein Geheimnis.«

»Oh! Ich hab also für das Pferd mit einem Geheimnis bezahlt, ja?«

Die schrillen Eselsstimmen hallten über den Garten hin, und ein im Gras liegender Kriminalreporter wälzte sich auf die Seite, um mit einem neben ihm liegenden Kollegen zu reden.

»Mein Gott, haben Sie das gehört? Dabei sind sie allesamt da: Burt, Hare, Smith und ausgerechnet auch Genappe, der unerwartet heimgekommen ist. Damit dürfte der kleine Coup wohl geplatzt sein. Das ist der reinste Mord! Sie verraten ja den ganzen Dreh! Wer mag ihnen das nur gesteckt haben?«

Zur selben Zeit beugte sich am andern Ende des Rasens Gilbert Whippet über den glückselig im Dunkeln dasitzenden Tonker.

»Du gehst ein unangebrachtes Risiko ein, alter Junge«, murmelte er. »Die werden es dir heimzahlen.«

»Das ist mir die Sache wert«, sagte Tonker und kicherte in sein Glas hinein.

Fanny Genappe indessen, der gleich neben Minnie stand, legte ihr die Hand auf den Arm.

»Haben Sie je mal was von einem Mann namens Ben-Sabah gehört, meine Liebe?«

»Ben wie? Nein, Fanny. Ist er hier? Soll ich Tonker mal fragen?«

»Nein, nein, war nur so ein Einfall. Wir wollen ihn lieber nicht damit belästigen. Sehr amüsant, diese Burschen, nicht wahr? Sie sehen köstlich absurd aus. Und ihr Geplapper ist aufschlußreich.«

Das Hinundhergerede ging unerbittlich weiter, in hohem, nasalem, schwachsinnigem Ton.

»Wie heißt denn das Pferd?«

»Das Pferd heißt Pontisbright.«

Unweit von Westy stieß jemand auf dem Beton der Terrasse heftig einen Stuhl zurück und ließ ein Wort vernehmen, von dem der junge Mann hoffte, daß es Mary entgangen sein möge. Die Clowns strebten einem Höhepunkt zu, sie schrien und gebärdeten sich, als könnten sie jeden Augenblick vom Balkon herabfallen. Und jetzt stieg hinter ihnen eine rote Rakete hoch, und Mary fuhr auf.

»Hast du sie gesehen?«

Westy nickte im Dunkeln. »Ich schaue zu.«

»Das Pferd heißt Pontisbright, und ich habe mit einem Geheimnis dafür bezahlt!« brüllte ein Clown.

»Ja, du hast mit einem Geheimnis dafür bezahlt, und es startet auf meiner Rennbahn.«

»Oh! Das Pferd startet auf deiner Rennbahn?«

»Ja, das Pferd startet auf meiner Rennbahn.«

»Warum soll denn das Pferd auf deiner Rennbahn starten?«

»Weil«, riefen da alle Clowns im Chor, und zwar in dem Augenblick, da eine Kräuselwelle den Fluß entlanglief und das von ihnen losgebundene Floß sich in Bewegung setzte, »weil da ein *Knick* drin ist!«

Während der nun folgenden fünf Minuten geschah alles mögliche. Drunten in den Moorwiesen hatte ein befreiter George Meredith, von dem alle Schüchternheit abgefallen war, die Schleusentore, so weit es nur ging, geöffnet. Als die aufgestauten Wasser mit rasender Geschwindigkeit abzufließen begannen, löste sich ein dunkles Bündel aus den Schwertlilien weiter stromaufwärts und trieb sehr schnell am Garten vorbei.

Gleichzeitig begann auch das Floß zu rasen, und die zwei darauf stehenden Clowns warfen ihre Glübalübala beiseite und sprangen im letztmöglichen Augenblick behend ans

Ufer, so daß fast jedermann auf dem Rasen sich erhob und die meisten instinktiv an den Uferrand traten.

Unterdessen schien sich in Westys und Marys Nähe, auf Onkel Williams Terrasse, eine Art Krise zu ereignen. Zorniges Gemurmel einte sich mit heftigen Bewegungen, und der S.S.S.-Mann erhaschte gerade noch das schlaffe Bündel der Masken, ehe der Tisch umkippte. Er sprang in den Garten hinunter, kurz vor dem Vorbeischwimmen der Leiche, und schaute zum Strom hin, als sie sichtbar wurde.

Das wachsbleiche, mit blicklosen Augen zu den Sternen hinaufstarrende Gesicht glitt an der ganzen Länge des Rasens, am Bootshaus und der Menschenmenge vorüber. Irgend jemand stieß einen Schrei aus, und ein erregtes Zischeln lief die ganze Uferfront entlang.

Der S.S.S.-Mann handelte mit Blitzesschnelle. Selbst Westy, der auf der Mauer stand und herauszufinden versuchte, was denn eigentlich vorgehe, sah nicht, was er tat. Smith warf die Masken eine nach der anderen in die Strömung. Einige fielen nach dieser, andere mehr nach jener Seite, aber alle blieben oben und wurden von der Flut davongetragen, so daß innerhalb weniger Sekunden ein weiteres blickloses weißes Gesicht an dem dunklen Pfad längs des Rasens vorbeischnellte und nach ihm noch eins und noch eins, dann zwei gleichzeitig und dann noch ein letztes.

»Masken!« – »Es sind nur die Masken!« – »Die Masken!«

Über den ganzen Garten hin stiegen die Rufe auf, und dann schwoll überall ein vielfach schockiertes, aber allerseits erleichtertes Gelächter auf. Die Menge wich wieder zurück, und die heitere Stimmung war wiederhergestellt.

Nur Amanda, die neben ihrem Mann im wispernden Garten stand, stockte der Atem.

»Albert! Es sind sieben vorbeigekommen. Dabei gibt es nur sechs. Hol schleunigst Luke. Wir müssen in die Moorwiesen!«

17

Mr. Campion strengt sich an

Ganz sachte schloß Mr. Campion die Schublade von Miss Pinkertons Schreibtisch, obwohl er wußte, daß er allein im Hause war. Dann schob er den Stuhl, auf dem er gesessen hatte, zurück, ging quer durch den Raum und knipste das Licht aus. Und nun zog er die schweren Vorhänge zurück und ging auf demselben Wege wieder hinaus, auf dem er gekommen war, demselben wie am Tag zuvor, durchs Fenster.

Das Haus ohne Tiefe reckte sich starr und stumm hinter ihm auf, und er machte sich mit federnden Schritten auf den Weg über die lange, zum Fluß hin abfallende Wiese. Fern zu seiner Linken glühte und funkelte wie ein Rummelplatz bei Nacht der helle Fleck, der die Lage der ›Lockenden Lady‹ markierte. Bis zum Morgengrauen waren es immer noch etliche Stunden, und nach dem dumpf grollenden Lärm zu urteilen, den der leichte Wind ihm zutrug, war der Festtrubel nach der relativ stillen Zwischenzeit wiederaufgelebt.

Unter einem Baum am Fluß erwartete eine kleine Gruppe Mr. Campions Rückkehr. Luke, South und Amanda waren da und außerdem auch noch Old Harry, der sie geführt hatte. Er saß abseits auf einem Baumstamm, im vollen Mondlicht, sehr feierlich in seinem Sonntags-und Beerdigungsanzug, aber mit verschlagenem und wachsamem Blick.

»Ich bezweifle, daß Sie Glück gehabt haben, Sir.« Der Ton des Superintendents war schwer zu bestimmen, doch Mr. Campion hatte das Gefühl, daß er ausnahmsweise einmal nicht gerade grinste.

»Hoffnungsloser Fall«, sagte Luke. »Er ist vernichtet worden.«

»Warten Sie«, sagte Mr. Campion lebhaft, als er bei ihnen anlangte. »Ich hoffe, das ist nicht der Baum, wo sie gefunden wurde, Superintendent? Ich möchte auf keinen Fall Spuren verwischen.«

»Keine Bange, Sir. Das war der Baum da drüben. Da hat Buller sie gesehen, wie er sagt, und gemeint, daß sie schlafe. Gewisse Leute sollten sich wahrhaftig mal den Kopf röntgen lassen! Aber damit können wir uns jetzt nicht befassen. An der Stelle liegt eine leere Ginflasche, aber das Fahrrad haben wir nicht entdecken können. Zweifellos hat sie es versteckt, weil sie nicht gefunden werden wollte, und meiner Meinung nach hat sie es wahrscheinlich in den Fluß geschoben. In diesem Fall könnte es abgetrieben worden sein. Zu dieser Jahreszeit starrt er geradezu von allem möglichen Abfall. Man kann nie wissen, vielleicht hat sie es auf etwas hinaufgeschoben, das aussah, als würde es das Fahrrad obenhalten, so daß es nicht ruiniert werden konnte. Die Leute, die sich mit Selbstmordabsichten tragen, kommen oft auf solch verrückte Ideen. Na, wir werden ja sehen. Sie sind also mit leeren Händen zurückgekommen, nicht wahr, Sir? Ich hatte es schon befürchtet.«

»Ich weiß nicht.« Mr. Campion lehnte sich an den Baum, der nicht derjenige war, unter dem Old Harry im Morgengrauen Miss Pinkertons Leiche entdeckt hatte, und kramte in seiner Tasche. »Die eigentliche Nachricht habe ich nicht gefunden; ich meine, die Nachricht, die ich, wie ich Ihnen schon sagte, gestern auf dem Kaminsims unter dem an Mr. Smith adressierten Brief bemerkt hatte. Dieser zweite Brief war für einen gewissen R. Robinson, Esquire, bestimmt, und ich gebe Ihnen mein Ehrenwort, daß ich zu der Zeit keine Ahnung hatte, wer der Mann war, und daß mir die ganze Sache als unwichtig wieder entfallen war, bis wir dann alle vor einer halben Stunde im Indianerlager beisammenstanden und auf die Leiche herabsahen, die wir gerade aus dem Fluß gefischt hatten. In dem Augenblick ist es mir, wie Sie wissen, wieder eingefallen, und da habe ich Sie gefragt, ob Sie den Namen je gehört hätten.«

»Und meine Antwort hat uns allen den Schock unseres Lebens versetzt«, unterbrach South. Er wurde wieder munterer. »Wie hätten Sie auch wissen können, daß unser hiesiger Leichenschauer und Untersuchungsrichter kein Doktor ist! Aber erzählen Sie mir bloß nicht, daß Sie den Brief gefunden hätten, Sir!«

»Nein.« Mr. Campions Stimme klang nach wie vor verheißungsvoll. »Der Brief ist verschwunden, und ich glaube, keiner von uns wird darüber allzu erstaunt sein. Aber etwas habe ich doch gefunden. Ich weiß nicht, was Sie davon halten werden und ob es als annehmbares Beweisstück erachtet werden wird, aber wie dem auch sei: hier ist es. Aus der Schublade von Miss Pinkertons Schreibtisch habe ich dieses Blatt herausgeholt.«

Er zog ein hauchdünnes Papier aus der Brusttasche und überreichte es ihnen.

»Vielleicht sollte ich Ihnen vorher noch erzählen«, sagte er, »daß heute abend, gleich nach dem Essen, Lugg zu mir gekommen ist und mir berichtet hat, er habe endlich den Apotheker in Hadleigh als denjenigen aufgespürt, der Miss Pinkerton auf das Rezept eines Londoner Arztes hin regelmäßig mit Dormital versorgt hat. Normalerweise trank sie keinen Alkohol, und so hat sie es vermutlich für völlig ungefährlich gehalten.«

Luke holte eine Taschenlampe hervor, und die beiden Männer beugten sich über den Brief, wobei ihre Gesichter im Schatten blieben.

»Mein Gott!« rief Luke. »Wer hätte das gedacht? Ein Durchschlag!« Er begann, den Brief mit seiner Amtsstimme, ausdruckslos und schlecht betont, zu verlesen.

Für R. Robinson, Esquire,
Untersuchungsrichter.

Kepesake, am 23. Juni.

Sehr geehrter Herr,
ich schreibe Ihnen, um Ihnen mitzuteilen, daß ich beschlossen habe, mir das Leben zu nehmen. Es geschieht aus freien Stücken, und ich bin im Vollbesitz meiner Geisteskräfte. Gestern nachmittag habe ich ein fürchterliches Erlebnis gehabt, und ich glaube, der Schock hat mein seelisches Gleichgewicht erschüttert. Ich habe nämlich – ohne die mindeste Absicht – einen Mitmenschen ums Leben gebracht, und ich sehe voraus, daß man mich der Tat überführen und vielleicht sogar zum Tod durch den Strang verurteilen wird, falls man diese Strafe heute noch an Frauen vollstreckt, und daß absolut nichts, was ich zu meinen Gunsten anzuführen vermöchte, mich retten könnte. Also ziehe ich es vor, auf meine Weise aus dem Leben zu scheiden. Der Mann, den ich offenbar getötet habe, war derjenige, den Mrs. Cassands von der ›Lockenden Lady‹ immer ›das kleine Unheil‹ nannte. Ich habe ihn auf der Stelle erkannt, als ich seine Leiche zu Gesicht bekam, habe aber den Kopf verloren und vorgegeben, ich hielte ihn für einen Landstreicher. Das Unglück hat sich am Donnerstag der vorigen Woche ereignet. Ich war am Nachmittag zur ›Lockenden Lady‹ gegangen, und da ich niemanden antraf, bin ich in das trübselige Krankenzimmer eingetreten, wo der alte Herr dahinsiechte. Er war völlig außerstande, mit mir zu reden, und hätte ebensogut schon tot sein können. Ich habe einige Zeit damit zugebracht, sein Zimmer aufzuräumen; dabei habe ich versehentlich seine Schlaftabletten vom Kaminsims gestoßen. Da ich ihn nicht ohne Tabletten lassen wollte, habe ich einige von meinen, die ich stets in der Handtasche mitführe, in seine Schachtel getan; und in diesem Augenblick sah ich auf und bemerkte, daß die Person, die ›das kleine Unheil‹ genannt wird, mich durchs Fenster beobach-

tete. Da ich nicht mit dem Menschen zu sprechen wünschte, verließ ich schleunigst das Zimmer und ging durch den Garderobenraum aus dem Haus hinaus. Doch als ich am Zauntritt in der Wiese anlangte, mußte ich feststellen, daß er hinter mir hergelaufen kam und auf eine höchst unerquickliche Art auf mich einredete. Ich stieg hastig über den Zauntritt, doch dieses Hemmnis erlaubte ihm, mich einzuholen, und dann hat er es gewagt, mich anzufassen. Da habe ich irgendeinen Gegenstand vom Boden aufgehoben und in Notwehr damit auf ihn eingeschlagen. Dann bin ich weitergerannt und war froh, als ich bemerkte, daß er mir nicht mehr folgte. Doch als ich eine Woche danach zufällig wieder über die Wiese kam, mußte ich einen überaus abstoßenden Anblick erleben. Seitdem habe ich nicht mehr schlafen können. Ich weiß nicht, was mein Arbeitgeber sagen wird, wenn er davon erfährt. Ich bitte Sie also um Verschwiegenheit!

Lukes Stimme verstummte abrupt, und es herrschte ein langes Schweigen auf der Uferböschung. Er hielt den Strahl der Taschenlampe weiter auf das Papier gerichtet, und als Amanda näher herantrat, senkte er das Blatt, damit sie es einsehen konnte.

»Natürlich keine Unterschrift«, sagte er schließlich.

»Wie könnte es anders sein?« Alle waren beeindruckt von einer völlig neuen Klangschattierung in Superintendent Souths Stimme. Er sprach ernsthaft. Die alarmierende Haltung scherzhafter Anzüglichkeit war völlig von ihm gewichen. »Man kann nicht erwarten, daß einem alles geschenkt wird«, sagte er lammfromm. »Manchmal müssen wir unser Hirn anstrengen, und manchmal haben wir lediglich dankbar zu sein. Na, ich kann nicht sagen, daß ich überrascht bin. So was hat mir gestern schon den ganzen Tag über vorgeschwebt – seit wir den Hergang des Verbrechens rekonstruiert hatten. ›Es hätte auch völlig unabsichtlich geschehen sein können‹, hab ich mir gesagt, als ich gestern nacht ins Bett stieg. ›Völlig unabsichtlich‹ – bei einem Mann mit einer derart dünnen Schädeldecke.«

Die gelassene Unverschämtheit dieser Äußerung brachte einen höchst irdischen und deutlich wiedererkennbaren Ton in den Licht-und-Schatten-Zauber der Sommernacht. Luke tat den Mund zum Sprechen auf, besann sich aber eines Besseren, und Mr. Campion erhob sich von seinem Sitz unter dem Baum.

»Selbstverständlich setzt ein Durchschlag ein Original voraus«, sagte er zaghaft, »aber ich weiß nicht, ob der Untersuchungsrichter sich damit zufriedengeben ...«

»Hören Sie, Sir.« Der alte Superintendent hatte keine Bedenken, ihm einfach ins Wort zu fallen. »Sie sind ein hochangesehener Zeuge. Wir haben Ihre Aussage, daß Sie gestern nachmittag ein an Mr. Robinson adressiertes Schreiben im Büro der Verstorbenen gesehen haben. Zu diesem Zeitpunkt wußten Sie noch nicht, daß Mr. Robinson der zuständige Untersuchungsrichter war. Das wäre der Punkt Eins. Ferner haben wir Ihre Aussage, daß Sie nach der Entdeckung der Leiche der armen Dame, und nachdem Sie uns erklärten, was Sie vorhätten, in das Büro zurückgegangen sind und das besagte Schreiben nicht mehr vorgefunden haben. Aber statt dessen haben Sie diese Kopie hier gefunden. Die Dame war Sekretärin und gewohnt – genau wie wir von der Polizei –, von allen Briefen, die sie schrieb, stets einen Durchschlag zu machen. Das geschah bei ihr schon völlig mechanisch. Es ist also nichts Befremdliches daran, daß sie die Gewohnheit auch in einem Augenblick größter seelischer Belastung beibehielt. So lautet unsere These, und sie ist überaus plausibel.«

Mr. Campion stand im Dunkeln – eine hohe, einsame Gestalt.

»Sollte nun aber der Untersuchungsrichter ...« setzte er an.

»Der Untersuchungsrichter wird die Wahrheit akzeptieren, Sir, und das Schwurgericht ebenfalls.« South sprach mit der überlegenen Sicherheit dessen, der jede der in Betracht kommenden Personen seit sehr langer Zeit kennt. »Dafür sind sie ja da. Ihre Aufgabe besteht darin, die Angelegenheit beizulegen, sobald die Tatsachen vorliegen, und nicht darin, Schwierigkeiten zu machen. Ich behaupte nicht, daß alle Arbeit bereits getan sei – das ist keineswegs der Fall. Es bleiben noch ein paar ungelöste Fragen übrig, und wir werden auch Nachforschungen nach dem Originalschreiben anstellen und alle Personen verhören müssen, die Zugang dazu gehabt haben könnten. Aber die Wahrheit ist heraus. Wir wissen jetzt, woran wir sind. Noch vor einer halben Stunde hatten wir zwei rätselhafte Leichen auf dem Hals und obendrein höchst peinliche – peinlich für eine ganze Reihe von Leuten, den Chief Constable nicht ausgenommen, die nie in eine solche Lage hätten geraten dürfen. Jetzt haben wir eine durch und durch plausible Erklärung bereit. Es ist eine traurige Angelegenheit, aber wir wissen ja alle, daß eine Frau, wenn sie erschreckt wird, manchmal um sich schlägt. Ohman hatte eine phänomenal dünne Schädeldecke. Was die Reaktion der Dame beim Anblick der Leiche und angesichts der Erkenntnis betrifft, daß sie den kleinen Kerl getötet hatte – na, da war ich ja selbst dabei, und außerdem noch mein Sergeant und der Arzt, und also gibt es daran nichts zu rütteln.« Er schnüffelte. »Eigentlich sollte ich wirklich nicht sagen, daß alles befriedigend gelöst sei«, meinte er, »aber man kommt eben nicht darum herum, das ist das richtige Wort dafür. Als sie herausfand, was sie getan hatte, hat sie sich umgebracht und durchaus angebrachterweise eine Nachricht hinterlassen.«

Luke ließ einen Laut vernehmen, der bei jedem Geringeren in weniger verantwortlicher Stelle als ein Kichern hätte mißverstanden werden können.

»Zunächst mal, was hat sie denn überhaupt in Mr. Williams Zimmer zu suchen gehabt, Superintendent?« fragte er.

»Da hat sie ihre Nase in fremde Angelegenheiten gesteckt«, sagte South mit herausfordernder Ruhe. »Das springt doch in die Augen. Und wenn ich Ihnen meine Ansicht sagen darf – ich bin immerhin älter als Sie, Chefinspektor, wenn ich auch nur ein einfacher Landpolizist bin –, ich glaube nicht, daß wir uns auf dieses Thema näher einlassen sollten. Schließlich ist der alte Herr tot und auf anständige Art beerdigt, und im Grunde wohl auch nicht vor der Zeit. Also ist niemandem damit gedient, wenn wir die Sache aufwärmen. Wenn Sie nichts dagegen haben, gehe ich jetzt in das Haus da drüben und borge mir das Telefon aus. Es ist ein Notfall – ich glaube nicht, daß mir jemand daraus einen Strick drehen würde. Ich weise meine Leute an, direkt zum Indianerlager zu kommen, und zwar von der Landstraße nach Sweethearting her, so daß sie nicht erst zur ›Lockenden Lady‹ müssen. Die Familie ist im Augenblick nicht belastet. Ich nehme an, daß sie bei der Leiche auf mich warten, Buller? Sie werden morgen benötigt, und Sie ebenfalls, Mr. Campion. Ist Ihnen das so recht, Chefinspektor?«

Luke zögerte. »Es ist Ihr Bezirk, Superintendent«, sagte er schließlich. »Was ist mit der Ginflasche?«

»Ich kümmere mich persönlich um sämtliche Beweisstücke. Darauf können Sie sich verlassen. Ich bezweifle freilich, daß gerade dieses allzu wichtig ist, weil die arme Dame wahrscheinlich genügend Dormital geschluckt hat, um auch ohne Gin ihren Geist aufzugeben. Aber ich kenne meine Pflicht. Das Papier da ist das Wesentliche.«

Er streckte die Hand aus, und der Mann von Scotland Yard überreichte ihm den Durchschlag. Alle sahen South zu, als er ihn sorgfältig zusammenfaltete und in eine Brieftasche steckte, welche er in der zuknöpfbaren Innentasche seiner Weste – über dem Herzen – unterbrachte.

»So!« sagte er mit Genugtuung. »Die einzige dumme Frage, die sich jetzt noch erheben könnte, ist: Wer hat die Leiche ins Wasser geworfen? Die Antwort ist offensichtlich, aber wir werden es nicht beweisen können.«

»Als Mr. Campion gestern nachmittag den Brief an den

Untersuchungsrichter bemerkte, lag er unter einem an Mr. S. S. Smith adressierten«, sagte Luke und sah ihn lauernd an.

»Ganz recht«, stimmte South seelenruhig zu. »Und er ist nicht übermittelt worden. Darüber können wir bis Weihnachten nachgrübeln, Chefinspektor, ohne daß es uns weiterbrächte. Privat dürfen wir getrost annehmen, daß ein Gentleman, der Scharen von Interessenten auf einem zum Verkauf anstehenden Grundbesitz herumzuführen gedenkt, es kaum für wünschenswert halten kann, wenn da irgendwo eine Selbstmörderleiche umherliegt und die schöne Aussicht verdirbt. Im stillen dürfen wir annehmen, die Lektüre des an ihn gerichteten Briefes habe ihm einen solchen Schreck eingejagt, daß er beide Briefe, auch den an den Untersuchungsrichter, zerrissen und die Leiche aus dem Blickfeld und in den Fluß geschubst hat. Aber wir wissen es nicht und werden es auch nie wissen – nicht mit Sicherheit. Wie die Dinge liegen, spielt das gar keine Rolle. Durch einen Glücksfall haben wir ja die Wahrheit auch so herausbekommen. Hier auf dem Lande verlieren wir eins nie aus den Augen: daß die Schuldigen zwar bestraft werden, wir übrigen aber bis an unser Lebensende miteinander auskommen müssen. Ich geh jetzt schnell zum Telefon. Buller!« Er spähte in die Schatten hinein. »Der verdammte Kerl ist verduftet. Aber keine Bange, der geht nicht weit weg.«

Als seine plumpe Gestalt nur noch ein ferner Punkt im Mondlicht war, drehte Luke sich zu seinen Freunden um.

»Was wissen Sie darüber?« fragte er.

»Die Wahrheit ist eine so schrecklich nackte Lady«, sagte Mr. Campion leise. »In wohlgeordneten Familien auf dem Lande ist anscheinend niemand so unanständig, sie in ihrer vollen Blöße anzustarren.«

»Das ist gut und schön«, wandte Luke ein, während sie die Uferböschung entlang fortgingen, auf die Lichter des fernen Bootshauses zu. »Ich verstehe Souths Standpunkt, aber ich kann es nicht dabei bewenden lassen. Ich muß auf jeden Fall wissen, warum Miss Pinkerton den alten Herrn vergiftet hat. Die Eigenheiten des Dormital muß sie gekannt haben. Sie hat es ja selber mit Alkohol zu sich genommen, als sie sterben wollte.«

»O ja, sie wußte, was sie tat.« Mr. Campions leichter Tonfall wurde ernsthaft. »Ob sie freilich die ganze Abscheulichkeit ihrer Tat ermessen hat, das weiß ich nicht.«

»Entweder hat sie gewollt, daß er stirbt, oder nicht«, beharrte Luke.

»Sie hat es gewollt, aber es zählte für sie nicht«, warf Amanda ein, so unvermittelt, daß beide zusammenfuhren. »Jedenfalls nicht als Mord.«

Mr. Campion schwieg einen Augenblick lang. Er dachte an eine Unterhaltung, die er auf dem Friedhof geführt hatte, und sah wieder die flinke, tüchtige Frau vor sich, wie sie verwelkte Rosen von einem Kranz abschnippelte.

»Es ist der klassische Fall«, bemerkte er. »Als Miss Pinkerton an jenem Nachmittag loszog, hatte sie nicht im mindesten die Absicht, jemanden umzubringen. Alles sprach dafür, daß es ihr unbemerkt glücken würde.«

Luke knurrte. »Sie meinen, es sei ihr plötzlich aufgefallen, daß Mr. Williams Schlaftabletten aussahen wie das Dormital in ihrer Handtasche, und sie hätte sie, einer Momenteingebung folgend, ausgetauscht? Das nehme ich Ihnen ab, wenn ich weiß, warum sie es getan hat.«

Mr. Campion zögerte. »Möglich, daß der Grund schon seit einiger Zeit offenkundig gewesen ist«, rückte er schließlich heraus. »Aber ich bin eben nicht darauf gekommen. Sehn Sie, Smith ermunterte Miss Pinkerton, Minnie bei ihrer Geschäftskorrespondenz zu helfen, nicht wahr? Auf diese Weise hoffte er herauszufinden, warum Minnie ihr Haus nicht verkaufen wollte. Die ›Lockende Lady‹ war unentbehrlich für seinen Plan, das Pontisbright-Park-Landhaus in eine Rennbahn umzuwandeln, die er nach ihrer Eröffnung an die Leichenfledderer weiterzuverkaufen gedachte. Minnie ihrerseits wollte nicht verkaufen, weil sie es nicht nötig hatte. Williams Schenkung hatte sie aus der Klemme gerettet, in die sie durch die Annahme von Tonkers Geld geraten war, und sofern nur William noch bis zum November weiterlebte, würde sein Geschenk keinen Haken haben. Miss Pinkerton war über all das im Bilde. Sie leistete ganze Arbeit, auf beiden Seiten. Sie war eine übertüchtige Person und muß unter der aufreizenden Stimmung in der ›Lockenden Lady‹, wo Minnie in bezug auf einen Verkauf alle Augenblicke ihre Meinung änderte, geradezu gelitten haben.« Er hielt inne und legte die Hand auf Lukes Arm. »An jenem Nachmittag machte sich Miss Pinkerton also in Williams Zimmer zu schaffen, und da hat sie wohl gesehen, wie er dalag; er muß ihr nutzlos, unheilbar und als ein widerlicher, lästiger Alter erschienen sein, der alles nur aufhielt. Gleichzeitig gewahrte sie eine sehr simple Methode, ihn loszuwerden. Sie ergriff die Gelegenheit beim Schopf. Ich möchte wetten, sie hat sich selber vorgemacht, sie handle nur aus Barmherzigkeit.«

»Außerdem«, sagte Amanda unumwunden, »konnte sie beinahe Onkel William beschuldigen, das Dormital in Gift verwandelt zu haben. Ich meine, wenn er keinen Alkohol dazu genommen hätte – und Pinky billigte es ohnehin ganz und gar nicht, wenn alte Männer so lasterhaft waren, dem Alkohol zu frönen –, dann hätte es ihm genausowenig anhaben können wie ihr, die sie ja regelmäßig einnahm.«

»Richtig!« Luke lachte kurz und freudlos. »Diese Mentalität kenne ich, und außerdem erkenne ich in ihr den Typ wieder, der die Geschäfte der Reichen für sakrosankt hält. Je reicher der Mann, desto heiliger seine Angelegenheiten. Vermutlich hat Miss Pinkerton in Smith lediglich den Mann gesehen, der für Genappe arbeitete, und insofern war er für sie wichtiger als alles andere. Sie haben vollkommen recht, Campion, es wäre ihr geglückt, wenn nicht das ›kleine Unheil‹ zum Fenster hereingeschaut hätte. Wieviel mag er wohl gesehen haben, möchte ich wissen?«

»Nicht sehr viel«, murmelte Mr. Campion. »Ich glaube auch nicht, daß Miss Pinkerton gemeint hat, er hätte viel gesehen. Doch als er ihr den Weg abzuschneiden versuchte, indem er über die Auffahrt rannte, und als er sie dann am Zauntritt einholte, empfand sie ein Schuldgefühl, und deshalb hat sie den Kopf verloren. Als er sie anfaßte, schlug sie mit dem erstbesten Gegenstand in ihrer Reichweite auf ihn ein. Unglücklicherweise war es eine Pflugschar, und er hatte einen Schädel, der so etwas nicht vertrug. Ich glaube nicht, daß sie meinte, er habe ihre Manipulation mit dem Dormital beobachtet.«

»Wirklich nicht?« fragte Luke. Sie waren an die Stelle gelangt, wo der Pfad sich teilte. Die eine Abzweigung führte zum Garten der ›Lockenden Lady‹ hinab, die andere schlängelte sich auf den Brückensteg zu, der nach dem Hochgelände und dem Indianerlager führte. »Warum denn nicht?«

»Auf Grund klarer und schlichter Überlegungen«, sagte Mr. Campion bescheiden. »Wenn das ›kleine Unheil‹, als er sie einholte, etwas von Medikamenten hätte verlauten lassen, wäre sie auf der Stelle zurückgeeilt und hätte den alten Zustand wiederhergestellt, ehe Unheil entstehen konnte. Sie hat nichts dergleichen getan. Warum? Weil er meiner Ansicht nach auf der Brücke von etwas anderm zu reden angefangen hat, von etwas, das sie für eine Unverschämtheit hielt.«

»Oh. Und was war das?«

»Offen gesagt, ich weiß es nicht.« Campions Stimme klang bedauernd. »Aber nach eingehendem Studium dieses Knaben und seiner Methoden möchte ich annehmen, daß er sie gefragt hat, wie es zu erklären sei, daß er sie beim Staubwischen im Krankenzimmer ertappt habe, während sie doch zum Stundenlohn von zehn Schilling – oder wieviel es sonst gewesen sein mag – einzig und allein für Schreibarbeiten angestellt sei. Sie hat ihn schnippisch zurechtgewiesen, und da hat er sie gepackt, und so ist es passiert.«

»Gräßlich«, sagte Amanda mit einem Schaudern. »Ich gehe jetzt zurück in den Garten. Wir sehn uns drüben wieder, Albert.«

Sie verschwand im Schattendunkel, und Luke und Campion gingen bis zum Brückensteg weiter, wo sie stehenblieben und ein Weilchen auf das mondbeschienene Wasser schauten. Lugg und George Meredith waren im Lager bei der Leiche, und sie hielten es für ziemlich sicher, daß Old Harry sich inzwischen zu ihnen gesellt habe.

Vom Bootshaus klang Musik herüber.

»Die Frau hat den kleinen Kerl offenbar gar nicht fallen sehen«, sagte Luke jetzt. »Sie muß einfach zugeschlagen haben und unmittelbar danach geflohen sein. Als sie dann gar nichts mehr hörte, hat sie sich den ganzen Vorfall aus dem Kopf geschlagen, wie es die Leute so machen. Kein Wunder, daß sie durch den Anblick der Leiche eine Woche später aus dem Gleichgewicht geraten ist. Eine sonderbare Angelegenheit. So schlicht und alltäglich. Es hätte jedem passieren können.«

»Nicht jedem«, protestierte Campion sanft. »Nur eine ungewöhnlich eklige Frauensperson hätte mit Onkel William aufräumen können.« Er hielt inne. »Falls Sie mich im Indianerlager nicht benötigen, möchte ich eigentlich zur Party zurückkehren.«

Luke warf einen Blick zum Bootshaus hinüber. »Gehn Sie nur«, sagte er. »Ich komme bald nach. Wie ich die Dinge sehe, falle ich den Ortszuständigen von jetzt an doch nur lästig. Passen Sie ein bißchen auf Prune auf, ja?«

Es war das erstemal, daß Mr. Campion ihn ihren Namen nennen hörte, und er versuchte, keinen Anstoß daran zu nehmen. Seine eigene Reaktion ärgerte ihn, und als er sich schließlich wieder gefangen hatte, merkte er, daß Luke von dem Mädchen sprach.

»Prune wäre die ideale Ehefrau für einen Mann gewesen, dessen Herrschaftsbereich ein Rittergut ist«, sagte er überraschend. »Mein Distrikt ist vielleicht nicht ganz das ursprünglich Vorgesehene, aber die Unterschiede betreffen nicht das Wesentliche. Bitte, machen Sie sich um uns keine Sorgen, mein Lieber. Es ist in Ordnung. Sie werden schon sehen. Prune und ich, wir bringen es noch weit.«

Mr. Campion blinzelte. Ein Ausblick auf künftige Jahre hatte sich vor ihm aufgetan, Jahre, in denen Lukes Genie unter Prunes Einfluß dieses bemerkenswerte Paar zu bisher ungeahnten Höhenflügen hinauftrug.

»Ich ... Du liebe Zeit, ja! Ich glaube es auch!« rief er aus.

Lukes Lächeln blitzte durchs Halbdunkel.

»Wir sind beide fest davon überzeugt«, sagte er großartig. »Was für ein wunderbares Mädchen, Campion! Im Ernst, haben Sie je schon mal so ein Mädchen gesehen? Je im Leben?« Mr. Campion ging zur ›Lockenden Lady‹ zurück.

Als er auf dem Rasen anlangte, hatte sich die Menge gelichtet, doch ein innerer Kreis von Nachtschwärmern war noch da, und das Fest hatte eine neue Intimität gewonnen.

Tonker und Minnie saßen mit Westy und Annabelle, die beide ein bißchen schläfrig waren, auf einer aus dem Salon nach draußen geschafften Couch und hörten Lili Ricki zu, der neuen ›schwedischen Nachtigall‹, die vor einem funkelnden Nachthimmel Sydney Carters wunderschönes Lied sang.

Tonker hatte sich erweichen lassen und, Emma zuliebe, die Weste mit Perlstickerei angezogen; aber er trug nach wie vor seinen prachtvollen Blazer. Minnies Bukett hatte er sich ans Revers geheftet, wo es sich im kalten Mondlicht wie ein Luffaschwamm ausnahm.

Als Mr. Campion herantrat, sah er gerade noch, wie Tonker zerstreut sein Bein ausstreckte, um einen vorüberflitzenden Clown zu Fall zu bringen. Doch seine Stimme schwankte beinahe vor Schwermut.

Wie der Frühtau schwindet, eh' man erwacht,
Vergeht des Herzens Jugend dereinst über Nacht.

Leise rezitierte er den Vers. »O Minnie, wie tragisch! Wie gräßlich, Minnie!«

Ihr prustendes Lachen weckte ein leises Echo im Schattendunkel.

»Kopf hoch!« sagte sie und winkte dem gestolperten Clown entschuldigend mit der Hand zu. »So weit ist es noch nicht. Komm, Tonker. Wir müssen den Leuten doch ein Frühstück zubereiten.«

Zuletzt beschloß Mr. Campion, den Wagen für Lugg zurückzulassen, und er und Amanda gingen durch die Morgendämmerung zu Fuß heim. Lange Zeit hindurch blieb Amanda stumm, doch als sie ganz allein waren, blieb sie stehen und sah ihn an.

»Es geht vermutlich in Ordnung?« sagte sie.

»Wie bitte?« Er blickte sie scharf an. Sie war allzu gescheit – er hatte es schon öfter feststellen müssen. »Was hast du bemerkt?«

»Lediglich«, sagte Amanda gelassen, »daß Miss Pinkerton ›am 23. Juni‹ geschrieben hat, nicht ›den 23. Juni‹ – genau wie du es immer tust.«

Mr. Campion schwieg eine ganze Weile. Schließlich zuckte er die Achseln. »Wie peinlich und wie seltsam, diese zufällige Übereinstimmung, meine kleine Übergescheite«, sagte er leise. »Du wirst so nett sein und den Mund halten, nicht wahr? Es sei denn, du hättest Lust, mich durch Gefängnisgitter anzugrinsen. Was hätte man auch sonst tun können? Der Selbstmörderbrief mußte gefunden werden. Wie anders hätte man South die Wahrheit so überzeugend klarmachen können? Als guter Beamter brauchte er ein Stückchen Papier, um überzeugt zu sein.«

»Oh, durchaus«, sagte Amanda liebenswürdig. »Glaubst du, daß der Durchschlag dem Original sehr ähnlich war?«

»Du lieber Himmel, das will ich hoffen!« Mr. Campions Stimme klang gleichzeitig würdevoll und gekränkt. »Ehrlich, ich möchte wetten, daß er beinahe dem Original entspricht.

Ich mag vielleicht schon mal was Sittenwidriges tun, aber kriminell bin ich denn doch nicht. Der einzige, der es uns genau sagen könnte, wäre der S.S.S.-Mann, und auch der nur, falls er den Brief an den Untersuchungsrichter gelesen hat, bevor er ihn vernichtete. Vielleicht hat er ihn aber nicht gelesen. Jedenfalls glaube ich kaum, daß er sich dazu äußern wird.«

»Nein«, sagte Amanda nachdenklich. »Sidney Simon Smith hat im Augenblick genug an seinen eigenen Schwierigkeiten. Fanny ist ihm nämlich auf die Schliche gekommen.«

Als sie bei der Mühle anlangten, sprachen sie längst wieder von anderen Dingen.

»Vor dem Weggehen bin ich noch mal bei Rupert gewesen und hab nach ihm gesehen«, bemerkte Amanda, »und ich sage dir, Albert, meiner Meinung nach sollten wir ebenfalls Zwillinge haben.«

»Das wär 'ne Idee«, sagte Mr. Campion.

Margery Allingham im Diogenes Verlag

»Margery Allingham sticht ins Auge wie strahlend helles Licht. Alles, was sie schreibt, ist von vollendeter Form.« *Agatha Christie*

Die Handschuhe des Franzosen
Kriminalgeschichten. Aus dem Englischen von Peter Naujack. Zeichnungen von Georges Eckert. detebe 20929

Trau keiner Lady
Roman. Deutsch von Gerd van Bebber
detebe 21567

Gefährliches Landleben
Roman. Deutsch von Brigitte Mentz
detebe 21568

Süße Gefahr
Roman. Deutsch von Peter Fischer
detebe 21569

Judaslohn
Roman. Deutsch von Edith Walter
detebe 21570

Wenn Geister sterben
Roman. Deutsch von Brigitte Mentz
detebe 21616

Überstunden für den Totengräber
Roman. Deutsch von Theda Krohm-Linke
detebe 21630

Tänzer in Trauer
Roman. Deutsch von Irene Holicki
detebe 21691

Polizei am Grab
Roman. Deutsch von F.A. Hofschuster
detebe 21744

Blumen für den Richter
Roman. Deutsch von Marie Rieger
detebe 21821

Der Hüter des Kelchs
Roman. Deutsch von Edith Walter
detebe 21862

Robert van Gulik im Diogenes Verlag

Kriminalfälle des Richters Di, alten chinesischen Originalquellen entnommen. Mit Illustrationen des Autors im chinesischen Holzschnittstil

Mord im Labyrinth
Roman. Aus dem Englischen von Roland Schacht. detebe 21381

Tod im Roten Pavillon
Roman. Deutsch von Gretel und Kurt Kuhn
detebe 21383

Wunder in Pu-yang?
Roman. Deutsch von Roland Schacht
detebe 21382

Halskette und Kalebasse
Roman. Deutsch von Klaus Schomburg
detebe 21519

Geisterspuk in Peng-lai
Roman. Deutsch von Irma Silzer. detebe 21622

Mord in Kanton
Roman. Deutsch von Klaus Schomburg
detebe 21623

Der Affe und der Tiger
Roman. Deutsch von Klaus Schomburg
detebe 21624

Poeten und Mörder
Roman. Deutsch von Ulrike Wasel und Klaus Timmermann. detebe 21666

Die Perle des Kaisers
Roman. Deutsch von Hans Stumpfeldt
detebe 21766

Mord nach Muster
Roman. Deutsch von Otto P. Wilck
detebe 21767

Das Phantom im Tempel
Roman. Deutsch von Klaus Schomburg
detebe 21768

Nächtlicher Spuk im Mönchskloster
Roman. Deutsch von Gretel und Karl Kuhn
detebe 21866

Der Wandschirm aus rotem Lack
Roman. Deutsch von Gretel und Karl Kuhn
detebe 21867

Der See von Han-yuan
Roman. Deutsch von Klaus Schomburg
detebe 21919

Nagelprobe in Pei-tscho
Roman. Deutsch von Klaus Schomburg
detebe 21920

Richter Di bei der Arbeit
Roman. Deutsch von Klaus Schomburg
detebe 21921

Außerdem liegt vor:

Janwillem van de Wetering
Robert van Gulik
Ein Leben mit Richter Di. Aus dem Amerikanischen von Klaus Schomburg. Mit vielen Illustrationen, Fotos, Werkverzeichnis und Chronologie. Leinen